가위남

가위남

슈노 마사유키 지음
정경진 옮김

ハサミ男

스핑크스

싹둑, 싹둑, 싹둑 가위남이 간다
못된 아이들의 놀이를 방해하러
싹둑, 싹둑, 싹둑 가위남이 간다
너도 그의 명부에 올랐을지 몰라
너도 그의 명부에 올랐을지 몰라

— XTC, <시저맨>

Snipping, snipping, snipping goes the scissor man
Putting end to evil doers games
Snipping, snipping, snipping goes the scissor man
Maybe you are in his book of names
Maybe you are in his book of names

— XTC, <Scissor Man>

1

가위남의 세 번째 희생자는 메구로구區 다카반鷹番에 살고 있었다.

그런데 나는 다카반이라는 지명을 처음 들어봤으므로 대체 메구로구의 어디쯤인지, 가장 가까운 역은 무슨 역인지 전혀 감이 오지 않았다.

처음에는 이것을 '다카쓰가이'라고 읽는 줄로만 알았다. '초쓰가이蝶番, 경첩을 뜻한다'와 연관지어서, 매鷹 한 쌍이 정답게 파란 하늘을 날아가는 에도 시대 병풍화 같은 이미지를 떠올렸던 것이다.

10월 10일 금요일, 나는 아르바이트를 쉬고 다카쓰가이에 가보기로 했다. 다루미야 유키코의 얼굴은 아직 모르는 상태였다. 오늘은 그녀가 사는 곳만 확인하고 오자고 생각했다.

토스트와 잘 익힌 달걀 프라이, 어젯밤에 데쳐놓은 브로콜리, 거기에 우유를 듬뿍 넣은 커피로 아침 식사를 하면서,

애용하는 도쿄 23구 문고판 지도책을 둥근 테이블 위에 올려놓고 메구로구에 해당하는 면을 펼쳤다.

다카쓰가이는 메구로구 거의 한복판에 자리하고 있었다. 고마자와도리와 메구로도리가 양쪽으로 나 있고, 근처에 가장 가까운 역은 도큐 도요코선이 남북으로 지나는 가쿠게이대학역이었다. 그렇다면 우리 집에서는 마루노우치선에서 히비야선으로 갈아탄 다음, 그대로 나카메구로역을 통과해 도요코선 가쿠게이대학역에서 내리면 된다. 꽤 거리가 있었다. 아무래도 하루를 몽땅 써야 할 것 같았다.

어제 집에 돌아왔을 때부터 줄곧 바닥에 내팽개쳐져 있던 숄더백을 집어 들었다. 그리고 아르바이트하는 곳에서 복사해온 종이를 꺼내 지도 옆에 펼쳤다.

이름 : 다루미야 유키코
주소 : 메구로구 다카쓰가이 4-13 데제르 히몬야 503호
전화 : 03 - ……

복사한 주소와 지도를 비교했다. 다카쓰가이 4가는 메구로도리에 면해 있었다. 그러면 나카메구로역에서 내려 버스로 이동하는 방법도 있다. 그 편이 더 가까울까.

버터를 듬뿍 바른 토스트를 먹으면서 눈은 지도에 가 있었다. 문고판 지도는 휴대하기는 편리하나 너무 작아서 가쿠게이대학역에서 메구로도리까지 거리가 어느 정도 되는지

감이 오지 않았다.

잠깐 생각한 뒤, 시간이 얼마나 절약되는지 예상할 수 없는 지름길보다 도요코선으로 환승해서 가쿠게이대학역으로 가는 안전한 코스를 택하기로 결정했다.

빈 접시와 머그컵을 싱크대에 쌓아두고 스웨터와 청바지로 갈아입은 뒤 손목시계를 찼다. 오전 7시. 조금 이른 감이 있지만 초행길이니 여유 있게 나가는 편이 좋을 것이다.

운동화를 신고 집을 나섰다. 오늘은 답사 단계이므로 숄더백은 필요 없다. 열쇠로 문을 잠그고 어둑어둑한 아파트 계단을 내려갔다.

계약한 부동산에서는 원룸 맨션이라고 내세웠지만, 내가 사는 곳은 실상은 철근 아파트다. 언제 지었는지도 모르고, 부동산 직원도 이 화제가 나오는 것을 피하는 눈치였다. 어쨌든 상당히 오래된 건물임은 틀림없다.

계단 콘크리트 벽은 누렇게 바랬고 천장 조명은 군데군데 켜지지 않았다. 단지 형광등을 바꾼다고 해결될 문제가 아니라 전기 배선 자체가 낡은 것 같았다.

이 아파트의 장점은 이웃끼리 완벽하게 무관심한 것과 지하철역이 가까운 것이었다. 전자는 이사한 후에 알게 된 사실이고, 내가 이 집을 선택한 가장 큰 이유는 이동이 편리하다는 데 있었다.

아파트를 나가 수동식 신호등이 있는 횡단보도를 건넜다. 바로 지하철역이었다. 부동산에서 '역에서 도보로 일 분'

이라고 광고한 것은 사기에 가까운 과대광고이기는커녕 아주 겸손하고 소심한 표현이었던 것이다. 전력으로 질주하면 아마 일 분도 걸리지 않을 것이다.

이 부근에서는 지하철이 지상으로 나와 고가선 위를 달린다. 늘 느끼는 것이지만 지하철을 타는데 계단을 올라간다는 것이 조금 묘하게 느껴졌다.

도심으로 향하는 지하철은 출근하거나 통학하는 승객으로 혼잡했다.

내 시선은 자연스럽게 소녀들에게로 향했다.

도쿄에서 살기 시작했을 무렵에는, 머리를 갈색으로 염색하고 눈썹을 밀고 눈 화장을 날카롭게 하고 루스삭스를 신은, 흡사 양쪽 발목에 피부병을 앓는 오랑우탄 같은 아이들이 자주 눈에 띄었는데 요즘은 머리털을 완전히 탈색하는 것이 십대 소녀들의 유행인 모양이다.

'의사醫師' 같은 완벽한 은발에 세일러복이라니, 마치 무대에서 코스튬 플레이를 하는 늙은 스트리퍼 같아서 왠지 꺼림칙하지만, 본인들은 그 모습이 예쁘다고 굳게 믿고 있을 것이다. 어느 아이나 여봐란 듯이 가슴을 내밀고 의기양양한 표정을 짓고 있었다.

하지만 학교에서는 어떨까? 은발을 휘날리며 교정을 거니는 것을 용인하는 학교는 아마도 없지 않을까. 어쩌면 역 화장실에서 어머니의 새치 염색약으로 머리를 검게 칠하고 학교에 갈지도 모르는 일이다.

나는 지하철 손잡이를 잡고 아직 보지 못한 다루미야 유키코에 대해 생각했다. 그녀도 머리를 하얗게 탈색했을까? 아니, 가짜 은발 같은 것은 그녀에게 어울리지 않는다. 그런 모습을 본다면 환멸을 느낄 것이다. 그녀가 아름다운 흑발이기를 나는 바랐다.

긴 지하도를 빠져나와 히비야선 승강장으로 향했다. 벤치에 앉아 도요코선 직통 전철을 기다리기로 했다.

습관적으로 벽에 붙은 잡지 광고를 쭉 훑어보았다. 주간지며 월간지 머리기사가 잡다한 정보를 전하고 있었다.

아프리카 어느 공화국에서 내전 발발, 지난 냉해로 쌀 가격 급등, 예순에 가까운 시대극 배우가 양녀와 내연의 관계를 맺고 있다는 소문의 실체, 올겨울 인조 모피로 멋 내기, 여고생들 사이에서 탈색 헤어가 유행…….

어떤 이에게는 가치가 있겠지만, 내게는 어느 것이나 무익한 정보들뿐이었다. 읽다가 혀를 깨물어버릴 것만 같은 난해한 이름의 아프리카 어느 나라가 어찌 되건 내가 알 바 아니다. 나는 밥보다 빵이 좋다. 남자 배우가 사랑하는 양녀와 자든 애견과 교미하든 애용하는 컴퓨터와 방사하든 그냥 내버려두면 되지 무슨 상관인가. 나는 모피 코트 따위 입지 않는다. 그리고 탈색한 여고생에게는 조금도 흥미가 없다.

내 관심사는 가위남에 관한 것이었다.

하지만 이제 그는 매스컴의 총아, 타블로이드지의 아이돌, 와이드 쇼의 단골 화제가 아닌 것 같다. 마지막 희생자가 나온 것이 어쨌거나 반년이 넘었으니 이제 보도할 내용도 바닥났을 것이다. 그리고 가위남이 잠잠하게 있는 사이에도 대중에게 전할 사건 사고 스캔들은 끊이지 않는다.

가위남의 인기가 식은 것을 아쉬워하는 것이 아니다. 매스컴이 시들해진 것은 오히려 고마운 일이었다.

고니시 미나가 사이타마현에서 살해되었을 때도 그랬고, 마쓰바라 마사요가 에도가와구 연안에서 살해되었을 때도 그랬다. 희생자만 나오면 매스컴은 너도나도 떠들어댄다. 그때까지 가위남에 관한 화제는 최대한 구석으로 밀려나 있는 편이 좋다. 가능하면 가위남이라는 이름은 잊어줬으면 좋겠다.

도요코선 직통 기쿠나행 오렌지색 전차가 히비야역에 도착했다. 도심에서 외곽으로 나가는 전차 안은 비교적 한산해서 나는 세 명 앉는 자리를 혼자 차지할 수 있었다.

전차는 나카메구로역에서 어두운 터널을 지나 지상으로 나갔다. 마루노우치선 고가선에서 지하로 들어갔다가 다시 도요코선 고가선으로. 나는 마치 고층 빌딩을 싫어하는 두더지처럼 도심 지하를 북에서 남으로 빠져나갔다.

차창 밖 하늘은 잔뜩 찌푸려 있었다. 장마전선의 정체로 며칠째 맑은 하늘을 보지 못했다. 이제 곧 체육의 날인데, 이대로라면 운동회는 물 건너갈 것이다. 다루미야 유키코가 다니는 하자쿠라 고등학교는 예정대로 운동회를 할 수 있을까.

가쿠게이대학역에서 내려 자동정산기에서 환승 요금을 정산한 뒤 밖으로 나갔다.

고가선을 가로질러 작은 상점가가 있었다. 서점, 식당, 잡화점, 전기상, 간이 국수집. 어느 역 앞에서나 볼 수 있는 흔한 풍경이 펼쳐져 있었다. 전봇대와 전봇대 사이에 걸쳐진 줄에는 싸구려 플라스틱 조화가 매달려 있고, 확성기에서는 클래식 음악이 잡음과 함께 작게 흘러나오고 있었다.

청바지 뒷주머니에 꽂아둔 지도를 확인하고 메구로도리 쪽으로 걷기 시작했다.

지도에 따르면 이 일대는 이미 메구로구 다카쓰가이인 모양이었다. 다루미야 유키코가 사는 맨션이 멀지 않다는 얘기였다.

상점가를 통과해 좁은 도로로 나왔다. 오른쪽에 높은 철조망이 보이고, 그 너머에 나지막한 건물이 서 있었다. 옥상에는 요란하게 빨간색과 흰색으로 칠한 거대한 철탑이 세워져 있었다. NTT 메구로 지국. 그럭저럭 맞게 찾아온 것 같았다.

NTT 옆길을 빠져나가자 큰길이 나왔다. 메구로도리였다. 길가에 세워진 파란 표지판에도 일본어와 로마자로 그렇게 표시되어 있었다.

신호가 있는 교차로에 서서 다시 지도를 펼쳤다. 지도와 실제 모습을 비교하면서 NTT와 우체국의 위치를 확인했다. '데제르 히몬야'로 가려면 오른쪽으로 가면 될 것 같았다.

지도를 주머니에 넣은 뒤 길을 걸어갔다. 전봇대에 붙은 파란색 주소 안내 표지판에 '다카쓰가이 4가'라고 적힌 것을 보고 메구로도리에서 옆길로 들어갔다. 여기서부터는 맨션 이름을 일일이 확인하는 수밖에 없었다. 나는 복잡한 골목을 이리저리 돌아다녔다.

도쿄에는 맨션이 너무 많다고 나는 새삼 통감했다.

이십 분 정도 골목을 헤맨 끝에 드디어 적갈색 맨션을 발견했다. 그런 건축 양식을 뭐라고 부르는지는 모르겠지만, 사암으로 만든 거대한 계단식 제단을 옆으로 뉘어놓은 듯한 형태의 건물이었다. 길가 쪽 벽면이 층층의 단을 이루고 있어서, 앞면에 베란다가 있고 옆면에 작은 창이 나 있었다. 작은 창은 아마 욕실이나 세면실일 것이다.

통유리로 된 정문 입구 위에 멋스러운 서체로 '데제르 히몬야'라고 새겨져 있었다.

길 앞 펜스는 '데제르 히몬야 전용 쓰레기장'이었다. 쓰레기장 표지판까지 굳이 공들여 쓸 필요가 있을까.

자동문을 지나자, 현관에는 은은한 파스텔 톤 타일이 깔려 있었다. 그리고 다시 안으로 연결되는 자동문 옆에 번호판이 붙은 유선형 콘솔이 우뚝 서 있었다.

집 호수를 눌러 인터폰으로 통화한 후에 안으로 들어갈 수 있는 구조였다. 이 밋밋한 금속 기계가 불철주야 맨션을 지키는 문지기인 것이다.

오늘은 안에까지 들어갈 필요는 없었다. 나는 현관 안쪽 벽에 설치된 우편함으로 가서 503호를 확인했다.

503 다루미야 가즈히로

다루미야 유키코의 아버지 이름은 가즈히로인 모양이었다.

나는 만족스럽게 금속 문지기의 대머리를 쓰다듬어주고 데제르 히몬야를 나왔다.

길을 익히면서 메구로도리로 되돌아왔다. 돌아갈 때는 나카메구로역까지 버스로 가볼 생각이었다.

버스 정류장은 금방 찾았다. 버스 시간을 확인하려고 고개를 들었을 때, 나는 그제야 내가 착각하고 있었다는 사실을 깨달았다.

둥근 금속판에는 '다카반'이라고 큼직하게 적혀 있었다. '다카쓰가이'가 아니었다. 긴 날개를 펼치고 유유히 창공을 날아가는 한 쌍의 매는 환영처럼 저 멀리 사라져버렸다.

2

다루미야 유키코의 얼굴을 확인하기 위해 평일에 다시 한 번 데제르 히몬야에 가기로 했다.

이튿날 오전 9시, 나는 아르바이트하는 곳으로 향했다.

현재 아르바이트하고 있는 히무로카와 출판은 간다 오가

와마치에 있어서 다른 교통수단으로 갈아타지 않고 지하철만으로 통근이 가능하다. 이전의 최장 근속 기록을 깨고 2년 넘게 다니고 있는 것도 이런 이유가 컸다.

마루노우치선 아와지초역에서 내려, 지상으로 나가 큰길에서 조금 후미진 골목으로 들어가면 바로 앞에 히무로카와 출판이 있는 5층짜리 건물이 있었다. 물론 회사 소유 빌딩은 아니다. 3층과 4층을 빌려서 쓰고 있을 뿐이다. 직원 십여 명의 영세한 출판사다.

승강기를 탄 뒤, 요즘 보기 드문 단추식 버튼을 눌러 4층으로 올라갔다.

3층은 영업부, 4층은 편집부로 공간은 구분되어 있지만 실제로는 제대로 분리된 조직이 아니어서 한창 바쁜 월말이 되면 나를 포함한 아르바이트 세 명은 양쪽으로 불려 다니며 한계 직전까지(어쩌면 한계를 넘어서까지) 혹사를 당했다.

4층에서 오십 장 넘게 복사를 한 뒤, 3층에 내려가 교재 분류며 포장과 발송을 거들고, 다시 4층으로 올라가 빨간색연필로 교정하는 시늉을 하거나, 얇은 비닐장갑을 끼고 사진필름을 봉투에 정리하고 있자면, 오카지마 부장으로부터 명령이 내려와 아무개 대학 아무개 교수의 주소를 손에 들고 조심누골彫心鏤骨의 옥고를 받으러 부랴부랴 달려가지만, 대개는 완성되지 않은 상태라 이제나저제나 기다리기를 몇 시간, 그 시간 동안 아무개 교수는 커피는커녕 물 한 잔 내주지 않는 그런 상황이 연출되는 것이다.

한마디로 전쟁 같았다.

반투명 유리가 끼워진 문을 열자, 월초의 편집부 안은 여유마저 느껴졌다. 광란의 월말은 아직 열흘 이상 남았고, 게다가 오늘은 토요일이다. 여유를 부려도 용납되는 시기인 것이다. 한가롭게 차를 마시는 사람, 미뤄뒀던 책상 정리를 하는 사람, 컴퓨터 바탕화면을 멍하니 바라보고 있는 사람. 평소 깐깐한 오카지마 부장마저 책상에 턱을 괴고 창밖을 바라보고 있었다.

물론 여유를 즐기지 못하는 인간도 있기는 했다.

"아, 마침 잘 됐네."

내가 자리에 앉자마자 사사즈카가 말을 걸어왔다. 은테 안경을 쓰고 불안하게 눈을 이리저리 굴리면서 연거푸 "퀵, 퀵" 하고 조급하게 외쳤다.

어째서 이 남자는 늘 상대의 눈을 보지 않고 말하는 것일까.

"여기서 발송하는 겁니까?"

나는 사사즈카에게 되물었다.

"그래그래. 디자이너 와다 씨 주소 알지?"

"네, 압니다."

내가 책상에서 주소록을 집어 들었을 때 사사즈카가 옆에 다가와 "이거야" 하고 광디스크 석 장을 건넸다.

내가 받아 들자, 사사즈카는 자기 자리로 돌아가 볼펜으로 메모지에 낙서를 하기 시작했다. 그렇게 한가하면 퀵 정도는 직접 부르면 좋을 것을.

삼십대 중반의 이 왜소한 남자는 아르바이트는 부려먹지 않으면 손해라는 신조라도 있는지, 편집부에서 일하기 시작했을 때부터 시도 때도 없이 잡다한 일거리를 떠안겼다. 오늘처럼 토요일이고, 누가 봐도 처리해야 할 업무량이 절대적으로 적을 때조차 굳이 일을 찾아서, 어떨 때는 심지어 없는 일을 만들어내서 일을 시켰다.

"저 인간은 우리를 무슨 노예로 생각하는 거 같아."

탕비실에서 동료인 야마기시가 씩씩거리며 말한 적이 있다. 야마기시는 서른이 넘은 나이에 어느 유명 제조 회사를 그만두고 반년 전에 히무로카와 출판에 아르바이트로 채용되었다. 조촐한 환영회 자리에서 크리에이티브한 일을 하고 싶어서 회사를 나왔다고 벌겋게 취기가 오른 얼굴로 토로했는데, 사실인지 어떤지는 알 수 없다. 도수 높은 검은 테 안경을 쓴 모습에서도 엿보이듯이 신경질적이고 자존심이 강한 남자이기 때문에 상사와 갈등이 있었는지도 모르는 일이다.

한두 달 안에 정규직이 되어 바라던 크리에이티브한 일을 하겠다는 계획이, 설마 반년 넘게 커피 심부름과 청소나 하고 있을 줄은 상상도 하지 못했을 것이다. 나이 차이도 별로 나지 않는 사사즈카에게 명령받는 것이 견디기 힘든 것 같았다.

내게는 야마기시 같은 야망이 전혀 없어서 사사즈카의 명령에 그저 묵묵히 따를 뿐이었다. 수화기를 들고, 이미 머리에 입력된 퀵서비스 번호를 눌렀다.

네, 스피드 킹입니다, 하고 씩씩한 젊은 남자의 목소리가 들려왔다. 회사 이름은 요상하지만 요금은 저렴한 곳이었다. 나는 출판사 이름과 전화번호를 대고, 보낼 곳의 주소를 불러주었다. 귀가 얼얼해질 정도로 요란한 록 음악이 얼마간 흐른 뒤, 이십 분 후에 도착한다는 대답이 돌아왔다.

비가 올 상황을 대비해서 광디스크를 비닐로 싼 다음 서류 봉투에 넣어 테이프로 봉했다. 책상 서랍에서 송장을 꺼내 받는 사람의 주소와 전화번호를 적어 넣은 뒤 서류 봉투 겉면에 붙였다.

준비된 서류 봉투를 책상에 놓은 순간, 사사즈카가 또 일을 시키려고 폼을 잡는 것이 보였다. 나는 모르는 척 일어나서 오카지마 부장 자리로 갔다.

오카지마 부장은 여전히 턱을 괴고 흐린 하늘을 바라보고 있었다. 내가 다가가자 시선은 그대로 창밖에 고정한 채 중얼거리듯 말했다.

"날씨가 언제까지 이렇게 우울하려나……."

오카지마 부장은 오십대 여성이다. 희끗희끗한 단발머리에 화장기 없는 기름한 얼굴. 그리고 늘 한결같은 슈트 차림은 수수하지만 품위가 있었다.

처음 봤을 때는 페미니스트 커리어 우먼의 말로가 저렇겠구나 하고 생각했지만, 편집부를 혼자 책임지고 관리하는 것을 보면 유능한 인물임에는 틀림없다. 그 사실은 일을 하면서 더 잘 알게 되었다. 내 빈약한 인생 경험으로는, 이렇게 똑똑한 인물은 달리 '의사' 정도밖에 떠오르지 않는다.

"무슨 일이지?"

나를 돌아보고 오카지마 부장은 빙긋 웃으며 말했다.

"화요일에 또 쉬었으면 해서요."

"화요일이면, 14일인가?"

오카지마 부장은 탁상 달력을 흘끗 보았다.

"상관은 없는데, 왜 무슨 일이라도 있어?"

"네, 좀."

"무슨 일인지 물어봐도 말해주지 않겠지?"

나는 대답하지 않았다. 여고생을 미행하러 간다고 어떻게 말할 수 있을까.

"좋아. 아직까지는 바쁘지 않으니까. 그런데 너무 빠지면 정직원 되기 어려워."

오카지마 부장은 농담하듯 그렇게 말했다.

"될 생각 없습니다."

나는 대답했다. 오카지마 부장은 과장스럽게 후우 한숨을 쉰 뒤 책상에 다시 팔꿈치를 대고 턱을 괴었다. 장난꾸러기 아이 같은 웃음을 띠고 내 얼굴을 쳐다보았다.

"그렇게 칼로 무 자르듯 말하는 버릇, 좋지 않아. 대화를 더 할 수가 없잖아."

"죄송합니다."

"죄송할 건 없고."

오카지마 부장은 다시 창밖으로 시선을 돌렸다. 휴가를

얻었으므로 나는 자리로 돌아왔다.

사사즈카가 잽싸게 다가와 할 일이 없으면 가서 창고 정리를 하라고 말했다. 나도 창고에 가고 싶었던 참이었으므로 오히려 고마운 명령이었다.

창고라고 하지만 따로 건물이 있는 것은 아니었다. 편집부 옆방을 창고로 쓸 뿐으로, 편집부 사무실과 같은 구조의 방에 조립식 철제 선반을 꽉꽉 들여놓고 거기에 온갖 자료를 아무렇게나 척척 쌓아두고 있었다. 옆에서 선반을 바라보면 마치 히무로카와 출판의 역사가 지층을 이루고 퇴적되어 있는 것처럼 보였다.

가령 출판물에 사용했던 원고의 보관 상태를 보면, 가장 아래는 원고지 다발이 든 비닐 쇼핑백, 그 위에 워드 프로세서로 출력한 인쇄물이 철해져 켜켜이 쌓여 있고, 이어서 플로피디스크가 가득 담긴 박스가 놓여 있었다.

그다음은 눈부신 전자메일의 황금시대로 실체로서의 원고는 절멸하고 지층도 공백인 채로 남아 있을 터였다. 그런데 알 수 없는 어떤 이유로 인터넷에 접속한 대용량 하드디스크가 하룻밤 사이에 날아가는 뜻밖의 대참사가 일어나면서 전자메일로 수신한 원고도 몽땅 출력해서 보존하라는 신탁이 내려졌다. 덕분에 플로피디스크 박스 위에는 그 옛날 종이 다발이 다시 산을 이루고 있었다.

철제 선반 사이를 지나 창고 안쪽으로 들어갔다. 그곳에는 새 파일 캐비닛이 있었다.

히무로카와 출판은 원래 교육기관 관련 출판물을 주로 취급하던 곳이었다. 중고등학교 졸업 앨범, 대학 입학 안내서며 팸플릿 등이 주력 상품이었다.

그러나 학생 수 감소와 함께 이 업계도 기울기 시작했다. 그래서 몇 년 전부터 새로운 비즈니스에 뛰어들었다.

나는 캐비닛 앞에 쭈그리고 앉았다. 캐비닛은 지역별 이름순으로 정리되어 있었다.

도쿄도 메구로구 서랍을 열었다.

다루미야 유키코의 기록은 금방 찾을 수 있었다.

자, 그녀의 최근 성적은 어떨까.

영어 : 84점

수학 : 94점

물리화학 : 79점

…… ……

…… ……

물리화학 점수가 지난번보다 조금 떨어졌지만 전반적으로는 좋은 성적을 유지하고 있었다. 특히 수학 점수가 훌륭했다. 이제까지 받은 점수 중 최고 점수였다.

다루미야 유키코가 보내온 자필 소감서를 읽었다. 볼펜으로 쓴 글씨가 가지런했다.

이번에는 물리화학이 조금 어려워서 아는 범위에서 문제를 풀었습니다. 원래 물리화학에 약합니다. 더 열심히 공부해야겠다고 생각했습니다…….

왜 수학은 잘하는데 물리와 화학은 못할까? 머리가 나쁜 내게는 둘 다 비슷한 과목인데.

점점 더 다루미야 유키코에게 흥미가 일었다.

나는 그녀의 성적 기록을 캐비닛에 도로 넣었다.

히무로카와 출판은 몇 년 전부터 어느 기업과 공동으로 중고생 대상의 첨삭식 통신 교육을 시작했다. '우수한 아이에게 우수한 교육을'이라는 광고 문구에서 알 수 있듯이, 넓고 얕게 전국에서 회원을 모집하는 것이 아니라 수도권을 중심으로 영재 교육을 지향했다. 중고생 자녀를 둔 부모의 팔십 프로는 자기 아이가 영재일지도 모른다는 막연한 기대감이 있기 때문에 회원을 모집하는 데는 어려움이 없었다.

광고와 영업은 협력 업체에 맡기고, 히무로카와 출판은 교재 제작과 보내온 답안의 채점 및 첨삭을 담당하고 있었다. 오랫동안 학교와 인연을 맺어온 덕분에 문제를 작성하고 체크해줄 중등 교사나 첨삭 아르바이트를 할 대학원생은 어렵지 않게 구할 수 있었다.

캐비닛에는 간토 지방 각지에 있는 회원의 입회 신청서와 지금까지의 성적, 자필 소감서 등의 자료가 보관되어 있었다. 내가 고니시 미나와 마쓰바라 마사요를 만날 수 있었던 것도 이 자료 덕분이었다. 그리고 아직 보지 못한 다루미야 유키코를 발견한 것도 이 캐비닛 안에서였다.

창고를 설렁설렁 정리하고 있는데, 문이 열리더니 사사즈카가 얼굴을 들이밀었다.

"퀵서비스 왔어."

사사즈카는 얼굴도 보지 않고 그렇게 말하고는 쌩하니 가버렸다. 그냥 자기가 처리하면 될 것을.

나는 편집부로 돌아가 손등에 타투를 한 배달 기사에게 갈색 봉투를 건네고 요금을 지불했다. 하고많은 문양 중에 벅스 버니라니, 무슨 마음으로 했는지 궁금했지만 굳이 물어보지는 않았다.

토요일은 퇴근 시간이 오후 4시였다. 나는 숄더백을 어깨에 메고 "먼저 들어가겠습니다" 하고 인사한 뒤 4시 정각에 사무실을 나왔다.

지하철에서 내리자, 나는 조금 돌아가서 대로변에 있는 드러그스토어에 들렀다. 오늘은 토요일이므로 사야 할 것이 있었다.

최근 몇 년 사이에 부쩍 늘어난 미국형 드러그스토어로, 약이나 의료품만이 아니라 세제, 주방용품, 청량음료, 식료품 따위도 취급하고 있었다. 요컨대 약도 파는 슈퍼마켓인 것이다.

내가 사러 온 것은 의약품 쪽에 있었다.

진열대를 차례로 살피면서 잠시 고민한 끝에, 크레졸 비누액을 사기로 했다.

물론 자살하기 위해서였다.

3

가슴이 타들어 가는 듯한 고통에 눈을 떴다. 위장에서부터 목구멍까지 쓰리고 아렸다. 위액이 역류하는 느낌이 들었다.

나는 왼쪽으로 돌아누워 침대 옆에 매달아둔 드러그스토어 봉지를 집어 들었다. 침대에 누운 채로, 올라오는 누런 액체를 봉지 안에 쏟아냈다. 입 안 점막이 따끔거리고 콧속이 얼얼했다.

위 속 크레졸 비누액을 전부 게워내도 여전히 구역질은 가라앉지 않았다. 배와 어깨 근육이 구토감 때문에 단단하게 긴장했지만 더는 토할 것이 남아 있지 않았다. 나오는 것은 눈물과 침뿐이었다.

경련이 지나간 뒤에도 명치에 불쾌한 통증이 남았다. 간신히 침대에서 일어나 휘청거리는 걸음으로 세면실로 향했다. 방 안은 어두웠고, 창으로 비쳐 드는 가로등 불빛만이 의지할 대상이었다.

세면실 형광등을 켜고 거울을 보았다. 입술 끝이 누렇고 흉하게 부풀어 있었다. 손가락으로 누르자 둔한 통증과 함께 다시 볼록 올라왔다.

볼도 통통 부었지만 이건 크레졸 탓이 아니었다. 익숙한 내 볼이었다.

세수하고 양치질을 끝낸 다음 의자에 앉았다.

둥근 테이블에 놓인 유리컵에는 코를 자극하는 노랗고 끈적끈적한 액체가 반쯤 남아 있었다. 도저히 다 마시지 못했던 것이다. 다시 마실 기분은 아니었으므로 비닐봉지에 든 토사물과 함께 양변기에 흘려보냈다.

머리가 저릿했다. 나는 침대로 돌아가 벌렁 드러누웠다.

사이드테이블을 손으로 더듬어 알람시계를 찾아서 눈앞에 가져왔다. 오전 2시. 크레졸 비누액을 마신 것이 오후 7시 넘어서니까 일곱 시간 정도 실신해 있었던 것이다.

걸음도 불안정하고 온몸을 짓누르는 불쾌감도 여전했지만, 그래도 나는 아직 살아 있었다.

눈앞에 보이는 천장이 점점 부옇게 흐려졌다. 이제부터 무슨 일이 일어날지 나는 알고 있었다. 자살에 실패할 때마다 일어나는 일이었다.

또 '의사'와 면담을 해야만 한다.

의사는 자신의 방 철제 책상에 앉아 언제나처럼 독서에 열중하고 있었다. 아마 이름도 들어본 적 없는 저자의 난해한 책을 읽고 있을 것이다.

"이런, 또 자살에 실패한 모양이군."

그렇게 말하더니 의사는 읽던 페이지에 책갈피를 끼워 책을 놓고는 바퀴 달린 둥근 의자를 빙글 돌렸다.

나이는 예순쯤 됐을까. 허옇게 센 짧은 머리는 앞가르마를 타긴 했으나 빗질한 흔적은 없고 정수리도 뻗쳐 있었다. 반듯하게 주름이 잡힌 흰 가운은 아마도 새것이리라.

의사는 마른 몸에 둥근 선글라스를 썼고, 주름진 뾰족한 턱을 가로지르는 얇은 입술에는 상대를 깔보는 듯한 조소가 시종일관 배어 있었다.

나는 이 남자가 끔찍하게 싫었다.

"자, 말해봐. 어떻게 하고 싶은지."

내가 죽고 싶어 하는 것은 의사가 가장 잘 알 것이다. 자살에 실패할 때마다 그와 면담했으니까.

"쯧쯧, 또 그렇게 말하면 안 되지."

의사는 등을 곧게 펴고 내 눈을 똑바로 응시했다.

"죽고 싶었으면 진즉에 죽었어야지. 안 그래?"

하지만 나는 정말로 죽고 싶었다. 진심으로 죽음을 원한다. 자살극이나 장난이 아니다. 크레졸 비누액도 치사량을 확인하고 마셨다.

"하지만 너는 아직 죽지 않았어. 따라서 네가 죽음을 바란다는 것은 전혀 증명할 수 없어. 죽고 싶다고 입으로 백날 떠들어도, 자살 미수를 하고 또 해도 아무 소용없어. 아무도 믿어주지 않아. 물론 나도 말이지."

확실하게 죽으려고 치사량 이상의 크레졸 비누액을 유리컵에 따랐지만 끝까지 마시지는 못했다. 입 안이 타들어 가듯 아프고 관자놀이가 마비되어 졸도할 것 같았다. 의지와는 달리 몸이 따라주지 않았던 것이다. 이래서는 실은 죽고 싶지 않다는 무의식이 어딘가에 있다고 누군가가 생각해도 할 말이 없을지도 모른다.

"그런 멍청한 소리를 할 마음은 없어. 모르겠어? 무의식 같은 건 존재하지 않아. 존재하는 건 사실뿐이지."

의사는 설교조가 되었다.

"너는 아직 죽지 않았어. 따라서 죽고 싶지 않았던 거야. 네가 용케 자살에 성공한다면 그건 죽고 싶었던 것으로 간주할 수 있지. 이게 전부야. 단순 명쾌하지? 따라서 네가 죽고 싶어 한다는 것을 증명하려면 자살에 성공하는 수밖에 없어."

진심으로 바란다면 성공적으로 자살할 수 있을까.

"아니, 아니, 그 반대지. 머리가 참 나쁘단 말이야, 쯧쯧."

의사는 한심하다는 표정을 지었다. 정말 밥맛없는 인간이다.

"잘 들어. 죽은 사람은 죽고 싶었던 거야. 반대로 죽지 않은 사람은 죽고 싶지 않은 거야. 그 사람이 무엇을 바라고 무엇을 원하든 그건 중요하지 않아. 확실한 건, 그 사람이 죽었다는 사실뿐이야. 따라서 나이 들어 죽든, 암으로 죽든, 교통사고를 당하든, 네가 바라 마지않는 자살로 죽든, 죽은 인간은 죽고 싶었던 것으로 판단할 수 있어. 왜, 알피니스트가 산에서 조난당해 죽거나 F1 드라이버가 사고로 죽으면 무의식의 밑바닥에 죽음의 충동이 있었느니 어쩌니 하는 엉터리 정신분석학자들이 있잖아?"

의사는 과장스럽게 입을 벌리고 웃었다.

나는 잠깐 생각했다. 또 의사의 궤변에 놀아나고 있는 것 같은 기분이 들었기 때문이다.

늙어 죽는 것이 죽고 싶어 해서 그렇다고? 그렇다면 죽고 싶어 하지 않는 한 인간은 영생할 수 있다는 말인가.

"맞아, 그거야. 인간은 죽고 싶어 하지 않는 한, 이백 년도 삼백 년도 살 수 있어. 어쩌면 만 년도, 일억 년도."

의사는 간단하게 대답했다. 늘 있는 일이지만 나를 조롱하고 있는 것이 틀림없었다.

"고령자가 천수를 다하는 건 더 살고 싶지 않다, 그만 죽고 싶다, 라고 무의식중에 생각하기 때문이야. 그런 생각을 하지 않으면 더 오래 살 수 있을 텐데. 따라서 결론은 이거야. 모든 죽음은 자살이다."

의사는 입을 일그러뜨리고 코웃음을 쳤다.

"실제로 이런 멍청한 설을 주장하는 치들이 있지. 미국의 융 학파 심리학자들 말이야. 그들 중에는 왜 그렇게 바보가 많은 걸까?"

이 정도면 충분하다. 그 이상 의사의 헛소리를 들어줄 수가 없었다. 나는 면담을 끝내고 침대로 돌아왔다.

창문으로 햇빛이 들어왔다.

고개를 돌려 알람시계를 보자 벌써 일요일 정오였다. 명치의 통증은 많이 가라앉았다. 몸은 회복되어가고 있었다.

바닥을 딛고 일어서자 다리가 아직 휘청거렸다. 오늘 하루는 온전히 움직일 수 없을 것 같았다.

토요일 밤에 자살을 기도하는 것도 이런 까닭에서였다.

한번은 평일 밤에 액상 세제를 마신 일이 있었다. 그때도 가슴이 타들어 가듯 고통스럽고 구역질이 일었다. 의사의 설명에 따르면 계면활성제 때문인 듯했다.

화장실까지 기어가서 변기에 토했다. 그러자 입과 코에서 거품이 나와 방울방울 변기 주변을 떠다녔다. 숨쉬기도 곤란한 상황에서 어이없게 웃어버린 일을 지금도 또렷하게 기억한다.

그 이튿날 아침이 되어도 제대로 걸을 수 없었다. 결국 아르바이트하는 곳에 전화해 휴가를 내야만 했다. 전화를 받은 사사즈카가 괜찮으냐고 걱정스러운 듯 물었다.

그냥 죽어버리면 상관없는데, 괜히 살아남아서 타인에게 피해를 주는 것은 싫었다.

이런 소리를 하면 의사는 또 정말로 죽을 마음이 있느냐고 비아냥거릴 것이다. 머리가 참 나쁘다고 하면서.

나는 침대에 벌렁 드러누워 천장을 쳐다보았다. 의사는 언제나 내 미련함을 탓하고 조소한다. 나도 내 머리가 명석하지 않음을 잘 알기 때문에 반발만 할 뿐 반론은 하지 않는다. 맞서봤자 설복당할 것이 뻔하다.

벌써 일 년도 더 된 일이다. 나는 출근해서 여느 때처럼 사사즈카의 지시에 따라 컴퓨터에 기록해둔 통신 교육 회원 리스트를 정리하고 있었다. 컴퓨터에는 문외한이었지만 알려주면 그대로 조작하는 것은 어렵지 않았다.

모니터 화면에 뜬 리스트를 멍하니 보고 있던 중에 한 회원이 눈에 들어왔다. 성적이 훌륭했다. 전 과목에서 만점에 가까운 점수를 받은 일도 여러 번 있었다.

나는 늘 똑똑한 여자아이를 동경해왔다.

그 순간에는 고니시 미나라는 근사한 이름만이 기억에 남았을 뿐이다. 며칠 후 창고에서 일을 하다가 파일 캐비닛 안에 회원 자료가 보관되어 있는 것을 우연히 알게 되었다. 별 생각 없이 캐비닛을 열어 고니시 미나의 자료를 찾아서 훑어보았다.

그녀는 사이타마현에 사는 고등학교 1학년생이었다. 입회 신청서에는 이름, 주소, 전화번호가 적혀 있고, 성적 기록과 자필 소감서가 함께 철해 있었다. 파란 수성 볼펜으로 쓴 동글동글한 글씨가 귀여웠다.

나는 점점 흥미가 생겨서 일요일에 고니시 미나가 사는 곳에 찾아갔다. 그러자 얼굴과 목소리도 궁금해졌고, 결국 몰래 숨어서 집을 지켜보거나 잘못 걸린 전화를 가장해서 전화를 걸었다.

고니시 미나는 내가 상상하던 모습 그대로였다. 예쁜 얼굴은 아니었지만 발랄하고 사랑스러웠다. 짧은 머리에, 은테 안경을 썼고, 평소 옷차림은 수수했다. 똑똑하지만 성격은 내성적이어서, 친구와 함께 있을 때도 먼저 말하기보다 상대의 이야기에 귀를 기울이는 편이었다.

그렇게 한 달쯤 고니시 미나를 관찰했다. 그러는 사이에 그녀에게 접근하고 싶은 마음이 걷잡을 수 없이 커졌다. 먼발치에서가 아니라 바로 곁에서 그녀를 보고 싶었다.

어느 날 나는 숄더백을 메고 다시 그녀가 사는 곳을 찾아갔다.

가방에는 히무로카와 출판에서 몰래 빼돌린 얇은 비닐장갑과 굵게 엮은 비닐 끈, 그리고 희미하게 빛나는 은색 가위가 들어 있었다.

4

10월 둘째 주 월요일은 체육의 날이었다. 학교에서는 운동회가 열리고, 평소 운동 부족이었던 사람들은 조깅을 결심하거나 하겠지만 나는 온종일 침대에 누워 있었다. 크레졸 비누액이 혀끝에 남아 식욕이 나지 않았다.

14일 화요일이 되자, 어느 정도 몸이 회복되었다. 나는 토스트와 오렌지 주스로 아침을 먹은 뒤, 둥근 테이블에 도쿄 23구 지도를 펼쳐놓고 오늘의 일정을 계획했다.

다루미야 유키코는 사립 하자쿠라 고등학교에 다니는 2학년생이다. 어디서 기다리면 귀가하는 그녀를 만날 수 있을까.

나는 미리 도서관에 가서 도쿄도 공공시설 일람을 보고

조사해둔 하자쿠라 고등학교 주소를 확인한 뒤, 지도 위에서 학교에서 데제르 히몬야까지 손가락으로 따라가 보았다.

이용 가능한 교통수단은 도요코선과 메구로도리를 달리는 노선버스였다. 아마도 다루미야 유키코는 도요코선 가쿠게이대학역이나 혹은 내게 깨달음을 준 다카반 버스 정류장에서 내려 걸어서 집에 갈 것이다. 둘 중 어느 쪽인지는 현재로서는 판단할 수 없었다.

역시 집 앞에서 기다리는 것이 최선일 듯싶었다. 하지만 입구에서만 봐서 어떻게 다루미야 유키코를 가려낼 수 있을까. 데제르 히몬야에 다른 여고생이 살 수도 있고, 그 여학생이 다루미야 유키코와 같은 하자쿠라 고등학교의 학생일 가능성도 충분히 있었다.

일단은 하자쿠라 고등학교의 교복을 알아둘 필요가 있었다.

손목시계를 보았다. 오전 8시. 지금 나가면 학교 점심시간에 충분히 맞출 수 있을 것이다.

나는 아파트를 나왔다. 장마전선은 여전히 머물러 있어서 해는 보이지 않았다.

나흘 전과 마찬가지로 나는 마루노우치선과 히비야선과 도요코선을 타고 이번에는 가쿠게이대학역을 지나쳐 하자쿠라 고등학교가 있는 역까지 갔다.

학교는 완만한 언덕 위에 있었다. 역에서 남쪽으로 몇 분만 걸으면 되는 거리였다.

주변은 조용한 주택가로, 최적의 교육 환경이라고 해도 과언은 아닐 것 같았다. 정갈하게 손질한 나무 울타리가 이어지고, 반쯤 열린 어느 집 창문 틈으로는 하얀 레이스 커튼이 나부끼고 있었다. 이웃이 차 문을 소리 내어 닫는 것만으로도 눈살을 찌푸릴 것 같은 그런 고상한 사람들이 사는 동네였다.

하긴 역 앞에만 나가도 패스트푸드점이며 술집, 노래방이 있고, 도요코선을 타면 시부야까지 한번에 갈 수 있으니 크게 의미는 없겠지만.

학교 건물과 교정 사이에 정문에서 후문으로 이어지는 빨간 벽돌길이 나 있고, 길을 따라 포플러 나무가 늘어서 있었다. 새하얀 건물 중앙에 설치된 커다란 시곗바늘은 오전 10시를 지나고 있었다. 아직 수업 중이라 벽돌길에 학생들의 모습은 보이지 않았다. 어딘가에 있는 음악실에서는 클래식을 감상하는지, 경쾌한 관현악곡이 아련하게 들려왔다.

정오까지 시간을 보낼 곳을 찾다가 겨우 작은 공원을 발견했다.

벤치에 앉아 비가 내리지 않기를 바라면서 젊은 엄마가 아이와 있는 모습을 바라보고 있었다. 다섯 살쯤 된 아이가 나무로 만든 큰 놀이기구에 올라가 굵은 밧줄로 엮은 그물 위에서 뛰놀고 있었다. 엄마는 커다란 배를 어루만지면서 아들을 올려다보았다.

멀리서 교회 종소리가 정오를 알렸다. 나는 공원을 나와

하자쿠라 고등학교로 향했다.

학생들이 벽돌길로 나오고 있었다. 남녀 모두 연두색 재킷. 남학생의 바지도 여학생의 치마도 같은 색상이었다. 교정에서는 재킷을 벗고 셔츠 소매를 걷어붙인 남학생들이 축구를 하고 있었다.

교복을 확인했으므로 다시 집들이 늘어선 언덕길을 내려갔다.

역 앞 패스트푸드점에서 점심을 먹기로 했다. 메뉴는 치즈버거와 달아버린 커피. 패스트푸드점의 커피는 너무 진하고, 패밀리 레스토랑의 커피는 너무 묽다. 이것이 외식산업의 제1법칙이다.

쟁반을 들고 2층에 올라가자 평일 낮 가게 안은 한가했다. 아이들을 풀어놓고 수다에 여념이 없는 한 무리의 주부들이 한쪽에 진을 치고 있을 뿐이었다. 유치원생 정도 돼 보이는 아이가 의미 없는 소리를 내뱉으면서 큰 종이 상자에 담긴 감자튀김을 덥석 집어 게걸스럽게 먹고 있었다.

외식산업의 제2법칙은 이렇다. 패스트푸드점의 감자튀김은 대체로 쭈글쭈글하다.

감자튀김은 겉이 바삭바삭하고 안은 따끈따끈해야 한다. 그런데 패스트푸드점의 감자튀김은 대부분 눅눅해서 끝을 잡고 세우면 어이없게도 물음표 모양으로 구부러진다. 잔뜩 만들어서 적외선램프가 켜진 쟁반에 방치해두기 때문이다.

그런데 아이는 쭈글쭈글한 감자튀김을 아주 맛있는 듯이

입에 욱여넣고 있었다.

인간의 미각은 유아기에 결정된다는 말이 떠올랐다. 이 아이가 어른이 됐을 때는 눅눅한 감자튀김이 일반화되어 있을지도 모른다.

나는 패스트푸드점에서 한숨 돌린 뒤, 도요코선을 타고 가쿠게이대학역으로 갔다.

가쿠게이대학역 앞 상점가도 한산했다.

이번에는 헤매지 않고 데제르 히몬야에 도착했다.

현관에는 변함없이 전자 문지기가 버티고 있었다. 나는 그 옆을 지나 안쪽 우편함으로 다가갔다.

우편함을 하나씩 살폈다. 교통이 편리하고 이 정도 세련된 맨션이면 사무실이 입주해 있을지도 모른다고 생각했다.

707 (유)HYPER PRISM

레이저 프린터로 인쇄한 듯한 우편함 라벨에는 보석 같은 결정에 만화처럼 반짝이는 효과를 준 로고가 붙어 있었다. 3D 그래픽 툴로 만든 것이리라. 그래픽이나 편집 디자인 회사가 틀림없었다.

나는 콘솔 앞에 서서 707을 입력하고 호출 버튼을 눌렀다.

"네?"

콘솔 스피커에서 젊은 남자 목소리가 흘러나왔다.

"퀵서비스 스피드 킹입니다."

마이크에 입을 대고 최대한 씩씩하게 대답했다.

"배달 왔습니다."

고맙게도 젊은 남자는 어디서 보낸 물건인지는 묻지 않았다. 예상대로 거의 매일 퀵서비스를 이용하고 있어서 이런 응대에 익숙한 것이리라.

"수고하십니다. 지금 열어드리겠습니다."

현관에 낮은 버저 소리가 울려 퍼졌다. 자동문 앞에 서자 유리문이 양쪽으로 열렸다.

나는 현관과 똑같은 타일이 깔린 로비로 들어가 승강기를 타고 5층으로 올라갔다.

승강기에서 내리자, 차분한 우윳빛 복도에, 외부에 면한 북쪽에는 커다란 유리창이 있고 남쪽으로는 흑갈색 문이 줄지어 있었다.

문패를 확인하면서 503호를 찾았다.

초인종 위에 가족 이름이 적혀 있었다.

503호
다루미야 가즈히로
도시에
유키코
겐자부로

마치 시의 한 소절 같았다. 가즈히로, 도시에, 유키코, 겐자부로를 입 안에서 읊어보았다. 가족은 네 명인 모양이었다. 그리고 다루미야 유키코에게는 남동생이 한 명 있었다.

나는 4인 가족의 초상을 그려보았다. 다루미야 유키코가 열여섯 살이니까 부모는 아마 사십대일 것이다. 유한회사가 입주해 있는 것으로 보아 임대 주택이겠지만, 위치로나 외관으로나 이 정도의 훌륭한 맨션에 산다는 것은 그만큼 생활이 풍족하다는 얘기일 것이다. 사립 고등학교에 딸을 보내는 것만 봐도 중산층 이상의 가정이 분명했다. 적어도 가족은 그렇게 생각하고 있을 것이다.

아마 아버지는 시내 고층 빌딩으로 출퇴근하는 대기업 샐러리맨. 사십대면 중간 관리직에 있을 시기로 과장이나 차장쯤 될 것이다.

아르마니 같은 명품 슈트를 입고 은테 안경을 쓴 모습이 머릿속에 그려졌다. 어쩌면 그것은 텔레비전 드라마에서 본 배우의 모습이었을지도 모른다.

어머니와 남동생에 대해서는 데이터가 전무해서 전혀 이미지를 떠올릴 수 없었다. 그나마 어머니는 홈드라마 속 어느 배우의 이미지를 옮겨 올 수 있었지만 남동생은 도무지 감이 잡히지 않았다. 무엇보다 나이를 모른다. 중학생? 초등학생? 아니면 이제 걸음마를 시작한 아기일까? 가족의 초상에서 남동생 부분은 공백인 채로 남았다.

다루미야 유키코의 모습을 상상할 필요는 없었다. 여기서 기다리면 곧 만날 수 있으니까.

나는 문 앞을 떠나 몸을 숨길 장소를 찾았다.

승강기 반대쪽으로 끝까지 걸어가자 계단이 있었다. 내가 사는 아파트와는 딴판으로 깨끗하고 밝아서 그림자와 어둠이 머무를 곳은 어디에도 없었다.

누구에게나 사는 곳은 있다. 흙집에 사는 이도 있고, 이글루에 사는 이도 있고, 황폐한 철근 아파트에 사는 인간도 있다. 그런가 하면 전자 문지기가 지키는 고급 맨션에 사는 인간도 당연히 있는 것이다.

다만 계단 외장은 신경을 쓰지 않았는지, 벽 콘크리트가 도장도 되지 않은 채 그대로 노출되어 있었다. 아마 비상시의 대피로일 것이다. 다이어트 중이라면 몰라도 멀쩡한 승강기가 있는데 5층까지 굳이 걸어서 올라오는 사람이 있지는 않을 것이다.

사람 눈에 띌 걱정은 일단 없을 것 같았다.

나는 층계참에 앉아 손목시계를 보았다. 오후 2시. 요즘 고등학교가 몇 시에 끝나는지는 모르겠지만 넉넉히 세 시간이면 되지 않을까.

내 예상은 조금 낙관적이었던 모양이다.

오후 6시가 지나도 다루미야 유키코는 나타나지 않았다. 승강기 소리가 날 때마다 계단을 올라가 복도를 살폈지만, 양복 차림의 샐러리맨이나 주부로 보이는 여자만 내릴 뿐 연두색 교복을 입은 학생은 한 명도 눈에 띄지 않았다.

이제 곧 오후 8시가 된다. 다루미야 유키코는 학교에서 곧장 집에 올 만큼 착실한 학생이 아닌 모양이다. 아니면 동아리 활동이라도 하는 것일까?

점심을 햄버거로 때운 탓에 슬슬 공복감이 밀려왔다.

그만 돌아갈까 어쩔까 한참 고민하고 있는데, 승강기 소리가 들렸다.

계단을 올라가 벽 뒤에서 복도를 엿보았다. 승강기에서 연두색 교복을 입은 소녀가 내렸다.

기쁘게도, 등까지 내려오는 머리칼은 검고 반들반들 윤기가 흘렀다. 키는 165센티 정도. 날씬한 몸에, 스커트 아래로 보이는 두 다리가 미끈했다.

소녀는 큼직한 가방을 들고 복도를 걸어왔다.

예쁘다. 이것이 첫 인상이었다. 턱이 갸름하고, 짙은 눈썹과 살짝 올라간 두 눈은 고양이를 연상시켰다. 담장 위를 살금살금 걸어가는 길고양이가 아니라, 혈통서 있는 아메리칸쇼트헤어.

멀어서 확실하게 판단할 수는 없었지만 귀에도 눈썹에도 코에도 피어싱은 하지 않은 것 같았다. 하굣길에 옆길로 새서 놀다 온 것이 아니라 동아리 활동으로 귀가가 늦어진 것이리라.

소녀는 503호로 걸어가 초인종을 눌렀다. 말소리는 들리지 않았지만, 이내 문이 열리고 소녀는 안으로 사라졌다.

그녀는 다루미야 유키코가 틀림없었다.

5

연달아 아르바이트를 쉴 수는 없어서 그 후 사흘간은 성실하게 일했다.

10월 17일 금요일, 나는 오후 3시가 넘어 조퇴를 신청했다. 오카지마 부장은 다음 주부터는 절대로 안 된다고 말하면서도 허락해주었다.

곧 정신없이 바빠질 것은 나도 알고 있었다. 오늘은 조사할 수 있는 이번 달 마지막 기회였다.

한 시간 후 나는 하자쿠라 고등학교 근처의 예의 그 공원에서 시간을 죽이고 있었다. 하늘은 오랜만에 맑았고, 바람은 상쾌했다. 외출하기 좋은 날씨인데, 그때 본 엄마와 아들은 보이지 않았다. 놀이기구의 그물만이 쓸쓸하게 흔들리고 있었다.

시간을 확인한 뒤 하자쿠라 고등학교로 향했다. 학교에서는 벌써 학생들이 쏟아져 나오고 있었다. 나는 정문 앞 버스 정류장에 서서 무리를 지어 움직이는 교복 차림의 학생들을 지켜보고 있었다.

도쿄도 유수의 명문고라고 하면 지나친 감이 있지만, 하자쿠라 고등학교는 도요코선 역세권 주민들 사이에서는 좋은 집안 자녀가 다니는 학교로 통하고 있었다. 말하자면 넓은 단독 주택에는 살 수 없지만 방 세 개인 맨션에는 살 수 있는 집안의 아이들인 것이다. 항균 제품을 쓰고, 대형 냉장고 안에는 유기농 채소가 가득 채워져 있고, 주말에는 온 가족이 이탈리안 레스토랑에서 외식하고, 유치원에 다니는 아이는 비디오 만화 영화가 부모의 역할을 대신해주는 가정.

빨간 벽돌길을 당당하게 걷는 이 젊고 생기 넘치는 얼굴의 학생들도 분명히 신데렐라와 알라딘의 환상을 믿고, 토토로를 보며 자연 보호의 중요성을 깨닫는 충실한 유년기를 보냈을 것이다.

이십 분쯤 기다렸을 때, 다루미야 유키코가 친구로 보이는 아담한 여자아이와 이야기를 나누면서 벽돌길에 나타났다.

곁에 있는 아이는 아랫볼이 통통하고, 은테 안경을 썼고, 앞니가 조금 나와 있었다. 치아 교정이 필요해 보이는 입이었다. 아마 어릴 때 부모가 손가락 빠는 버릇을 고쳐주지 못했던 것이리라. 이 아이는 마치 과거 일본인의 얼굴을 묘사한 캐리커처처럼 보였다.

다루미야 유키코와 친구는 정문을 나오자, 정류장을 지나쳐 완만한 언덕길을 내려가기 시작했다.

나는 거리를 두고 조심스럽게 뒤를 따라갔다.

말소리는 들리지 않았지만 시종일관 떠드는 쪽이 곁의 친구인 것은 알 수 있었다. 다루미야 유키코는 미소를 지으면서 조용히 듣고만 있었다. 긴 머리카락이 가을바람에 흩날려 검은 날개처럼 등 위에서 펄럭였다.

두 사람은 역 앞에서 헤어졌다. 다루미야 유키코는 도요코선을 타고 통학하는 것이다.

나는 친구에게 손을 흔드는 다루미야 유키코를 뒤로하고 서둘러 역 안으로 들어갔다.

발매기에서 가쿠게이대학역까지 가는 표를 사서 일단 개찰구를 통과했다. 게시판을 보는 척하면서 기다리고 있자, 곧 다루미야 유키코가 나타나 재킷 안주머니에서 지갑을 꺼내 정기권을 뽑아 들고 개찰구를 통과해 들어왔다.

나는 그 뒤에 따라붙어서 승강장 계단을 올라갔다.

오후 5시. 도요코선은 귀가하는 사람들로 혼잡해지기 시작했다. 몸이 맞닿을 정도는 아니었지만, 서 있는 사람이 많아서 시야를 확보하기가 어려울 것 같았다. 나는 다루미야 유키코와 같은 문으로 타기로 했다.

나는 문 바로 옆 기둥에 기대서서 알아채지 못하게 곁눈질로 관찰했다.

다루미야 유키코는 조금 떨어진 곳에 손잡이를 잡고 서 있었다. 살짝 턱을 들고 천장을 멍하니 쳐다보고 있었다. 뭔가 생각하고 있는 것일까. 아니면 천장에 붙어 있는 주간지 광고를 보고 있는 것일까.

볼수록 예쁜 아이였다.

내가 봐도 미인이니 또래 남학생들에게는 틀림없이 인기가 많을 것이다. 재색 겸비, 라는 표현이 떠올랐다. 아침의 만원 전철 안에 치한이 출몰하지 않기를, 그녀를 위해 나는 바랐다.

가쿠게이대학역이 가까워지자, 다루미야 유키코는 선반에

올려놨던 가방을 손에 들었다. 나는 먼저 전차에서 내렸다.

고가선 아래 매점 근처에 서 있자니 다루미야 유키코가 바로 나타났다.

다루미야 유키코는 개찰구를 나와 역 앞 작은 화단 쪽으로 향했다. 곧장 귀가하지 않을 모양이었다. 왼손에 찬 가느다란 손목시계를 보고, 고개를 들어 역에 있는 디지털시계를 보았다.

누군가를 기다리는 것일까? 방과 후의 데이트. 부러울 따름이다.

그런데 또래 남자친구라면 굳이 가쿠게이대학역에서 만날 필요는 없지 않을까. 학교에서 바로 시부야든 어디든 가면 된다. 그렇다는 것은 다른 학교에 다니는 남자친구라는 말인데. 아니, 대학생이나 회사원이나, 아무튼 연상의 남자일 가능성도 충분히 있었다.

약속 시간은 오후 5시 반이었던 것 같다. 디지털시계의 분침이 32에서 33으로 바뀌었을 때, 한 남자가 개찰구를 나와 부랴부랴 달려왔다. 비싸 보이는 양복을 입은 마흔 살 전후의 남자였다.

나는 흘끔흘끔 쳐다보면서 두 사람의 대화에 귀를 기울였다.

미안, 늦어서. 미안해하는 표정이다. 이 분밖에 안 늦었는데, 뭘. 미소 짓는다. 그런가? 같이 미소 짓는다. 어디 갈까? 생각한다. 햄버거면 돼. 사줄 거지?

다루미야 유키코와 남자는 역 북쪽으로 걷기 시작했다. 아마 패스트푸드점에 가는 것이리라.

뒤를 밟으면서 나는 생각했다. 사랑에 나이는 중요하지 않다지만, 교제하는 상대로 보기에는 나이가 너무 많다. 원조 교제라는 찜찜한 말이 떠올랐으나 바로 지워버렸다. 매일 집과 학교를 오가는 역 앞에서 매춘 상대를 만나는 아이는 없을 것이다. 게다가 얻어먹는 것이 고작 햄버거라니, 아무리 그래도 너무 싸다.

나는 패스트푸드점에 들어갔다. 다루미야 유키코와 남자는 벌써 주문을 끝내고 쟁반을 들고 2층으로 올라가는 참이었다. 나는 주문해서 나온 뜨거운 커피가 든 스티로폼 컵을 들고 뒤따라 계단을 올라갔다.

2층에는 사람이 많았다. 나는 창가 긴 테이블 자리에 앉아 어이없을 만큼 쓴 커피를 마시면서 관찰을 시작했다.

두 사람은 안쪽 자리에 마주 보고 앉아 있었다.

남자가 부드러운 미소를 띠고 뭔가를 말했다. 가게 안이 시끄러워서 무슨 말을 하는지는 알 수 없었다.

어느 순간 밝은 웃음소리가 희미하게 들려왔다. 그때까지 가만히 듣고만 있던 다루미야 유키코가 무척 즐거운 듯이 눈꼬리를 내리고 손으로 입을 가리며 웃고 있었다.

다루미야 유키코가 소리 내어 웃는 것을 나는 처음 보았다. 남자도 신기하게 생각했는지 순간 당황한 기색이었지만, 곧 조용한 미소를 지어 보였다. 남자는 다루미야 유키코와 아주 가까운 사이로 보였다.

두 사람은 삼십 분 정도 있다가 가게를 나갔다.

나는 다루미야 유키코를 장시간 미행했다. 뒤를 계속 쫓는 것은 위험하다고 판단하고 2층 창가에서 두 사람을 눈으로 배웅했다. 다루미야 유키코와 남자는 나란히 메구로도리 방향으로 걸어갔다.

그 다정한 모습을 보고 나는 그가 아버지인 가즈히로일 것이라고 생각했다. 데제르 히몬야에서 상상했던 모습과는 다소 달랐지만 부드럽고 다감한 남자로 보였다. 늘 젊게 사는 멋쟁이 아버지.

하굣길에 역 앞에서 아버지를 만나 맛있는 것을 사 달라고 한다. 물론 집에 돌아가면 어머니가 따뜻한 저녁을 차려놓았을 테니까, 밖에서는 간단하게 햄버거와 콜라로 만족하자.

이 또한 언젠가 텔레비전에서 본 홈드라마의 한 장면이었다.

오카지마 부장은 다음 주부터라고 말했지만, 광란의 월말은 이튿날인 18일 토요일부터 시작되었다.

이 시끄럽고 어수선한 나날을 무사하게 보내려면 목욕재계하고, 개인적인 일은 잠시 밀어두고, 지혜와 용기를 모두 쏟아부을 각오를 해야 한다. 그러지 않으면 노한 스가와라노 미치자네학문의 신으로 받들어지는 헤이안 시대의 학자의 원령이 상상도 못할 무시무시한 저주를 퍼부을지도 모른다.

최초의 이변은 모 대학 모 교수에게 의뢰했던 정보지 권두 에세이 원고가 아무리 기다려도 들어오지 않는 것이었다. 젊은 편집자로는 해결되지 않아서 총지휘자인 오카지마 부장이 직접 나서서 하루가 멀다고 독촉 전화를 해댔다. 오늘이 몇 월 며칠이냐로 시작해서, 얼마나 진척됐는지 확인하고, 애원하고, 급기야 울고, 그리고 마지막에는 약간의 협박까지, 오카지마 부장은 자신이 할 수 있는 모든 기술을 동원하여 몰아붙였다. 열 살만 젊었으면 미인계도 썼을 것이다.

마침내 모 교수는 항복했고, 졸병인 내가 공들여 완성시킨 금쪽같은 원고를 받으러 대학 연구실로 찾아갔다. 대학원생으로 보이는 젊은 여자가 내준 미지근한 녹차를 마시면서 두 시간을 기다리는 동안, 나는 왜 수학과 교수가 전자메일을 쓰지 못하는가에 대한 수수께끼를 해명하려고 애썼다.

오카지마 부장은 이어서 게으름뱅이 첨삭 지도교사를 공격하는 데도 성공해서(노골적인 공갈과 협박이었다), 히무로카와 출판에는 전리품인 첨삭 답안이 속속 들어왔다. 답안과 함께 발송하는 새 교재며 월간 정보지 제작도 순조롭게 진행되었다.

각 전선에서 승리의 함성이 일어난 것도 잠시, 후방 지원부대에 예상치 못한 문제가 발생했다. 편집한 교재 일부가 조판이 안 된다고 인쇄소에서 연락이 온 것이다.

교섭에 통달한 오카지마 부장도 인간이 아닌 기계의 반란에는 두 손을 들었다. 기계를 상대할 때는 조심해야 한다. 맹

수에게 달려드는 것이나 다름없으니까.

게을러서 자라는 대로 내버려둔 것으로밖에 보이지 않는 콧수염에 장발을 질끈 묶은 인쇄소 담당자가 오카지마 부장에게 상황을 설명했다. 두 종류의 아웃라인 폰트를 혼용하면 이러저러한데, 폰트 번호가 이러이러해서, 발음하기도 어려운 무슨무슨 기계가 어찌어찌되었다, 라는 것이었다. 그의 말투로 짐작건대, 그것은 소금을 많이 넣으면 음식이 짜지는 것과 마찬가지로 지극히 단순하고 자명한 일인 것 같았다.

"저 사람이 하는 말, 다 알아들었어?"

담당자가 자리를 뜨자 오카지마 부장이 물었다. 나는 말없이 어깨를 으쓱했다. 오카지마 부장은 관자놀이를 긁으면서 투덜거렸다.

"전에는 인쇄소에 오면 배 나온 사장님이 싱글벙글하면서 맞아줬는데, 요즘은 꼭 요가 수행자같이 생긴 총각이 나와서 도무지 알아들을 수 없는 말을 늘어놓는단 말이야. 통역이 필요해."

과거 좋았던 전산 사식 시절을 그리워하는 표정이었다. 구텐베르크의 인쇄기가 보급되었던 시대의 필사자들도 비슷한 표정을 지었을 것이다.

그 외에도 자질구레한 문제는 끊이지 않고 나왔다. 나는 사방팔방으로 뛰어다니면서 잡무를 차례로 처리하고, 매일 늦게까지 편집부에 남아 쥐꼬리만 한 잔업 수당을 차곡차곡

쌓아갔다.

말 그대로 죽을 시간도 없을 만큼 바빠서 다시 돌아온 토요일에도 드러그스토어에 들를 수 없었다. 계획이 틀어지는 것은 못마땅했지만 의사의 얼굴을 보지 않아도 되는 것은 다행스러웠다.

또 하나, 다행인 일이 있었다. 편집부도 영업부도 매일 정신없이 바빴으므로 비품이 한두 개 없어져도 눈치챌 사람은 없었다.

나는 새 가위를 손에 넣었다.

6

가위는 이전 두 개와 같은 종류로, 손잡이까지 전체가 스테인리스로 되어 있고 가운데를 나사로 고정한 것이었다.

날은 그렇게 예리하지 않았다. 손가락에 대고 힘주어 그어도 얕게 골만 생길 뿐 피는 나지 않았다. 끝은 안전을 위해 뭉툭하게 만들어놔서 역시 손가락을 찔러도 아주 살짝 패는 정도였다.

종이를 자르는 용도의 가위였다. 사람의 몸을 가르거나 찌르는 흉기가 아닌 것이다.

나는 아르바이트에서 돌아오면 매일 밤 시간을 들여 가위 끝을 줄칼로 갈았다.

그러기를 며칠, 가위 끝은 아이스픽처럼 뾰족하고 날카로워졌다. 이 정도면 충분할까. 손가락이나 팔뚝이나 하다못해 목에라도 시험해보면 좋겠지만, 가위에 내 피가 묻는 것은 피해야 했다.

길에서 주워 온 나무 상자를 들고 와 가위로 쿡 찔러보았다. 별로 힘을 주지 않았는데도 쉽게 나무판을 파고들었다. 이 정도면 괜찮겠지. 무딘 가위가 얼마나 쓰기 어려운지 나는 고니시 미나를 통해 잘 알고 있었다.

가위 끝이 완성되자, 나는 드러그스토어에서 산 부드러운 천을 꺼내 가위를 닦기 시작했다. 편집부에서 들고 나올 때도, 줄칼로 갈 때도 손수건이나 비닐장갑을 사용해서 최대한 지문이 묻지 않게 조심했지만 그래도 모르는 일이었다.

편집부에서 사용하는 얇은 비닐장갑을 양손에 끼고, 가위를 십자로 벌려 손잡이 안쪽부터 나사까지 꼼꼼하게 닦아냈다.

지문과 함께 기름기나 먼지도 깨끗하게 제거되어 가위는 스탠드 불빛 아래에서 은색으로 번쩍번쩍 빛났다.

장갑을 낀 채 굵은 비닐 끈을 다섯 바퀴 정도 풀어서 가위로 잘랐다. 가위와 끈을 함께 비닐봉지에 싸서 숄더백 깊숙이 넣었다. 새 비닐장갑을 뜯지 않고 그대로 비닐봉지 옆에 밀어넣었다. 손에 꼈던 장갑은 쓰레기통에 버렸다.

준비는 끝났다. 이제 때가 오기를 기다리기만 하면 될 뿐이었다.

10월 말, 스웨터와 코트가 그리워지는 계절이 찾아오자 히무로카와 출판 편집부도 전쟁의 종막을 맞이했다. 남은 것은 약간의 전후 처리. 몇 가지 서류상의 문제를 수습하고, 초토화된 편집부를 정리하는 것이었다. 전자는 오카지마 부장, 후자는 아르바이트를 하는 우리의 몫이었다.

11월 1일 토요일, 지칠 대로 지친 편집부 직원들이 대부분 휴가를 낸 가운데 아르바이트 세 명은 정시에 출근해서 반나절 내내 사무실을 청소했다.

누구 하나 제대로 하는 인간이 없어서, 키만 껑충한 대학생(다카하시)은 양동이에 담갔다 건져 올렸을 뿐인 물이 뚝뚝 떨어지는 걸레로 책상을 닦고, 검은 테 안경을 쓴 전직 샐러리맨 아저씨(야마기시)는 청소기 사용법도 여태 익히지 못해서 헤매고 있고, 뚱보 프리터(나)는 평소의 운동 부족 탓에 자료 뭉치를 들다가 허리를 삐끗했다.

늘 그렇듯 보다 못한 오카지마 부장이 직접 나서서 출근해 있던 두 편집부 직원을 이끌고 거들어주었다. 이 또한 늘 그렇듯 오카지마 부장이 가장 능숙했다.

"걸레는 짜서 써야지. 자, 짜봐. 더 꽉. 물이 떨어지면 안 된다니까."

"여태 청소기도 못 돌리면 어떡해. 청소도 업무에 속해. 집에서 안 해? 그러니까 가끔 아내도 도와주고 그러란 말이야."

"아니, 잡지를 그렇게 한꺼번에 잔뜩 묶으면 안 되지. 들 수가 없잖아. 종이 다발이 세상에서 가장 무거운 거 몰라?

그 반이면 돼. 그래, 다시 묶어봐."

"거기, 타는 쓰레기랑 타지 않는 쓰레기는 확실하게 분리해. 그런 건 기본이라고, 기본."

나는 오카지마 부장 집안의 며느리에게 깊은 동정을 표했다. 그런 사람이 실재하는지 어떤지는 모르겠지만.

드디어 편집부는 질서를 회복했고, 나는 나머지 두 사람과 함께 꽉꽉 채운 대형 쓰레기봉투 열 개를 버리러 나갔다. 쓰레기의 대부분을 차지하는 폐지를 보면서 나는 종이 없는 사회는 당분간 도래하지 않을 것이라고 생각했다.

편집부로 돌아온 뒤 퇴근 준비를 마치고 오카지마 부장 자리로 갔다.

다음 주에 사흘 정도 조퇴하고 싶다고 말했다.

"좋아. 바쁜 일은 끝났으니까."

오카지마 부장은 흔쾌히 승낙해주었다. 아마도 깔끔하게 정리된 책상이 만족스러웠던 것이리라.

"어차피 말해주지 않겠지만, 혹시 데이트?"

미소를 띠고 그렇게 물어왔다. 나는 잠깐 생각하고 나서 대답했다.

"그렇습니다."

상당히 의외의 대답이었던 모양이다. 오카지마 부장은 놀란 표정이었다. 나는 가볍게 인사하고 편집부를 나왔다.

집에 가는 길에 드러그스토어에 들렀다. 살충제와 구제제 진열대에서 쥐약 상자를 집어 들었다. '킬모어'라는 이름이 마음에 들었다. 더, 더 죽여.

상자 앞면에는 머리에 천사 띠를 올리고 두 눈이 가위표가 된 쥐가 그려져 있었다. 가련한 쥐가 주 예수 그리스도의 곁으로 승천하는 모습이었다.

집에 돌아와 쥐약을 접시에 부었다. 붉고 거친 알갱이가 상자에서 쏟아져 나왔다. 이렇게 접시에 쏟아놓고 보니, 화려하고 선명하게 착색된 것을 빼면 색소를 입힌 뻥튀기나 별사탕 같았다.

시험 삼아 조금 입에 넣어보았다. 뻥튀기만큼 단단하지도 별사탕처럼 달지도 않았다. 이런 맛도 없고 향도 없는 것을 쥐는 무슨 맛으로 먹을까. 아니면 인간에게는 맛이 느껴지지 않지만 쥐에게는 이것이 극상의 진미인 것일까.

한 상자분의 쥐약을 입에 털어 넣고 현미차와 함께 삼켰다.

구토할 것을 대비해서 비닐봉지를 챙겨서 침대로 갔다. 벌렁 드러누워 쥐약의 독성이 몸에 퍼지기를 기다렸다.

그러나 삼십 분이 지나고 한 시간이 지나도 아무 일도 일어나지 않았다. 구역질도 나지 않고 괴롭지도 아프지도 않았다. 왼쪽 가슴에 무지근한 압박감이 느껴질 뿐이었다.

"미련하긴. 쥐약을 먹었는데 가슴이 답답하다고? 그건 네 착각이야. 플라세보 효과라고."

의사가 어처구니없다는 듯이 말했다. 손에 쥔 볼펜을 지휘봉처럼 휘두르며 의사는 설교를 시작했다.

"잘 들어. 쥐약에 비소를 쓰는 건 옛날이야기야. 요즘은 그런 위험한 성분은 쓰지 않아. 상자 겉면에 성분표가 있을 텐데? 주성분은 와파린이야, 와파린. 항응혈제. 피가 응고되는 것을 방지하는 약이지. 요즘 쥐는 비소 중독이 아니라, 안저출혈眼底出血로 죽는 거야."

그렇지만 쥐를 죽이는 약이 인간에게 무해할 리가 없다. 더구나 한 상자를 전부 삼켰다.

"그야 다량으로 섭취하면 인간도 죽겠지. 그건 당연한 거야. 어떤 약이든 치사량은 있어. 아니, 약만 그런 게 아니야. 식료품도 마찬가지지. 소금 한 되, 간장 한 병, 하물며 수돗물도 말로 마시면 죽어. 뭐 개인적인 의견으로는 물을 그렇게 퍼마실 거면 양동이에 쏟아서 얼굴을 박고 죽는 편이 훨씬 낫다고 생각하지만 말이야."

의사는 한 쪽 입꼬리를 올리고 웃었다

"와파린의 치사량이 어떻게 되는지는 모르겠지만, 아마 한 상자로는 부족할 거야. 그 정도 양으로 인간이 죽는다면 드러그스토어 같은 곳에서 쉽게 살 수 있을 리가 없어."

나는 또 의사에게 당한 기분이었다. 아무리 죽으려고 해도 죽지 못하고 매번 의사에게 조롱만 당할 뿐이다. 어쩌면 자살에의 열망이 사라지고 삶의 의미를 찾았을 때 비로소 죽음이 찾아올지도 모른다.

"참으로 낭만적이군."

의사는 미간을 찡그리고 노골적으로 혐오감을 드러냈다.

"몇 번을 말해야 내 뜻을 이해할까. 네가 죽기를 바라든

살기를 바라든, 그런 건 네 실제 생사와 전혀 상관없어. 죽음은 네 내면과는 무관하게 찾아와. 그게 현실이야. 네 뜻에 따라 혹은 네 뜻을 반하고 뭔가가 일어난다는 것은 단순한 환상이야."

그렇지만 나는 진심으로 죽음을 바라고 있고 실제로 죽으려 하고 있다. 이것도 현실이 아닌가.

"네 행동을 보고 있으면 어떤 조크가 떠올라. 알려나? 이런 건데. 자살하려고 수면제를 먹었지만, 만약을 위해 방문을 열어두었다."

의사는 키득키득 웃었다.

"자살 미수자를 혐오하는 이유는 두 가지야. 하나는, 그것으로써 타인을 지배하려 하기 때문이야. 헤어지자고 했다고 면도칼로 손목을 그으면서 자살 소동을 벌이는 인간이 전형적인 예지. 나는 아무나 할 수 없는 자살이라는 행위를 시도했다. 고로 너는 내 말을 따라야 한다. 그런 터무니없는 논리를 강요하려고 하지."

의사는 의자에 앉은 채 몸을 뒤로 젖히고 의도적으로 잠시 뜸을 들였다.

"또 한 가지 이유는, 자신을 특별한 존재라고 착각해서야. 나는 아무나 할 수 없는 자살이라는 행위를 시도한 데다, 무슨 하늘의 뜻인지 고통과 죽음으로부터 무사히 살아 돌아왔다. 어떤 힘이 내 삶을 이끌고 있다. 그래서 자신은 특별한 존재라는 것이지. 그런 인간들은 세상 어두운 얼굴을 하고 있으면서 결국은 밑천을 드러내고 신나서 자살 경험을 떠벌리지. 어쩜 그렇게 어리석은지. 그런 건 하늘의 뜻도 아니고, 본인의 뜻도 아니야. 단순히 통계적인 우연에 지나지 않아. 우연히 살아남은 걸 가지고 필연이라고 착각하는 거야. 곰을 만났을 때의 대처법과 비슷한 이치지."

자살 미수와 곰이 무슨 관련이 있는지 나는 이해할 수 없었다.

"왜, 산에서 곰을 만나면 죽은 척하라는 이야기가 있잖아. 옛날부터 그렇게 전해 내려왔고, 실제로 그렇게 해서 살아남은 사람도 많다고 말이지. 그건 당연한 거야. 죽은 척했다가 실패하면 곰한테 잡아먹히는 거잖아? 나는 곰 앞에서 죽은 척했습니다만 살아남지 못했습니다, 하고 증언하는 사람은 없어. 당연히 성공 사례밖에 보고되지 않아. 자살도 마찬가지야. 자살에 성공한 인간은 나는 특별한 존재가 아니었습니다, 하고 말하지 못해. 이미 죽은 몸이니까."

거기까지 이야기하더니 의사는 뭔가가 떠오른 듯 즐거운 표정을 지었다.

"한 가지 더 재미난 이야기가 있어. 혹시 들어본 적 있으면 말해. 이런 이야기인데……."

어느 일본인 관광객이 로키산맥 트레킹을 하던 중 사나운 회색곰을 만났다.

관광객은 전해 내려오는 곰 대처법을 퍼뜩 떠올리고 죽은 척을 했다. 땅바닥에 벌렁 자빠져, 깍지 낀 두 손을 가슴 위에 얹고, 두 눈을 감고, 숨을 죽였다.

그러자 회색곰이 말했다.

"Is it Zen?"

의사는 큰소리로 웃었지만 나는 뭐가 우스운지 전혀 이해할 수 없었다.

시시껄렁한 미국 유머를 더는 듣고 있을 수가 없어서 면담을 끝내려고 생각했을 때, 의사가 웬일로 진지한 표정을 지으며 이렇게 물었다.

"최근에 또 가위를 손질한 것 같던데, 새로운 여자아이라도 발견했나?"

"그래."

나는 짧게 대답했다.

의사는 시선을 돌리고 중얼거렸다.

"싹둑, 싹둑, 싹둑 가위남이 간다. 세 번째 희생자가 나온다. 피가 흐르고, 고통이 넘친다. 사람들은 공포에 떨고, 분노하고, 두려워하고, 때로는 흥미로워한다……."

"그만두라고 말하고 싶은 건가?"

"아니, 그런 말을 할 생각은 없어."

의사는 곧 평소의 빈정거리는 말투로 돌아와 이렇게 말했다.

"네 뜻대로 해. 너 하고 싶은 대로 하면 되는 거야. 물론 너는 네 자신이 뭘 하고 싶은지 전혀 모르겠지만 말이야."

7

이튿날 아침 침대에서 눈을 떴을 때도 고통이나 불쾌감은 전혀 느낄 수 없었다. 일요일 아침을 이렇게 상쾌하게 시작하는 것이 얼마 만인지. 대개는 전날의 자살 미수 탓에 침대에서 일어나지 못할 때가 많았다.

그런데 쥐약의 효력은 생각지도 못한 곳에서 나타났다.

화장실에서 볼일을 보고 난 나는 변기를 보고 질겁했다. 변기 안이 새빨갛게 물들어 있었기 때문이다. 출혈인가 싶어 순간 당황했지만, 아니었다. 쥐약의 빨간 색소가 소변과 함께 몸 밖으로 배설되었던 것이다.

그것 말고는 특별한 이상은 없었다. 컨디션도 평소와 다르지 않았다. 그렇다면 오늘과 내일, 즉 일요일과 문화의 날 이틀을 투자해서 다루미야 유키코의 휴일 행동을 조사할 수 있을 것 같았다.

오전 10시, 나는 숄더백을 어깨에 메고 가쿠게이대학역에서 내렸다.

만약 다루미야 유키코가 외출을 한다면, 시부야를 경유해 시내에 가든 혹은 멀리 요코하마까지 가든 일단은 도요코선을 이용할 것이다.

나는 역 바로 옆 카페에 들어가서 창가 자리에 자리를 잡고 개찰구를 지켜보기로 했다.

'오프랜드'라는 독특한 이름의 그 가게는 커피 맛이 그럭저럭 괜찮았다.

커피 한 잔을 놓고 버티는 손님이 못마땅했던 것일까. 오십대로 보이는 가게 주인이 다가와 애써 웃음을 지으면서 손수 만든 미트파이를 권했다.

나는 이런 종류의 권유에는 약하기 때문에 바로 수긍했다. 이윽고 나온 토마토소스가 듬뿍 올라간 미트파이는 주인이 추천할 만한 맛이었다.

마지막 한 조각을 입에 넣었을 때, 개찰구에서 낯익은 여자아이가 나오는 것이 보였다. 다루미야 유키코와 함께 하교하던 아이다. 내 예상은 아무래도 적중한 것 같았다.

나는 자리에서 일어나 계산을 하면서 토마토소스를 칭찬했다. 가게 주인은 비법 소스랍니다, 하고 기쁜 듯이 말했다. 내버려두면 만드는 방법까지 자세하게 전수해줄 분위기였으므로 나는 얼른 그 자리를 벗어나 밖으로 나왔다.

카페 옆 서점에서 잡지를 보는 척하면서 기다리자, 다루미야 유키코가 느긋한 걸음으로 역으로 걸어왔다.

그녀의 오늘의 콘셉트는 이상한 나라의 앨리스. 하늘색 세일러 블라우스에 카디건을 걸치고, 플리츠스커트를 입고, 머리에 헤어밴드를 하고 있었다.

손을 흔들어 반기는 친구도 도톰한 모헤어 터틀넥 스웨터로 멋을 냈지만, 다루미야 유키코와 나란히 서자 안내하는 흰 토끼로밖에 보이지 않았다.

두 사람이 서서 이야기하는 동안, 나는 역으로 가서 일단 시부야까지 가는 표를 샀다. 먼저 개찰구를 통과해 승강장으로 올라갔다.

가쿠게이대학역에서는 승강장 양쪽으로 상행 하행 전차가 모두 들어오기에 두 사람이 어느 쪽에서 타든 대처할 수 있었다.

잠시 뒤 앨리스와 흰 토끼가 수다를 떨며 계단을 올라왔다. 무슨 이야기를 하는지 궁금했지만 접근하는 것은 조심스러웠다.

둘은 시부야행 전차를 탔다. 별로 혼잡하지 않았으므로 나는 다른 문으로 타서 그 둘을 멀리서 지켜보았다. 자리가 있음에도 아이들은 문 앞에 서서 대화에 열중하고 있었다. 친구인 아이가 거의 혼자서 떠들고 있었다.

전차는 종점인 시부야역에 도착해 무수한 선로 중 하나로 미끄러져 들어갔다. 문이 열리고 사람들이 개찰구 방향으로 향해 갔다. 나는 인파에 묻혀, 때때로 목을 빼고 둘의 뒷모습을 눈으로 좇았다.

두 사람은 하치코 동상시부야에 있는 유명한 개 동상 쪽 계단을 내려가, 스크램블 교차로통행량이 많은 번화가에서 모든 방향의 차량을 정지시킨 뒤에 보행자가 어느 방향으로나 자유롭게 건널 수 있게 한 교차로를 건너 사람으로 넘실대는 휴일의 시부야 거리로 들어갔다.

나는 놓치지 않을 정도의 거리를 두고 관찰을 계속했다.

지극히 평범한 소녀들의 주말 외출이었다.

먼저 옷 탐색과 연구. 쇼윈도 앞이나 옷 가게 안에서 옷을 구경하며 이러쿵저러쿵 품평을 했다.

"아야코는 저게 어울려."

공기를 타고 그런 목소리가 들려왔다. 돌아보자, 다루미야 유키코가 손가락으로 가리킨 곳에는 무척 수수한 원피스가 걸려 있었다. 나는 아야코라는 아이가 조금 안쓰러워 보였다. 좀 더 예쁜 옷을 골라주면 좋으련만. 다루미야 유키코와 있어서 눈에 띄지 않을 뿐이었지, 모헤어 스웨터도 꽤 어울렸다.

옷은 용돈으로는 살 수 없으므로 부모님에게 말해보기로 하고, 이어서 잡화점 쇼핑. 가게 안은 십대 소녀들의 낙원이었다. 나는 이 별천지와는 전혀 어울리지 않는 인간이므로 가게 밖에서 기다렸다.

소녀들은 캐릭터 연필과 깜찍한 합성섬유 손수건과 유리구슬이 잔뜩 박힌 주둥이가 넓은 유리병만으로도 꿈을 꿀 수 있다. 천 엔을 내면 거스름돈이 돌아오는 행복. 하지만 앞으로 5년만 있으면 그녀들은 티파니나 에르메스로밖에 꿈을 꿀 수 없게 될 것이다. 지금 나이에도 신용카드가 아니면 행복을 살 수 없는 아이는 적지 않을 것이다.

한 시간 정도 기다리자, 두 사람은 갈색 종이봉투를 안고 잡화점을 나왔다.

그 뒤 두 사람은 소문난 길거리 스콘을 줄을 서서 사서는 걸어가면서 먹었다. 서점에서 잡지며 화보집을 보고, 레코드점에서 록음악과 가요를 들었다.

시부야역에 돌아온 것은 오후 4시가 넘어서였다.

나는 소녀들의 아기자기한 세계에 멀미를 느꼈다. 나는 넘지 말아야 할 경계선 안에 들어와 있었다. 두 아이가 마치 외계인처럼 기묘하게 보였다.

녹초가 된 나는 그 이상 미행하지 않고 바로 집으로 돌아왔다.

이튿날 문화의 날, 나는 다시 가쿠게이대학역 옆에 있는 오프랜드를 찾았다. 이번에는 처음부터 커피와 미트파이를 주문하고 창가 자리에 자리를 잡았다. 이틀 연달아 다루미야 유키코가 외출할지는 미지수였지만, 허탕을 쳐도 맛있는 미트파이는 먹을 수 있다고 생각했다.

정오 무렵, 다루미야 유키코가 상점가를 걸어가는 것이 보였다. 어제는 단아한 빅토리아풍 소녀였다면, 오늘은 허클베리 핀이었다. 니트 후드점퍼에 청바지, 신발은 운동화. 머리도 싹 모아서 하나로 묶었다.

나는 부러웠다. 기억할 것을 우려해서 매번 옷을 갈아입고는 있지만, 애초에 가진 옷의 절대량이 빈약해서 변통이 어려웠다. 이대로 조사가 길어지면 좀처럼 입지 않는 검은 정장을 조만간 꺼내야 할지도 모른다.

오늘 외출은 혼자였다. 다루미야 유키코는 도요코선 지

유가오카역에서 내린 뒤, 상점들이 늘비한 화려한 거리를 그대로 지나쳐 주택가 방향으로 걸어갔다.

대체 어디에 가는 것일까, 하고 생각한 찰나 주택가 한복판에 영화관이 보였다. 상업 영화 개봉관이 아니라 독립 영화를 상영하는 소형 단관 극장인 것 같았다. 다루미야 유키코는 영화 마니아인 것일까.

다루미야 유키코는 입구로 이어지는 계단을 올라가 적갈색 벽돌로 장식된 건물 안으로 들어갔다.

나는 영화에는 전혀 관심이 없었지만 조사의 일환으로 계단 밑에 붙은 포스터는 확인하기로 했다.

상영 중인 영화는 〈지하철의 소녀〉였다. 당연히 본 적도 들은 적도 없는 제목이었다. 설명을 읽어보니 내가 태어나기도 전에 만들어진 프랑스 영화였다. 원작자 탄생 100주년을 기념해서 재상영하는 모양이었다. 포스터에 있는 날카로운 눈매를 동그란 안경으로 감춘 통통한 외국인이 그 원작자일까. 어쩌면 감독이나 주연 배우일지도 모른다.

의사면 모를까, 나로서는 전혀 관심 없는 난해한 영화로 보였다. 영화관에 들어가 봤자 코를 골며 자다가 사람들에게 눈총을 받을 것이 뻔했다.

그런데 영화관 근처에는 달리 시간을 때울 만한 장소가 없었다. 그렇다고 지유가오카까지 가서 기다리면 휴일의 인파 속에서 다루미야 유키코를 찾아내기 어려울 것 같았다.

나는 깨끗하게 단념하고 그길로 집에 돌아가기로 했다.

11월 4일 화요일, 나는 이틀 만에 출근했다.

사사즈카가 시키는 잡무 이외에 딱히 할 일은 없었다. 십여 일간의 소란이 끝나자 편집부에는 고요가 찾아왔다. 일이라고 해봤자 정보지 원고 의뢰나 취재 정도로 둘 다 아르바이트하는 나와는 상관없는 일이었다.

오후 3시가 지나서 나는 오카지마 부장에게 조퇴하겠다고 말한 뒤 숄더백을 메고 사무실을 나서려고 했다. 그때 뒤에서 누가 말을 걸어왔다.

"데이트도 하고, 좋겠네."

돌아보자 사사즈카는 시선을 피한 채 빈정거리듯 웃고 있었다. 정말이지 꼴 보기 싫은 인간이다. 사사즈카는 토요일에 출근하지 않았으니 오카지마 부장이나 누군가에게 들었을 것이다. 내가 조퇴 이유를 데이트라고 대답한 것이 우스워서 굳이 한마디 하지 않고는 넘어갈 수 없었던 것이다.

딱히 화가 나지는 않았지만 남에게 조롱당하는 것은 썩 유쾌한 일은 아니다. 편집부 사람들 사이에서 나는 데이트와는 거리가 먼 인간으로 여겨지고 있는 것이리라. 그렇게 생각해도 어쩔 수 없고, 또 사실이기 때문에 부정할 수 없었다.

나는 체중에서 자유롭지 못한 인간, 말하자면 뚱보다. 체중은 말하고 싶지 않을뿐더러, 최근에는 재보지 않아서 아예 알지도 못하고 생각하고 싶지도 않다.

비만의 원인이 과식인 것은 잘 알고 있다. 집에서도 밖에서도 무의식중에 잔뜩 먹고(예를 들면 미트파이), 실컷 욕하면서도 정크푸드를 좋아한다.

토요일마다 다양한 방법으로 자살을 기도했지만, 유일하게 시도하지 않았고 앞으로도 시도할 마음이 없는 방법이 아사였다. 뭔가를 먹고 죽는 것은 가능해도, 아무것도 먹지 않고 죽는 것은 아마 내게는 불가능한 일일 것이다.

오후 4시 전에 가쿠게이대학역에 도착했지만 이번에는 오프랜드에는 가지 않았다. 사사즈카의 비웃음 때문에 다이어트를 결심한 것은 아니다. 사흘 연속으로 방문하면 가게 주인이 얼굴을 기억할 우려가 있었기 때문이다.

나는 근처 서점에 들어가 역을 살폈다. 다루미야 유키코가 오후 5시쯤에 나타날지, 아니면 잠복 첫날처럼 늦어질지는 전혀 알 수 없었다. 가능하면 며칠을 두고 그녀의 귀가 시간을 정확하게 파악해두고 싶었다.

화요일은 일찍 귀가하는 날인 모양이었다. 교복 차림의 다루미야 유키코는 오후 5시가 넘어 역에서 나왔다.

오늘은 아버지를 기다리지 않고 곧장 상점가로 향했다. 아마 가즈히로는 야근으로 늦는 것이리라.

나는 다루미야 유키코의 뒤를 좇아갔다.

외지인인 나와는 달리, 다루미야 유키코는 길을 골목골목 잘 알고 있었다. 그녀는 상점가를 통과하지 않고 도중에 모퉁이를 돌아 골목으로 들어갔다. 아마도 지름길일 것이다. 나는 10미터 정도 거리를 두고 천천히 따라갔다.

11월은 일몰이 빠르다. 집과 집 사이를 누비듯이 뻗어 있는 골목에 엷은 어둠과 정적이 내려앉았다. 가로등이 켜지고, 소녀의 그림자가 희미하게 깔렸다. 행인의 모습이 아직 드문드문 보였지만, 밤이 더 깊어지면 그마저도 끊기고 지나다니는 것은 길고양이뿐일 것이다.

나는 가만히 숄더백을 잡았다. 바닥에 숨긴 가위의 감촉이 천을 통해 전해져 왔다.

물론 오늘 이것을 쓰는 일은 없을 것이다. 하지만 기다리면 기회는 틀림없이 찾아온다. 내일, 일주일 뒤, 아니면 한 달 뒤. 나는 지난 두 번의 경험을 통해 그 사실을 잘 알고 있었다.

다루미야 유키코의 뒷모습이 엷은 어둠에 녹아들고 있었다. 그러나 나는 서두르지 않고 주변 풍경을 감상하면서 느긋하게 걸어갔다.

높은 콘크리트 담 뒤에 공간이 있었다.

맨션 1층 주차장은 조명이 어두워서 안쪽 기둥 뒤는 칠흑이었다.

그리고 검은 실루엣의 정글짐과 시소가 보이는 작은 공원이 있었다.

이윽고 익숙한 데제르 히몬야 앞길이 나왔다. 다루미야 유키코는 현관 자동문 안으로 들어가고 있었다.

나는 그녀의 귀갓길을 안 것에 만족하고 그대로 발길을 돌렸다.

그 뒤로도 틈틈이 시간을 내서 다루미야 유키코를 관찰했다.

어느 날은 학교에서부터 집으로 돌아가는 길을 미행했고, 동아리 활동이나 뭔가로 늦어지는 밤에는 학교 앞 언덕길을 내려오는 그녀의 모습을 상상했다.

또 어떤 때는 미리 앞질러 가서 공원 안 풀숲에 숨어 있었다. 다루미야 유키코가 지나간 뒤에도 나는 그대로 남아 어둠에 잠긴 공원을 즐겼다.

항상 숄더백을 가지고 다녔지만 가위를 꺼내는 일은 없었다.

그렇게 하루하루 날짜가 가도 나는 조금도 초조하지 않았다. 시간은 얼마든지 있었다. 무엇보다 다루미야 유키코의 행동을 관찰하고 이런저런 정보를 모으는 것 자체가 하나의 즐거움이었다.

토요일이 돌아왔지만 드러그스토어에는 가지 않았다. 정신없이 바빠지는 월말과 마찬가지로 해야 할 일이 있을 때는 컨디션을 조절해야 한다.

그리고 11월 11일이 찾아왔다.

8

11월 11일 화요일.

나는 추위에 잠에서 깼다. 이불을 뒤집어쓴 채 고개만 돌려 창밖을 보자 하늘은 짙은 감색이었다. 시곗바늘은 오전

5시 반을 가리키고 있었다.

다시 자면 제시간에 일어나지 못할 것 같아서 침대의 유혹을 뿌리치고 이불 속에서 나왔다.

방 안은 냉랭했다. 창문을 열자 매서운 바람이 불어와 커튼 자락을 펄럭였다. 차고 메마른 바람이었다. 나는 얼른 창문을 닫고, 아무도 없는 거리에 웅크리고 있는 거대한 절지동물 같은 고가선을 유리창 너머로 바라보면서, 벽장에서 겨울옷을 꺼내뒀던가 생각하고 있었다.

잠옷 위에 카디건을 걸치고 아침을 만들었다. 오븐토스터에 식빵을 넣은 다음, 구리 주전자에 물을 담아 가스레인지에 올렸다. 냉장고에서 버터와 달걀을 꺼내 스크램블드에그를 만들고 나자, 오븐토스터가 땡 울리고 주전자 주둥이에서는 김이 쉭쉭 올라오고 있었다.

토스트, 커피, 케첩을 뿌린 스크램블드에그, 어제저녁에 먹다 남긴 식은 조림. 이 정도면 혼자 사는 사람의 아침 식사로는 호화로운 편이었다.

나는 노릇노릇하게 구워진 토스트에 버터를 듬뿍 발라 한입 베어 물었다. 자고로 토스트란 얇게 자른 식빵을 연한 갈색이 될 때까지 바삭바삭하게 구워낸 것을 말한다. 나는 두껍게 자른 식빵을 거의 증오하다시피 했다.

텔레비전을 켠 뒤 각 방송국의 아침 뉴스를 돌려가며 보았다. 어제는 특별한 사건이 없었던 모양인지, 어느 채널에서나 한파 소식을 중요하게 다루고 있었다. 잘은 모르겠지만 태평양 고기압이 어찌어찌되면 일본 열도에 찬 공기가 밀려와 본격적인 겨울이 시작되는 모양이다. 올겨울은 평년보다 기온이 낮을 것 같습니다, 하고 안경 쓴 기상 캐스터가 말하고 있었다.

풍채 좋은 초로의 사회자가 드물게 언성을 높이면서 총무성의 광섬유 비리를 규탄하고 있을 때, 출근 시간이 되었다. 나는 아쉬워하면서 텔레비전을 껐다. 비리 사건에는 관심이 없었지만, 평소 온후하기로 유명한 이 사회자가 열을 올리며 비난하는 모습이 흥미로웠다.

히무로카와 출판 편집부는 마지막 정체기에 돌입했다. 그때그때 들어오는 잡무를 빼면 할 일은 거의 없었다. 무위와 무료를 견디지 못하고 여기서 에너지를 써버리면 이윽고 다가올 광란의 시기를 이겨낼 수 없다. 그런 사실은 모두가 잘 알고 있기 때문에 가능한 한 여유를 부리며 시간을 보내고 있었다. 바빠 보이는 사람은 정규직을 목표로 하는 야마기시와 가만히 있으면 몸살이 나는 사사즈카 정도였다.

나는 사사즈카가 시키는 자질구레한 일을 묵묵히 해치우면서 오전 시간을 보냈다. 오카지마 부장은 책상에 턱을 괴고 창밖으로 보이는 구름 한 점 없는 파란 하늘을 쳐다보고 있었다. 등 뒤 벽에는 포근해 보이는 감색 코트가 걸려 있었다.

정말이지 할 일이라고는 없는 날이었다. 이제 겨우 오후 2시인데, 사사즈카도 더는 시킬 일이 떠오르지 않는 모양이었다. 팔짱을 끼고 멀뚱히 있는 사사즈카 옆에서, 나는 자리에 앉아 차를 홀짝이고 있었다.

야마기시는 어떻게든 열심히 하는 모습을 보여주고 싶은 눈치였으나 일이 없어서 사무실 안을 어정거리고 돌아다닐 뿐이었다. 대학생인 다카하시는 회사 컴퓨터로 대놓고 학교 과제를 하고 있었다.

"아르바이트생들은 그만 퇴근들 해."

그런 모습을 보고 있던 오카지마 부장이 웃으면서 말했다.

오후 3시 전에 퇴근한 나는 그길로 가쿠게이대학역으로 향했다.

가게 주인이 내 얼굴을 기억하는지 어떤지 확인하기 위해, 라는 것은 구실이고, 사실은 저녁 메뉴를 먹어볼 요량으로 나는 오프랜드의 문을 열었다.

작은 나무 간판에 달린 종이 경쾌하게 울리자, 가게 주인이 나를 보고 빙긋 웃었다. 예감이 좋지 않았다. 이제 이 집 음식도 먹을 수 없겠구나 생각하니 조금 아쉬웠다.

"저녁 메뉴는 오후 5시부터인데, 뭐 안 될 것도 없죠."

가게 주인은 만면에 웃음을 띠고 검고 투박한 메뉴판을 내밀었다. 겨우 두 번 왔는데 이렇게 친절할 수가. 미트파이를 칭찬한 것이 못내 후회스러웠다.

개성적인 손 글씨를 해독한 뒤 보르시러시아식 수프와 갈릭 토스트, 식후 커피를 주문했다.

보르시는 이런 카페에서 한 것치고는 나쁘지 않은 맛이었고, 갈릭 토스트는 아주 수준급이었다. 비스듬히 썬 바게트에 버터를 듬뿍 바르고, 곱게 간 마늘과 잘게 다진 마늘을 그 위에 올려 꼼꼼하게 구워냈다. 요리라고도 할 수 없는 이런 단순한 음식은 밑 준비에 얼마큼 정성을 들이느냐에 따라 맛이 달라진다.

천천히 다 먹고 나자 오후 5시가 가까워져 있었다. 나는 설탕과 크림을 듬뿍 넣은 커피를 마시면서 창문 건너로 개찰구를 바라보았다.

오후 6시가 지나도 다루미야 유키코는 나타나지 않았다.

가게 주인에게 더 강한 인상을 남겨서 좋을 것이 없다고 판단하고 나는 자리에서 일어났다. 맛있게 드셨습니까, 하고 가게 주인이 물었지만 갈릭 토스트의 훌륭한 맛에 대해서는 말하지 않았다.

개찰구 앞을 삼십 분 동안 어슬렁거렸으나 다루미야 유키코는 나타나지 않았다.

나는 그녀를 처음 본 날을 떠올렸다. 오늘도 아마 동아리 활동으로 늦어지는 것이리라. 그렇다면 그날과 마찬가지로 오후 8시가 넘어 귀가할 가능성이 있었다.

고가선을 떠받치고 있는 굵은 콘크리트 기둥에 기대서서 이후의 행동에 대해 생각했다. 오후 8시가 넘으면 역에서 데제르 히몬야로 가는 주택가 골목길에는 사람이 거의 다니지 않을 것이다. 역에서부터 미행하면 위험할까. 아니면 어둠이 미행자의 그림자를 가려줄까. 확률은 반반일 것이다. 반반이면 물러나는 것이 맞다. 나는 신중했다.

나는 데제르 히몬야에 먼저 가서 기다리기로 했다. 운 좋게 일찍 퇴근한 것도 어쩌면 기회가 찾아왔다는 신호일지 모른다고 생각했다. 그러나 서두르는 것은 금물이다. 오늘 밤이 기회일지도 모르지만 마지막 기회는 아니다. 그리고 그 순간은 내가 의도해서 만드는 것이 아니라 저쪽에서 예고 없이 찾아오는 것이다.

어둠이 내려앉았다. 상점가는 양쪽으로 늘어선 가게들의 불빛으로 밝았지만, 아케이드를 빠져나가서 NTT 메구로 지국 옆길로 들어서자 다시 어둠이 이어졌다. 전화박스가 어둠 속에 떠올라 있고, 라면을 파는 포장마차의 붉은 랜턴이 흔들리고 있었다. 바람이 차서 나는 옷깃을 여몄다.

메구로도리로 나가자 다시 인공적인 빛이 쏟아졌다. 그 대부분은 도로를 달리는 차들의 헤드라이트 불빛이었다. 길을 걸어가는 행인도 몇 명인가 있었다.

하지만 메구로도리에서 옆길로 들어서자 예상대로 인적은 거의 없었다. 나는 가로등과 창문 불빛에 의지해 데제르 히몬야로 이어지는 어두운 골목길을 걸어갔다.

시각이 자유롭지 못한 만큼 다른 감각이 예민해졌다. 푹 끓인 카레 향기, 잘 구운 생선구이 냄새, 버려진 빈 병에서 풍기는 들쩍지근한 단내. 뉴스 아나운서의 무표정한 말소리, 아기 울음소리, 여자의 밝은 웃음소리. 내 감각은 정상 범위를 넘어서 있었다. 내가 신은 운동화 밑창이 아스팔트에 닿는 소리까지 들리는 것 같았다.

데제르 히몬야 앞에 도착했다.

나는 맨션 쓰레기장 뒤에서 기다리기로 했다. 거기 앉아 있으면 맨션을 에워싼 울창한 관목이 몸을 숨겨줄 것이다.

차가운 화단 벽돌에 앉아 손목시계를 보았다. 백라이트가 나오는 액정판이 오후 6시 50분을 표시하고 있었다. 앞으로 한 시간. 나는 양팔로 몸을 감싸고 추위를 견뎠다.

길 저편 네모난 건물 위로 달이 떠오르고 있었다. 빼꼼히 고개를 내민 달은 곧 옥상 물탱크 위로 올라와 아스팔트 바닥에 창백한 빛을 뿌렸다. 바람은 더욱 차가워졌다.

오후 8시가 되어도 다루미야 유키코는 귀가하지 않았다.

나는 일어나서 데제르 히몬야를 올려다보았다. 맨션은 어둠 속에 우뚝 선 백안百眼의 거인처럼 거의 모든 창문에 불이 켜져 있었다.

맨션 안의 모습을 상상하면서 503호 창문을 찾았다. 베란다에서 빛이 새어 나오는 것이 보였다. 가족 여행을 떠나거나 한 것은 아닌 것 같았다.

한 시간을 더 기다렸지만 다루미야 유키코는 여전히 나타나지 않았다.

이 시간까지 귀가하지 않아도 가족은 걱정하지 않는 것일까. 나는 얼굴도 모르는 어머니 도시에가 여기저기에 전화하는 모습을 상상했다. 그리고 역 앞 패스트푸드점에서 본 아버지 가즈히로가 당황한 모습으로 현관에서 뛰어나오기를 기대했다.

그러나 아무도 나오지 않았다.

오후 9시를 넘기자 나는 단념했다. 아마도 어떤 이유로 다루미야 유키코는 내가 가쿠게이대학역에 도착하기 전에 귀가했을 것이다. 더 기다리면 내일 아르바이트에도 지장이 있었다.

나는 양팔로 감싸 몸을 녹인 뒤 가쿠게이대학역으로 돌아가기로 했다.

만일을 위해 숄더백에서 비닐장갑을 꺼내 포장을 뜯어 양손에 꼈다. 역으로 가는 도중에 어두운 골목길에서 귀가하는 다루미야 유키코와 맞닥뜨릴지도 모른다고 생각했기 때문이다. 그 절호의 기회를 놓칠 수는 없었다.

다루미야 유키코의 귀갓길을 천천히 되짚어갔다. 지나가는 사람도 없었고, 길 양쪽의 집들도 반 이상 불이 꺼져 있었다. 나를 보고 있는 것은 밤하늘에 비스듬히 걸린 달뿐이었다.

지하 주차장이 있는 맨션, 오래되어 가물거리는 가로등, 귀가 반쯤 잘려 나간 길고양이가 기어가는 담장을 지나 공원 앞에 접어들었다.

왜 공원에서 발길을 멈췄는지 나 자신도 잘 모르겠다.

입구에서 안을 들여다보았다. 전에 왔을 때와 다른 것은 없었다. 어둠 속에서 정글짐과 시소가 정체불명의 짐승처럼 웅크리고 있었다.

아니, 이전과 다른 것이 있었다. 잔디밭 안쪽 풀숲에 뭔가가 있었다.

나는 그것이 무엇인지 확인하려고 공원 안으로 들어갔다. 검은 기름을 온통 쏟아부은 듯 새까만 잔디밭을 가로질러 나무가 우거진 풀숲으로 향했다.

깜깜한 풀숲에서 두 다리가 뻗어 나와 있었다. 곧고 가는 다리였다.

다리와 스커트가 눈에 익었다. 그리고 고양이처럼 생긴 예쁜 얼굴도.

다루미야 유키코가 풀숲 안에서 반듯이 누운 채 죽어 있었다.

목에는 비닐 끈이 감겨 있고, 두 눈은 크게 떴고, 뺨에 울혈이 있었다. 누구보다 잘 아는 교살당한 자의 얼굴이었다. 연두색 교복은 전혀 흐트러지지 않았고, 두 팔과 두 다리도 축 늘어졌을 뿐 목 아래로는 마치 자는 사람처럼 고요해 보였다.

또 하나, 내 눈에 매우 익숙한 것이 있었다.

가위다.

가위남의 상징, 텔레비전과 잡지에서 자극적으로 보도했던 그 가위였다.

다루미야 유키코의 목에는 먼 가로등 불빛에 희미하게 빛나는 은색 가위가 꽂혀 있었다. 나는 가위가 어디를 파고들었는지 바로 알 수 있었다. 목 단단한 부위 바로 옆, 부드럽고 깊게 찌를 수 있는 곳.

다루미야 유키코는 가위남에게 살해당했다고밖에 생각할 수 없었다. 다른 사람도 아닌 내가 그렇게 생각한 것이니까 틀림없다.

나는 혼란스러웠다. 나는 다루미야 유키코를 죽이지 않았다. 그러나 다루미야 유키코는 가위남에게 살해당했다. 도대체 어떻게 된 일일까?

나는 숄더백에서 가위를 꺼내 비닐봉지를 찢고 눈앞에 들어 보았다. 다루미야 유키코의 목에 꽂힌 가위는 내 가위와 완전히 동일한 종류로 보였다. 아주 완벽했다.

다루미야 유키코는 가위남의 세 번째 희생자가 된 것이다.

그러나 이 가위남은 내가 아니었다. 가위남과 완전히 똑같은 수법으로 다루미야 유키코를 살해한 자가 있었다. 나는 선수를 빼앗겨버린 것이다.

시간이 한참 지난 것처럼 느껴졌지만 실제로는 기껏해야 오 분 정도였을 것이다.

나는 정신을 차리고 얼른 이곳을 떠나야 한다고 생각했다. 내 손으로 다루미야 유키코를 죽였다면 몰라도, 죽이지도 않고 붙잡힌다면 너무 억울할 것 같았다.

하지만 한발 늦어버렸다. 돌아서서 달아나려고 했을 때 공원 입구에서 누군가가 다가오고 있었다.

"무슨 일, 있어요?"

작고 불안한 목소리가 말을 걸어왔다. 나는 결단을 내려야만 했다. 달아날 것인가, 머무를 것인가.

나는 다루미야 유키코를 죽이지 않았다. 따라서 달아날 이유는 없다. 이것이 결론이었다.

"사람이 죽었어요!"

나는 큰 소리로 외쳤다.

"경찰 좀 불러주세요!"

다가오던 사람이 놀라서 멈춰 섰다가 다시 입구 쪽으로 되돌아가는 것을 확인한 뒤, 나는 재빠르게 등을 돌리고 숄더백 안에서 가위를 꺼냈다.

경찰은 사체 발견자의 몸수색은 하지 않을 것이다. 하지만 나는 굉장히 위험한 것을 지니고 있었다.

그때였다. 다루미야 유키코의 발치에서 작게 빛나는 물체를 발견한 것은…….

1장

가위남의 세 번째 희생자로 추정되는 여성의 변사체가 발견된 것은 2003년 11월 11일 오후 9시 40분경, 장소는 도쿄도 메구로구 다카반 4가의 니시 공원이었다.

메구로니시 경찰서 형사과의 이소베 다쓰히코와 시모카와 무네오는 현장에 도착할 때까지 가위남이라는 세 글자를 머릿속에 전혀 떠올리지 않았다. 이틀 전에 일어난 편의점 강도 사건을 조사하고 있던 두 사람에게 전달된 것은, 니시 공원에서 십대 여성의 사체가 발견된 것과 아무래도 살인사건 같다는 두 가지 내용뿐이었다.

"찜찜한 사건인데."

메구로도리를 달리는 차 뒷자리에서 시모카와와가 중얼거렸다.

"아동 살인은 영 내키지가 않아."

"고등학생은 아동이라고 할 수 없죠."

이소베는 운전석에서 대답했다.

"아동이야, 나한테는. 덩치만 컸지 아직 아기라고, 아기."

시모카와는 160센티의 왜소한 남자였다. 중학교 2학년 외아들에게는 한참 전에 키를 따라잡혔다.

메구로도리에서 옆길로 들어가 현장에 도착했을 때, 이미 공원 입구에는 출입을 통제하는 노란색 테이프가 쳐져 있고 그 앞에 정복 경찰관이 구경꾼들을 막아서고 있었다.

공원 잔디에는 조명등이 여러 개 보였고, 남색 제복을 입은 현장 감식반이 하릴없이 서 있었다.

그리고 더 안쪽에 현장을 가리기 위한 파란 비닐 시트가 덮여 있었다. 시트는 강한 조명을 받아 마치 거리에 벌여놓은 서커스 천막처럼 보였다. 공원 앞에서 안쪽을 가리키며 수런거리는 구경꾼들은 표를 사지 못한 아이들 같았다.

잔디밭 위에는 낯익은 얼굴이 있었다. 우에이다 경감의 모습은 보이지 않았지만, 이소베와 시모카와가 합류하면 형사과 전원이 다 모이는 셈이었다.

공원 옆에 일렬로 주차된 경찰차와 감식반 왜건 맨 뒤에 차를 세운 뒤 이소베와 시모카와는 차에서 내렸다. 문을 연 순간 차가운 바람이 불러와 이소베는 몸을 움츠렸다.

"날이 차네."

시모카와가 코트 깃을 세우면서 말했다. 무척 겸손한 표현이었다. 대륙에서 찬 공기가 내려와 기온은 한겨울처럼 크게 떨어져 있었다. 잠옷 위에 코트만 걸치고 나온 구경꾼들이 이를 덜덜 떨고 있었다.

정복 경찰관에게 가볍게 경례한 뒤 이소베와 시모카와는 공원 안으로 들어갔다.

입구 근처 등나무 쉼터에서 마쓰모토 준자부로가 가볍게 오른손을 들어 두 사람을 맞았다. 손에는 수첩이 들려 있었다.

옆에 선 남자는 사체 발견자인 것 같았다. 아마도 증언을 듣는 중일 것이다.

쉼터에는 신도 마코토도 있었으나 이쪽은 벤치에 앉은 여자를 진정시키느라 이소베와 시모카와가 온 것도 모르는 것 같았다.

젊은 여자에게는 젊은 신도, 편벽해 보이는 남자에게는 베테랑 마쓰모토인가. 이소베는 최적의 인선이라고 생각했다. 아마 우에이다 경감이 지시한 것이리라. 사체를 보고 놀라서 고개도 들지 못하고 있는 여자를 상대하기에는 조용하고 친절한(나쁘게 말하면 심약한) 신도가 적격이었다.

마쓰모토는 어떨까? 마쓰모토는 상대가 누구든 원하는 정보를 끌어내는 기술이 있었다. 그러나 그런 그도 이번에는 어쩐지 애를 먹고 있는 것처럼 보였다.

다운재킷을 입은 남자는 질문에 대답하는 중에도 마쓰모토와 한 번도 눈을 마주치지 않고, 휘몰아치는 찬바람 속에 꼼짝 않고 서서 파란 비닐 시트만을 응시하고 있었다.

뚱뚱한 청년이었다. 양 볼에 살이 두둑하고, 다운재킷도 청바지도 꽉 끼었다. 다만 비만인 사람에게 흔히 보이는 위

축되고 비굴한 분위기는 느껴지지 않았다.

주위 시선을 의식하지 않는 것일까. 아니, 아니다. 이소베는 생각했다. 저 남자는 타인에게 무관심한 것이다. 저 눈빛은 그런 눈빛이다. 빗질하지 않은 푸석하고 벗어진 머리도 그 사실을 말해주고 있었다.

이소베와 비슷한 연배처럼도 보였지만 확실하지는 않았다. 나이를 가늠하기 어렵다고 할까. 전체적으로 인상이 모호하고 흐릿해서 돌아서면 바로 잊어버릴 것 같은 얼굴이었다. 한마디로 몽타주를 작성하기 어려운 타입. 목격자가 진술할 때, 막연하게 허옇고 뚱뚱했다고밖에 떠올릴 수 없는 그런 부류의 인물이었다.

정신을 차리자, 시모카와는 벌써 저 앞을 걸어가고 있었다. 이소베는 서둘러 뒤를 쫓아갔다.

비닐 시트 바로 옆에서 무라키 하루히코가 허연 입김을 토하고 있었다. 곱슬머리에 팔다리가 껑충한 무라키가 두꺼운 외투를 껴입은 모습은 마치 남극에 위문 공연 온 흑인 가수 같았다.

"어이."

시모카와가 한 손을 들어 인사했다.

"여어, 경사 나리."

무라키는 주머니에 두 손을 찔러 넣은 채 대답했다.

시모카와는 노골적으로 싫은 내색을 했다. 그는 이 별명을 두 가지 이유에서 마뜩잖게 여겼다.

우선 첫째로 시모카와는 본인이 원해서 경사에 머물러 있는 것이 아니었다. 현장을 사랑해 마지않아서도, 끝까지 말단 형사로 남고 싶어서도 아니고, 그저 승진 시험에 통과하지 못했기 때문이다. 이소베도 시모카와가 단답형 시험 문제를 열심히 푸는 모습을 목격한 적이 있다. 결코 승진에 무관심한 사람이 아니었다.

둘째 이유는 더 단순했다. 유명한 형사 드라마에서 같은 성씨의 배우가 경사 나리라는 별명의 형사를 연기했던 것은 시모카와가 중학생 때의 이야기다. 이소베처럼 DVD를 통해서가 아니라, 청소년기에 실시간으로 드라마를 봤던 시모카와에게 자신을 어느 초로의 형사와 동일시하는 것은 썩 유쾌한 일은 아닐 것이다. 그렇게 불릴 때마다 자신은 아직 젊다고 항변하고 싶은 듯한 얼굴을 했다.

"왜 이렇게 늦었어? 이 추운 날씨에 비닐 시트 치느라 애먹었다고."

무라키는 시모카와의 기분 따위 안중에도 두지 않고 그렇게 말했다.

"미안해. 나도 놀다 온 거 아니야. 그 편의점 강도 건으로 외부에 있었어."

"운이 좋군. 나는 집에서 음악 감상하다가 호출돼 나왔는데. 아직 적응이 안 되네."

무라키는 클래식 마니아, 오디오 마니아로 형사과 안에서는 유명했다. 결코 많지 않은 경찰관 봉급 대부분을 오디오

기기에 쏟아붓고 있었다.

이소베도 언젠가 진공관 앰프의 훌륭함에 대해 일장 연설을 들은 적이 있었다. 평소 냉소적인 모습에서 상상할 수 없는 열정적인 설명에 신기해하면서, 실리콘 칩도 구식이 돼가고 있는 시대에 진공관이 웬 말인가 하고 어처구니없어했다. 아마 요즘 아이들이었다면 "진공관이 뭐예요?" 하고 진지한 얼굴로 반문했을 것이다.

"무슨 음악 듣고 계셨는데요?"

문득 궁금해져서 이소베는 물었다.

"쇼스타코비치의 피아노 삼중주 2번."

무라키는 점잔을 빼며 대답했다. 작곡가 이름은 들은 적이 있지만 곡명은 생소했다. 어떤 곡인지 전혀 상상되지 않았다.

"뭘 물어. 이야기 길어진다."

시모카와는 그렇게 말하고 파란 비닐 시트로 다가갔다. 무라키가 싱글거리면서 두 손으로 막았다.

"안 돼. 본청 허가 없이는 들어갈 수 없어. 문제집에 나와 있을 텐데, 경사 나리?"

경시청의 지시가 없으면 관할 형사도 마음대로 현장을 조사할 수 없다. 어디까지나 현장 보존이 우선이다.

그러나 이미 감식반이 도착한 상황에서 대행 검시가 이뤄지지 않는 것은 이례적인 일이었다.

"본청에서 아직 지시가 없었다고? 그러고 보니 수사1과 사람들도 안 보이는군."

시모카와는 이상하다는 듯이 주위를 둘러보았다.

무라키는 의미심장하게 웃었다.

"그럴 만한 사정이 있어. 본청도 신중해질 수밖에 없는 상황이거든. 과장님이 빨리 검분하라고 재촉하고 있는 중이야."

그러면 우에이다 경감은 공원 옆에 세워둔 경찰차 안에서 본청과 연락 중이겠구나 하고 이소베는 생각했다.

"잠깐 들여다보는 정도는 괜찮잖아?"

시모카와는 저자세로 나왔다.

"안 될 건 없지. 그런데 보고 나면 아마 후회할걸."

무라키는 짐짓 거드름을 부리며 말하고는 비닐 시트를 젖혔다. 시모카와와 이소베가 들여다보자 무라키가 손전등으로 사체를 비췄다.

잔디밭을 둘러싼 관목 풀숲에 아직 십대로 보이는 소녀가 위를 보고 누워 있었다. 회색빛이 도는 연한 초록색 교복이 낯익었지만 어느 학교 교복인지 이소베는 떠올릴 수 없었다.

둥그런 빛이 소녀의 상반신으로 이동했다. 목에 두꺼운 끈이 감겨 있었다. 그리고 그 바로 아래에 불빛을 받아 반짝이는 것이 있었다.

가위였다. 이소베는 헉, 하고 경악했다. 가위가 목에 꽂혀 있었다.

은색 가위는 마치 미래 기술로 만들어낸 신종 식물처럼 소녀의 목에서 자라나 있었다. 소녀의 몸에 기생해서 죽음에 이르게 하는 독성을 품은 꽃. 지금까지 두 명이 죽었고, 그녀가 세 번째였다.

시모카와는 상기된 얼굴로 이소베를 돌아보았다.

"어떻게 생각해?"

"골치 아픈 사건이 관내에서 일어난 것 같은데요."

이소베는 솔직하게 대답했다. 시모카와는 인상을 썼다.

"이 애송이, 이렇게 의욕이 없어 가지고는. 이런 큰 사건을 맡게 돼서 행운이라는 생각은 못 해?"

시모카와가 경사 나리라고 불리는 것을 좋아하지 않듯이 이소베도 애송이라는 소리를 좋아하지 않았다. 스물일곱, 적지 않은 나이였다. 누구에게 어린애 취급 받을 나이는 아니었다. 고등학생에게도 그랬지만 시모카와는 자신보다 나이가 어리면 똑같이 어린애 취급하는 경향이 있었다. 이것은 본인의 자기 인식과는 상반되게 그가 초로에 가까워지고 있다는 증거일 것이다.

"보통 사건이 아니니까 본청에서 사람들을 잔뜩 보낼 거야."

무라키가 비닐 시트를 도로 덮으면서 경찰 조직의 현실을 냉정하게 지적했다.

"수사 지휘도 본청, 머리를 쓰는 것도 본청. 우리가 할 수 있는 일은 어차피 허드렛일뿐이야."

"사이코 선생도 납시려나?"

시모카와가 못마땅한 듯이 말했다.

사이코 선생이란 3년 전에 경시청 과학수사연구소 내에 신설된 범죄심리분석관직을 가리키는 내부 통칭이었다. 사이코는 사이코 애널리시스(정신 분석) 또는 사이코 메트릭스(심리 측정)를 줄여 말한 것이다. 20세기 후반부터 급격하게 증가한 무동기 살인이나 쾌락 살인에 대응하기 위해 미온적인 경시청이 마침내 움직이기 시작했던 것이다.

범죄심리분석관에 임명된 자는 모두 삼십대의 경정 이상으로 FBI에서 1년 이상 연수를 받는 것이 필수였다. 엘리트 집단 안에서도 특별히 선별된 우수한 인력인 것이다.

이런 이야기를 들으면 시모카와는 분한 마음을 감추지 못한다. 참으로 단순한 사람이라고 이소베는 생각했다.

그래도 이소베는 이 단순하고 솔직한 선배 형사가 싫지 않았다. 아마 무라키도 같은 마음일 것이다. 시모카와는 형사과 사람들 모두에게 인기가 있었다.

"입조심해. 면전에 대고 그렇게 부르면 야단나."

무라키가 웃으면서 핀잔을 주었다.

"사이코를 사이코라고 하지 뭐라고 해."

시모카와가 위대한 엘리트 조직에 도전하듯이 말했을 때, 잔디밭을 가로질러 우리의 형사과장 우에이다 요시아키 경감이 잰걸음으로 다가왔다.

"본청에서 대행 검시 지시가 내려졌습니다. 지금부터 현장 검분을 시작합니다."

우에이다 경감은 비닐 시트 앞에서 부하들에게 말했다.

우에이다 경감은 완벽한 대머리와 턱수염 때문에 마치 머리를 뒤집어 달아놓은 것처럼 보였다. 성격이 온후하고 누구에게나 예의 바르게 행동하는 것을 두고 처세술이라고 말하는 이도 있지만, 자신과 단둘이 있는 상황에서도 정중한 태도를 유지하는 것을 보면 뼛속까지 공정한 사람일 것이라고 이소베는 생각했다. 본청 사람들 앞에서도, 부모 자식만큼 나이 차이가 나는 젊은 부하 앞에서도 일관된 모습을 보이는 것은 아무나 쉽게 할 수 있는 일이 아니다.

다만 그것이 좋은 것만은 아니어서 가끔 교장 선생님 훈화를 듣고 있는 것처럼 느껴질 때가 있었다. 이야기 마지막에 "그럼 여러분, 아프거나 다치지 마시고 즐거운 여름방학 보내세요" 하고 말할 것만 같은 분위기인 것이다.

우에이다 경감을 필두로 형사들과 감식반은 비닐 시트 안으로 들어갔다.

이소베는 마쓰모토와 신도가 발견자의 증언을 다 듣고 합류하기를 기다렸다.

"드디어 검분 시작인가 보군."

마쓰모토가 누런 앞니를 드러내고 웃었다. 그는 형사과 안에서 유일한 흡연자였다.

"네. 발견자는 어떻게 했습니까?"

이소베는 마쓰모토를 위해 비닐 시트를 들어올리면서 물었다. 마쓰모토는 수상하다는 듯이 이소베의 얼굴을 힐끗 쳐다보았다.

"당연히 연락처 받아놓고 돌려보냈지. 벌써 11시잖아. 여자는 경찰차로 데려다주라고 했어."

"남자는요?"

"데려다준다는데 됐다더라고. 왜, 그 남자가 마음에 걸려? 확실히 이상하긴 했지. 그런 걸 오타쿠라고 하던가?"

마쓰모토는 미간을 찌푸렸다.

이소베는 무심결에 웃어버렸다. 요즘 오타쿠 같은 유행 지난 말을 쓰는 사람은 거의 없다. 무엇보다 그 남자는 오타쿠가 아니었다. 뭔가에 열중하거나 집착하거나 의존하는 사람으로는 보이지 않았다. 아마 그의 관심은 오로지 자신에게만 맞춰져 있을 것이다.

"네가 무슨 생각 하는지 알아. 피해자가 살해된 직후라면 나도 그 남자를 의심했을 거야. 하지만 피해자가 살해된 건 발견되기 훨씬 전이었어."

"아직 검시관은 보지도 않았습니다."

"검시관이 안 봐도 그 정도는 알아. 그 남자는 사건과는 무관해."

마쓰모토는 이소베의 어깨를 두드린 뒤 비닐 시트 안으로 들어갔다.

"그 정도라…… 저도 사체는 봤는데, 그런 사실은 전혀 모르겠던데요. 선배님은 어땠습니까?"

신도가 바로 뒤따라 들어오면서 중얼거렸다.

"나는 방금 막 온 참이라 아직 못 봤어."

이소베는 거짓말을 했다.

"어이, 그런데 왜 내가 너를 위해 시트를 들고 있어야 하지? 네가 들어."

신도에게 시트 끝자락을 떠안긴 뒤 이소베는 안으로 들어갔다. 내부는 드라마 촬영장처럼 조명등이 환하게 밝혀져 있었다. 그 강렬한 불빛이 사체 옆에 쭈그리고 앉은 우에이다 경감과 시모카와를 비추고 있었다.

"끔찍하군. 와서 봐."

이소베가 다가가자, 시모카와는 고개도 돌리지 않고 흰 장갑을 낀 오른손으로 사체의 목을 가리켰다.

턱 바로 아래, 두꺼운 비닐 끈이 감겨 움푹 들어간 곳이 자줏빛으로 변해 있었다. 그리고 그 아래에 가위가 나사 부근까지 박혀 있었다. 사후에 찌른 것이리라. 상처에 비해 출혈이 적고, 풀숲 잡초에도 아주 적은 양의 피가 떨어져 있을 뿐이었다. 이전의 두 피해자와 동일하게 심장이 멎은 후에 찌른 것이 분명했다.

"가위남 짓이야. 틀림없어."

시모카와가 중얼거렸다.

"광역연쇄살인범 e-12호입니다, 정식 명칭은."

이소베는 창백해진 얼굴로 말했다. 4년차 형사지만 아직까지도 사체에 익숙하지 않았다. 솔직히 말해서 익숙해지고 싶지 않았다.

"가위남은 매스컴에서 붙인 별명입니다."

"참 잘했어요. 옜다, 도장."

시모카와는 이소베의 안색을 살피고는 시원하게 웃어젖혔다.

"지식은 발군인데, 현장은 낙제점이야. 나랑은 정반대란 말이지. 여기 있다가 괜히 토나 해서 현장 더럽히지 말고 밖에 나가 있어."

"괜찮습니다."

이소베는 불끈해서 애써 사체의 얼굴을 들여다보았다.

"예쁘게 생겼네요. 어떻게 이런 짓을……."

소녀는 빛을 잃은 눈동자로 허공을 바라보고 있었다. 고통에 일그러진 표정도 아름다움을 감추지는 못했다.

우에이다 경감이 교복 안주머니에서 학생 수첩을 꺼냈다.

"다루미야 유키코. 사립 하자쿠라 고등학교 2학년. 주소는, 바로 근처군요. 데제르 히몬야 503호."

우에이다 경감은 학생 수첩의 사진과 사체의 얼굴을 비교하면서 말했다.

"학교에서 귀가하는 길에 변을 당한 걸까요?"

시모카와가 말했다.

"아마도 그렇겠죠. 교복 차림이니까."

우에이다 경감은 주소와 전화번호를 메모한 뒤 학생 수첩을 비닐봉지에 담아 가까이에 있는 감식반에게 건넸다.

"시모카와 형사님은 피해자의 소지품을 조사해주십시오. 이소베 형사는 다른 분들하고 유류품을 찾아주시고요. 저는 잠깐 나가 있겠습니다."

그렇게 말한 뒤 우에이다 경감은 일어나서 무릎에 묻은 흙먼지를 털고 밖으로 나갔다.

"과장님 어디 가시는 겁니까?"

안으로 들어오던 신도가 의아한 듯 물었다.

"가장 어려운 일을 하러 가는 거야. 피해자 가족에게 연락하는 거."

시모카와가 사체의 착의를 살피면서 대답했다.

연락한 후의 일을 상상하자 이소베는 침통한 기분이 들었다. 믿을 수 없다는 수화기 너머의 절규, 시신 안치소에서 통곡하는 부모의 모습. 할 수만 있다면 참관하고 싶지 않은 광경이었다.

이소베는 신도와 함께 풀숲을 중점적으로 조사하고 있는 무라키와 마쓰모토에게 다가갔다. 우에이다 경감으로부터 도우라는 지시가 있었던 것이다.

"그럼 이소베는 사체 오른쪽, 신도는 왼쪽 잔디밭과 풀숲을 맡아. 감식반이 먼지 한 톨까지 훑어주니까 너무 작은 것에 정신 뺏기지 말고. 현장의 전체적인 이미지를 파악하는 것이 중요해. 그리고 뭔가 발견해도 절대로 손대서는 안 돼. 그대로 두고 바로 뛰어와. 알았어?"

무라키가 지시했다.

이소베는 일단 풀숲부터 조사하기로 했다. 나무줄기에 가위남의 손자국이 남아 있거나 지문이 묻은 수수께끼의 물건

혹은 암호가 적힌 종잇조각이 떨어져 있을 것을 기대하지는 않았다. 그것은 시모카와나 마쓰모토처럼 오랜 경험이 없더라도 당연히 아는 사실, 경찰관의 상식이다.

범죄 수사라는 것은 99퍼센트의 노력과 1퍼센트의 영감이다. 그리고 이소베의 임무는 영감이 아니라 대개는 헛수고로 끝나는 노력 쪽이었다.

그러나 젊고 의기소침한 가련한 형사에게도 때로는 하늘의 계시가 내릴 때가 있다.

빽빽한 관목 덤불을 헤친 순간, 이소베는 생각지도 못한 것을 발견했다.

가지 사이를 비집고 가위가 바닥에 꽂혀 있었다. 이소베의 눈에는 조금 전에 사체에서 본 가위와 완전히 동일한 종류의 것으로 보였다. 마치 피해자의 목에 핀 사악한 꽃의 씨앗이 여기까지 날아와 싹을 틔운 것 같았다.

가위남의 유류품이 틀림없었다. 이소베는 고개를 들고 무라키를 소리쳐 불렀다.

9

갑갑함을 참지 못하고 나는 얼굴을 쥐어뜯었다. 손가락이 쓰레기봉투를 파고들어 비닐을 찢었다. 그 구멍으로 차가운 공기가 들어와 나는 꺽꺽거리며 숨을 들이마셨다.

호흡이 정상으로 돌아오고, 믿을 수 없을 만큼 빨라졌던 심장의 고동이 가라앉자, 나는 목에 묶인 수건을 풀고 머리에 뒤집어쓴 쓰레기봉투를 벗었다.

입김이 물방울이 되어 봉투 안에 맺혀 있었다. 미지근하고 끈적끈적한 물방울은 얼굴이며 머리카락에도 묻어 있었다. 이따가 샤워를 해야겠다.

찢어진 쓰레기봉투를 바닥에 내던지고 나는 천장을 쳐다보았다. 비닐봉지를 뒤집어쓰고 질식해 죽는 인간이 실제로 존재한다는 사실을 믿을 수 없었다. 괴롭지 않을까. 아니면 이 괴로움을 참을 만큼 죽음이 절실했던 것일까.

"그런 사람은 수면제를 병용하는 거야."

의사가 대수롭지 않다는 듯이 대답했다.

"그러면 자는 사이에 질식할 수 있지. 게다가 최근 보고에 따르면, 이산화탄소에도 인간을 혼수에 빠뜨리는 효과는 있는 모양이야. 화산성 탄산가스를 마시고 쓰러지거나, 드라이아이스 운반 중에 졸도했다는 사례도 있다고 하니까. 존 딕슨 카의 유명한 장편 미스터리도 이제는 과학적으로 타당해진 셈이지. 그래도 날숨에 포함된 이산화탄소 정도로는 웬만해서는 잠들지 않을 거야."

존 딕슨 카가 누구인지 조금 궁금했지만 나는 의사의 말을 무시하고 천장을 계속 바라보았다. 의사의 말장난에 장단을 맞출 기분이 아니었다. 나는 다루미야 유키코의 일을 생각하고 있었다.

다루미야 유키코의 사체를 발견하고 이틀이 지났다.

그날은 거의 오후 11시까지 형사에게 붙들려 있었다. 나는 대체로 진실을 말했다. 길을 지나는데 공원에서 이상한 것이 보여 가봤더니 여자아이가 죽어 있었다, 라고 증언했다. 말하지 않은 것은 다루미야 유키코를 알고 있다는 사실과 가위를 버린 일뿐이었다.

다음 날 무리를 해서 일을 나갔다. 가능한 한 평소와 다름없이 일에 집중할 작정이었다. 늘 하던 대로 시키는 일을 묵묵히 했을 뿐인데, 사사즈카가 어느 순간 지시를 멈추고 걱정스러운 듯이 내 얼굴을 들여다보았다. 그리고 오카지마 부장이 다가왔다.

"무슨 일 있어? 꼭 얼 나간 사람 같아."

"아무것도 아닙니다."

"무슨 일 있는 거면 오늘은 그냥 퇴근해. 아직 바쁜 일 없으니까."

오카지마 부장의 호의를 받아들여 나는 점심 지나서 퇴근했다.

집에 돌아오자, 기다리는 것은 신문이며 잡지며 방송국의 취재 전화였다.

대체 어디서 내가 사체 발견자라는 것을 알아냈을까. 경찰이 누설한 것일까. 8개월 만에 일어난 가위남의 범행으로 매스컴은 무서우리만큼 흥분해 있었다. 전화가 쉴 새 없이 울려댔다.

나는 취재 요청을 전부 거절했다. 이름은 공개하지 않으니 부담 갖지 마라, 라고 어느 주간지 기자라는 남자는 수화기 너머에서 간곡하게 부탁했다. 얼굴에 모자이크를 입히고 음성도 변조하니까 괜찮지 않으냐, 라고 와이드 쇼 연출자라고 자칭한 남자는 건방지게 말했다. 당신은 발견자니까 우리에게 그 이야기를 들려줄 의무가 있다, 라고 거만하게 설교한 남자는 메이저 신문사의 기자라고 자랑스럽게 자신을 소개했다.

나는 그들의 인터뷰에 응할 의무가 전혀 없었고, 지구를 침공한 화성인 같은 괴상한 목소리로 텔레비전에 나오고 싶지도 않았다. 직접 만나서 이야기하고 싶다는 상대에게는 사생활 침해로 고소하겠다고 응수했다.

쉬지 않고 전화가 울려서 나는 결국 전화선을 뽑아버렸다.

"기껏해야 이삼 일이야."

의사는 태평하게 말했다. 어차피 남의 일이라고 생각하는 것이다.

"저자들은 발견자에게는 큰 흥미가 없어. 저들의 표적은 오로지 피해자와 가위남이야. 아직은 정보가 부족하니까 너한테 달려드는 것일 뿐이지."

겨우 조용해진 방에 앉아 텔레비전을 켰다. 어느 채널이나 정규 방송을 취소하고 특별 방송을 내보내고 있었다. 낯익은 다카반 4가 거리와 공원이 액정 화면에 비치고, 마이크를 쥔 기자와 리포터가 헬리콥터 소리에 질세라 고래고래 악을 쓰며 떠들어대고 있었다.

"사립 하자쿠라 고등학교 2학년에 재학 중이던 다루미야 유키코 양이 이곳 공원에서……."

"목에 가위가 꽂혀……."

"다루미야 유키코 양의 시신이 발견된 것은 어젯밤……."

"유키코 양은 열여섯 살로, 사립 하자쿠라 고등학교에 다니는……."

"경찰의 공식 발표는 아직 없었지만 가위남의 범행임이 거의 확실하다고……."

옆에 있는 리모컨을 집어 이리저리 채널을 돌려도 비슷한 배경에 비슷한 이야기를 되풀이하고 있을 뿐이었다. 새로운 정보는 없었다.

텔레비전이 전하고 있는 것은 딱 하나였다. 가위남 등장.

특별 방송 중에는 지금까지의 사건 경위라고 해서 과거의 두 사건을 정리한 VTR을 보여주는 곳도 있었다. 사건이 일어난 것이 어젯밤인데, 참 발 빠르기도 하다. 밤새워 편집했을까. 아니면 새로운 피해자가 나올 것을 기대하고 미리 준비해두었던 것일까.

"예전 보도 영상이겠지."

의사가 끼어들었다.

"매스컴은 그렇게까지 흥미 본위로 움직이지 않아. 너는 가끔 지나치게 냉소적이란 말이야."

나는 시틋해져서 텔레비전을 끄고 일찌감치 잠자리에 들었다.

이튿날 아침, 배달된 11월 13일자 조간을 펼치자 대서특필한 일 면 머리기사가 눈에 들어왔다.

'도쿄도 메구로구에서 여고생 살해된 채 발견'

소제목은 이렇다.

'교살 후, 목에 가위' '연쇄 소녀 살해사건 연관 가능성도'

과연 신문에는 억측성 보도는 없었다. 가위남이라는 별명도 쓰지 않았다.

출근하자, 사무실에서도 가위남 이야기가 한창이었다. 가위남이 또 나타났나 봐. 이번은 메구로구라던데. 께름칙한 사건이야. 경찰은 도대체 뭐 하는 거야. 지난번 사건이 벌써 반년 전이지, 아마? 요즘 미친놈들이 많다니까.

젊은 사람은 가벼운 투로, 피해자와 또래의 아이를 둔 사람은 걱정스럽게 가위남에 대해 자신의 견해를 피력했다. 이전 두 사건 때와 똑같았다.

다만 이전에는 한 귀로 듣고 한 귀로 흘렸지만 이번에는 말할 수 없이 짜증이 났다. 아니라고 소리치고 싶었다. 내가 가위남이고, 그 가위남은 내가 아니라고.

전날보다는 얼굴 상태가 나아 보였는지, 사사즈카는 내게 이런저런 잡무를 시켰다. 그래도 손을 움직이고 있으면 잠시나마 그 생각을 잊을 수 있었다.

그러나 우울감은 사라지지 않았다. 죽음이 여느 때보다 더 강렬하게 나를 손짓해 부르고 있었다.

나는 룰을 어기고, 아직 목요일인데 드러그스토어에 들러 대형 쓰레기봉투를 샀다. 집에 돌아오자마자 머리에 뒤집어쓰고 수건으로 목을 묶었다.

"그리고 역시 죽지 못했다 이거군."

의사가 말했다. 면담을 빨리 끝내고 싶은데 의사는 놓아주지 않았다. 이런 일은 드물었다.

"나도 흥미진진하단 말이지, 이번 사건이."

의사는 히죽히죽 웃으면서 볼펜 뚜껑으로 머리를 긁적였다.

"너는 궁금하지 않아? 누가 다루미야 유키코를 죽였는지."

물론 궁금했다.

도대체 누가 나보다 먼저 다루미야 유키코를 죽인 것일까.

게다가 가위남의 수법을 똑같이 모방해서.

그런 의문이 이틀 내내 머릿속을 떠나지 않았다.

하지만 나는 그 의문을 떨쳐내려고 애썼다. 그런 고민은 경찰의 몫이니까.

"순진하군. 경찰은 가위남의 범행이라고 생각할 게 뻔해."

의사가 이죽거렸다.

"죄는 모두 네가 뒤집어쓰고, 진범은 감쪽같이 달아나겠지. 못 믿겠어? 네가 움직이지 않는 한 그렇게 될 거야."

움직인다고? 내가 뭘 할 수 있단 말인가.

"답은 나와 있잖아. 진범을 찾아내야지. 나쁜 아이의 장난을 끝내는 거야."

"농담하지 마!"

나는 꽥 고함을 질러버렸다. 다루미야 유키코를 죽인 진범을 찾는다고? 어떻게 그런 일을 할 수 있단 말인가. 의사의 시시껄렁한 농담이라고 나는 생각했다.

"농담할 마음은 없어."

의사는 진지하게 말했으나 입은 이죽거리고 있었다.

"너는 이번 사건이 진짜 가위남의 범행이 아니라는 사실을 알고 있는, 이 세상에 딱 두 명 있는 사람 중 한 명이야. 네가 찾지 않으면 누가 찾지?"

"두 명? 한 명은 누구지?"

"진범이지."

의사는 다리를 꼬고 볼펜 끝으로 나를 가리켰다.

"아직도 모르겠어? 너는 진범을 알고 있어. 나도 알고 있고. 단지 그가 누구인지 모를 뿐이지. 그걸 알아내는 거야."

"무슨 뜻이지?"

"말 그대로야. 일단은 다루미야 유키코의 장례식에 참석하는 게 좋을 거야. 그러면 내 말의 뜻을 알 수 있을지도 모르지."

의사는 의자 등받이에 등을 기대고 천장을 올려다보았다.

"그리고 너는 유력한 단서를 가지고 있잖아? 공원에서 주운 것 말이야."

그랬다. 의사와 면담을 마친 나는 침대에서 일어나 불을 켜고 둥근 테이블로 갔다.

다루미야 유키코의 사체를 발견했던 밤, 공원 잔디밭에서 주운 것이 거기에 있었다.

가위를 풀숲을 향해 던졌을 때, 사체 발밑에서 작게 반짝이던 그것.

그것은 금속 가스라이터였다.

담배를 피우지 않는 내 눈에도 꽤 고급스럽고 비싼 물건으로 보였다.

은색 외장에는 K라는 이니셜이 새겨져 있었다.

2장

11월 14일 금요일, 메구로니시 경찰서에서 메구로구 여고생 살해사건의 1차 수사 회의가 열렸다. 사건 발생 후 4일, 경시청 수사1과와 메구로니시 경찰서 형사과 형사들이 출석해서 기초 수사 결과를 보고한 뒤 앞으로의 수사 방침을 발표할 예정이었다.

"수사1과 과장하고 지검 검사도 참석하는 모양이야."

복도 벽에 딱 붙어 회의실로 향하면서 시모카와가 말했다. 메구로니시 경찰서 복도에는 많은 사람이 오가고 있었다. 그 대부분은 모르는 얼굴이었다. 경시청에서 형사과 두 배에 달하는 인원이 나와 있었다.

"사이코 선생도 왔을까요?"

이소베가 무심결에 그렇게 말하자, 시모카와는 당황하며 주위를 둘러보더니 이소베를 노려보았다.

"사이코 선생이 뭐야. 범죄심리분석관님이시지."

본인도 그렇게 부르면서, 하고 이소베는 생각했다. 그 불만스러움이 얼굴에 드러났던 것일까. 시모카와는 싱긋 웃으며 말했다.

"나는 윗사람한테는 늘 깍듯하다고. 당사자가 주변에 있을지도 모를 때는 특히 더."

"사이코 선생이라고 불러도 괜찮습니다. 전혀 신경 안 씁니다."

두 사람 뒤에서 밝은 목소리가 들렸다. 시모카와는 그야말로 펄쩍 뛰며 놀라서 돌아보았다.

한 남자가 싱글벙글 웃으며 서 있었다. 이 사람이 범죄심리분석관이라고? 이소베는 조금 놀랐다. 상상하던 모습과 전혀 달랐다.

남자는 무테안경도 쓰지 않았고, 연쇄살인범의 마음을 꿰뚫어볼 것 같은 날카로운 눈빛을 하고 있지도 않았다. 입술을 단단하게 다물지도 않았고, 감정이 배제된 무표정도 아니었으며, 흰 가운도 입지 않았다.

이소베의 눈앞에 서 있는 남자는 경시청의 브레인이라기보다 학생에게 인기 좋은 대학 강사처럼 보였다.

머리는 일단 앞가르마를 탔지만 딱히 이발료를 들인 것처럼은 보이지 않았다. 온화하게 웃는 둥근 얼굴은 웃지 않을 때를 상상하기가 어려울 정도였다.

터틀넥 스웨터에 재킷, 캐주얼 면바지에 나이키 운동화. 물론 넥타이도 매지 않았다. 경찰서에서 지급받은 양복을 마지

못해 입은 이소베와는 많이 달랐다.

"과학수사연구소의 호리노우치 야스하루입니다. 잘 부탁합니다."

남자는 그렇게 자신을 소개한 뒤 오른손을 내밀었다. 미국식 인사인가. 이소베는 손을 덥석 잡았다.

"형사과의 이소베입니다. 저야말로 잘 부탁드립니다."

호리노우치는 시모카와에게도 악수를 청했지만, 시모카와는 손을 잡지 않고 반듯하게 서서 말했다.

"메구로니시 경찰서 형사과의 시모카와 무네오 경사입니다."

그나마 경례는 붙이지 않았다. 말마따나 깍듯한 태도였지만 목소리는 굳어 있었다.

"오늘부로 메구로니시 경찰서에 파견 나왔습니다. 한동안 얼쩡거릴 텐데 방해되지 않게 조심하겠습니다."

호리노우치는 두 사람을 번갈아 보면서 말한 뒤 가볍게 인사하고 먼저 회의실로 걸어갔다.

"후유, 식겁했네."

시모카와는 그러고서 이소베를 쳐다보았다.

"너는 어디서 손을 덥석덥석 잡아."

"저쪽에서 먼저 내밀었잖습니까. 안 잡는 게 실례 아닙니까?"

이소베는 반박했다.

"서장하고 악수하면서 잘 부탁한다고 말할 수 있어? 저분은 총경이야. 서장보다도 위라고."

그렇구나, 하고 이소베는 고개를 주억거렸다. 엘리트 코스를 밟은 사람을 만나면 항상 계급에 대한 개념이 사라진다. 마흔 전으로 보이는 호리노우치가 백발의 뚱뚱한 서장보다 계급이 높다는 것은 머리로는 이해해도 실감은 나지 않았다.

"이번은 다행인 줄 알아. 그나마 기분 나쁜 모양새는 아니었으니까."

"성격이 소탈해 보이던데요?"

"한 번 보고 그걸 어떻게 알아. 우리하고는 부류가 다른 인간이라고."

시모카와는 자신의 편견을 내세웠다.

이소베와 시모카와는 계단을 올라가 2층 회의실에 들어갔다.

50명 정도 들어가는 회의실은 이미 사람들로 꽉 차 있었다. 네 줄로 놓인 접이식 책상과 파이프 의자에 형사들이 앉아 배부된 자료를 펼쳐놓고 회의가 시작되기를 기다리고 있었다.

"어이, 여기."

먼저 와 있던 무라키가 손을 흔들어 이소베와 시모카와를 불렀다.

맨 뒷줄 출구 가까운 쪽에 형사과 사람들이 진을 치고 앉아 있었다. 무라키는 삐딱하게 의자에 기대앉아 있고, 마쓰모토는 차를 홀짝이고, 신도는 자료를 열심히 보고 있었다.

이소베와 시모카와도 자리로 가 앉았다.

"봐봐. 높으신 양반들이 싹 다 모였어. 돈 주고도 못 보는 광경이라고."

무라키가 앞쪽 단상을 턱으로 가리켰다.

이소베는 단상 쪽으로 시선을 돌렸다. 대형 액정 스크린을 배경으로 두 개 이어붙인 접이식 책상 앞에 남자 다섯 명이 앉아 있었다. 한 명을 제외하고는 전부 입을 꾹 다물고 심각한 표정을 하고 있었다. 그중에서도 유독 침통해 보이는 사람은 왼쪽 끝에 앉은 파란 제복 차림의 메구로니시 경찰서 서장이었다.

"서장의 만성 위염이 악화되지 않길 기도해야겠군."

무라키가 웃었다.

"다른 사람들은 누굽니까?"

이소베가 물었다. 무라키는 한 사람 한 사람 가리키면서 신랄한 비유를 곁들여 설명해주었다.

"서장 오른쪽에 거식증 걸린 닭처럼 비실비실한 남자가 감식과 과장. 그 옆에 꼭 머리 한 대 맞고 해롱거리는 불도그 같은 얼굴을 한 사람은 경시청 수사1과 과장이고, 여고생 연쇄 살해사건 특별 수사본부의 총책임자이기도 하지. 그 옆에 결혼 사기꾼처럼 번지르르하게 생긴 남자는 도쿄 지검 검사 나리. 그리고 오른쪽 끝은…… 못 보던 얼굴인데?"

"범죄심리분석관님이야. 아까 복도에서 만났어. 호리노우치라고 했나?"

시모카와가 말했다.

"저 사람이 사이코 선생이란 말이지. 역시."

무라키는 놀라운 듯 목청을 돋웠다. 시모카와는 무라키에게는 무슨 말을 해도 소용없다고 생각했는지 주의를 주려고도 하지 않았다.

"과장님은 어디 계십니까?"

이소베가 물었다.

"저기 맨 앞줄. 저렇게 높으신 양반들 사이에서는 과장님도 우리 같은 말단 형사하고 다를 게 없어."

무라키가 대답했다.

우에이다 경감은 무라키의 말대로 자신들과 똑같이 듣는 쪽에 앉아서 자료를 보고 있었다. 뒷모습만 보고 확신할 수는 없지만, 어쩌면 굴욕적일 수도 있는 상황에서 조금의 흔들림도 없이 평소의 평온함을 유지하고 있으리라. 우에이다 경감은 완고한 개인주의자였다.

"잡담 그만. 회의 시작한다."

마쓰모토가 손에 든 찻잔을 내려두면서 말했다.

수사 회의는 1과 과장의 이야기로 시작되었다. 이런 회의에는 익숙한 것이리라. 우락부락한 생김새에 걸맞지 않은 유창한 말솜씨로, 이번 여고생 살해사건이 천인공노할 흉악 범죄이고, 따라서 한시라도 빨리 해결을 촉구해야 한다는 것, 그러기 위해서는 본청과 관할 경찰서가 긴밀하게 연대하여 철저하게 수사할 필요가 있음을 서술했다. 가위남 혹은 광역연쇄살인범 e-12호라는 말은 한번도 언급하지 않았다.

"그럼 감식과 과장님의 피해자 부검 소견을 들어보겠습니다."

수사1과 과장은 이야기를 끝내고 허리 숙여 인사했다.

감식과 과장이 자리에서 일어나 자료를 한 손에 들고 더듬더듬 설명을 시작했다. 배부된 자료에 이미 정리되어 있었기 때문에 굳이 말로 설명할 필요는 없지만, 이것도 일종의 의례였다.

피해자의 사인은 경부 압박에 의한 질식사, 요컨대 교살이었다. 흉기는 피해자의 목에 남아 있던 로프 상태의 비닐 끈으로 거의 단정지었다. 교살 시에 약간의 저항이 있었으나 격렬하게 몸싸움을 벌인 흔적은 없었다. 성폭행 흔적 없음. 경부에 날카로운 도구에 의한 자상이 있으나 생체 반응 없음. 사후에 찌른 것으로 판단. 흉기는 남아 있던 가위로 판단(여기까지 설명했을 때 수사1과 과장이 작게 한숨을 쉬었다). 사망 추정 시각은 11월 11일 오후 8시에서 8시 20분 사이.

감식과 과장의 설명이 끝나자 이어서 기초수사 결과 발표가 있었다. 호명된 형사들이 차례로 일어나서 수사 결과를 발표했다. 하나같이 수사1과 형사들뿐이었다. 관할 형사들도 그들과 팀을 이뤄 움직였지만 호명되는 일은 없었다.

피해자는 오후 7시 넘어 사립 하자쿠라 고등학교를 나왔다. 이것은 친구들과 교사의 증언이므로 확실하다. 오후 7시 40분경에는 도큐 도요코선 가쿠게이대학역 근처 서점에서 목격되었다. 이후의 목격자는 아직 없다. 아마도 평소처럼 역에서부터 걸어서 자택으로 향했을 것이다. 귀갓길은 주택가이므로 어두워지면 인적이 뜸하다. 그런 길을 지나다가 니시공원 부근에서 범인과 맞닥뜨려 살해되었다고 추정한다.

"현장과 자택 주변 그리고 피해자가 다니던 학교 주변에서 수상한 인물에 대한 목격 정보를 조사했지만, 현재까지 이렇다 할 정보는 얻지 못했습니다."

수사1과 형사가 모바일 단말기를 덮으며 자리에 앉았다.

수사1과 과장은 고개를 작게 끄덕인 뒤, 옆에 있는 검사에게 눈짓을 보냈다. 무라키가 결혼 사기꾼에 비유했던 미남 검사는 한눈에 보기에도 달갑지 않은 듯 시큰둥하게 입을 열었다.

"이미 일부 매스컴에도 보도됐듯이 이번 여고생 살해사건은 광역연쇄살인범 e-12호 사건과 여러 면에서 유사합니다. 물론 아직 단정지을 단계는 아니지만 상당히 흡사한 탓에 e-12호 사건을 염두에 두고 수사할 필요가 있을 것으로 보입니다."

검사는 중간에 작게 헛기침을 했다.

"빙빙 돌려서 말하기는."

무라키가 작은 소리로 말했다. 시모카와가 쉿 하고 집게 손가락을 입술에 댔다.

"그런 유사점 및 관련성에 대해서는 이 자리에 동석하신 과학수사연구소의 호리노우치 총경에게 설명을 부탁드리겠습니다."

검사는 그렇게 말한 뒤 호리노우치를 보았다. 호리노우치는 책상에 놓인 노트북을 손끝으로 어루만지면서 앉은 자리에서 이야기를 시작했다.

"이번 사건이 가위남의 범행일 가능성은 대략 75퍼센트입니다."

단도직입적인 말투였다. 검사가 미간을 찡그렸다.

"광역연쇄살인범 e-12호입니다."

"너무 길어서 혀가 꼬일 것 같거든요. 가위남이라고 해도 문제없잖아요?"

호리노우치는 미소 짓고 말을 이어갔다.

"그럼 지금부터 사건의 경위를 설명 드리겠습니다."

호리노우치는 노트북을 열고 손가락으로 키보드를 두드렸다.

다섯 사람의 등 뒤로 액정 스크린이 켜지고 선명한 영상이 비춰졌다. 컴퓨터 그래픽으로 만든 수도권 지도였다. 지도 위에 빨간 점이 세 군데 찍혀 있었다.

"최초의 범행은 2002년 10월 21일, 지금으로부터 약 1년 전에 발생했습니다. 장소는 사이타마현, 피해자는 고등학교 1학년 여학생입니다. 인근 송전탑 부지 내에서 사체가 발견되었습니다."

호리노우치가 노트북을 조작하자 스크린에 범행 현장 사진이 나타났다. 자갈 바닥에 연파랑 스웨터와 스커트를 입은 소녀가 똑바로 누워 쓰러져 있었다. 목에는 비닐 끈, 그리고 가위가 꽂혀 있었다.

"사건 당시 피해자의 몸에 강하게 저항한 흔적이 없었던 점, 자택에서 조금 떨어진 송전탑까지 범인을 따라갔다고 판단되는 점에서 주변 인물의 범행으로 추정하였습니다. 여기에는 무리가 없어 보였습니다. 저도 나중에 범행 현장에 가봤지만, 얼굴도 모르는 상대를 여성이 혼자 얌전하게 따라갈 만한 장소가 아니었습니다. 그러나 수사는 난항을 겪었고, 벽에 부딪혔습니다."

호리노우치는 청중을 한차례 둘러보았다.

"제가 수사에 관여한 것은 사건 발생으로부터 석 달 후였습니다. 현장 사진과 자료를 분석한 결과, 저는 이것이 쾌락 살인자에 의한 범행이라는 결론에 도달했습니다. 근거는 인후부의 자상입니다."

열 손가락이 리드미컬하게 움직이자 액정 스크린에 사체의 목이 클로즈업되었다. 검붉은 상처가 여러 군데 나 있었다.

"자, 보십시오."

호리노우치는 자리에서 일어나 스크린 앞으로 가더니 목에 난 끔찍한 상처를 손가락으로 가리켰다.

"상처가 몇 군데나 나 있습니다. 단단한 부위에 부딪쳐 가위 끝이 미끄러지면서 피부가 찢어진 곳도 있습니다. 이렇게 고생하면서까지 범인은 죽은 소녀의 몸에 가위를 꽂아야 했습니다. 그것도 가능한 한 깊이 말이죠. 이 행위에는 통상적인 의미에서의 목적은 없습니다. 분명히 어떤 종류의 집착과 무의식에서 나온 행동입니다."

자리로 돌아간 호리노우치는 생각에 골몰한 듯 집게손가락으로 관자놀이를 어루만졌다.

"제 분석을 바탕으로 사이타마현 경찰은 다시 수사에 들어갔습니다. 성범죄 전과자를 조사하거나 인근 주민을 대상으로 탐문 수색을 펼쳤지만 결국 범인은 찾아내지 못했습니다. 아무런 진전 없이 반년이 지났고, 다음 사건이 발생했습니다. 2003년 3월 8일, 에도가와구 사건입니다."

호리노우치는 노트북을 조작해서 두 번째 피해자의 현장 사진을 스크린에 띄웠다.

해안선에 접한 콘크리트 지면에 세일러복을 입은 짧은 머리의 소녀가 쓰러져 있었다. 모로 누워서 얼굴은 보이지 않았다. 밀려온 파도에 운동화가 젖어 있었다.

"피해자는 고등학교 2학년 여학생. 비닐 끈으로 목이 졸려 죽었고, 목에 가위가 꽂혀 있었습니다. 주목할 것은 역시 가위에 의한 자상입니다."

스크린에 피해자의 목이 클로즈업되었다. 첫 번째 피해자와는 달리 가위가 꽂혀 있는 곳 말고는 특별히 상처는 없었다.

"범인은 첫 번째 범행에서 목에 가위가 잘 들어가지 않아 애를 먹었죠. 하지만 이번에는 한 번에 성공했습니다. 어떻게? 가위 끝을 줄칼 같은 도구로 예리하게 다듬었던 겁니다."

이소베는 자신이 발견한 가위를 떠올리고 등골이 오싹해

졌다. 호리노우치가 말한 대로 끝이 아이스픽처럼 날카롭게 갈려 있었다.

"또 하나 주목해야 할 점이 있습니다. 피해자의 뺨입니다. 이렇게 찢어져 있는데, 아마 목을 찌르기 전에 같은 가위로 찢었을 겁니다."

스크린에 피해자의 뺨이 비쳤다. 신도가 무심결에 얼굴을 돌리는 것이 보였다. 그도 그럴 것이 오른쪽 뺨이 반이나 찢겨서 꽉 다문 어금니가 드러나 있었다. 이소베도 눈을 감아 버리고 싶었다.

"이 사건은 먼저 사건과 동일범일 가능성이 컸습니다. 그래서 경시청 수사1과 안에 특별 수사본부가 꾸려졌습니다. 매스컴도 떠들썩했고, 여러분도 알다시피 가위남이라는 별명도 이때 생겼습니다. 그리고 이번 사건입니다. 앞에서 말했듯이 가위남의 범행일 가능성은 현 단계에서 75퍼센트 정도라는 것이 제 생각입니다."

호리노우치는 즉흥 연주를 마친 재즈 피아니스트처럼 집게손가락 하나로 키를 두드려 액정 스크린을 껐다. 이어서 노트북을 덮고 싱긋 웃으며 물었다.

"질문 있나요?"

영어로는 "Any question?"일까. 물론 질문하는 사람은 아무도 없을 것이다. 형식적인 물음임을 모두가 알기 때문이다.

그런데 그 순간 "네" 하고 무라키가 긴 팔을 번쩍 쳐들었다. 이소베를 비롯한 형사들은 화들짝 놀라서 일제히 무라키를 쳐다보았다.

"좋습니다. 성함은?"

호리노우치가 물었다.

"메구로니시 경찰서 형사과의 무라키 경사입니다."

무라키는 자리에서 일어나 아주 진지한 얼굴로 질문을 시작했다.

"지금 설명에 따르면 첫 사건은 약 1년 전, 다음 사건은 8개월 전에 발생했는데, 안타깝게도 현재까지 범인은 잡히지 않았습니다. 대체 이유가 뭡니까? 관련 수사를 해야 하는 처지로서, 지금까지의 수사 과정에서 무슨 애로 사항이 있었는지 설명해주시면 크게 도움이 될 것 같습니다."

"어이구, 저 화상."

시모카와가 걱정스럽게 중얼거렸다. 그도 그럴 것이 수사1과 과장이 노골적으로 불쾌감을 드러내고 있었다. 호리노우치는 싱글싱글 웃으며 대답했다.

"음, 현재까지 범인을 체포하지 못한 이유는 두 가지입니다. 하나는 사건 발생 지역이 광범위하다는 것입니다. 이전 두 사건과 관련해서 피해자의 자택이며 현장 주변을 철저히 조사했지만 유력한 단서는 얻을 수 없었습니다. 즉 범인은 피해자 주변에 살지 않는다는 겁니다. 대체 어디에 숨어 있는지, 어떤 기준으로 범행 대상을 고르는지 분명하게 밝혀진 것이 없습니다."

호리노우치는 잠깐 숨을 돌리며 책상 위의 커피를 한 모금 마셨다.

"또 한 가지 이유는, 범인이 굉장히 신중하고 치밀하다는 겁니다. 현장에는 범인과 직결되는 유류품이 전혀 남아 있지 않았습니다. 지문도 없고, 머리카락도 없고, 성폭행이 없었으므로 체액도 묻어 있지 않았습니다. 또 범인이 피해자에 대해 아주 철저하게 사전 조사를 한 대목도 보입니다. 그리고 범행 후에는 반년 정도 숨죽여 지내죠. 지능 지수가 높고, 진중하고, 무슨 일에든 서두르는 법 없는 침착한 인물임에 틀림없습니다. 더구나 가위 끝을 예리하게 다듬은 것에서, 범인은 범행을 통해 학습하고 있다는 것을 알 수 있습니다. 이런 쾌락 살인자를 다루는 것은 무척 까다롭고 극히 위험합니다."

호리노우치는 진지했다.

"알겠습니까?"

수사1과 과장이 무라키를 노려보았다. 무라키는 정중하게 인사하고 의자에 앉았다.

"잘하는 짓이다."

시모카와가 책상 밑에서 무라키의 다리를 걷어찼다.

"물어야 할 걸 물었을 뿐이야."

무라키는 태연자약했다. 정말이지 종잡을 수 없는 사람이라고 이소베는 생각했다. 냉소적이고 언제나 초연한데, 가끔 한 번씩 이렇게 엉뚱한 행동을 한다.

수사1과 과장이 앞으로의 수사 방침을 설명하고 회의는 끝났다. 형사들은 차례로 일어나 각자의 위치로 돌아갔다.

이소베는 자리에서 일어나면서 문득 단상 쪽을 보았다. 호리노우치가 수사1과 과장에게 뭔가 이야기를 하고 있었다. 수사1과 과장이 떨떠름한 얼굴로 고개를 끄덕이더니 우에이다 경감을 손짓해 불렀다. 무슨 일일까. 이소베는 의아하게 생각했다.

이소베가 회의실을 나설 때, 우에이다 경감이 이소베를 불렀다.

"이소베 형사, 잠깐 와주시겠어요?"

돌아보자 우에이다 경감, 수사1과 과장, 호리노우치가 나란히 이소베를 바라보고 있었다. 왠지 예감이 좋지 않았다.

"이럴 줄 알았다. 사이코 선생이니 하면서 입방정 떨더니. 무조건 머리 숙여 사죄드려."

시모카와가 옆으로 지나가면서 작은 소리로 말했다.

호리노우치가 말한 것일까? 앞쪽으로 걸어가면서 이소베는 생각했다. 그런 음험한 성격으로는 보이지 않았다. 그러나 시모카와의 말처럼 사람은 한 번 보고는 판단할 수 없는 것이다.

"이쪽이 이소베 순경입니다."

우에이다 경감이 수사1과 과장에게 이소베를 소개했다. 경례해야 할까? 아니, 타이밍을 놓쳐버렸다. 1과 과장은 이미 운을 떼고 있었다.

"정말 이 친구로 괜찮겠습니까? 경험도 부족해 보이는데, 수사1과에서 유능한 형사를……."

"아닙니다. 순수해서 좋습니다. 이 친구가 적임입니다."

호리노우치는 여전히 싱글싱글 웃고 있었다.

대체 무슨 이야기일까? 이소베는 호리노우치를 쳐다보았다.

"이소베 순경, 자네는 호리노우치 총경의 간곡한 요청으로 그 밑에서 일하게 되었다. 앞으로는 호리노우치 총경의 지시로 수사에 임해주기 바란다."

수사1과 과장은 못마땅한 듯 퉁명스럽게 말했다.

"저는 여러분과 달리 발로 뛰는 수사에는 젬병이라서요. 탐문하거나 현장을 조사하는 데는 재주가 없습니다. 이소베 순경이 내 눈과 귀가 돼줬으면 좋겠습니다."

호리노우치가 말했다.

이소베는 당황한 동시에 흥분했다. 범죄심리분석관과 한 팀이 되어 움직이는 일이 생길 줄은 생각지도 못했다. 어차피 흉기의 출처를 찾아 문구점을 돌아다니거나 인근 집들을 온종일 탐문하고 다닐 것은 각오하고 있었다.

"그러면 이소베 순경은 단독으로 행동하게 되겠군요?"

우에이다 경감이 물었다.

"그렇게 되겠죠."

호리노우치가 대답했다.

"그건 곤란합니다. 수사는 2인 1조가 기본입니다. 총경님도 아실 텐데요? 단독 행동은 위험합니다."

"위험한 임무는 없을 겁니다."

"살인사건입니다. 위험하지 않을 수가 없습니다."

우에이다 경감은 말했다. 차분했지만 목소리에 힘이 실려 있었다. 호리노우치가 움찔했을 정도였다.

"우에이다 경감, 당신 말이 틀린 건 아니지만……."

수사1과 과장이 중재에 나섰다. 우에이다 경감은 수사1과 과장의 말에 수긍하는 듯싶었다.

"물론 저도 호리노우치 총경님의 요구를 최대한 들어주고 싶습니다. 하지만 단독 행동은 곤란합니다. 자, 그럼 이렇게 하시죠. 이소베 순경은 총경님 명령으로 움직이지만, 단 그럴 때는 형사과 형사를 파트너로 붙이겠습니다. 어떻습니까, 괜찮겠습니까?"

호리노우치는 순순하게 동의했다.

그러면 이소베뿐만 아니라 형사과의 다른 형사들도 중요한 수사에 참가할 수 있게 된다. 우에이다 경감은 거기까지 고려한 것이다. 그의 사려 깊은 배려가 느껴졌다. 이소베는 존경의 눈길로 경감의 무표정한 얼굴을 바라보았다.

앞으로의 일을 생각하자 이소베는 가슴이 뛰었다.

10

11월 14일 금요일, 나는 히무로카와 출판에 전화해 휴가를 냈다. 그저께부터 감기 기운이 있더니 아침부터 열이 나기 시작했다고 말하자, 오카지마 부장은 이해한다는 목소리로 "이번 감기가 독하다고 하더라고. 푹 쉬어" 하고 말해주었다.

인사하고 전화를 끊은 뒤 커피가 담긴 머그컵을 들고 둥근 테이블 앞으로 갔다. 테이블에 있던 리모컨을 집어 텔레비전을 켰다.

어제 의사가 말한 대로 다루미야 유키코를 죽인 진범을 찾을지 어떨지 아직 고민 중이었다. 그런 일이 가능할 리 없다는 생각이 여전히 강했다.

그래도 이번 사건에 관심은 있었다.

사체가 발견된 지 나흘째, 이제 슬슬 매스컴에서 뉴스다운 뉴스가 보도될 터였다. 사건이 발생하고 하루이틀은 시끄러운 헬리콥터 소리에 섞여 아나운서가 흥분해서 떠들어댈 뿐이다. 사흘째는 거기에 몇 가지 부연 설명이 곁들여지지만 아직 정보가 부족해서 뜬구름만 잡는다. 그리고 나흘째, 이쯤 되어야 어느 정도 정리가 되고 이야기에 맥락이 생겨서 방송국마다 차별화된 뉴스를 내보내기 시작한다.

텔레비전에서는 아침 와이드 쇼가 방송되고 있었다. 화면 오른쪽 구석에 '가위남의 세 번째 희생자?'라는 괴기스러운 자막이 작게 걸려 있었다. 가로로 긴 테이블에 중앙에는 남녀 사회자, 왼쪽은 초대 손님, 오른쪽은 고정으로 출연하는 해설자가 앉아 있었다.

"다루미야 유키코 양의 시신이 발견된 지 사흘이 지났습니다."

남자 사회자가 카메라를 정면으로 응시하고 말한다. 마치 치통을 참고 있는 듯한 표정이다.

"먼저 오늘의 수사 상황부터 전해드리겠습니다. 메구로니시 경찰서 앞 야마다 기자?"

"여기는 수사본부가 있는 메구로니시 경찰서 앞입니다."

화면이 경찰서 앞에 서 있는 남자 기자로 바뀌었다.

"현재 메구로니시 경찰서에서는 제1차 수사 회의가 열리고 있습니다. 방금 수사1과 과장의 소견을 들을 수 있었습니다. 그에 따르면, 이번 다루미야 유키코 양 살해사건과 일련의 가위남 사건의 관련성에 대해서는 아직 분명하게 말할 단계가 아니라고 합니다. 이상, 메구로니시 경찰서 앞에서 전해드렸습니다."

다시 스튜디오. 남자 사회자가 초대 손님 쪽으로 몸을 돌린다.

"지금 전해드렸듯이 경찰의 공식 발표는 아직 없었지만, 이번 사건은 가위남의 범행으로 봐도 무방하지 않을까요? 어떻게 생각하십니까?"

"저도 그렇게 생각합니다."

눈빛이 날카로운 초로의 평론가가 대답한다.

"경찰이 신중하게 대응하고 있는 것은 모방범일 가능성이 있기 때문이겠지만, 믿을 만한 곳의 정보에 따르면 흉기인 가위의 종류도 동일하다고 하니까 거의 틀림없을 겁니다."

나는 리모컨을 들고 다른 채널로 돌렸다.

"그럼 지금까지 발생한 가위남 사건을 정리해보겠습니다."

컴퓨터 그래픽으로 만든 가상 스튜디오. 중앙에 선 남자 아나운서의 몸짓으로 빈 공간에 네모난 스크린이 미끄러지듯 등장하고 영상이 흐르기 시작한다. 오버랩해서 화면 전체에 영상이 비친다. 기분 나쁜 전자음과 묵직한 남자 목소리의 내레이션.

"첫 사건은 작년 10월 21일 사이타마현에서 일어났다. 그날, 고등학교에 다니던 열여섯 살 고니시 미나 양은……."

영상은 예전 뉴스를 편집한 것으로, 지겨울 정도로 보고 또 본 영상들뿐이었다. 멀리서 잡은 송전탑. 자갈밭을 기어다니며 조사하는 감식반. 친구와 함께 찍은 고니시 미나의 사진. 사이타마현 경찰서의 회의 풍경.

과거의 사건만 회고할 뿐 좀처럼 이번 사건으로 넘어갈 기미가 안 보여서 나는 채널을 돌렸다.

"현장 주변은 이제 차분함을 되찾아가고 있습니다."

여자 리포터가 마이크를 꽉 쥐고 공원 입구 앞에 서 있다.

"경찰의 현장 검증은 끝났지만, 보시다시피 공원 입구는 여전히 출입이 금지된 상태입니다. 그럼 인근 주민의 이야기를 들어보겠습니다."

"설마 했어요, 집 근처에서 이런 일이 일어날 줄은 상상도 못했으니까. 왜, 지난번 사건은 사이타마였나 그랬잖아요? 그러니까, 가위남이 왜, 여기까지 와서, 어우, 무서워서 정말……."

짙게 화장한 주부의 횡설수설을 끝까지 들어줄 수가 없어서 나는 채널을 돌렸다.

"후타고야마베야일본의 스모 도장의 다카노하나일본의 스모 선수와 와카노하나일본의 스모 선수, 아즈마제키베야일본의 스모 도장의 아케보노일본의 스모 선수, 이 세 선수는 그들을 제외한 나머지 선수에게는 반드시 이기고, 서로 대전했을 때의 승패는 반반이라고 합시다."

둥근 안경을 쓴 수학 강사가 화이트보드 앞에 서서 설명하고 있었다.

"이 경우, 다카노하나 또는 와카노하나가 우승할 확률은 각각 8분의 3, 아케보노가 우승할 확률은 4분의 1, 즉 다카노하나와 와카노하나 쪽이 아케보노보다 1.5배 유리하겠고, 후타고야마베야와 아즈마제키베야 어느 쪽에서 우승 선수가 나오는가를 생각하면, 후타고야마베야 쪽이 3배 유리하게 되겠죠."

채널은 민영 방송의 아침 와이드 쇼를 횡단해 교육 방송까지 침범하고 말았다. 나는 텔레비전을 껐다.

의사의 말이 맞았다. 머그컵에 든 커피를 마시면서 나는 생각했다. 그럴 만한 상황이기도 했지만, 매스컴은 처음부터 가위남의 범행으로 단정하고 있었다.

하지만 경찰은 어떨까. 수사과장은 가위남의 범행이라고 단정지어 대답하지 않았다고 경찰서 앞 기자는 말했고, 초로의 평론가도 모방범일 가능성을 지적했다. 경찰은 그 정도로 멍청하지 않을 것이다. 내가 위험을 무릅쓰고 진범을 찾아 나설 필요는 없으리라.

그러나 금세 또 생각이 바뀌었다. 초로의 평론가는 이렇게도 말했다. 흉기인 가위가 동일한 종류이므로 가위남의 범행이 거의 틀림없다고. 늘 무표정하게 이야기하는 그 남자는 분명히 전직 경찰관인가 검사인가 그랬다. 그가 그렇게 생각한다면 경찰도 비슷한 판단을 내리지 않을까.

잠깐. 나는 식어버린 커피를 한 모금 마신 뒤 생각했다. 진범은 대체 어디서 가위의 종류를 알아냈을까? 물론 특수한 가위는 아니다. 히무로카와 출판의 비품인 스테인리스 가위는 어느 문구점에서나 쉽게 구할 수 있다. 하지만 진범은 무슨 수로 그 흔해 빠진 가위를 특정할 수 있었을까?

이것은 진범을 찾아내는 데 유력한 단서가 되지 않을까?

거기까지 생각한 뒤 리모컨을 손에 들고 다시 텔레비전을 켰다. 수학 강사가 여전히 강의를 하고 있었다.

"그럼 응용문제. 후타고야마베야에 m명의 선수가 있고, 사도가타케베야일본의 스모 도장에 n명의 선수가 있는데, m은 n보다 크다고 합니다. 이들 선수는 다른 도장 선수에게는 반드시 이기고, 서로 대전했을 때의 승패는 반반. 이때 각각의 도장에서 우승 선수가 나올 확률을 구해봅시다. 조금 어렵죠?"

어려운 수학 문제는 질색이므로 바로 채널을 돌렸다.

바뀐 화면을 보고 나는 기운이 빠졌다. '이전 사건에서 쓰인 흉기'라는 자막과 함께 내가 애용하는 가위와 똑같은 가위가 클로즈업되어 비쳤기 때문이다. 남자 사회자가 말했다.

"이 가위가 피해자의 목에 꽂혀 있었습니다. 정말이지 잔인하고 끔찍한 범행입니다."

뉴스나 와이드 쇼를 녹화해서 해당 화면을 정지시키고 확인하면 누구라도 가위의 종류는 특정할 수 있다. 유력한 단서가 아니었다.

나는 탐정은 못 해 먹겠다고 생각하면서 리모컨을 눌렀다.

"이 주의 '너만 몰라?!'는 '남자들이 모르는 여자—제임스 팁트리 주니어미국의 SF 소설가'."

아직 광고 중이었다. 채널을 돌렸다.

"지금 피해자인 다루미야 유키코 양이 싸늘한 주검이 되어 집으로 돌아왔습니다."

낯익은 데제르 히몬야의 현관이 비쳤다. 슬픈 목소리의 여자 리포터 뒤로 왜건이 멈추고 검은 양복을 입은 남자들이 흰 나무 관을 끌어내고 있었다.

다루미야 유키코의 시신이 부검을 마치고 돌아온 것이다.

"가족과 하룻밤을 보내고, 내일 토요일에 장례식이 치러질 예정입니다. 장례식에는 유키코 양이 다니던 하자쿠라 고등학교의 교사들과 학생들도 참석할 예정으로……."

다루미야 유키코를 넣은 관은 가장 앞에 선 이마가 벗어진 중년 남자의 지시에 따라 데제르 히몬야의 자동문을 통과해 안으로 들어갔다. 다루미야 가즈히로의 모습은 보이지 않았다.

"부모님은 이번 사건으로 엄청난 충격을 받아 저희 보도진의 취재에 응하지 않고……."

아마 가즈히로와 도시에는 외부와의 접촉을 끊은 채 칩거 중일 것이다. 나는 마음속으로 독수리 같은 리포터들을 막아주는 그 금속의 전자 문지기에게 응원을 보냈다.

장례식이 어디서 몇 시에 치러지는지는 나오지 않았다. 쓸데없이 구경꾼들이 몰려들지 않도록 배려한 것이리라.

그렇다면 어떻게 시간과 장소를 알아내야 할까?

나는 텔레비전을 껐다. 아침부터 아무것도 먹지 않아 허기가 느껴졌다.

아무래도 의사의 예상대로 다루미야 유키코의 장례식에 가게 될 것 같았다. 냉장고에서 꺼낸 달걀을 볼에 깨 넣으면서 나는 생각했다. 장례식장에 가면 수상하게 여기지 않을까?

긴 젓가락으로 달걀을 휘저으면서 고민한 끝에 내린 결론은 '문제없음'이었다. 사체 발견자가 피해자의 장례식에 참석하길 원하는 것은 어쩌면 당연한 마음일지도 모른다.

오믈렛은 역시나 실패하여 스크램블드에그로 둔갑했다. 구워낸 토스트와 함께 접시를 둥근 테이블로 옮기고 다시 따른 따뜻한 커피를 곁들여 늦은 아침 혹은 이른 점심을 완성했다.

다 먹고 설거지를 마친 뒤 머그컵에 세 잔째 커피를 따랐을 때는 정오가 가까워져 있었다.

나는 텔레비전을 켰다.

곧 정오 뉴스가 시작되었다. 먼저 광섬유 비리 의혹이 새로운 국면에 접어들었다는 내용과 함께 총무성 관료의 얼굴이 크게 비쳤다. 가위남 사건은 두 번째로 다뤄졌다. 와이드쇼에서 단독 입수 운운하는 정보는 차치하고, 뉴스에서 객관적으로 보도할 만한 새로운 정보는 별로 없는 모양이었다. 다루미야 유키코의 관이 이송되는 광경이 다른 각도에서 비춰지고 있었다.

가위남 관련 뉴스가 끝나자, 나는 민영 방송으로 채널을 돌렸다.

노란 머리를 곤두세우고 징이 박힌 가죽점퍼를 입은 젊은이가 기타를 치면서 스탠드 마이크를 물어뜯을 기세로 노래를 부르고 있었다.

가사는 익숙했다. 우에키 히토시의 〈스다라부시〉다. 그러나 멜로디가 달랐다. 관객들이 박장대소하는 것을 보니 코믹 밴드가 개사해서 부르는 것인 모양인데, 멜로디를 따온 원곡을 모르므로 어디가 재미있는지 알 수 없었다. 나는 채널을 돌렸다.

"여기서 우스터소스를 조금 넣는 것이 비결이에요. 일본요리에 우스터소스를 넣는다고 하면 놀라시는 분도 계시지만……."

이 시간대의 민영 방송은 어디나 오락 프로그램뿐이었다.

나는 텔레비전을 껐다.

안쪽 책장으로 가서 책 사이에 숨겨둔 다루미야 유키코의 입회 신청서 사본을 가지고 왔다. 전화기를 앞에 두고 거기에 적힌 전화번호를 눌렀다.

"여보세요?"

수화기 너머에서 힘없는 여자 목소리가 들려왔다. 아마도 어머니인 도시에일 것이다.

나는 히무로카와 출판이 주관하는 첨삭식 통신 교육의 이름을 대고 이야기를 시작했다.

"저희 회원이 그런 불행한 일을 당해서 저희도 많이 놀랐습니다."

거짓말이었다. 천 명 단위의 회원을 보유하고 있기 때문에 회원이 설령 살인사건의 피해자라 할지라도 알 수 있는 방법이 없다. 갑자기 탈퇴하겠다는 뜻의 편지를 받는 일도 다

반사였고, '딸이 살해당해서'라고 이유 따위를 적어서 보내는 부모도 없었다. 다루미야 유키코에 대해서도 히무로카와 출판에 알려질 일은 없을 것이다.

"아무쪼록 따님의 장례식에 참석하고 싶은데, 어디서 치러지는지 알 수 있을까요?"

"사후 관리도 철저하시군요."

건조하고 불쾌한 느낌의 웃음소리가 들려왔다. 따님의 장례식이라는 말을 부정하지 않았기 때문에 다루미야 도시에가 틀림없었다.

"내일 오후 2시예요. 순도 장례식장에서."

도시에는 장례식장의 주소와 전화번호를 알려주었다. 나는 메모한 뒤 의례적인 위로의 말을 남기고 전화를 끊었다.

바닥에 던져둔 숄더백에서 도쿄 23구 지도를 꺼내 메모한 주소로 장례식장의 위치를 확인했다. 데제르 히몬야에서 동쪽으로 몇 킬로 떨어진 곳에 있었다. 가장 가까운 역은 역시 가쿠게이대학역일 것이다.

오후 2시부터면 정오 전후에 사무실을 나서면 된다. 내일은 토요일이고 아직 15일이므로 충분히 오전 중에 퇴근할 수 있을 것이다.

3장

"내가 당신을 선택한 이유는 말이야." 수사 회의 후 두 사람만 남은 자리에서 호리노우치는 이소베에게 친근하게 말을 붙여왔다. "당신이 선뜻 악수에 응했기 때문이야. 직립부동으로 경례하거나 총경님이라고 부르는 건 질색이거든. 이제부터 편하게 호리노우치 씨라고 불러. 나도 이소베 씨라고 부를 테니까."

"알겠습니다."

"내 휴대폰 번호. 뭔가 알아냈거나 떠오른 것이 있으면 한밤중이라도 좋으니까 연락하고."

"네."

이소베는 명함 뒤에 적힌 메모를 받았다. 자신을 신뢰하고 있다고 이소베는 생각했다.

"그리고……."

"말씀하십시오, 호리노우치 씨."

이소베는 웃는 얼굴로 대답했다.

"그 옷, 어떻게 좀 안 될까? 꽤나 거슬리는데. 좀 폼 나는 옷 없어?"

이로써 내일부터 진정한 사복을 입고 출근할 수 있게 되었다고 이소베는 생각했다. 무엇보다 총경의 명령을 일개의 순경이 거역할 수는 없는 것이다.

수사 회의가 끝난 14일 오후, 이소베와 호리노우치는 메구로니시 경찰서 2층 소회의실에 있었다. 호리노우치의 사무실로 제공된 방이었다. 원래는 관할 형사들이 간단한 회의를 하는 데 쓰는 공간이지만, 현재는 책상 위에 데스크톱과 잉크젯 컬러 프린터가 놓여 있었다. 호리노우치가 가지고 온 최신 기기였다.

호리노우치는 컴퓨터 앞에 앉아 앞에 있는 마쓰모토의 이야기를 듣고 있었다. 이소베는 마쓰모토 옆에 앉아 있었다.

"피해자의 이름은 다루미야 유키코. 나이는 16세. 사립 하자쿠라 고등학교 2학년입니다."

마쓰모토는 수첩을 보면서 여유 있게 설명했다.

희끗희끗한 머리에 얼굴은 거무죽죽하고 눈가에는 주름이 자글자글하다. 형사보다는 베테랑 어부에 어울리는 외모였다. 이 사람의 편안한 생김새와 말투에 피의자들은 넘어간다. 마쓰모토는 심문의 프로였다.

"이 근처에서는 유명한 고등학교라고 하던데."

호리노우치가 턱을 문지르며 말했다.

"네. 있는 집 자제들이 다니는 학교입니다. 멀리서 통학하는 학생도 꽤 있다고 들었습니다."

"피해자는 어땠습니까? 원거리 통학이었나요?"

"아니요, 가쿠게이대학역이니까 원거리라고는 할 수 없습니다."

"알겠습니다. 그럼 피해자의 사건 당일 행동에 대해 설명해 주십시오."

"딱히 말씀드릴 만한 것은 없는데……." 마쓰모토는 수첩을 넘겼다. "피해자는 오후 7시가 넘어서 학교를 나왔습니다. 이와사라는 교사와 학생 몇 명에게 확인한 내용입니다."

"이와사라는 사람은 체육 교사였죠, 아마?"

호리노우치는 앞에 놓인 보고서를 보지도 않고 물었다.

"맞습니다."

마쓰모토는 약간 놀란 듯했다. 호리노우치는 수사 회의에서 받은 자료를 완벽하게 숙지한 모양이었다. 이소베는 감탄했다.

"피해자의 반 체육 수업을 담당하고 있습니까?"

"그렇지는 않은 것 같습니다."

"그렇다면 어떻게 피해자가 그 시간에 하교했다는 것을 알 수 있었을까요?" 호리노우치는 집게손가락으로 관자놀이를 눌렀다. 아무래도 생각할 때의 버릇인 것 같았다. "학생 수가 천 명에 가깝습니다. 얼굴을 전부 다 기억할 리가 없을 텐데."

"미인이었거든요. 피해자는 학교에서 유명했답니다. 서른다섯 살 독신 남자면 더 잘 기억하겠죠."

마쓰모토는 뭔가 숨기는 눈치였다.

"흠, 역시. 계속해주십시오."

"학교를 나온 후 피해자는 평소처럼 걸어서 역으로 향했던 것 같습니다. 이 시간대 목격자는 없습니다. 다음에 목격된 것은 오후 7시 40분, 가쿠게이대학역 앞에서입니다. 피해자가 들른 서점 직원이 증언했습니다."

"학교에서 가쿠게이대학역까지 보통 사십 분 정도 걸립니까?"

"아마 그 정도 걸릴 겁니다."

"서점 직원은 다른 증언은 안 했나요?"

"특별한 것은 없었습니다. 보고서에 적혀 있는 그대로입니다."

마쓰모토가 시험하듯 눈을 치켜뜨고 호리노우치를 쳐다보았다.

"그럼 곧장 메구로도리 쪽으로 걸어갔다, 이거군요?"

호리노우치는 완벽하게 암기하고 있었다. 마쓰모토의 패배라고 이소베는 생각했다.

"그렇습니다."

마쓰모토는 분한 기색 없이 담담하게 대답했다.

"그 후의 목격 정보는?"

"없습니다. 그다음은 이미 죽은 뒤였습니다."

"알겠습니다. 그럼 사체 발견 당시의 상황을 설명해주십시오."

호리노우치는 이소베 쪽으로 고개를 돌렸다.

"이소베 씨도 초동 수사에 참가했었지?"

"네, 호리노우치 씨."

이소베가 대답했다. 마쓰모토가 눈을 휘둥그렇게 뜨고 이소베를 쳐다보았다. 어쩔 수 없다고 이소베는 속으로 중얼거렸다. 이 또한 총경님의 명령이니까.

"사체가 발견된 것은 오후 9시 40분경, 장소는 다카반 니시 공원입니다." 마쓰모토가 설명을 시작했다. "피해자가 통학하는 길목에 있는 작은 공원입니다. 사망 추정 시각은 오후 8시에서 8시 20분 사이. 역에서 걸어가는 도중에 범인을 만나 살해되었다고 추정됩니다."

"공원은 어떤 곳인가요? 사람들 눈에 띄기 어려운 곳에 있나요?"

"특별히 그렇지는 않습니다. 낮에는 동네 아이들도 많이 나와 노는 곳인데, 다만 밤에는 거의 다니는 사람이 없어서 공원 안이 꽤 어둡습니다."

이소베는 현장에 갔던 날 밤을 떠올렸다. 그렇다, 공원에는 가로등이 하나밖에 없었다. 그마저도 오래돼서 희미했고, 조명등을 설치하지 않으면 현장 검증을 할 수 없는 상태였다. 사체가 발견된 풀숲 주변은 살인자가 숨어 있기에 충분할 만큼 어둡고 캄캄했을 것이다.

"사체 상태는 어땠습니까?"

호리노우치가 물었다.

"자세한 것은 감식과에 물어보십시오."

무뚝뚝한 말투였다.

"아니, 나는 그쪽 소견을 듣고 싶은 겁니다. 베테랑 형사님의 감을 말이죠."

호리노우치는 마쓰모토의 얼굴을 똑바로 쳐다보았다.

"제 소견요?"

마쓰모토는 수첩을 닫고 고개를 갸웃거렸다.

"피해자의 옷이 흐트러져 있지 않은 것이 이상하긴 했습니다."

"왜죠?"

"저도 여성을 노린 강도 살인을 수사한 경험이 몇 번 있습니다만, 대개 목적은 강간이었습니다. 실제로 강간까지 가지 않더라도 몸을 만지거나 옷을 벗기기는 하는 게 보통이죠."

마쓰모토는 천장을 올려다보았다. 사체의 모습을 떠올리고 있는 것 같았다.

"그런데 피해자의 교복은 전혀 손댄 흔적이 없었어요. 이상하다고 생각했죠."

"그래요, 그것이 가위남 사건의 특징 중 하나입니다. 이전 두 사건도 마찬가지였습니다. 성폭행은 가한 흔적이 없었죠. 마치 범인은 피해자의 육체에는 전혀 흥미가 없는 것처럼 보였어요. 뭔가 좀 더 다른 차원의 욕구를 해소하기 위해 살인을 반복하고 있다는 생각마저 듭니다."

"그리고 또, 가위가 하나 더 발견된 것 정도일까요."

마쓰모토가 툭 던지듯 말했다. 호리노우치는 마쓰모토에게로 바짝 다가왔다.

"그것도 중요한 점이죠. 저도 무척 흥미롭게 보고 있습니다. 발견한 사람이 이소베 씨였지?"

"네."

이소베는 풀숲에서 가위를 발견했던 상황을 간단하게 설명했다.

"가위가 두 자루 발견된 것은 이번이 처음입니다. 여기에는 어떤 중요한 의미가 숨겨져 있다는 생각이 들어요. 아주 중요한 의미가 말이죠."

호리노우치는 두 사람의 얼굴을 번갈아 보면서 말한 뒤, 집게손가락으로 관자놀이를 누르며 잠시 골몰해 있었다. 이윽고 이소베를 보더니 웃는 얼굴로 물었다.

"이소베 씨는 지금까지의 이야기에서 이상하다고 생각되는 점 없었어? 있으면 말해봐."

"으음, 피해자는 오후 7시에 학교를 나왔다고 하는데, 너무 늦지 않나요? 뭔가 이유라도……."

불시에 질문이 날아와 이소베는 당황했다.

"동아리 활동 때문이야. 보고서에 적혀 있었을 텐데?"

마쓰모토가 싱글싱글 웃으면서 대답했다.

"그래요, 궁도부 연습 때문에 늦어졌어요."

호리노우치가 또다시 암송했다.

마쓰모토는 질렸다는 표정으로 호리노우치를 보았다. 보고서 구석구석까지 암기하고 있는 것이라면 굳이 구두로 설명하게 할 필요는 없지 않나, 하고 내심 불평하고 있는 것 같았다.

"그렇습니까? 동아리 활동이 있었군요."

이소베는 바로 꼬리를 내렸다. 얼굴이 빨개지지 않았기를 바랄 뿐이었다.

"그럼 제가 궁금하게 생각한 점을 말해보겠습니다. 마쓰모토 형사님은 피해자가 학교에서 유명했다고 말씀하셨는데, 구체적으로 어떤 의미죠?"

호리노우치가 묻자 마쓰모토는 대답을 주저하는 눈치였다.

"흐음, 사건하고 직접적인 관련은 없다고 생각합니다만…… 그러니까 교사와 친구들에게 들은 이야기로는, 피해자는 꽤 특이한 아이였던 것 같더군요."

"특이? 어떤 식으로?"

"남자관계입니다, 구체적으로는. 상당히 많은 남자를 만나고 있었고, 그들 대부분과 육체관계를 맺고 있었던 것 같습니다."

"그런 건 특별히 특이하다고 할 수 없지 않나요?"

이소베가 토를 달았다. 마쓰모토가 고리타분한 사고방식에 사로잡혀 있다고 생각했다. 확실히 남성 편력이 많을 것처럼은 보이지 않았지만 그녀도 요즘 아이들인 것이다.

"요즘 아이들은 웬만해서는 다……."

"아니, 단순히 남자를 많이 만나고 다닌 거면 나도 이렇게 말하지 않아. 그리고 특이하다는 말은, 내가 아니라 요즘 아이들인 피해자의 친구들이 한 거야."

"혹시 매춘입니까?"

호리노우치가 물었다.

"매춘도 보통의 남자관계겠죠, 그 아이들에게는." 마쓰모토는 씁쓸하게 웃었다. "좀 더 복잡하다고 할까, 실은 저도 잘 이해가 되지 않아서요. 증언한 아이들도 이해하지 못하는 것 같았어요. 그러니까 특이하다고 말한 거겠죠."

"잘 이해가 안 되는데."

호리노우치가 고개를 갸웃거렸다.

"제가 들은 바로는 이렇습니다." 마쓰모토는 한 마디씩 곱씹듯이 말했다. "피해자는 여러 남자와 만나고 있었고, 그리고 육체관계를 맺고 있었어요. 하지만 그들에게 애정이 있었던 것도, 그들의 애정을 원했던 것도 아닙니다. 그렇다고 관계를 즐겼던 것도, 금전적인 지원을 받았던 것도 아니었고요. 그러면서 왜 그 남자들을 만나는지 전혀 이해할 수 없었다고 합니다."

"자신을 더럽히고 싶고 파괴하고 싶은 무의식의 욕구 아닐까요?"

호리노우치는 범죄심리분석관다운 해석을 내놓았다.

"그런 어려운 말은 저는 잘 모릅니다." 마쓰모토는 조금 빈정대는 투로 말했다. "어쨌든 피해자 주변 사람들은 그런 그 아이의 행동을 이해하지 못하는 눈치였어요. 예쁘게 생겨서 왜 그렇게 아무나 만나고 다닐까. 그런 면을 꺼림칙하게 여겼던 것 같기도 하고요. 특히 그 아이를 싫어했던 아이라면 더 그랬을 겁니다."

"이해할 수 없군요. 사진으로 봐서는 단아하고 얌전해 보이는데."

호리노우치는 책상 위에 있던 현장 사진을 손에 들고 안타까운 듯 말했다.

"겉모습만 보고 판단할 수는 없지요."

"부검 소견도 대충 읽었습니다만, 남자를 그렇게 많이 만났다면, 그러니까 신체에서도 그……."

호리노우치가 민망한 듯이 얼버무리는 것을 보고 마쓰모토는 피식 웃었다.

"임신했다거나 성병에 걸렸다거나 뭐 이런 거 말입니까? 그런 건 없었습니다. 부검 소견을 봐도 아주 건강한 상태였습니다. 반 친구들한테 듣기로도 조심성이 많은 아이였다고 하더군요."

"그렇습니까? 알았습니다, 수고하셨어요."

호리노우치는 현장 사진을 책상에 내던진 뒤, 이소베 쪽을 보았다.

"이소베 씨, 블랙 슈트는 갖고 있겠지?"

"네? 아, 네, 있습니다."

"내일 입고 와."

"검은색 정장을요?"

이소베는 의아했다. 호리노우치의 차림새를 보면 정장 차림을 좋아할 것 같지는 않았기 때문이다.

"응. 내일 피해자 장례식이 있어. 참석했으면 해서."

"피해자 장례식…… 네, 알겠습니다. 그런데 뭘 조사해야 하죠?"

"조사라기보다 관찰이지. 최대한 많이 보고 듣고, 그래서 거기서 뭔가 새로운 것을 알게 되거나 이상하게 느껴지는 것이 있으면 전부 보고해줘. 본인이 본 대로 느낀 대로 그대로 전해주면 돼."

"알겠습니다."

호리노우치의 눈이 되고 귀가 된다는 것이 이런 것이었구나, 하고 이소베는 생각했다. 오감을 최대한 활용해 정보를 수집하면, 그 정보를 바탕으로 호리노우치가 가위남을 추적하는 것이다.

"누가 붙습니까?"

마쓰모토가 조용히 물었다.

"붙다니요?"

호리노우치가 되물었다.

"이소베 형사가 움직일 때는 형사과에서 한 명 붙는다면서요? 과장님한테 그렇게 들었습니다."

"아아, 그거요. 그건 우에이다 경감에게 맡기겠습니다. 그쪽에서 알아서 정해주시면 됩니다."

호리노우치는 얼굴에 잠깐 불쾌한 기색을 내비쳤지만 바로 웃으며 대답했다.

"그럼 과장님께 그렇게 전하겠습니다. 어이, 가지."

마쓰모토는 일어나서 이소베의 어깨를 두드렸다.

마쓰모토와 이소베는 소회의실을 나와 형사과로 향했다. 복도를 몇 걸음 가다가 마쓰모토는 크게 기지개를 켜며 투덜거리듯 말했다.

"담배 피우고 싶어 혼났네."

이소베는 웃었다. 소회의실에서의 이십 분은 아마 마쓰모토의 최장 금연 기록일 것이다.

"그냥 피우시지 그랬어요. 호리노우치 씨는 그런 거 신경 안 쓸 것 같은데."

"호리노우치 씨에 이소베 씨라. 깜짝 놀랐다고."

마쓰모토는 쓴웃음을 지었다.

"그쪽에서 그렇게 부르라고 해서요. 사고방식이 좀 미국식인 것 같아요."

이소베는 당황해서 설명했다.

"미국식이라. 뭐 그럴 수 있지. 그런데 장례식 정도는 직접 가면 좋을 텐데, 그것도 미국식인가?"

마쓰모토는 고개를 내둘렀다.

"호리노우치 씨는 생각하는 것이 일입니다. 돌아다니는 건

제 담당. 말하자면 호리노우치 씨는 네로 울프렉스 스타우트의 탐정 소설에 등장하는 명탐정, 저는 아치 굿윈네로 울프의 조수인 셈이죠."

이소베는 좋아하는 미스터리를 떠올리며 말했다.

"뭐야, 그게?"

마쓰모토는 시대 소설밖에 읽지 않았다.

두 사람은 형사과에 도착했다. 전자기기 말고는 아무것도 없는 소회의실과는 딴판으로 형사과 사무실은 어수선했다. 칠이 벗겨진 책상이 줄줄이 늘어서 있고 그 위에 자료며 사진이 산처럼 쌓여 있었다. 벽에 있는 것은 액정 스크린이 아니라 그 옛날의 화이트보드였다. 사무실 한쪽에 그나마 컴퓨터가 있었지만 사용하는 사람은 오직 신도뿐으로 마쓰모토나 시모카와는 근처에도 가지 않았다.

형사과에는 우에이다 경감과 무라키가 남아 있었다. 다른 두 사람은 아마도 탐문 수사를 나갔을 것이다.

마쓰모토는 자기 자리에 앉아 담배에 불을 붙였다.

"또 피워요? 우릴 폐암으로 보낼 셈인가."

무라키가 빈정대면서 파일로 부채질을 했다.

"사무실에서 담배도 못 피우게 하면 난 형사 관둘 거야."

이것이 정해진 패턴이었다. 마쓰모토는 시치미를 떼고 담배를 피우면서 책상 위의 보고서를 손에 들고 열심히 읽기 시작했다.

이소베는 우에이다 경감에게 가서 호리노우치의 말을 전달했다.

"그렇군요."

우에이다 경감은 잠깐 생각하고 무라키를 불렀다.

"네. 무슨 일이십니까, 과장님?"

무라키가 일어나서 다가왔다

"내일 이소베 형사가 호리노우치 경감님의 명령으로 피해자의 장례식에 갑니다. 무라키 형사님이 파트너로 동행했으면 하는데, 괜찮겠습니까?"

"좋습니다. 문구점을 안 돌아다녀도 된다면야 이소베 뒤치다꺼리든 뭐든 하겠습니다."

무라키가 웃었다. 이소베는 조금 발끈했다.

"장례식은 오후 2시부터 메구로구에 있는 슌도 장례식장에서 치러집니다. 탐문 수사는 오전 중에 하면 됩니다."

우에이다 경감이 메모를 보며 말하자, 그 기대는 금세 실망으로 바뀌었다.

"예, 예, 알겠습니다, 과장님. 탐문에도 성실하게 임하겠습니다."

"무라키 형사님이 성실한 것은 제가 가장 잘 알고 있습니다."

우에이다 경감은 조용히 대답했다.

그 순간 이소베는 믿을 수 없는 광경을 목격했다.

형사과 제일의 냉소주의자가 귀가 새빨개져서 쑥스러워하고 있었다.

11

오후 2시, 오후 와이드 쇼가 시작될 시간이었다. 나는 다시 텔레비전을 켰다.

화면에 가로로 길게 놓인 테이블에 한 줄로 앉은 출연자들이 비쳤다.

중앙에 남녀 사회자, 양쪽으로 초대 손님과 고정 출연자. 오전에 본 것과 별반 다르지 않은 광경이었다. 어느 방송국이나 와이드 쇼는 이런 구도다. 어디 한곳쯤은 신선하게 세로로 줄지어 앉아도 좋을 텐데.

"메구로구에 사는 열여섯 살 다루미야 유키코 양이 살해된 지 오늘로 사흘이 지났습니다."

둥근 얼굴에 부리부리하게 생긴 남자 사회자가 카메라를 향해 말한다.

"먼저 오늘의 수사 상황을 알아보겠습니다. 메구로니시 경찰서 앞 야마다 기자?"

"이곳은 수사본부가 있는 메구로니시 경찰서 앞입니다."

저 남자 기자는 온종일 경찰서 앞에 죽치고 있는 것일까. 카메라가 돌아가지 않을 때는 정보를 얻기 위해 형사를 따라다니고, 점심은 중계차 안에서 방송국 도시락을 먹을 것이다. 참으로 고생이 많다.

"오전 중에 1차 수사 회의가 열린 뒤, 경찰은 현장 주변 탐문 수사에 나섰습니다. 오늘 아침 수사1과 과장의 견해를 들을 수 있었습니다. 이번 사건이 가위남의 범행인지에 대해서는 아직 단정할 수 없다는 내용이었습니다. 이상, 메구로니시 경찰서 앞이었습니다."

"아직 단정할 수 없다고는 하지만, 이건 누가 봐도 가위남의 범행 아닙니까? 어떻게 생각하십니까?"

"거의 확실하다고 봅니다."

두꺼운 은테 안경을 쓴 초대 손님이 대답한다.

"이런 종류의 쾌락 살인자는 같은 범행을 되풀이하는 경향이 있습니다. 이번에도 목을 조른 뒤에 가위로 찔렀고, 가위도 동일한 종류라고 하니까 일단 동일범의 범행으로 보는 게 맞겠죠."

인물들만 달라졌을 뿐, 마치 오전에 본 방송을 다시 보는 것 같았다. 이런 식으로 완전히 똑같은 내용이 반복되는 것일까. 그렇다면 굳이 계속 볼 필요는 없었다.

"오늘은 다양한 분야의 전문가를 모시고, 과거 두 사건을 분석해보면서 가위남이라는 인물을 집중 탐구해보는 시간을 갖도록 하겠습니다."

사회자가 카메라를 응시한다. 화면 중앙에 자막이 확 뜬다.

'전문가가 철저하게 분석! 가위남의 마음속 어둠에 다가간다!'

이어서 남자 사회자가 초대 손님을 소개했지만 하나같이 모르는 이름들뿐이었다. 범죄 심리학자가 두 명 있었고, 논픽션 작가, 르포라이터, 소설가가 나와 앉아 있었다.

먼저 두꺼운 은테 안경을 쓴 범죄 심리학자가 이야기를 시작한다.

"방금 말했듯이 이 범인은 전형적인 쾌락 살인자입니다. 소녀를 목 졸라 죽이고 가위로 목을 찌르는 것이 범인에게는 가장 성적 쾌락을 느낄 수 있는 행위인 것이죠. 이 쾌락을 위해 범인은 살인을 반복하고 있는 겁니다……."

가위남이 뒤에서 소녀를 덮친 다음 비닐 끈으로 목을 조른다. 소녀의 얼굴이 일그러지고 목구멍에서 끄윽 낮은 신음이 새어 나온다. "이히히히, 나는 이렇게 목을 조를 때 가장 흥분돼." 소녀의 고개가 꺾이고 바닥에 풀썩 쓰러진다. 가위남은 소녀 배 위에 올라타서 두 손으로 가위를 꽂는다. "이히히히, 이렇게 가위로 목을 찌르는 것도 끝내주게 짜릿하지."

성적 쾌감. 나는 성적 쾌감을 느꼈던가. 대관절 쾌감이란 무엇일까?

적어도 나는 고니시 미나와 마쓰바라 마사요와 다루미야 유키코의 육체에 흥미가 있었던 적은 없었다. 조사를 시작하기 전까지는 그녀들의 얼굴조차 몰랐다. 내가 끌린 것은 그녀들의 학업 성적이었다.

"범인은 어쩌면 성불능자일지도 모릅니다."

구레나룻이 희끗희끗한 또 한 명의 범죄 심리학자가 말한다.

"범인은 이들 세 명의 희생자 누구에게도 성폭행을 가하지 않았습니다. 이 사실은 성적 불능을 강하게 시사하고 있다고 저는 생각합니다. 가위로 찌르는 것이 성적 행위에 대한 보상인 셈이죠."

여기서 책상 위에 준비해둔 가위를 집어 들고 보란 듯이 카메라에 들이댄다.

"보십시오. 가위는 남성의 성기를 상징하고 있습니다. 날 부분이 음경, 둥근 손잡이가 고환입니다. 가위로 찌르는 것, 이것은 명백하게 강간 행위를 상징하고 있다고 볼 수 있습니다……."

가위남이 등을 돌리고 앉아 한심하게 중얼거린다. "안 서. 안 선다고. 도대체 왜 안 서냐고." 일어나서 정면으로 돌아선다. 팬티 앞 솔기 사이로 가위 끝이 삐져나와 있다. "드디어 섰다!"

이러니 의사가 심리학자를 무시하지, 하며 나는 고개를 내둘렀다.

사회자 옆에 앉은 보조 여자 아나운서가 한눈에 봐도 불쾌한 얼굴을 하고 있었다. 나는 대낮부터 남자 생식기 명칭을 들으려고 방송국에 입사한 게 아니란 말이야, 하는 표정이었다.

"아니, 성폭행이 없었다고 하는 것은 일부 매스컴에서 하는 이야기일 뿐이지요."

장발의 르포라이터가 옆에서 끼어든다.

"믿을 만한 정보통에 따르면, 이번 사건에서도 어떤 종류의 성폭행이 가해졌다고 합니다. 성불능자라고 단정하는 것은 아직 시기상조예요……."

"미안합니다. 정정하겠습니다." 가위남이 고개를 숙인다. "저는 정상적으로 발기하는 것 같습니다." 그러고서 아래를 보자 팬티 앞이 봉긋 솟아 있다.

출연자 전원이 잠깐 침묵했다. 아마 어떤 종류의 성폭행이란 무엇인가에 대해 열심히 상상하고 있는 것이리라. 그것이 어떤 행위인지 내게도 꼭 알려줬으면 좋겠다.

"확실한 것은 범인이 변태적 성욕이 강한 사디스트라는 것입니다."

르포라이터가 이야기를 계속한다.

"올해 3월에 발생한 에도가와구 사건에서 피해자의 뺨이 가위로 난도질돼 있던 것을 떠올려보십시오. 이런 짓은 정상적인 정신으로는 할 수 없습니다. 지극히 가학적인 행태입니다."

가위남이 오른손에 가위를 들고 마쓰바라 마사요의 뺨을 자르고 있다. "싹둑, 싹둑, 싹둑. 아아, 소녀의 비명은 내 귀를 즐겁게 하는구나. 소녀의 피는 내 눈을 즐겁게 하는구나." 마쓰바라

마사요의 뺨은 갈기갈기 찢겨 헝겊 조각처럼 너덜거린다. 피가 하염없이 흘러내린다.

황당하기 짝이 없었다. 내가 마쓰바라 마사요의 뺨을 자른 것은 그녀의 혀를 보고 싶었기 때문이었다. 자필 소감서에서 영어 회화를 좋아한다는 글을 보고 영어를 잘하는 혀는 대체 어떻게 생겼을까 한번 보고 싶었던 것이다.

처음에는 손으로 입을 벌리려고 했다. 하지만 생각처럼 잘되지 않아서 어쩔 수 없이 가위로 뺨을 도려냈다. 딱히 사디스트적 욕구에서가 아니라 목적이 있었기 때문에 그렇게 했을 뿐이다.

그리고 중요한 것은, 그녀는 이미 죽은 상태였으므로 뺨을 도려내도 고통을 느낄 수 없었다는 점이다.

뺨을 반 가까이 도려냈지만 결국 혀는 볼 수 없었다. 그녀는 이를 너무 악물고 있었다.

"해외의 쾌락 살인에서 영향을 받은 것은 아닐까요?"

사회자가 묻자, 타원형 선글라스를 쓴 논픽션 작가가 입을 연다.

"충분히 그럴 수 있지요. 몇 년 전부터 연쇄살인범에 관한 논픽션이 많이 나오고 있으니까, 범인이 책에서 도움을 받았다고 해도 전혀 놀랍지 않습니다. 그게 제 책이면 기분이 좀 별로일 것 같긴 하지만……."

가위남이 눈을 반짝이며 하드커버로 된 책을 내민다. "난 당신의 넘버원 팬이야. 사인해줘!" 논픽션 작가는 자신의 책에 사인

한다. 그러고서 테드 번디, 에드 게인, 잭 더 리퍼의 이야기로 화기애애해진다.

"자신의 책이 살인을 방조했을지도 모르는 것에 책임을 느끼지 않습니까?"

은테 안경을 쓴 범죄 심리학자가 불쾌감을 드러내며 논픽션 작가를 힐난한다. 동종업자 간의 밥그릇 싸움. 논픽션 작가는 가볍게 어깨를 으쓱한다.

"책임 운운해도 일단은 독자가 원하니까 책이 나오는 거잖습니까. 그리고 제 책은 연쇄살인범을 예찬하는 것이 아니라 경종을 울리고 있습니다. 세기말 이후 최대의 사회 병리인 무동기 살인을 향해서 말이죠. 최근 수년간 사회가 급변하면서 사람들의 마음은 병들었고, 마음 어두운 곳에서 무시무시한 괴물을 만들어냈어요. 이건 저도 그리고 당신들도 예외가 아닙니다. 우리 마음 안에도 많든 적든 가위남이 존재하고 있습니다."

스탠드 마이크를 사이에 두고 가위남A가 가위남B에게 말을 건다. "자네가 내 안의 괴물인가?" "네가 내 안의 괴물이야." "거짓말쟁이." "뭐야?" "이 멍텅구리." 서로 치고받는다.

어둠. 괴물. 내 마음속에 어둠이나 괴물은 존재할까. 나는 눈을 감고 찾아보았다.

아무것도 없다.

내 안은 텅 비었다.

그리고 내 바깥도, 텅 비었다.

서로 다른 두 공허가 있다. 그 경계가 나였다.

"소설가로서 한 말씀 해주시죠. 이 사건에 대해서 어떻게 생각하십니까?"

"수수께끼 풀이 미스터리로서는 너무나 단순한 사건이라서……."

나이에 비해 늙어 보이는 추리 소설가는 쓴웃음을 짓는다.

"특별히 할 말은 없습니다. 다만 저도 이 범인의 내면에는 관심이 있습니다. 이런 잔혹한 살인을 저지르는 동기라고 할까, 대체 어떤 심리가 범인을 움직이게 하는 것인지, 이렇게 말하면 논란의 여지가 있을지도 모르지만, 소설가로서 대단히 흥미를 느끼고 있습니다. 연쇄살인범이라는 사회적으로 지극히 일탈한 존재와 그 안의 광기에 관한 것은 미스터리만이 아니라 현대 소설의 중요한 테마이니까요."

이상한 기분이 들었다. 그들은 나에 대해 더 알고 싶어 하고 내 내면과 심리를 궁금해 하고 있는 것처럼 보였다.

나는 나 자신에게 전혀 흥미도 관심도 없는데.

살해된 소녀들의 코러스와 춤. "오오, 들려줘, 가위남에 대해." "뭐든 이야기해줘, 가위남에 대해." "저기, 가위남 알지?" "응, 물론. 우리는 모두 가위남을 알아." "뭐든 이야기해줘." "지금 이야기해줘." "들으면 죽을 텐데?" 노래에 맞춰 몸을 움직이자, 목에 꽂힌 가위가 흔들거린다.

나는 리모컨을 쥐고 채널을 돌렸다.

원색의 그림물감으로 그린 추상적인 인물 일러스트가 크

게 비춰졌다. CD 재킷인 것 같았다. 묵직한 목소리의 내레이션이 흘러나왔다.

“영국의 록 밴드 XTC의 〈시저맨Scissor Man〉은 가위를 들고 소년들을 위협하는 괴인에 관한 노래다. 이것은 과연 단순한 우연일까?”

팬 여러분, 오래 기다리셨습니다! 드디어 XTC가 일본에 상륙했습니다. 무대에서 연기가 피어오르고 현란한 조명이 밝혀진다. 중앙에 성글어진 머리카락을 무리하게 곤두세우고 잠자리 테 안경을 머리에 올려 쓴 앤디. 그 옆에 전기 드릴로 일렉트릭 베이스를 쳐대는 콜린. 기타의 데이브. 드럼의 테리. 키보드의 배리는 한참 전에 탈퇴했으므로 지금은 프로레슬러처럼 복면을 뒤집어쓴 수수께끼의 뮤지션이다. 앤디가 외친다. “자, 준비됐나!” 열광하며 기립한 관객들 한가운데에 정신없이 머리를 흔드는 가위남의 모습이 보인다. “그럼 우리의 끝내주는 로큰롤 곡을 들려주지. 제목은 <컴플리케이티드 게임Complicated Game>!”

I ask myself should I put my finger
  to the left, no
I ask myself should I put my finger
  to the right, no
I say it really doesn't matter
  where I put my finger
Someone else will come along and move it

And it's always been the same
It's just a complicated game
It's just a complicated game

나는 자문한다, 손가락을 왼쪽에 둬야 할까. 아니.
나는 자문한다, 손가락을 오른쪽에 둬야 할까. 아니.
어느 쪽이든 상관없어.
어느 쪽에 손가락을 두든,
누군가가 와서 움직일 테니까,
결국은 같아.
이건 그냥 복잡한 놀이.
그냥 복잡한 놀이일 뿐이야.

"XTC는 그런 밴드가 아닙니다. 그들의 음악은 지극히 영국적인, 지적이고 반항적인 팝 뮤직입니다."

음악 평론가가 난감한 표정으로 인터뷰에 대답한다.

"〈시저맨〉은 앤디 패트리지가 간혹 쓰는 동요풍 곡으로, 가사도 '마더 구스' 같은 느낌입니다. 나쁜 짓을 하면 시저맨이 와서 고추를 싹둑 자른다, 하는 내용이죠. 실제로 들어보면 아시겠지만, 이번 사건하고는 전혀 관련이 없습니다."

이어서 이국적인 시계탑을 배경으로 공포에 떨며 서 있는 여자 이미지가 비쳤다. 역시 CD 재킷일까.

아니, 이것은 게임 CD 재킷이었다.

"몇 해 전에 발매된 이 게임에는 거대한 가위를 들고 다니며 젊은 여성을 차례로 살해하는 살인마가 등장한다. 이 또한 우연의 일치라고 해도 좋을까?"

가위남이 방바닥에 책상다리를 하고 앉아 컨트롤러를 양손에 쥐고 대형 모니터 화면을 쳐다보고 있다. "젠장, 왜 이렇게 안 돼, 이 망할 게임!" 방에는 게임 소프트웨어, 미소녀 애니메이션 비디오, 만화책이 산더미처럼 쌓여 있고, 벽에는 애니메이션 미소녀의 등신대 포스터가 붙어 있다.

그런데 애니메이션이나 게임이나 만화에 등장하는 미소녀는 어째서 그렇게 눈이 큰 것일까. 거의 얼굴의 4분의 1이 눈이다. 그 정도로 눈이 크다는 것은 두개골 안이 대부분 안구라는 이야기일 것이다. 뇌는 파충류 수준이고. 시키는 대로 가랑이를 쩍 벌리는 것도 이해가 간다.

문득 본말전도라는 생각이 들었다. 가위남이라는 별명은 매스컴에서 붙인 것이 아니던가. 나는 이런 요상한 이름을 언급한 적이 단 한 번도 없다. 그래 놓고 가위남이라는 이름에서 뭔가를 추리하려고 하다니, 대체 무슨 의미가 있단 말인가.

벌써 몇 년 전에 개발한 게임 소프트웨어에 대해 무의미한 질문을 받고 있는 소프트웨어 회사 직원을 딱하게 여기면서 나는 채널을 돌렸다.

"오늘 오전 다루미야 유키코 양은 메구로구 자택에 싸늘한 주검이 되어……."

또 이 영상인가. 나는 조금 지겨워하면서 데제르 히몬야로 관이 들어가는 광경을 바라보았다.

아침부터 와이드 쇼를 시청한 결론은 이렇다.

가위남은 쾌락 살인자이고, 사디스트이고, 어쩌면 성적 불능자일지도 모르며, 국내외 연쇄 살인 자료에 정통해 있고, 영국의 아무개 록 밴드 팬이자 게임 마니아다.

그것이 내 내면이고, 심층 심리이고, 무의식이고, 마음 어두운 곳에 숨어 있는 괴물의 정체인 것이다.

전문가 여러분, 고맙습니다.

그러나 정작 내가 알고 싶은 정보는 하나도 얻을 수 없었다.

텔레비전에서는 다루미야 유키코의 학교 친구가 나와 인터뷰를 하고 있었다. 하자쿠라 고등학교 정문 앞 같았다. 배경으로 보이는 회갈색 벽 너머로 포플러 나무가 솟아 있었다.

못생긴 여자아이가 못생긴 얼굴을 더 못생기게 일그러뜨리면서 마이크에 대고 울먹울먹 이야기하고 있었다.

"머리가 좋고, 무척 착한 아이였어요. 그런 아이가 이런 일을 당하다니, 너무 슬프고……."

그때 인터뷰하는 아이 뒤로 낯익은 얼굴이 지나갔다. 다루미야 유키코와 함께 하교하고 함께 휴일을 보냈던 아야코라는 이름의 여자아이였다.

연두색 교복을 입은 아야코는 인터뷰하는 쪽으로는 눈길도 주지 않고 성큼성큼 지나쳐갔다.

아주 잠깐, 아야코는 흐느껴 우는 아이를 보았다. 경멸에 찬 눈빛이었다.

왜 매스컴은 아야코를 인터뷰하지 않았을까. 나는 의아했다. 그녀가 다루미야 유키코와 가장 친했던 친구인데.

12

이튿날 토요일, 나는 정오에 히무로카와 출판을 나와 일단 집에 들러 옷을 갈아입은 뒤 다루미야 유키코의 장례식에 갔다.

옷장 깊숙한 곳에서 꺼낸 검은 정장은 불편하기 그지없었다. 운동화가 아닌 제대로 된 구두를 신는 것이 몇 년 만일까. 가쿠게이대학역에서 내려 얼마 걷지도 않았는데 발등이 아파 왔다. 이런 불편한 것을 신고 다들 매일 잘도 걸어 다닌다.

하늘은 맑았지만 공기는 차가웠다. 거리에 코트나 점퍼를 입은 사람들의 모습이 눈에 띄었다. 토해낸 숨이 하얗게 얼어붙었다. 본격적인 겨울이 시작된 것이다.

오후 2시가 다 되어서야 빈소가 있는 슌도 장례식장을 찾았다. 곧 식이 시작될 시간이었다. 나는 발의 통증을 참으면서 장례식장 앞길을 서둘러 걸었다.

길 반대편, 잔디가 덮인 언덕 위에 카메라맨들이 모여서 장례식이 시작되기를 기다리고 있었다. 일제 사격 신호를 기다리는 기관총처럼 망원 렌즈가 줄지어 서서 장례식장 안의 모습을 살피고 있었다.

카메라 행렬 아래쪽에서는 텔레비전에서 가끔 보던 여자 아나운서가 야구 점퍼를 입은 방송국 제작진과 잡담을 나누고 있었다.

밝게 웃는 얼굴에 하얀 이가 엿보였다. 촬영이 시작되면 언제 그랬냐는 듯이 어둡고 무거운 표정으로 바뀔 것이다.

피해자의 장례식은 사건의 첫 클라이맥스다. 매스컴은 가족이며 관계자의 일거수일투족을 속속들이 보도하려고 모여든다. 비통한 표정이나 눈물이나 오열이 많으면 많을수록 그들은 좋아하리라.

나는 장례식장 안에 들어가서 문 바로 왼쪽에 있는 접수대로 향했다. 상복을 입은 남녀가 자리에서 일어나 고개 숙여 인사했다.

간단하게 조의를 표하고 봉투를 건넸다. 어제 편의점에서 사둔 조의금 봉투였다.

방명록의 이름과 주소는 적당하게 적어 넣었다.

접수를 마친 나는 돌바닥을 지나 일반 조문객석으로 걸어갔다.

돌바닥 옆 자갈이 깔린 곳에 일행으로 보이는 두 남자가 검은 양복을 입고 서 있었다. 한쪽은 마른 몸에 요즘 보기 드문 폭탄 머리를 한 남자였고, 다른 한쪽은 미더운 구석이라고는 하나도 없어 보이는 어설픈 청년이었다. 따분한 모습으로 들어오는 조문객들을 멍하니 바라보고 있었다. 아마도 식이 시작되기를 기다리는 장의사 직원일 것이다.

유족은 안쪽 빈소에 앉아 있었다. 일반 조문객석은 그 바깥 돌바닥 위에 마련된 파이프 의자였다. 이미 자리가 반 정도 차 있었다.

앞쪽 한곳은 연두색 교복을 입은 다루미야 유키코의 학교 친구들이 차지하고 있었다. 대부분이 여학생들로, 아직 식이 시작도 되지 않았는데 벌써부터 눈물을 글썽이고 있었다. 친구 품에 얼굴을 묻고 흐느껴 우는 아이도 있었다.

나는 파이프 의자에 앉아 교복 무리 속에서 아야코의 얼굴을 찾았다.

안경을 쓴 아담한 소녀는 가장 왼쪽 끝자리에 앉아 있었다.

아야코는 등을 곧게 펴고 두 손을 무릎 위에 모으고 정면을 응시하고 있었다. 입술은 꾹 다물어져 있었다.

그 시선을 따라간 곳에는 다루미야 유키코의 영정이 있었다. 영정은 다섯 단으로 된 흰 제단 중앙에 놓여 있었다.

눈물도 오열도 없었다. 마치 무언가에 화가 나 있는 것처럼 보였다. 가위남을 향한 분노일까.

오후 2시가 지나자 자리는 전부 메워졌다. 마이크를 잡은 사회자가 등장했다. 아마 이 사람도 장의사 직원일 것이다.

"지금부터 고 다루미야 유키코 님의 고별식을 거행하겠습니다."

개식의 말을 신호로 장례식장 안쪽에서 승려가 나타났다.

먼저 영정 앞에 서서 향을 피우고, 그러고서 두툼한 방석에 가 앉았다.

가벼운 헛기침을 한 뒤 독경이 시작되었다.

의미를 알 수 없는 독경이 흐르는 동안, 나는 이따금 아야코를 훔쳐보았다. 아야코는 여전히 등을 곧게 편 채 영정만을 바라보고 있었다.

"먼저 상주인 다루미야 가즈히로 님이 분향하겠습니다."

독경이 이어지는 가운데 사회자가 말했다. 나와 동년배로 보이는 그는 냉정하고 차분하게 식을 진행했다. 매일같이 죽음과 대면해야 하는 일이기 때문에 그 정도의 냉정함은 필요할지도 모른다.

가장 앞줄 유족석에서 다루미야 가즈히로 님이라고 호명된 남자가 일어섰다.

나는 그 순간 내 눈을 의심했다.

그는 내가 알고 있는 다루미야 가즈히로가 아니었다.

영정 앞에 서서 분향하고 있는 사람은 텔레비전 속에서 다루미야 유키코의 관을 맨 앞에서 들고 있던 이마가 벗어진 중년 남자였다.

저 사람이 다루미야 가즈히로라고? 그렇다면 내가 목격한 남자, 가쿠게이대학역 앞 패스트푸드점에서 다루미야 유키코와 담소를 나누던 남자는 대체 누구란 말인가?

의사의 말이 머리에 떠올랐다.

"너는 진범을 알고 있어. 나도 알고 있고. 단지 그가 누구인지 모를 뿐이지. 그걸 알아내는 거야."

그 남자가 다루미야 유키코를 죽인 건가? 나는 남자를 목격했던 날을 생각해내려고 애썼다. 하지만 관찰 대상은 어디까지나 다루미야 유키코였으므로 남자에 대한 인상은 희미했다.

어떤 옷을 입고 있었지? 얼굴 생김새는? 목소리는?

잘 기억나지 않았다.

하지만 다시 한 번 얼굴을 보면 바로 알아볼 수 있을 것 같았다.

"유족 및 친인척분들께서 분향하실 차례입니다. 앞줄에 계신 분들부터 두 분씩 나와주십시오."

나는 차례로 일어서서 나가는 유족들을 유심히 살펴보았다. 어쩌면 그 남자는 다루미야 유키코의 친척일지도 모른다. 만일 그렇다면 남자는 다루미야 유키코를 죽인 진범이 아니다. 사건과는 아무 관계도 없는 것이다. 그 남자는 친척 아저씨였고 그날은 집에 초대하기 위해 만났던 것일 수도 있었다.

먼저 일어난 사람은 상복을 입은 중년 부인과 교복 차림의 소년이었다.

올림머리를 한 여자는 올라간 눈매가 다루미야 유키코와 똑같았다. 이쪽은 내가 상상한 대로였다. 이 여자가 어머니인 도시에가 틀림없다.

그렇다면 소년은 남동생인 겐자부로일 것이다. 누나와 같은 연두색 교복을 입었다는 것은 하자쿠라 고등학교 1학년이라는 얘기다. 짙은 눈썹이 늠름하고, 각진 턱에 체격이 다부져 보였다. 키도 어머니보다 컸다. 다만 아버지에게 물려받은 가늘고 선한 눈매가 남성적인 느낌을 덜어내고 있었다.

겐자부로는 제단 바로 앞까지 걸어가서 누나의 영정을 바라보았다.

도시에가 허리를 수구려 향을 피우려는 순간, 겐자부로는 갑자기 돌아서서 영정에서 달아나듯이 달리기 시작했다.

조문객들이 웅성거렸다.

"겐자부로, 어디 가!"

친족석에 있던 이십대 후반의 남자가 엉거주춤 일어나 겐자부로의 등에 대고 외쳤다. 강하게 비난하는 듯한 목소리였다. 친척일까. 짙은 눈썹이 겐자부로와 많이 닮았다.

겐자부로는 그 목소리에도 돌아보거나 멈추지 않았다. 장례식장 계단을 뛰어 내려가 일반 조문객석을 가로질러 달려나갔다. 여학생들은 우는 것도 잊은 채 깜짝 놀란 표정으로 쳐다보고 있었다.

나는 잠깐이나마 소년을 아주 가까이에서 볼 수 있었다. 겐자부로는 얼굴이 시뻘게져서 이를 악물고 있었다.

물론 울고 있지는 않았다. 그런 성격의 남자아이는 감정을 드러내는 것을 나약함의 증거라고 착각하는 경향이 있다. 특히 눈물을 보이는 것을 못 견디게 수치스러워한다.

영정 앞에서 달아난 이유도 아마 울컥 복받쳐 오르는 감정을 보이고 싶지 않았기 때문일 것이다.

조문객의 술렁거림은 금방 잦아들었다. 어떤 해프닝이 일어나더라도 장례는 예정대로 진행되어야 하는 것이다.

유족이 차례로 제단 앞으로 나가 분향을 했다. 겐자부로를 불렀던 젊은 남자도 있었다. 다루미야 유키코와 만났던 남자는 보이지 않았다. 거리가 멀어서 못 보고 지나쳤을지도 몰랐다.

다시 한 번 유족의 얼굴을 가까이에서 확인할 기회가 있었다. 나 자신이 분향할 때였다.

"오래 기다리셨습니다. 조문객 여러분의 분향이 있겠습니다. 앞줄에 앉아 계신 분부터 세 분씩 나오셔서 분향해주십시오."

사회자가 막힘없이 진행했다.

조문객들이 차례로 일어나서 계단을 올라가 제단 앞으로 나갔다.

처음 분향한 사람들은 아마도 데제르 히몬야의 주민들이었을 것이다. 이어서 담임교사로 짐작되는 신경질적인 인상의 여자와 다루미야 유키코의 친구들이 그 뒤를 따랐다.

소녀들의 슬픔은 최고조에 달했다. 흐느끼는 소리가 말벌의 날갯소리처럼 울려 퍼졌다. 영정 앞에서 엎드려 울거나 실신하지 않을지 걱정될 정도였다.

길가의 카메라맨들은 바로 지금이라는 듯이 분향을 마치고 자리로 돌아가는 소녀들의 얼굴에 초점을 맞추고 셔터를 눌러대고 있을 것이다.

아야코는 분향을 마치고 자리로 돌아갈 때도 눈물을 보이지 않았다. 그 무표정하기조차 한 얼굴에서 나는 깊은 슬픔을 보았다.

차례가 돌아와서 나는 의자에서 일어나 돌바닥을 걸어 계단을 올라갔다. 그러고서 유족이 있는 빈소 안으로 들어갔다.

나는 인사하는 시늉을 하면서 사람들의 얼굴을 확인했다.

그 안에 다루미야 유키코와 만났던 남자의 얼굴은 없었다.

가족들 자리가 보였다. 하나 비어 있는 자리는 남동생인 겐자부로가 있어야 할 자리일 것이다.

빈자리 옆에 도시에가 앉아 있었다. 두 손을 무릎 위에 모으고 고개를 꼿꼿하게 든 모습이 굳세고 담담해 보였다. 내 인사에 말없이 가볍게 머리를 숙였다.

도시에는 미인이었다. 다만 눈꼬리에 잔주름이 지고 파운데이션으로 꼼꼼하게 가린 피부는 푸석해서 다루미야 유키코와 같은 젊음은 느껴지지 않았다.

이마가 벗어진 오십대 남자는 유족석 맨 앞줄 상주가 앉는 자리에 앉아 있었다. 다루미야 가즈히로가 틀림없었다. 고뇌에 찬 표정으로 자신의 구두 끝만 바라볼 뿐 내 인사에 응하지 않았다. 어깨가 축 늘어져 있었다. 딸을 잃은 비애가 그 양쪽 어깨에 실려 있었다.

마지막으로 나는 다루미야 유키코를 보았다. 제단 중앙

에 장식된 영정 속에 연두색 교복을 입은 그녀가 있었다. 배경에 포플러 나무가 있었다. 아마 입학식 때 찍은 스냅 사진일 것이다.

다루미야 유키코는 미소 짓고 있었다. 미행할 때 여러 번 봤던, 입꼬리만 살짝 올린 얌전한 미소였다.

그녀와 수수께끼의 남자가 담소를 나누던 모습을 나는 다시 떠올렸다. 내가 아는 한 늘 차분하고, 친했던 아야코 앞에서조차 가볍게 미소만 짓던 그녀가 그때는 소리 높여 웃었다. 밝은 웃음소리가 귓가에 되살아났다. 그만큼 마음을 허락하고 있었다는 뜻이리라. 아야코보다 가까웠던 인물. 그는 대체 누구일까?

그런 생각을 하면서 나는 분향을 하고 자리로 돌아왔다.

"분향하지 못하신 분 계십니까?"

사회자가 그렇게 말한 뒤 조문객을 둘러보았다.

이윽고 승려가 독경을 끝내고 두 손으로 염주를 굴리며 뭔가를 중얼중얼 외었다. 저승으로의 마지막 길을 안내하는 것이리라.

"스님께서 퇴장하십니다. 모두 자리에서 일어나주십시오."

전원이 기립했다. 승려는 방석에서 일어나 양손으로 법의 자락을 매만진 뒤 안으로 사라졌다.

전원 착석. 파이프 의자와 돌바닥이 부딪치는 소리가 한동안 울려 퍼졌다.

"장례 전반에 도움을 주신 대리인 하세가와 님의 인사가 있겠습니다."

사회자의 호명에 육십대 초반의 왜소한 남자가 긴장한 얼굴로 스탠드 마이크 앞에 섰다.

"바쁘신 중에 고 다루미야 유키코 양의 장례 및 고별식에 참석해주셔서 감사합니다."

대리인이라면 유족은 아닐 것이다. 데제르 히몬야의 관리소장이나 가즈히로의 회사 상사일지도 모른다. 원래는 상주인 가즈히로가 인사하는 것이 맞겠지만, 누가 봐도 사람들 앞에 설 수 있는 상태가 아니었다.

하세가와라는 남자는 무난하게 인사를 마쳤다. 사회자가 마이크 앞으로 다시 나왔다.

"이로써 고 다루미야 유키코 님의 고별식을 마치겠습니다. 고맙습니다."

사회자는 한시름 놓은 표정이었다. 겐자부로가 갑자기 뛰쳐나간 것 말고는 별다른 사고 없이 무사하게 식이 끝나서 안도하는 것 같았다.

"이어서 발인이 있겠습니다. 조문객 여러분께서는 고 다루미야 유키코 님이 가시는 길을 지켜봐주십시오. 그리고 유족분들은 제단 앞으로 모여주시기 바랍니다."

조문객들은 정문 주변에 모여 관이 나오기를 기다렸다.

장례식장 안에서는 유족이 다루미야 유키코와 마지막 이별을 나누고 있을 것이다. 제단에서 관을 옮겨와 뚜껑을 열고 고인과 마지막으로 대면하는 것이다.

다루미야 유키코는 어떤 얼굴로 누워 있을까? 공원에서 봤던 고통스러운 표정은 장의사의 숙련된 솜씨로 지워졌을 것이다. 두 눈을 감기고, 창백한 뺨에 연지를 바르고, 목에 생긴 보랏빛 교살의 흔적과 상처를 분으로 꼼꼼하게 덮는다. 볼은 원래 통통하니 솜으로 채울 필요는 없을 것이다.

마지막으로 굳어버린 손발을 거의 부러뜨리듯 힘주어 구부려 수의를 입히고, 양손을 가슴 앞에 가지런히 모은다. 이것으로써 생전 그대로의 아름다운 시신이 완성되는 것이다. 이것은 예술에 가깝다. 하루도 채 안 되어 태워버리는 것이 안타까울 정도다.

거의 한 시간을 숨죽이고 있었던 탓에 조문객들은 너나없이 떠들어대고 있었다. 소곤거리는 말소리가 주위에서 들려왔다.

"아직 열여섯 살인데, 안됐어……."

"저렇게 찍어대고 싶나, 저 사람들은……."

"분명히 못 잡을 거야. 이 나라 경찰은 믿을 수가 없어……."

"도시에 씨, 독하더라. 그렇게까지……."

"유키코 사진을 보니까 울컥해서……."

"아니야. 저 아이가 가장 슬퍼하고 있는 거야. 봐……."

이윽고 장례식장 안에서 흰 관이 운반되어 나왔다. 역시 가즈히로가 관 가장 앞쪽에 서서 길을 걸어왔다. 그 옆에 영정을 안은 도시에의 모습이 있었다.

조문객들은 자연스럽게 양쪽으로 갈라져 관이 지나갈 길을 터주었다.

때맞춰서 영구차가 다가와 정문 앞에 섰다. 영구차는 상여 장식을 얹지 않은 보통의 캐딜락 리무진이었다.

리무진 뒷문이 열리자 상복을 입은 남자들이 묵묵히 관을 실었다.

길 건너 언덕 위에서 카메라맨들이 일제히 파인더를 들여다보았다. 인도 위에서는 오는 길에 봤던 여자 아나운서가 돌아서서 방송국 카메라를 향해 뭐라고 떠들어대고 있었다.

영정을 안은 도시에가 리무진 앞에 서서 발인을 지켜보는 조문객에게 고개 숙여 인사했다.

"저희 딸을 위해 오늘 이렇게 찾아주신 여러분께 진심으로 감사드립니다."

도시에는 그렇게 말문을 열었다. 의연한 눈빛으로 똑바로 정면을 응시하고 있었다.

"딸아이가 이런 불행한 사건에 휘말릴 줄은 꿈에도 생각하지 못했습니다. 열여섯 꽃다운 나이에 세상을 등지다니, 심지어 살해당하다니, 상상조차 하지 못했던 일입니다. 저희 가족이 입은 상처의 깊이는 짐작하고도 남으실 줄로 압니다. 이 상처는 당분간 낫지 않겠지요. 아니, 어쩌면 평생 아물지 않을지도 모릅니다."

도시에는 손에 든 영정을 내려다보았다.

"그러나 지금 유키코와 마지막 작별 인사를 나누면서 이런 생각을 했습니다. 유키코는 최선을 다해 살았다고. 갑작스러운 불행으로 짧은 생을 마감했지만, 유키코의 지금까지의 인생은 결코 무의미하지 않았다고. 유키코를 알았던 모든 분들도 틀림없이 그렇게 생각해주시리라 믿습니다. 그럼 이제 유키코를 떠나보내고 오겠습니다. 다시 한번 고개 숙여 감사드립니다."

도시에는 가볍게 인사하고 리무진에 올랐다.

훌륭한 인사였다. 상주를 대신해서 인사한 하세가와라는 남자처럼 관혼상제 인사말 모음집에서 발췌한 것 같은 진부한 문장의 나열이 아니라, 조금 파격적이긴 하나 마음이 담겨 있었다.

다만 너무 유창한 것이 조금 마음에 걸렸다.

리무진은 화장장으로 출발했다. 나머지 유족들의 차가 그 뒤를 따랐다.

물론 내게는 유골을 수습할 자격은 없었다.

나는 그길로 집으로 돌아왔다.

무척 피곤했다.

4장

"사이코 선생이 장례식장에 가서 뭘 조사하라던?"

무라키가 물었다.

"관찰하라고 했습니다. 최대한 많이 보고 듣고 해서 뭔가 새로운 것을 알게 되거나 이상하게 느껴지는 것이 있으면 전부 보고하라고 했습니다."

이소베는 운전석에서 대답했다.

"최대한 많이 보고 들으라고? 그건 수사가 아니지."

"그러니까 관찰이라고 했습니다."

"관찰이라…… 뭐, 아무렴 어때."

무라키는 뒷좌석에서 창밖을 바라보면서 말했다.

무라키가 복장을 가지고 트집이나 잡지 않을지, 이소베는 걱정하면서 운전하고 있었다. 아침에 출근했을 때 검은 양복을 보고 형사과 사람들에게 한차례 놀림을 받은 터였다.

"결혼 예복이라도 맞췄냐?"

마쓰모토가 싱글거리면서 말했다.

"선배, 날 잡으면 꼭 알려주십시오."

신도까지 덩달아 놀렸다.

가장 심하게 놀린 사람은 시모카와였는데, 이소베의 모습을 보자마자 이렇게 말했다.

"드디어 시치고산3, 5, 7세가 되는 아이의 성장을 축하하는 행사이냐? 축하한다."

이소베는 오전 내내 시무룩해 있었다. 무라키가 얼른 탐문수사에서 돌아오기만을 애타게 기다렸다.

이소베가 운전하는 차는 메구로도리를 따라 동쪽으로 달렸다.

슌도 장례식장으로 통하는 골목길은 금방 알 수 있었다. 검은 양복을 입은 남자가 길모퉁이에 서서 주차 안내를 하고 있었기 때문이다. 아마도 장의사에서 나온 사람일 것이다.

"주차장은 정문 지나서 장례식장 오른편에 있습니다. 입구에 직원이 있으니까 찾기 쉬울 겁니다."

남자는 이소베에게 큰 소리로 말했다.

이소베는 시키는 대로 차를 오른쪽으로 돌려 골목 안으로 들어갔다. 도로 왼쪽에 콘크리트 벽이 이어지고 이윽고 정문이 나왔다. 문 안쪽으로 돌바닥이 나 있고, 그 너머에 일본식 지붕을 얹은 콘크리트 건물이 보였다.

오후 1시 반, 식이 시작되려면 아직 삼십 분이나 남았으므로 조문객의 모습은 뜸했다. 그리고 도로 오른쪽, 잔디가 덮인 높지막한 언덕 위에는 이미 신문사며 잡지사에서 나온 카메라맨이 진을 치고 있었다. 조금이라도 더 나은 위치를 찾으려고 긴 망원 렌즈가 달린 카메라와 삼각대를 짊어지고 언덕을 이리저리 뛰어다니는 사람도 있었다.

그 아래 인도에서는 방송국에서 나온 여자 아나운서가 야구 점퍼를 입은 제작진으로 보이는 젊은 남자와 뭔가를 의논하고 있었다.

그 여자 아나운서는 귀염성 있는 외모 덕분에 남성 팬이 꽤 있었으므로 연예인에게 별로 관심이 없는 이소베도 얼굴과 이름을 알고 있었다. 인도에는 장례식이 아니라 그녀를 보려는 구경꾼들이 모여 있었다.

이소베는 문득 기자와 리포터에게 둘러싸인 자신의 모습을 상상해보았다. 지금까지 마쓰모토나 시모카와가 친분이 있는 기자와 이야기하는 것을 본 적은 있지만, 이소베에게 말을 걸어오는 기자는 한 명도 없었다. 신문사나 방송국 직함이 들어간 명함을 받은 적조차 없었다.

이소베는 상상에 빠졌다.

"이소베 형사님, 피해자의 상황에 대해 말씀해주십시오!" "이소베 형사님, 역시 가위남의 범행입니까?" "이소베 형사님, 형사님의 추리가 궁금합니다!" 카메라가 한곳으로 집중되고 무수한 마이크가 이쪽을 향한다.

"자자, 여러분, 진정하십시오." 상상 속에서 이소베는 양손을 펼치고 흥분한 기자들을 진정시킨다. "이건 틀림없이, 가위남의 범행입니다. 걱정 마십시오. 제가 기필코 해결하겠습니다!" 기자들은 환호하며 박수를 보낸다.

미스터리를 너무 많이 읽었다고 이소베는 반성했다. 경찰관은 명탐정이 아니다. 집 서재에서 레코드판을 틀어놓고 코코아를 마시면서 알리바이를 무너뜨리는 일에 몰두하는 경찰관은 현실에서는 존재하지 않는다.

이소베의 뇌리에 피해자의 얼굴이 떠올랐다. 보랏빛 끈 자국과 가위. 자신의 경솔한 상상이 부끄러워졌다.

정문을 지나자 주차장 입구가 보였다. 유니폼에 모자를 쓴 직원이 길에 나와 오케스트라의 지휘자처럼 두 팔을 크게 휘둘러 이소베를 안내했다.

"안쪽부터 주차해주십시오."

직원은 운전석을 들여다보며 말했다.

주차장에는 차가 몇 대밖에 없었다. 직원의 지시대로 주차장 안쪽으로 들어가자 트럭 두 대가 나란히 주차되어 있었다. 그 옆에서는 옅은 파란색 작업복을 입은 젊은이 대여섯 명이 서서 잡담을 나누고 있었다. 장례를 준비하는 장의사 직원일 것이다.

이소베와 무라키는 차에서 내렸다.

식장 뒷문으로 여겨지는 철문 앞에서 검은 양복을 입은 젊은 남자와 승려가 이야기를 나누고 있었다. 법의 위에 두툼한 코트를 입은 모습이 어쩐지 우스꽝스러웠다.

지나칠 때 두 사람의 말소리가 들렸다.

"오늘은 일반 조문객이 상당히 많을 것 같아서요……."

젊은 남자가 말했다.

"분향 시간을 예측할 수 없다는 거군. 내가 적당하게 독경의 길이를 조절하지. 끝내는 신호는 어떻게 할 텐가?"

승려는 고개를 끄덕이며 느긋하게 말했다.

"제가 '분향하지 못하신 분 계십니까?' 하고 말하면, 그걸 신호로 마무리해주십시오."

"알았네. 그럼 대기실에서 기다림세."

그렇게 말하고 승려는 문 너머로 사라졌다.

너무나도 비즈니스적인 대화에 이소베는 불쾌감을 느꼈다. 저런 승려의 염불을 듣고 죽은 넋은 위로받을 수 있을까.

주차장 위로 보이는 하늘은 구름 한 점 없이 맑았지만 역시 겨울이라 볕은 좋지 않았다. 승려가 그 어울리지 않는 코트를 껴입은 심정도 조금은 이해되었다.

"내가 태어난 고향에 유명한 절이 있어." 불쑥 무라키가 말을 꺼냈다. "중학생 때 역 앞에서 종종 수행승을 봤는데, 볼 때마다 거의 서점에서 《플레이보이》 같은 주간지를 보고 있었어. 개중에는 사 들고 나오는 사람도 있었지. 아마 길고 쓸쓸한 선사의 밤을 그걸로 견뎠을 거야."

무라키는 웃는 얼굴로 이소베를 보았다.

"어떻게 생각해? 그런 사람들은 선을 수행할 자격이 없다고 생각해?"

"왜 그런 걸 묻습니까?"

이소베는 되물었다.

"네가 이 땡땡이중, 하는 얼굴을 하고 있으니까 하는 말이야. 나는 그렇게 생각하지 않아. 서점에서 주간지를 읽는 수행승을 봤을 때도 그렇게 생각하지 않았어. 그 사람들은 어느 정도 수행을 쌓고 나면 장례나 법사를 책임져야 해. 장례나 법사라는 것은 어떻게 보면 이 세상에서 가장 속물적인 행위야. 젊을 때 남성 주간지 같은 것도 적당히 봐주면서 세상 물정에 익숙해져야지."

"그 의견은 좀 지나치게 냉소적인 것 같은데요?"

이소베가 정색하고 말하자, "그런가?" 하고 무라키는 고개를 갸웃하며 이렇게 말했다. "오로지 수행에만 매달려온 승려는 깨달음은 얻을지 모르지만, 장례나 법사에는 도움이 되지 않는다고 생각해. 저 승려나 청년은 냉정한 게 아니야. 프로페셔널한 거지. 나는 프로는 존경해."

둘은 주차장 밖으로 나갔다. 장례식장 앞에는 조금 전보다 더 많은 보도진이 모여들어 있었다.

"그냥 가만 좀 내버려두면 좋을 텐데. 꼭 독수리 떼 같네."

이소베는 무심결에 중얼거렸다. 저도 모르게 그렇게 말해버린 것은 방금 전 그 경솔한 상상에 다시 빠져버렸기 때문이었다.

"다 그렇다고만은 할 수 없지. 물론 독수리 같은 놈도 있어. 예를 들면, 저 여자."

무라키가 턱으로 가리킨 곳에는 아까 차에서 봤던 여자

아나운서가 있었다. 스타일리스트로 보이는 여자가 머리를 빗기고, 본인은 제작진이 건넨 거울을 열심히 들여다보고 있었다.

"저 여자는 아마 자기 얼굴이 화면에 어떻게 나올지, 오로지 그 생각밖에 없을 거야. 인기가 올라가고 주변에서 띄워주니까 기고만장해졌겠지. 그럼, 저 남자는 어때 보여?"

무라키가 언덕 위를 가리켰다. 고개를 돌려서 보자, 긴 망원 렌즈가 달린 카메라 뒤에 젊은 남자가 서 있었다. 미군 반출품인 듯한 가죽점퍼를 입었고 수염이 거뭇거뭇했다.

"역시 독수리로 보여?"

무라키가 물었다.

이소베는 말없이 고개를 끄덕였다. 금연용 전자담배를 입에 문 남자는 장례가 시작되기를 뻔뻔하게 기다리고 있는 것처럼 보였다. 얼른 시작해라, 하는 얼굴이었다.

"안 되겠네. 이런 식이면 사이코 선생한테 혼나겠는걸. 얼굴 말고 손을 봐. 오른손."

무라키는 싱글싱글 웃으며 말했다.

이소베는 가죽점퍼를 걸친 남자의 오른손을 보고 숨이 멎을 것처럼 놀랐다. 남자는 얼굴과 복장에 어울리지 않는 물건을 지니고 있었다.

염주였다.

젊은 카메라맨은 굵고 검은 염주를 오른쪽 손목에 감고 있었다. 무라키가 말했다.

"물론 단언할 수는 없지만, 저 남자는 적어도 독수리 떼는 아니라고 생각해. 저 사람도 가위남과 싸우고 있는 거야. 피해자의 장례식을 사람들에게 정확하게 전달하는 것으로써 말이지. 방식은 우리와 다르지만, 저 사람은 저 사람대로 피해자를 애도하고 가위남이 잡히기를 바라고 있는 거야."

두 사람은 정문 안으로 들어갔다. 천막 아래 접수대에서 조의금을 건네고 방명록을 쓴 뒤, 돌바닥 옆 자갈이 깔린 공간으로 이동했다.

장례 시간이 가까워졌다. 조문객들은 잇달아 접수를 마치고 자리를 채우기 시작했다. 검은 양복을 입은 중년 남자들. 전통 상복이나 양장 차림의 여자들. 교사와 교복을 입은 학생들.

무라키의 말이 옳았다. 관찰하라고 했지만 뭘 어떻게 관찰해야 할지 막막하기만 했다.

"본인이 본 대로 느낀 대로 그대로 전해주면 돼."

호리노우치는 말했다. 하지만 이소베가 느낀 것이라고는 상복을 입은 여자는 왜 아름다워 보이는가, 하는 참으로 평범한 감상뿐이었다…….

그때, 문으로 뚱뚱한 청년이 들어왔다. 검은 양복이 전혀 어울리지 않았다. 본인도 그 사실을 아는지, 등을 구부정하게 구부리고 터벅터벅 걸어오고 있었다.

그 남자다, 하고 이소베는 생각했다. 다운재킷을 입고, 파란 비닐 시트를 바라보던 청년. 이번 사건의 사체 발견자였다.

"왜 그래? 저 남자가 어쨌는데?"

이소베의 시선을 알아채고 무라키가 작은 소리로 물었다.

"사체 발견자입니다."

이소베도 작은 소리로 대답했다.

"발견자? 그러고 보니 낯이 익군. 장례식에도 오고, 보기하고 다르게 바른 친구네."

무라키는 청년을 보면서 이야기했다.

청년은 접수를 마치고 돌바닥을 걸어 일반 조문객석으로 향했다. 이소베의 시선을 느꼈는지 도중에 한 번 흘끔 돌아보았다. 전혀 감정이 묻어나지 않는 눈빛이었다.

"저 남자가 그렇게 신경 쓰여?"

청년의 뒷모습을 눈으로 좇는 이소베를 보고 무라키가 물었다.

"신경 쓰인다고 할 정도는 아니지만……."

이소베는 스스로도 왜 저 청년에게 눈이 가는지 잘 이해할 수 없었다.

사건이 발생한 날 밤 마쓰모토가 말했듯이, 청년은 사건과는 무관할 것이다. 피해자를 살해한 후 의미 없이 한 시간 넘게 현장에 머무르는 범인은 없다. 되도록이면 빨리 현장을 떠나려는 것이 일반적이다. 그것이 경찰관이 생각하는 상식적인 범인의 행동이다.

하지만 가위남은 연쇄살인범이다, 하고 이소베는 다시 생각했다. 과연 그런 상식이 통할까? 가위남은 마쓰모토의 오랜 경험을 적용할 수 없는 범주에 속해 있을지도 모른다.

호리노우치의 의견을 들어봐야겠다고 이소베는 생각했다.

"이제 곧 식이 시작되니 자리에 앉아주십시오."

접수대의 남자가 이쪽으로 다가오며 말했다.

두 사람은 일반 조문객석으로 향했다. 큰 천막이 쳐 있고 돌바닥 위에 파이프 의자가 줄지어 놓여 있었다.

이소베와 무라키는 맨 뒷자리에 자리를 잡았다.

이소베의 시선은 그 청년의 등에 꽂혀 있었다. 뚱뚱한 청년은 몸을 움츠리고 무심하게 앉아 있었지만, 이따금 목을 빼고 주변을 둘러보았다. 마치 누군가를 찾고 있는 것처럼 보였다.

장례식장 안에 주차장에서 봤던 젊은 남자가 등장했다.

"지금부터 고 다루미야 유키코 님의 고별식을 거행하겠습니다."

남자는 쩌렁쩌렁한 목소리로 개식을 선언했다.

장례식장 안쪽에서 승려가 나타났다. 주차장에서 입었던 코트를 벗고 엄숙한 표정을 짓고 있는 승려에게서는 왠지 모를 위엄마저 느껴졌다.

승려는 제단 앞에 서서 분향한 뒤 두툼한 방석에 앉아 독경을 시작했다.

조문객들이 고개를 숙이고 독경에 귀를 기울이는 사이에도, 청년은 이따금 고개를 들고 주변을 둘레둘레 살폈다.

누구를 혹은 무엇을 찾고 있는 것일까?

"먼저 상주인 다루미야 가즈히로 님이 분향하겠습니다."

사회자가 말했다. 자리에서 일어선 사람은 이마가 벗어진 풍채 좋은 남자였다.

이소베는 보고서를 떠올렸다. 피해자의 의붓아버지인 다루미야 가즈히로는 분명 쉰세 살의 회사 임원이었다.

하지만 멀리서 봐도 가즈히로는 나이보다 훨씬 늙어 보였다. 비록 피는 섞이지 않았지만 딸을 그렇게 떠나보냈으니 얼굴이 좋지 않은 것도 충분히 이해되었다.

무거운 걸음으로 가즈히로가 분향을 마치자 사회자가 이어서 말했다.

"유족 및 친인척분들께서 분향하실 차례입니다. 앞줄에 계신 분들부터 두 분씩 나와주십시오."

막힘없는 진행이었다. 무라키가 말한 대로 프로일 것이다.

그러나 이소베는 사회자의 담담한 진행 방식에 좀처럼 적응이 되지 않았다.

유족석에서 어머니인 도시에와 의붓동생인 겐자부로가 일어섰다.

이때 약간의 사건이 있었다.

어머니 옆에 서 있던 겐자부로가 느닷없이 자리를 박차고 밖으로 뛰쳐나갔던 것이다.

"겐자부로, 어디 가!"

터울이 지는 겐자부로의 친형이 유족석에서 소리쳤다. 하지만 겐자부로는 형이 부르는 소리에도 멈춰 서지 않았다.

얼굴이 벌게져서 의자 사이를 달려 식장을 빠져나갔다.

잠시 술렁거림이 있었다. 소년을 동정하는 슬픈 한숨 소리가 들렸다.

사회자는 잠잠해지기를 기다렸다가 유족에게 눈짓을 보냈다. 아무 일도 없었던 듯이 분향이 계속 진행되었다.

"오래 기다리셨습니다. 조문객 여러분의 분향이 있겠습니다. 앞줄에 앉아 계신 분부터 세 분씩 나오셔서 분향해주십시오."

사회자의 지시에 따라 조문객들이 차례로 앞으로 나갔다. 이소베가 가장 안쓰러웠던 것은 동급생 소녀들이었다. 거의 모두가 손수건으로 눈물을 훔치고 있었다.

피해자의 비참한 운명에 다들 슬퍼하고 있다고 이소베는 생각했다. 물론 그 안에는 무덤덤한 표정의 소녀도 있었다. 마쓰모토가 호리노우치에게 보고했듯이 피해자를 싫어하고 불쾌하게 여겼던 아이도 있는 것이리라.

사체를 발견했던 청년이 일어나서 제단 앞으로 나갔다. 분향을 마치고 돌아와서도 표정에는 여전히 변화가 없었다. 장례식에 온 사람이라고는 도저히 생각할 수 없었다.

이소베와 무라키의 차례가 되었다. 돌바닥을 걸어 계단을 올라간 뒤 유족 사이를 지나갔다.

겐자부로가 앉았던 빈자리 옆에서 도시에가 두 사람에게 말없이 고개를 숙였다. 피해자와 많이 닮았다. 친어머니이니 당연할 것이다. 도시에는 의연하게 딸을 잃은 슬픔을 억누르고 있는 것처럼 보였다.

반면에 가즈히로는 슬픔을 주체하지 못했다. 어깨가 축 처져서 분향하는 조문객을 쳐다보지도 못했다.

의붓아버지와 친어머니의 대조적인 모습에 이소베는 문득 흥미를 느꼈다.

두 사람이 분향을 마치자 사회자가 지체 없이 말했다.

"분향하지 못하신 분 계십니까?"

주차장에서 의논했던 신호였다. 이소베가 곁눈질로 보자, 승려가 가볍게 고개를 끄덕이는 것 같았다. 두 사람이 자리로 돌아오자 바로 독경이 끝났다.

"스님께서 퇴장하십니다. 모두 자리에서 일어나주십시오."

사회자의 지시에 따라 조문객들이 일어나서 퇴장하는 승려를 지켜보았다.

"장례 전반에 도움을 주신 대리인 하세가와 님의 인사가 있겠습니다."

처음 보는 얼굴인데, 하고 이소베는 생각했다. 초로의 남자는 더듬더듬 인사를 했다. 사회자가 뒤이어 말했다.

"이로써 고 다루미야 유키코 님의 고별식을 마치겠습니다. 고맙습니다."

흠 잡을 데 없는 진행이었다. 허락된다면 박수라도 쳐주고 싶었다. 이소베는 혼자 속으로 빈정거렸다.

"이어서 발인이 있겠습니다. 조문객 여러분께서는 고 다루미야 유키코 님이 가시는 길을 지켜봐주십시오. 그리고 유족

분들은 제단 앞으로 모여주시기 바랍니다."

조문객들은 자리에서 일어나 정문 쪽으로 이동했다.

"어때? 뭐 좀 깨달은 건 있었어?"

돌바닥을 걸으면서 무라키가 물었다.

"역시 저 사회자는 영 마음에 안 듭니다. 아무리 프로라지만 어떻게 그렇게 담담할 수 있는지."

이소베는 솔직하게 대답했다. 무라키는 파란 하늘을 올려다보며 말했다.

"냉정하다고? 너, 아이를 잃은 집에 가본 적 없지?"

"없습니다."

"나는 여러 번 있어. 사건 수사로."

무라키는 뭔가를 떠올리는 표정이었다.

"자식을 잃은 가족은 말이지, 단지 슬프고 고통스러운 차원의 상태가 아니야. 사고나 사건의 경우는 특히 그래. 공황상태라고 할까. 부모는 울지도 못해. 그냥 넋이 나가 있어. 아이와 함께 뭔가가 죽어버린 것 같단 말이지. 아주 소중한 뭔가가."

무라키는 이소베를 보았다.

"그런 가족에게 위로나 동정은 아무런 도움도 되지 않아. 해야 할 일을 묵묵히 해주는 게 이쪽에서 할 수 있는 전부야. 저 사회자가 냉정하다고? 아니, 장례를 문제없이 치르는 것이 지금 가장 중요하다는 것을 잘 알고 있을 뿐이야."

정문에는 조문객들이 옹기종기 모여 있었다. 관이 나오기를 기다리는 동안 사람들은 목소리를 낮춰 잡담을 나눴다.

"아직 열여섯 살인데, 안됐어. 그런 끔찍한 일을 당하니, 불쌍해서 어떡해. 하늘도 무심하지, 왜 애들을 먼저 데려가."

나이 든 여자가 가슴 아픈 듯 말했다.

"저렇게 찍어대고 싶나, 저 사람들은. 장례식이 무슨 구경거리인 줄 아나?"

어느 잘생긴 남자가 정문 밖을 보고 인상을 썼다.

"분명히 못 잡을 거야. 이 나라 경찰은 믿을 수가 없어. 단순한 사건만 해결할 줄 알지, 이런 큰 사건에는 대책도 없고. 아주 글러먹었어."

젊은 남자가 입술을 일그러뜨리고 웃었다.

"도시에 씨, 독하더라. 그렇게까지 참을 필요가 있어? 눈물 한 방울 안 보이다니, 대단해."

중년 부인이 잡담하듯 가볍게 말했다.

이소베와 무라키는 조금 떨어진 곳에서 조문객의 모습을 바라보고 있었다.

"여학생들이 많이 우네."

무라키가 말했다.

"피해자와 많이 친했나 봅니다."

"누가 가장 슬퍼 보여?"

관찰력 테스트. 이소베는 소녀들을 주의 깊게 살펴보았다. 나무에 매달리듯 기대어 흐느껴 우는 아이가 눈에 들어왔다. 담임인 여교사가 어깨를 토닥이며 달래고 있었다.

"막상 사진을 보니까 못 참겠더라고요. 너무 슬퍼서, 슬퍼서 어떻게 하면 좋을지 모르겠어요."

여자아이는 울먹울먹 말하고는 담임교사가 건넨 손수건에 얼굴을 묻고 오열했다.

"저 아이 아닐까요?"

이소베는 여자아이를 눈짓으로 가리켰다. 무라키는 단칼에 부정했다.

"아니. 저기 저 아이, 조금 떨어진 곳에 있는 아이 보이지? 저 아이가 가장 슬퍼하고 있는 거야."

이소베는 무라키가 넌지시 가리킨 곳으로 시선을 돌렸다.

은테 안경을 쓴 자그마한 소녀가 혼자 덩그맣게 서 있었다. 앞니가 살짝 나왔지만 웃는 모습은 귀여울 것 같았다. 그러나 지금은 입술을 꾹 다물고 무표정으로 정문 쪽을 응시하고 있었다.

"저 아이 말입니까?"

이소베는 어리둥절했다.

"왜, 안 울어서?"

무라키는 어깨를 으쓱하고 말했다.

"안되겠네. 너는 아직도 얼굴만 보고 있어. 이번에도 포인트는 손이야. 손을 보라고."

이소베는 여자아이의 손을 보았다.

두 손으로 손수건을 너무 꽉 쥐고 있어서 손등이 새하얘져 있었다. 두 팔이 희미하게 떨렸다.

이소베는 그만 이마를 짚었다.

"왜 그래?"

무라키가 물었다.

"아닙니다. 아직 수행이 많이 부족한 것 같아서……."

이소베는 멋쩍게 웃었다. 이래서는 사체 발견자인 청년에게 품었던 의문도 믿을 수가 없다고 이소베는 생각했다.

피해자의 관이 밖으로 나왔다. 가즈히로가 앞에 서서 관 한 귀퉁이를 들고 있었다. 그 옆에 영정을 가슴에 안은 도시에의 모습이 있었다.

관이 정문까지 오자 때를 맞춰서 캐딜락 리무진이 다가왔다. 뒷문이 열리고 관이 실렸다.

리무진 영구차 앞에서 도시에가 마지막 인사를 했다.

"저희 딸을 위해 오늘 이렇게 찾아주신 여러분께 진심으로 감사드립니다."

도시에는 딸의 영정을 안은 채 조금의 흐트러짐도 없이 또박또박 말했다.

지나치게 침착한 것이 아닐까, 하고 이소베는 생각했다.

하지만 바로 생각을 고쳤다. 자신은 아직도 얼굴만 보고 있는 것이다.

이소베는 도시에의 전신을 관찰했다.

우선 손. 왼손 약지에 결혼반지를 끼고 있었다. 백금에 작은 다이아몬드가 박힌 것이 꽤 고가로 보였다. 그 손은 떨리고 있나? 아니다. 영정을 꽉 잡고 있나? 그렇지도 않다. 손가락 관절도 손등도 자연스러웠다. 핏줄이 파랗게 불거져 있을 뿐이었다.

검은 액자 안에서 피해자가 미소 짓고 있었다. 그 아래, 검은 상복에 가려진 다리도 떨리는 느낌은 없었다. 흰 버선에 흰 신. 가지런히 발끝을 모으고 단단하게 땅을 딛고 서 있었다.

이소베는 고개를 들어 도시에의 얼굴을 다시 한 번 보았다. 인사가 계속되고 있었다.

"……유키코는 최선을 다해 살았다고. 갑작스러운 불행으로 짧은 생을 마감했지만, 유키코의 지금까지의 인생은 결코 무의미하지 않았다고……."

최선을 다해 살아온 소녀와 어머니는 무척 닮아 있었다. 보고서에 의하면 도시에는 서른일곱 살이다. 그러나 나이보다 다섯 살은 젊어 보였다. 올라간 눈매, 연지를 바른 단아한 입술. 정면을 응시하는 시선은 조문객을 향한 것인지, 뭔가 다른 것을 보고 있는 것인지 짐작할 수 없었다.

목소리도 또박또박하고 이야기도 명료했다. 지나치게 완벽한 것이 아닐까.

결국 이소베는 도시에의 모습에서 아무것도 읽어낼 수 없었다. 다시금 자신의 부족함을 느꼈다.

도시에는 인사를 마치고 리무진에 올랐다. 리무진이 화장장으로 출발하자 조문객들은 하나둘 자리를 떠났다.

이소베는 무라키의 의견을 들어보고 싶었다.

"어머니가 너무 침착했다고?"

양손을 바지 주머니에 찔러 넣고 무라키는 잠시 생각했다.

"그래. 그렇게 말하니까 좀 지나치게 의연했던 것 같긴 하네."

"피해자는 분명히 친딸이었죠?"

이소베가 물었다.

"응. 각자 자기 아이들을 데리고 재혼했지. 도중에 뛰쳐나간 겐자부로라는 아이가 남편 아들이고, 피해자는 부인 딸. 겐자부로 위에도 아들이 둘 있는데, 둘 다 독립했어. 어디 가냐고 소리 지른 남자가 친형이야."

"의붓아버지가 그렇게 슬퍼하고 친어머니가 덤덤한 것은 어떻게 봐야 할까요?"

"글쎄."

무라키는 고개를 갸웃거렸다.

"부자연스러운 것일 수도 있고, 아닐 수도 있고. 모르겠다, 나도."

"무라키 형사님도 모르는 게 있군요. 안심입니다."

이소베는 웃었다.

"당연하지. 나라고 뭐 다 알겠어. 나만 그런 게 아니야. 경사 나리도, 마쓰모토 형사님도 다 똑같아. 피의자를 심문하다 보면 범인이라는 감이 올 때가 있어. 하지만 경사 나리나 마쓰모토 형사님은 범인이 아니라고 해. 그런 일은 얼마든지 있어. 어느 쪽이 옳은지는 신만이 아는 거야. 증거를 손에 넣을 때까지는 아무것도 단정할 수 없어."

무라키는 쓴웃음을 짓고 이소베를 보았다.

"직감이나 경험은 중요해. 하지만 그것만으로는 진실을 알아낼 수 없어. 더 중요한 건, 사실이야. 직감이나 경험은 얼마나 빠르게 사실을 파악하느냐, 이 길잡이 역할밖에 해주지 않아. 그러니까 너도 수행 같은 건 할 필요 없어."

"그렇구나."

이소베는 중얼거렸다.

"그래. 그리고 오히려 나와 경사 나리와 마쓰모토 형사님의 직감이 일치했을 때가 위험한 거야. 모두가 이 사람이 범인이라고 믿어버리면 돌이킬 수 없는 과오를 저지르게 될 수도 있어. 누명은 그렇게 해서 씌워지는 거야." 무라키는 미소 지으며 말했다. "네가 해야 할 건 이런 직감을 몸에 익히는 게 아니야. 너 자신의 견해를 관철하는 거야."

위로해주는 것일까. 아니면 경찰관으로서의 자세를 일러주는 것일까. 무라키는 장례식장을 돌아보았다.

"저기 봐. 프로는 여전히 일하고 있잖아."

이소베가 돌아보자, 주차장에서 봤던 장의사 인부들이 한창 뒷정리를 하는 중이었다.

힘도 쓰지 못할 것 같은 호리호리한 젊은이들이 양팔 가득 헌화를 안고 트럭 짐칸에 실었다.

인부들은 익숙한 몸놀림으로 분주히 뛰어다니면서 장례식장 안을 순식간에 정리했다.

13

나는 부엌 가스레인지 앞에서 냄비 불을 조절하면서 그날 일을 떠올리고 있었다. 다루미야 유키코가 수수께끼의 남자와 만났던 날, 무슨 일이 있었고 무엇을 보았는지 생각해내려고 애썼다.

벌써 한 달이 지났다. 10월 중순, 시간은 오후 5시 반경. 개찰구를 나와 다루미야 유키코에게 달려가는 남자.

얼굴은 기억나지 않았다.

두 사람은 무슨 이야기를 하고 있었을까.

"미안, 늦어서."

남자가 사과한다.

"이 분밖에 안 늦었는데, 뭘."

다루미야 유키코는 영정에서와 똑같은 미소를 짓는다.

"별로 안 기다렸어."

"그래? 그럼 다행이고."

"우리 어디 갈까?"

"어디든 좋아, 나는."

"그럼 햄버거 먹으러 갈까? 배고파. 사줄 거지?"

실제로 이런 대화였는지 자신이 없었다. 이 대부분은 기억이 아니라 내 상상일지도 모른다.

그 후 두 사람은 역 북쪽에 있는 패스트푸드점에 들어갔다. 이것은 확실하다. 나도 따라 들어가서 2층에 올라가 두 사람을 관찰했다.

둘은 마주 앉아서 무슨 이야기인가를 나눴지만 내용은 들리지 않았다.

인상에 강하게 남아 있는 것은 다루미야 유키코가 즐거워하며 큰 소리로 웃은 일이다. 가게 안의 소란을 가르고 밝은 웃음소리가 내 귀에 꽂혔다. 다루미야 유키코도 저렇게 웃는구나, 하고 나는 생각했다.

그때 남자의 반응은 어땠던가. 미소를 지은 것도 같지만 확실하지는 않았다. 다루미야 유키코를 신경 쓰느라 남자에게는 거의 주의를 기울이지 않았다.

냄비에서는 검은 액체가 부글부글 끓으며 고약한 냄새를 풍기고 있었다.

장례식에서 돌아오는 길에 산 다섯 갑의 담배는 종이가 흐물흐물 풀어져서 안에서 나온 담뱃잎이 끓어오르는 거품에 실려 떠올랐다 가라앉았다 하고 있었다.

숟가락으로 담배 끓인 물을 떠서 한 입 먹어보았다. 너무 써서 얼굴이 찡그려졌다. 이렇게 쓴 것을 한 냄비나 마실 자신은 없었다.

나는 잠깐 생각한 뒤, 국물을 차 거름망에 걸러서 설탕을 잔뜩 넣고 바짝 졸였다.

코를 찌르는 불쾌한 냄새가 집 안에 가득했다.

그 남자는 누구였을까. 가스레인지 앞에서 나는 다시 생각하기 시작했다. 다루미야 유키코가 집 근처 역 앞에서 만났던 남자. 패스트푸드점에서 함께 즐겁게 이야기 나누던 남자. 소리 내어 웃는 것을 가능하게 하는 상대.

국물은 반 컵 정도 양으로 졸아들었다.

숟가락으로 떠먹어보고 깜짝 놀랐다.

초콜릿 같은 맛이 났기 때문이다.

하지만 그것도 잠깐이었다. 바로 몸이 거부 반응을 일으켜서 목구멍 속에서 경련이 일어났다.

그래도 이 정도 양이라면 단숨에 마실 수 있을 것 같았다. 나는 졸인 물을 컵에 따라서 둥근 테이블로 가져가 식기를 기다렸다.

그 남자는 대체 누구일까. 미안, 늦어서, 하고 다정하게 말하던 남자. 하지만 그녀의 장례식에는 나타나지 않은 남자. 어쩌면 다루미야 유키코를 죽인 진범일지도 모르는 남자.

그가 다루미야 유키코를 죽인 것일까?

아니, 이제 됐다. 그만하자. 장례식이 끝났을 때부터 나는 몹시 지쳐 있었다. 가까이에서 본 죽음의 의식이 나를 유혹하고 있었다.

국물이 미지근해졌다. 나는 컵을 들어 검고 끈적끈적한 액체를 잠시 바라본 뒤 눈을 감고 단숨에 들이켰다.

삼킨 순간, 온몸이 경련하기 시작했다. 목덜미가 뻣뻣해지고, 양손과 양어깨가 떨렸다. 구역질을 억지로 참으면서 휘청휘청 침대로 갔다. 쓰러져 누운 뒤에도 경련은 멈추지 않았다.

어느 순간 의식을 잃었던 것 같다.

정신이 들자, 방 안은 어두워져 있었다. 속이 뒤집힐 것처럼 메스꺼웠지만 몸의 떨림은 멎었고 나는 아직 살아 있었다. 이번에는 확실하게 죽을 것 같다고 생각했는데 죽지 않았다.

"아무리 죽을 것 같다고 생각해도 반드시 죽는다고는 할 수 없지."

의사가 차갑게 말했다.

"'죽리지' 않으면 죽을 수 없어."

나는 의사가 무슨 말을 하는지 이해할 수 없었다.

"호메로스가 죽음과 잠은 형제라고 말했다는데, 확실히 이 둘 사이에는 연결점이 많아. 하지만 '죽음'과 '잠', '죽다'와 '자다', '죽었다'와 '잔다'라는 대응은 있어도 '졸리다'에 상당하는 형용사는 죽음 쪽에는 없어. 영어로 말하면 명사 'DEATH'와 'SLEEP', 동사 'DIE'와 'SLEEP', 형용사 'DEAD'와 'ASLEEP'은 대응해도 'SLEEPY'에 상당하는 형용사는 존재하지 않아. 아무리 잘 것 같고 자고 싶어도 잘 수 있다고는 할 수 없듯이, 아무리 죽을 것 같고 죽고 싶어도 죽을 수 있다고는 할 수 없어. 잘 때는 졸리듯이, 죽을 때는 '죽리지' 않으면 안 되는 거야. 영어로는 'DEATHY' 정도 되려나?"

정말일까? '죽리다'란 대체 어떤 상태를 가리키는 것인지 짐작도 가지 않았다.

"당연하지. '죽리면' 정말로 죽고 마니까."

또 의사의 궤변에 속고 있다는 생각이 들었다. 그 증거로 의사의 얇은 입술이 실룩실룩 움직이고 있었다.

"맞아. 거짓말이야. '졸리다'의 대응은 '죽을 것 같다'로 충분하거든. 일본어에서는 '나는 졸리다'라고는 해도 '그는 졸리다'라고는 하지 않아. 이럴 때는 '그는 졸린 것 같다'라고 하지. 반면에 죽음의 경우는 '나는 죽을 것 같다'라고도, '그는 죽을 것 같다'라고도 말할 수 있어. 이런 표현의 차이가 있기 때문에 '죽리다'라는 해괴한 말을 만들어낼 여지가 있다고 착각하는 거지. 영어의 'SLEEPY'에 대응하는 말은 아마 'DYING'일 거야."

의사는 껄껄 웃었다.

나는 울화가 치밀어서 몸을 일으켜 머리맡에 있던 알람시계를 집어던졌다.

시계가 요란한 소리를 내고 벽에 부딪쳤다가 바닥으로 떨어졌다.

그 순간 와락 구역질이 올라왔다. 비닐봉지를 집을 틈도 없이 침대에 누운 채로 토했다. 담배 냄새가 나는 액체가 입에서 흘러내려 잠옷 가슴팍을 미지근하게 적셨다.

"조심해. 네가 생각하는 만큼 넌 회복되지 않았어. 니코틴은 청산에 버금가는 맹독이야. 정말로 죽을 수도 있었다고."

그렇게 말하는 의사의 입에서도 시커먼 액체가 뚝뚝 떨어졌다. 의사는 침을 뱉고 말했다.

"정말 끔찍한 맛이야. 이런 걸 반 컵씩이나 잘도 마셨군."

내가 죽으면 이자도 죽는다고 나는 생각했다.

"맞아. 네가 죽으면 나도 사라져. 당연한 거야."

의사는 흰 소맷자락으로 입가를 닦았다.

"그런데 나는 사라져도 괜찮아. 사후 세계를 믿는 건 아니야. 죽으면 그걸로 끝. 아무것도 남지 않아. 남는 것은 한 줌의 재뿐. 다루미야 유키코처럼."

그렇다, 다루미야 유키코는 화장장에서 불살라져 지금쯤 유골함에 담겨 있을 것이다. 나는 화장장 굴뚝에서 피어오르는 흰 연기를 상상했다.

"하인리히 하이네는, 구름 위에 천국이 있다면 왜 금은보화가 내려오지 않는가, 내리는 것은 비뿐, 천국은 축축한가, 라고 썼지."

의사가 말했다.

하이네 정도는 나도 들어봤지만 낭만주의 시인이라고만 알고 있었다. 과연 의사가 말한 것 같은 그런 삐딱한 글을 썼을까. 이것도 거짓말일지 모른다. 근거 없는 인용으로 지식을 과시하는 것은 의사의 나쁜 버릇이었다.

"그리고 최근에는 화장으로 인한 환경오염 문제가 대두되고 있다고 해. 굴뚝에 필터를 설치해서 수증기도 식혀서 배출한다더군. 따라서 연기 따위 나오지 않아. 죽은 넋은 연기가 되어 승천하는 것조차 허락되지 않는 거야."

흑백의 줄무늬로 칠한 굴뚝 집진 필터에 다루미야 유키코의 넋이 걸린다. "이러면 천국에 갈 수 없잖아!" 실망한 표정. 이윽고 화장장 인부가 필터를 청소하러 와서는 다루미야 유키코의 넋을 빗자루로 떨어내어 쓰레기장으로 가지고 간다. 쓰레기장에는 이마에 세모난 흰 천 조각을 달고 흰 옷을 두른 죽은 넋들이 산처럼 쌓여 있다.

또 시작이다. 나는 얼굴을 찡그렸다. 최근 이삼 일, 때때로 기묘한 영상이 머릿속에 그려졌다. 도저히 내 스스로 상상했다고는 할 수 없는 이미지였다.

"아이쿠, 실례. 내 상상이 지나쳤던 모양이군."

의사가 희룽거리며 고개를 숙였다.

"와이드 쇼가 너무 재미있어서 그만 나도 모르게 상상의 나래를 펼쳤지 뭐야. 정신의 심연, 마음속 어둠이라. 인간의 무의식이라는 것은 어째서 밑, 속, 바닥 이런 어두운 곳에만 존재하는 것일까? 그건 그저 인간이 태양 아래 땅 위에 살기 때문이 아닐까? 두더지의 무의식은 아마도 땅 위 밝은 곳에 있을 거야."

동그란 선글라스를 쓰고 흙이 묻은 흰 가운을 입은 두더지 정신과 의사가 두더지 가위남을 진찰한다. "맙소사. 네 마음 위 밝

은 곳에는 무시무시한 괴물이 둥지를 틀고 살고 있어! 역겨워, 아주 역겨워. 태양빛을 받으면서 두 다리로 땅 위를 걷고 있어!"

"제발 부탁하는데, 경찰에 붙잡혀도 내 얘기는 하지 말아 줘. 마음속 어둠에 사는 괴물로 취급당하고 싶지는 않거든."

"그럴 마음 없어."

"체포될 마음도 없다는 건가? 너무 방심하지는 마. 경찰도 그렇게 어리석지는 않으니까."

"경찰을 무시할 마음도 없어."

"그래? 뭐 좋아. 네가 죽든 체포되든 병원에 감금되든 나와는 상관없으니까. 내 소박한 소망은, 조금 더 존재해서 이 사건의 진상을 끝까지 지켜보는 것뿐이야."

의사는 심드렁하게 말했다.

"그 남자는 대체 누구지?"

"글쎄. 아직 뭐라 해줄 말이 없군. 그는 다루미야 유키코의 연상의 연인일지도 모르지. 아니면 연상의 친구일지도 모르고."

의사는 볼펜 끝을 턱에 대고 말했다.

"남녀가 나이 차이가 많이 난다고 반드시 육체적 관계가 있을 것이라고 생각하는 건 편견이야. 뭐든 섹스와 결부시켜 생각하는 건 멍청한 심리학자와 저널리스트에게 맡겨두면 돼. 성애와 우애는 엄밀하게 구별해야지. 또 장례식에 오지 않았어도 친척일 여지는 남아 있어. 어쩌면 다루미야 유키코의 키다리 아저씨일지도 모르지. 저는 모나리자 그림도 본

적 없고 셜록 홈스라는 이름도 처음 들어봤습니다."

"무슨 소리야?"

나는 의사가 연기하는 여자 목소리에 오싹 소름이 돋았다.

"웹스터의 《키다리 아저씨》를 안 읽었나 보군. 이 책을 보면 옛날 미국 여대생의 학구열과 독서열을 잘 알 수 있어. 주인공은 무려 벤베누토 첼리니이탈리아의 조각가 자서전까지 읽었으니까."

벤베누토 첼리니가 누구냐고는 묻지 않았다.

"아무튼 지금으로서는 그 남자가 누군지는 알 수 없어. 다루미야 유키코를 죽인 범인인지 아닌지도 확실하지 않아."

"앞으로 어떻게 해야 하지?"

"글쎄. 일단 그 아야코라는 아이를 만나보는 게 어떨까? 그 아이는 수수께끼의 남자가 누군지 알고 있을지도 몰라."

"만나라고? 섣불리 접근하는 건 위험해."

"접근하는 방법은 네게 일임하지. 그런 쪽으로는 자신 있잖아? 십대 여자아이에게 접근하는 것 말이야."

의사는 비웃었다.

"어지간히 회복한 것 같군. 얼굴을 보면 알아. 아, 그리고 마지막으로 하나 가르쳐줄 게 있어."

"뭐지?"

"금요일 낮에 텔레비전에서 코믹 밴드가 〈스다라부시〉 가사를 넣어 불렀던 노래 말이야. 그거 섹스 피스톨즈 노래야. 제목은 〈프리티 베이컨트Pretty Vacant〉."

전혀 도움이 되지 않는 지식을 피로하고 의사는 사라졌다.

의사가 말한 대로 컨디션이 조금 돌아온 것 같았다. 속은 여전히 메스꺼웠고, 토사물이 묻은 잠옷은 살갗에 철썩 들러붙어 있었지만 기분은 한결 가벼워졌다.

침대에서 일어나 더러워진 잠옷과 속옷을 벗어서 둘둘 말아 쓰레기봉투에 버린 다음 샤워를 했다.

새 속옷으로 갈아입고, 커피를 타 들고 와서 텔레비전 앞에 앉았다.

캉골 모자에 큰 뿔테 안경을 쓴 초로의 번역가가 나와서 이야기하고 있었다. 방송이 익숙지 않은지, 시선이 한곳에 머물지 않고 이리저리 떠다녔다.

"팁트리 하면 주로 진지한 작품을 떠올리시는데, 저는 초기의 가벼운 단편을 좋아합니다. 제가 번역한 경험에 비춰보자면……."

나는 놀랐다. 일요일 오후 9시 몇 분. 담배 끓인 물을 마시고 꼬박 하루가 지나 있었다.

5장

"사체 발견자라……."

호리노우치가 골똘히 생각하면서 말했다.

"시리얼 킬러라면 살인을 저지른 후에 한 시간 넘게 현장에 머무르는 경우도 있을지 모른다, 이 말이지. 꽤 예리한데?"

장례식 이튿날인 11월 16일 일요일, 이소베는 호리노우치의 임시 사무실에서 자신이 관찰한 것을 보고했다.

이런 큰 사건이 일어나면 경찰은 일요일도 국경일도 없다. 오히려 사람들이 출근하거나 등교하지 않는 휴일이야말로 탐문 수사를 벌일 기회였다.

멀리 시외에 사는 호리노우치도 예외 없이 출근해 나와 있었다.

호리노우치는 말했다.

"실제로 그런 사례가 있긴 하지. 범인이 사체 곁에 장시간 머무른 예 말이야. 다만 그런 경우, 사체를 훼손하거나 유사

종교 의식 같은 어떤 행위가 동반되는 것이 대부분이야. 아무것도 하지 않고 사체 곁에 있는 일은 거의 드물어." 호리노우치는 손으로 관자놀이를 짚으면서 이야기를 계속했다. "더구나 지금까지의 범행으로 봐서는 가위남이 그런 위험한 행동을 할 유형으로는 보이지 않아. 범인은 무척 신중하고 조심스러운 인물이야. 발상은 좋은데, 내 생각에 사체 발견자는 이 사건과 관계가 없어."

"그렇습니까?"

이소베는 조금 낙담했다.

"그 밖에 알아낸 것은?"

이소베는 가즈히로와 도시에의 상반된 모습을 이야기했다.

호리노우치는 묵묵히 듣고 있었지만 이소베는 설명하면서 점점 불안해졌다.

자신은 뭔가 무척 중요한 것을 놓친 것이 아닐까. 무엇보다 피해자의 부모와 가위남 수사가 무슨 관계가 있단 말인가.

이소베가 설명을 마친 뒤에도 호리노우치는 말이 없었다. 이소베는 기다리지 못하고 물었다.

"이런 이야기가 도움이 될까요?"

호리노우치는 문득 고개를 들고 미소를 지어 보였다

"물론 도움이 되지."

대체 어떤 식으로 도움이 되는지 이소베는 물어보았다.

"정보는 많으면 많을수록 좋아. 전혀 관계없어 보이는 정보라도 말이지. 흩어져 있는 단편들을 이어붙이는 것이 내 일이니까."

"그렇게 해서 가위남의 내면에 다가가는 거군요."

이소베가 무심결에 그렇게 말하자 호리노우치는 우습다는 듯이 큰 소리로 웃었다. 내 말이 그렇게 바보 같았나, 하고 이소베는 생각했다.

"범죄 심리 분석을 오해하고 있군. 뭐, 세상 대부분의 사람이 잘못 알고 있으니까 어쩔 수 없지."

호리노우치는 재미있다는 듯이 이소베를 보며 그렇게 말했다.

"무슨 뜻입니까?"

호리노우치는 책상에 팔꿈치를 괴고 설교하듯 이야기를 시작했다.

"나는 가위남의 내면 따위에는 전혀 흥미가 없어. 그런 건 텔레비전에 나오고 싶어 하는 범죄 심리학자 선생에게 맡겨 두면 돼. 내가 알고 싶은 건 그의 외양적 특징이야."

"하지만 심리 분석이잖아요?"

"이소베 씨, 프로파일링이라는 말이 원래 무슨 뜻인지 알아? 프로파일링은 '옆모습을 그린다'는 뜻이야. 당신들이 하는 몽타주 작성과 같은 것이지."

호리노우치는 R과 F를 정확하게 구분해서 발음했다.

이소베도 몇 번인가 연습으로 몽타주를 작성해본 적이 있었다. 증언을 바탕으로 인물의 얼굴을 그리고 마지막에 범인역의 경찰관이 등장해서 얼마나 비슷하게 그렸는지 채점하는 것인데, 이소베는 닮고 안 닮고를 떠나서 그림 실력 자체에 자신이 없었다. 학창 시절 미술 성적은 바닥이었다.

"범인의 인상착의를 물으면, 눈은 이마 선에서 7센티 떨어졌고, 두 눈 사이는 1.5센티, 눈꼬리는 수평축에서 약 12도 위로 올라갔다, 하고 설명하는 증인은 없잖아?" 호리노우치는 집게손가락으로 자기 눈을 가리키면서 말했다. "그저 눈이 찢어져서 날카로워 보였다, 이렇게 두루뭉술하게 말하지. 그 설명을 듣고 몽타주를 그리는 것인데, 어떻게 그런 일이 가능하지? 그 프로세스를 정확하게 설명할 수 있나?"

"아니요, 못할 것 같습니다."

이소베는 잠시 생각하고서 대답했다.

"프로파일링도 마찬가지야. 범인은 현장이나 그 주변에 다양한 흔적을 남겨. 그것들은 당신이 생각하는 물적 증거하고는 조금 달라. 뭘 의미하는지, 뭘 가리키는지 알 수 없는 무척 모호한 흔적들이지. 그런 흔적을 꿰맞춰서 범인의 외양적 특징을 뽑아내는 것이 프로파일러의 역할이야. 그러니까 극단적으로 말해서 범인의 심리 따위는 아무래도 상관없다는 거야."

"심리 따위는 아무래도 상관없다고요?"

"내면이나 심리는 밖에서는 보이지 않으니까." 호리노우치는 망설임 없이 대답했다. "그런 걸 백날 파헤쳐봤자 범인을 잡는 데는 아무런 도움도 되지 않아. 범인이 이상 성격자임을 알았다고 한들 그걸 가지고 뭘 할 수 있지? 인근 주민을 대상으로 심리 테스트를 실시하나? 다시 한 번 말하지만, 범인을 잡으려면 우선 외양적 특징을 알아내는 것이 중요해."

"외양이라……."

이소베는 중얼거렸다. 텔레비전이나 잡지에서 얻은 지식으로는, 범죄심리분석관은 무서운 연쇄살인범의 마음속 광기를 파헤치는 명탐정 같은 존재였다. 그런데 호리노우치의 설명은 완전히 달랐다.

"제대로 설명해두는 편이 좋겠군."

호리노우치는 이소베가 실망한 것을 알아차린 듯했다.

"프로파일링이라는 범죄 수사 기법은 미국에서 시작됐어. 무동기로 살인을 반복하는 범죄자, 이른바 시리얼 킬러의 경우, 피해자의 인간관계를 조사하는 기존 수사로는 잡을 수가 없어. 또 미국은 땅이 넓어서 주를 넘어 광역에서 연쇄 살인이 일어나면 현장 주변 탐문 수사도 도움이 되지 않아. 거기서 프로파일링이라는 기법이 필요해진 거야. 그 학문적 근거는 통계학이야."

"통계학?"

"그래. 그러니까 이미 체포되어 형무소에 수감된 시리얼 킬러들을 면담을 통해 조사한 거야. 이때도 그들의 내면이나 광기 같은 것에는 관심을 두지 않았어. 그들의 범행과 그들의 외양적 특징이 어떤 상관관계에 있는지 거기에 초점을 맞췄지. 예를 들어 이런 유형의 연쇄 살인은 이십대 후반에서 삼십대 초반의 백인 남성이 범인인 경우가 많다는 식의 결과가 나오면, 그것을 근거로 수사를 진행하는 거야."

호리노우치는 손가락으로 관자놀이를 긁었다.

"다만 이건 어디까지나 조사에 기초한 통계적인 결과일 뿐이기 때문에, 상관관계는 어느 정도 끌어낼 수 있어도 왜 그런 관계가 성립하는지는 판단할 수 없어. 그래서 '왜'라고 의문을 제기하는 것은 위험하지. 어떤 유형의 연쇄 살인의 경우 범인이 아프리카계 미국인이 많다고 해서 왜 그런지 의문을 품고 연구하는 것은 자칫 인종 차별로 취급될 수 있기 때문이야. 따라서 프로파일러는 '왜'라고 묻지 않아. 그러니 범인의 내면에는 관심을 두지 않을 수밖에. 우리가 관심을 두는 건, 시리얼 킬러의 범행과 외양적 특징과의 상관관계뿐이야."

"그래서 몽타주 같은 것이라고 하신 거군요."

이소베는 호리노우치의 이야기를 곱씹어 말했다.

"그런데 탐문 수사로 상관관계를 알아내는 거면 프로파일러라는 특수한 수사관은 둘 필요가 없지 않나요? 데이터만 있으면 일반 형사도 수사할 수 있잖아요."

호리노우치는 웃었다.

"역시 날카로워. 맞아. 원래는 그래야지. 데이터만 있으면 누구라도 프로파일링을 할 수 있게 말이야. 실제로 미래에는 그렇게 될 거야. 하지만 현시점에서는 프로파일러는 경험이 필요한 전문직이야. 특히 일본에서는 더."

"왜 그렇습니까?"

"샘플이 적기 때문이야. 미국이 아무리 범죄 대국이라고 해도 시리얼 킬러가 몇만 몇십만 수감되어 있는 건 아니야. 통계 처리의 바탕이 되는 데이터는 한정되어 있어. 표본 수가 적으면 모집단의 통계적 성질은 정확하게 알 수 없어. 이건 통계학의 기본 중의 기본이야. 따라서 거기서 발생하는 오차는 경험과 직감으로 보충해야만 해."

호리노우치는 천장을 올려다보았다.

"다행인지 불행인지, 일본은 시리얼 킬러에 대한 샘플이 훨씬 적어. 따라서 경험과 직감이 차지하는 비율이 비교적 크지. 게다가 미국하고는 문화적 사회적 배경이 달라서 FBI의 프로파일링 데이터를 그대로 도입할 수도 없어."

호리노우치는 잠깐 숨을 돌리고는 싱긋 웃었다.

"왜, 유명한 FBI 범죄심리분석관이 있잖아. 책도 번역돼 나왔고, 텔레비전에도 가끔 나오는데. 이번 사건에 대해서도 언급했으려나?"

"아아, 압니다."

미국의 어느 코미디언을 쏙 빼닮은 백발의 남자 얼굴이 떠올랐다. 영화의 한 장면이 스쳐 지나갔다. LA 시경의 프랭크 드레빈영화 <총알탄 사나이>의 주인공이다. 옆에는 파트너인 노드버그.

"똑똑한 사람이야. 일본에서 일어난 쾌락 살인에 대해 의견을 물으면 의미 있는 말은 한마디도 하지 않아. 단정적인 의견은 최대한 피하고, 지극히 당연한 일반론으로 일관하지. 물론 범인의 내면이나 심리에 대해서도 언급하지 않아. 그 사람은 잘 알고 있는 거야. 사정이 다른 일본에서는 자신의 프로파일러로서의 경험을 그대로 적용할 수 없다는 것을. 그렇다고 덮어놓고 모른다고 대답하면 현재 하고 있는 비즈니스에 지장이 있어. 말하자면 자신의 권위가 실추되지 않는 선에서 아주 교묘하게 대답하는 거야. 대단해."

호리노우치는 빈정대는 것이 아니라 진심으로 그 사람을 칭찬하는 것 같았다.

"거기다 일본은 단일 민족 국가라는 문제가 있어."

"단일 민족 국가인 게 프로파일링과 무슨 관계입니까?"

"관계가 있지. 그것도 많이. 미국에서 프로파일링이 그 나름의 성과를 거둔 것은 다민족 국가이기 때문이라는 설도 있어. 이유는 모르더라도 이런 유형의 범행을 저지르는 시리얼 킬러는 특정 민족에게서 많이 발견된다는 상관관계를 찾아내면 용의자 수를 대번에 줄일 수 있으니까. 이것도 몽타주를 작성할 때를 생각하면 쉽게 이해할 수 있어. '범인은 아프리카계 미국인이었습니다' 또는 '범인은 동양계였습니다' 하는 증언을 얻으면 용의자 수는 몇 분의 일로 줄어들지. 그런데 일본에서는 그렇지가 않아."

"그럼 어떻게 합니까?"

"경험과 직감." 호리노우치는 거침없이 대답했다. "당신들이 말하는 형사의 감과 같은 거야. FBI에서는 '젠Zen 프로파일링'이라고 비꼬지만."

"감이라고요?"

이소베는 어제 무라키가 한 말을 떠올렸다.

“과학적 직감, 혹은 직감의 과학이라고 할까? 물론 더욱 구체화해서 누구나 사용할 수 있게 만드는 것이 가장 좋겠지. FBI에서는 이걸 어스트롤로지에서 어스트로노미로의 전환이라고 부르지.”

호리노우치는 중얼거리듯 말했다.

“어스트로…… 뭡니까, 그게?”

“점성술에서 천문학으로의 전환이란 뜻이야. 현재로서는 프로파일러도 어느 부분 점성술사 같은 면이 존재해. 경험과 직감이 많은 부분을 차지하는 까닭에 가만히 앉아서 범인을 잡아내는, 뭔가 신비한 능력을 가진 인물로 비춰지는 경향이 있어. 하지만 원래는 지문이나 혈액 채취처럼 기술만 익히면 누구라도 프로파일링을 할 수 있게 되어야 해. 그래야 비로소 진정한 과학 수사라고 할 수 있겠지.”

그러고 보니 호리노우치의 소속은 과학수사연구소였다.

“다만 그러기 위해서는 일본 내에서 연쇄 살인 건수가 지금보다 몇십 몇백 배로 늘어서 샘플을 확보해야만 해. 이 부분이 딜레마지.”

호리노우치는 이소베의 얼굴을 응시했다.

“그래서 현재로서 내가 할 수 있는 일은 기껏해야 현장 경찰에게 지침을 제시하는 것뿐이야. 프로파일링은 아직 완전한 과학 수사가 아니기 때문에 그걸 근거로 범인을 검거할 수는 없어. 내가 제시하는 지침을 바탕으로 당신들이 물적 증거를 확보해줘야지만 가위남을 잡을 수 있다는 얘기지. 프로파일링과 탐문은 수사의 두 축이야. 어느 한쪽이 부족해도 사건은 해결할 수 없어."

"사실을 파악하는 것이 중요하다는 말씀이군요."

무라키가 한 이야기와 똑같다고 이소베는 생각했다.

"그렇지."

호리노우치는 의자에 기대앉아 눈을 감았다. 그만 돌아가도 좋다는 뜻일까. 이소베는 일어나서 임시 사무실을 나왔다.

"호리노우치 총경이 뭐라고 하디?"

형사과에 돌아오자 무라키가 불쑥 물었다.

"무라키 형사님하고 똑같은 말씀을 하시던데요."

자리에 앉으면서 그렇게 대답하자 무라키는 어리둥절한 표정을 지었다.

형사과에는 우에이다 경감, 무라키, 시모카와 세 사람이 자리를 지키고 있었다. 시모카와는 도시락을 책상에 펼쳐놓고 늦은 점심을 굉장한 속도로 먹어치우고 있었다. 바로 탐문을 하러 나가려나 보았다.

"무라키 형사님은 어떻습니까? 뭔가 진전은 있었나요?"

이소베가 물었다. 무라키는 활짝 기지개를 켜며 말했다.

"없다. 가위 제조사를 찾아갔는데 아주 비협조적이더라고. 아무리 찾아와봤자 유통 경로가 너무 방대해서 알아낼 방법이 없다나."

"아무래도 매출에 지장이 있을 테니까 곤란하겠지."

시모카와가 얼굴을 들고 말했다. 뺨에 밥풀이 붙어 있었다.

"한 번도 아니고, 잊힐 만하면 또 자기네 가위가 흉기로 쓰이니까."

"방송에서도 계속 보여주고 말이지. 브랜드를 가려도 보면 알지."

무라키가 대꾸했다.

"어디 거기뿐이겠어. 문구 회사 전부 타격이 있을 거야. 고작 한 명의 살인범으로 인해 문구 사업 전체가 불황이라니. 사회 문제로군."

시모카와가 고개를 절레절레 흔들며 말했다.

"어쨌든 내가 알아낸 것은, 이 가위는 일본 어디에서나 구할 수 있다는 사실."

무라키는 책상 위에 있던 가위를 들어올렸다. 탐문용으로 구입한 것이리라.

"문구점 만 군데를 돌아도 흉기의 출처는 알아낼 수 없을 거야."

"하지만 만한 번째 집에서 출처가 밝혀질지도 모르지. 그걸 위해 우리는 매일 돌아다니는 거고. 안 그래?"

시모카와가 스스로를 독려하듯 그렇게 말했다.

"경사 나리 말씀이 옳습니다."

무라키가 양팔을 크게 펼쳤다.

"맞습니다. 착실한 수사는 범인을 체포하는 최대의 지름길입니다."

이소베는 두 사람을 격려하듯 큰 소리로 말했다.

무라키와 시모카와가 놀라서 이소베의 얼굴을 쳐다보았다. 항상 냉정하고 침착한 우에이다 경감까지 눈을 휘둥그렇게 뜨고 있었다.

14

11월 17일 월요일은 무척 기묘한 하루였다.

우선 아침부터 간토 지방에 때아닌 한파가 찾아와 기온이 한겨울 수준으로 뚝 떨어졌다. 이른 아침 일기 예보에서는 눈이 내릴지도 모른다고 진지한 얼굴로 기상 캐스터가 말하고 있었다.

나는 옷장에서 두꺼운 스웨터를 꺼내 완전 무장을 하고 출근했다. 전차 안에서도 두꺼운 외투를 입은 샐러리맨들이 많이 눈에 띄었다.

편집부에 들어서자, 평소와 마찬가지로 사사즈카가 일을 시키려고 곧장 다가왔다.

그런데 사사즈카는 이내 콧등을 찡그리며 명령하는 것도 잊은 채 내 얼굴을 뚫어지게 쳐다보았다.

사사즈카만이 아니었다. 다른 직원들도 두 명의 아르바이트도 모두 이상한 눈으로 나를 보았다.

오카지마 부장까지 내 얼굴을 보자마자 고개를 갸웃거렸다.

이 스웨터가 그렇게 안 어울리나, 하고 나는 화장실 거울 앞에서 잠시 생각했다. 손으로 뜬 것 같은 이 체크무늬 스웨터는 실은 내가 좋아하는 옷이었다.

이어서 일어난 기묘한 사건은 점심시간에 오카지마 부장에게 호출당한 일이었다.

"잠깐 이야기할 수 있을까?"

오카지마 부장은 나를 손짓해 불러서 옆의 창고로 데리고 갔다.

창고 안에 들어가서도 오카지마 부장은 철제 선반만 바라볼 뿐 좀처럼 말문을 열지 않았다.

대체 무슨 일일까? 나는 이상하게 생각했다.

조퇴나 결근을 너무 많이 해서 너는 해고야, 하고 통보하려는 것일까. 그건 그것대로 어쩔 수 없다고 나는 생각했다. 애초에 시간을 융통성 있게 쓸 수 있다는 이유로 이 아르바이트를 선택한 것이었고, 나는 이 일 말고도 해야 할 것들이 많았다.

"전에도 한 번 말했는데."

드디어 오카지마 부장이 이야기를 꺼냈다. 내 눈을 똑바로 보고 말했다.

"정직원으로 일할 생각 없어?"

생각지도 못한 제안에 나는 당황했다. 잠깐 농담인가 싶었지만 오카지마 부장의 표정은 진지했다.

"정직원요?"

"응. 아르바이트한 지 2년 다 돼가잖아. 이제 정식으로 일해도 좋을 것 같은데."

"하지만 조퇴나 결근이 많았는데, 괜찮습니까?"

"상관없어. 어차피 휴가도 상황 봐가면서 냈던 거 아니야? 그 정도 판단이 가능한 사람이면 괜찮아. 작은 회사고, 일이 이러니까."

"야마기시 씨가 적당하지 않습니까?"

머릿속에 열심히 일하는 야마기시의 모습이 떠올랐다. 내게는 그런 열정은 없었다.

"그 사람은 안 돼."

오카지마 부장은 고민도 하지 않고 대답했다.

"의욕은 있지만 이 일에 맞지 않아. 뭔가 착각하고 있어."

"착각요?"

"응. 크리에이티브란 말을 잘못 이해하고 있어. 화려하고 멋지고 재미있는 일이라고 막연하게 생각하는 것 같아. 근데 그건 착각이야. 크리에이티브한 일이란 훨씬 지루하고 촌스러운 거야."

오카지마 부장은 내 얼굴을 가만히 들여다보았다.

"자기는 그런 부분을 제대로 이해하고 있어."

"야마기시 씨는 정말 안 되는 겁니까?"

"안 된다니까. 뭐 굳이 이쪽에서 그만두라고 할 정도는 아니지만 그 사람은 재능이 없어. 재능이 없는 사람은 필요 없어."

단호했다. 나는 새삼 오카지마 부장의 냉철함을 느꼈다. 장년의 경험에서 나온 프로의 말이었다.

"야마기시 씨가 실망할 텐데요, 제가 먼저 정직원이 되면."

의욕도 없고 조퇴와 결근을 밥 먹듯이 하는 동료가 앞서 나가면 그 자존심 강한 남자는 분노할 것이다.

"그런 걸 자기가 왜 걱정해?"

오카지마 부장은 갑자기 화를 냈다.

"아르바이트도 자기가 선배잖아. 먼저 정규직 된다고 뭐라고 할 사람 아무도 없어. 당연한 거니까, 그런 거 신경 쓰지 마."

"신경 쓰는 건 아니고요."

나는 오카지마 부장이 왜 화를 내는지 몰라서 어리둥절했다. 그리고 솔직하게 대답했다.

"조금 생각할 시간을 주십시오. 너무 갑작스러운 이야기라."

"자기 몇 살이지?"

오카지마 부장은 이마에 손을 얹고 물었다.

"스물여섯 살입니다."

"언제까지 아르바이트만 하면서 살 수는 없잖아. 앞으로 어떻게 살지 슬슬 생각해보는 게 좋지 않겠어? 제대로 된 직장에 다니는 것도 하나의 방법이라고 생각해."

이야기가 끝나자, 나는 곧장 회사에서 나와 파스타로 가볍게 점심을 먹은 뒤 편집부로 돌아왔다.

오후 시간 내내, 일이 많아진 편집부 안에서 바쁘게 움직이는 야마기시의 모습이 자꾸 눈에 들어왔다.

그는 재능이 없다. 재능이 없는 사람은 필요 없다. 불쌍하게도.

나는 오후 5시 정각에 사무실을 나왔다.

월요일 최후의 기묘한 사건은 귀가하는 도중에 발생했다.

횡단보도를 건너는데, 아파트 입구 옆 어두운 곳에서 누가 말을 걸어왔다.

"드디어 오셨네."

애타게 기다렸다는 듯한 새된 여자 목소리였다. 여자는 어둠 속에서 형광등 불빛 아래로 나왔다.

"다루미야 유키코 사체 발견자 맞죠?"

여자를 보고 처음 든 생각은, 서른이 넘은 여자에게는 핑크하우스공주풍의 드레스를 주로 판매하는 의류 브랜드 옷을 파는 것을 법으로 금지해야 한다는 것이었다.

여자의 옷은 머리부터 발끝까지 핑크하우스였다. 머리는 갈색으로 염색했고, 화장도 두껍고 아이섀도도 너무 짙었다. 일부러 망측하게 분장했나 싶을 정도였다.

"오래 기다렸어요. 3시부터 내내."

여자는 이쪽으로 다가와 스스럼없이 내 팔을 잡았다.

"누구시죠?"

나는 미간을 찌푸리고 물었다. 이런 강렬한 인상의 여자를 어디선가 만났다면 기억하지 못할 리가 없었다. 초면이 틀림없었다.

"가위남 사건을 취재하고 있어요. 그쪽한테 꼭 물어보고 싶은 것이 있어요."

여자는 애원하듯 말했다.

"미안하지만, 취재에 응할 마음은……."

"알아요. 그런 끔찍한 현장을 목격했으니. 그 마음, 충분히 이해해요. 하지만 나도 여기서 두 시간을 넘게 기다렸다고요. 매정하게 돌려보내진 않겠죠?"

꽤 뻔뻔한 여자였다. 이렇게 하지 않으면 살인사건 취재 같은 것은 할 수 없는 것인지도 모른다.

결국 나는 취재에 응한 뒤 그녀와 함께 근처 커피숍으로 갔다. 억지를 부려서 따라간 것도 있었지만 뭔가 좋은 생각이 떠올랐던 것이다.

커피숍 안쪽 자리에 앉아 카페오레와 커피를 주문한 뒤, 여자는 가방에서 명함과 잡지 한 권을 꺼냈다.

주간 아르카나 편집부
구로우메 나쓰에

"여기, 이게 내가 쓴 기사예요."

구로우메라는 잡지 기자는 주간지를 펼쳐서 내게 보여주었다.

머리기사였다. '가위남의 세 번째 희생자!'라는 큼직한 활자가 눈에 들어왔다. 기사 마지막에는 '본지 특별 취재반'이라고 기재되어 있었다.

"잡지사 기자?"

나는 명함과 기사를 번갈아 보면서 중얼거렸다.

"정식 기자는 아니고, 자유기고가예요."

구로우메는 입을 가리고 쿡 웃었다.

나는 귀여운 척하는 여자를 보면 거부감이 든다. 이 여자처럼 한물간 여자는 특히 더.

"내가 사체 발견자이고 또 여기 산다는 사실은 대체 어디서 알았죠?"

나는 문득 궁금해져서 물어보았다. 자신에 관한 정보가 어떤 식으로 새어 나가는지 꼭 알고 싶었다.

"그건 말할 수 없어요. 저널리스트는 정보 출처를 밝힐 수 없거든요. 미안해요."

구로우메는 웃음으로 대충 얼버무리고 가방에서 소형 녹음기를 꺼내 테이블 위에 놓았다.

"그럼 시작할게요."

"그거 어디서 팔아요?"

"이 녹음기요? 전파사에 가면 다 있죠."

구로우메는 그렇게 대답하고 인터뷰를 시작했다.

나는 경찰에게 증언했을 때와 똑같이, 말하면 안 되는 것을 빼고 대체로 진실을 이야기했다.

"사체 상태는 어땠나요?"

한차례 이야기가 끝나자 구로우메는 질문을 해왔다.

"그냥 그랬는데요."

"이를테면 치마가 올라가 있었다든가, 그렇지는 않았나요?"

나는 쓴웃음을 지었다. 어쩐지 이 여자도 '어떤 종류의 성폭행'에 지대한 관심이 있는 것 같았다.

다루미야 유키코의 사체에 별다른 특이점은 없었다고 나는 솔직하게 대답했다.

"그래요? 어쨌든 오늘 고마웠어요."

실망한 기색도 없이 구로우메는 정중하게 고개 숙여 인사했다. 인터뷰 종료. 나는 실명을 공개하지 말 것을 당부한 뒤 "뭐 하나 물어봐도 될까요?" 하고 말을 꺼냈다.

"뭔데요?"

"죽은 여자아이 말인데……."

"다루미야 양? 왜요? 왜 그 아이에 대해 알고 싶어 하죠?"

구로우메가 내 눈을 보고 날카롭게 물었다.

보기와는 다르게 꽤 영민한 여자 같았다. 조심해야겠다고 나는 생각했다.

"무슨 인연인지는 모르겠지만, 어쨌든 죽은 걸 봤으니까요. 왠지 신경이 쓰이네요."

"그렇군요."

구로우메는 고개를 끄덕였다. 정말로 납득한 것일까. 표정을 읽기가 어려웠다.

"방송에서는 똑똑하고 예쁘고 착하고 모두가 좋아하는 아이였다는 평범한 정보밖에 안 나오더군요."

"당연하죠, 피해자인걸요. 원래 나쁜 이야기는 안 써요. 이 기사도 그렇고."

구로우메는 테이블에 펼쳐져 있던 잡지를 손가락으로 톡톡 쳤다.

"나쁜 이야기도 들어오긴 하나 보군요."

"털어서 먼지 안 나오는 사람이 어디 있나요."

구로우메는 장난스러운 눈빛으로 나를 보았다.

"좋아요. 뭐, 어렵게 취재에도 응해줬으니까 살짝만 이야기 해줄게요."

구로우메는 테이블에 팔꿈치를 괴고 이야기를 시작했다.

"그 아이, 남자관계가 꽤나 복잡했던 모양이더라고요."

"인기가 있었을 만하죠. 미인이었으니까…… 텔레비전에서 사진이 나오는 걸 봤거든요."

나는 급하게 덧붙였다.

"그게 아니라요, 그 아이가 먼저 남자를 유혹하고 다녔대요."

의외의 이야기였다.

그런 마음이 얼굴에 드러난 것일까. 구로우메는 웃으며 말했다.

"그렇게 안 보였다고요? 반 친구 이야기예요. 유키코는 얌

전해 보였지만 사실은 문란했다고."

"요즘 여고생들은 그런 어려운 말도 쓰는군요."

"웃기죠."

구로우메는 천장 조명을 올려다보며 입술을 삐죽거렸다.

"남자아이가 연상의 여자를 여러 명 만나고 다니면 멋지다, 제법인데, 하면서, 여자아이가 그러면 갑자기 문란한 게 돼요. 흥, 뭐가 다르다고."

이 여자는 다루미야 유키코를 개방적인 여고생으로 해석하고 있는 것 같았다.

물론 그랬을지도 모른다. 하지만 내가 느낀 다루미야 유키코에 대한 인상은 조금 달랐다.

"연상의 남자와 사귀었다는 얘기인가요?"

"한두 명이 아니었나 보더라고요. 게다가 전부 육체적인 관계였고."

패스트푸드점에서 목격했던 남자도 다루미야 유키코에게 유혹당한 이들 중 한 명이었을까.

"이해는 해요. 그런 복잡한 집안에서 의지할 데가 없었겠죠."

카페오레를 홀짝이면서 구로우메가 의미심장하게 말했다.

"복잡한 집안?"

"재혼 가정이거든요. 친남매도 아니고."

구로우메은 생긋 웃고 손가락을 접으면서 말했다.

"아들 있는 남자와 딸이 있는 여자가 재혼한 거예요. 그 아이, 아버지랑 남동생하고는 피 한 방울 안 섞였어요. 그렇게 된 데에는 그런 가정사도 영향을 끼쳤을 거예요."

이것도 몰랐던 사실이었다. 가즈히로와 겐자부로는 그녀의 의붓아버지와 의붓동생이란 말인가.

구로우메의 이야기를 듣고 나자, 장례식에서 보인 겐자부로의 행동이 조금 의아하게 느껴졌다. 의붓누나의 죽음에 그렇게까지 노골적으로 감정을 드러낼까.

나는 알 수 없었다. 나라는 인간은 그런 감정과는 무연하니까.

"전부인이나 전남편하고는 어떻게 헤어진 건가요?"

"남자 쪽은 사별, 여자 쪽은 이혼이에요. 뭔가 사연이 있겠죠. 그쪽으로는 자세하게 조사하지 않았지만."

구로우메는 카페오레를 다 마셔버렸다. 이만하면 됐지, 하는 태도였다. 쓸데없는 소리를 너무 많이 했다고 후회했는지도 모른다.

계산은 구로우메가 했다. 처음 와본 가게였는데 값에 비해 커피 맛이 썩 맛있지는 않았다. 아마 두 번 다시 올 일은 없을 것 같았다.

밖에 나오자 찬바람이 쌩쌩 불고 있었다. 구로우메는 나를 빤히 쳐다보았다.

"그런데 항상 그렇게 입고 다녀요?"

느닷없이 그렇게 물었다. 참으로 거침없는 여자다.

나는 내 복장을 새삼 훑어보았다. 손으로 뜬 듯한 스웨터에 재킷, 청바지, 운동화.

"그런데요. 뭐 이상해요?"

"뭐 나쁘지는 않은데……."

구로우메는 내 차림새를 머리끝에서 발끝까지 품평하더니 이렇게 말했다.

"좀 꾸미고 다니면 훨씬 나을 텐데."

쓸데없는 참견이라고 나는 생각했다. 핑크하우스 마니아에게 그런 말을 들을 이유는 없었다.

"그리고 담배 냄새가 너무 심해요. 숨 쉴 때마다 아주 지독하게 난다고요."

그 말에 나는 그만 웃어버렸다. 사무실에서 모두가 나를 이상한 눈으로 본 이유를 알았기 때문이다.

"충고 고마워요. 오늘부터 금연할게요."

어리둥절해서 서 있는 구로우메를 남겨두고 나는 집으로 돌아갔다.

6장

11월 말이 되도록 메구로구 여고생 살해사건 수사는 전혀 진전을 보이지 않았다.

수사본부는 현장 주변에서 수상한 인물을 봤다는 목격 증언을 얻는 데 중점을 두고 수사를 벌이고 있었다. 아무리 사소한 정보라도 일일이 진위를 확인하여 그 인물이 누군지를 밝혀야 했으므로 수사 인력은 아무리 있어도 부족했고, 결국은 이소베도 탐문 수사에 동원되었다.

이소베는 파트너가 된 수사1과 형사와 인사를 나눴다.

그는 근육질의 사나이로, 대학 시절에 미식축구부에서 주전 선수로 뛰었던 것이 자랑인 듯했다. 나쁜 사람은 아니었지만 관할 형사를 낮잡아 보는 경향이 있었다.

“어이, 취미가 뭐야?”

초면인데 허물없는 말투였다. 이소베보다 나이도 별로 많아 보이지 않는데 다짜고짜 반말이었다.

"독서입니다."

이소베는 대답했다.

"오우, 어떤 책을 좋아하지?"

"미스터리를 좋아합니다."

그렇게 대답하자 본청 형사는 코웃음을 쳤다.

"추리 소설? 그거 죄다 말도 안 되는 소리만 써 있지 않나? 진짜 범죄를 수사하는 형사가 그런 허무맹랑한 게 재미있어? 전혀 도움이 안 될 텐데."

애초에 일 때문에 읽는 것이 아니었다. 게다가 이소베가 즐겨 읽는 것은 리얼한 경찰 소설이 아니라 명탐정이 쾌도난마로 수수께끼를 해결하는 본격 미스터리였다.

명탐정이 현실에 존재하지 않는다는 것은 누구보다 잘 알고 있었다. 이소베에게 미스터리는 말 그대로 즐길 거리였다.

경찰관은 미스터리를 무시하고 읽지 말아야 하는 것인가, 하고 이소베는 생각했다. 그러면 은행원은 경제 소설을 무시해야 하고, 연인들은 연애 소설을 무시해야 하며, 산토끼는 동화를 무시해야 한다.

지구인의 탈을 쓰고 도시에 숨어 사는 화성인은 분명 SF 소설을 보면 코웃음을 칠 것이다.

"죄다 엉터리야! 지구 침공에 전혀 도움이 되지 않아."

허황된 이야기이기 때문에 재미있는 것이라고 설명해도 그는 이해하지 못할 것이다. 이소베는 그냥 무시하고 넘어가기로 했다.

이소베는 본청 형사와 함께 탐문과 보강 수사에 나섰다.

탐문을 할 때마다 느끼는 것은, 세상에는 어쩜 이리도 수상한 인물이 많을까 하는 것이었다.

"그런 야심한 밤에 혼자 걷고 있더라고요. 이상하지 않아요? 머리도 부스스하고, 왠지 기분 나빴어요. 그 사람이 분명히 범인일 거예요."

중년 부인이 말했다.

"어쩐지 이상했어요. 학교 정문 앞에 계속 서 있더라고요. 분명히 피해 학생을 미행하고 있었던 거예요. 틀림없어요."

양복 차림의 젊은 샐러리맨이 말했다.

"유키코랑 있을 때면 늘 나타났어요. 저희 쪽을 빤히 쳐다보는 게 느껴졌거든요. 그러고서 그 사건이 일어난 거잖아요. 다음 차례는 제가 될까 봐 무서워요."

동급생인 소녀가 중얼거리듯 말했다.

증언은 얼마든지 들을 수 있었다. 아마도 증언한 당사자가 퍼뜨린 것이겠지만, 그 일부는 매스컴에도 알려져 주간지며 와이드 쇼를 떠들썩하게 했다.

하지만 야심한 밤에 혼자 걷던 남자는 근처 맨션에 사는 정년퇴직한 고양이 애호가로 매일 밤 고양이들을 보러 밖에 나오는 것이었고, 하자쿠라 고등학교 정문 앞에 서 있던 남자는 버스를 기다리고 있었을 뿐으로, 증인이 말한 '계속'이라는 것은 고작 이십 분 정도인 것으로 밝혀졌으며, 여고생을 따라다녔다던 인기 드라마의 남자 주인공을 쏙 빼닮은 남자에 이르러서는 아무리 조사해도 존재 여부를 확인할 수 없었고 또 그 여고생 이외에 그런 남자를 목격했다는 사람도 나타나지 않았다. 어쩌면 십대 소녀 특유의 자의식 과잉이 낳은 망상이었을지도 모른다.

물론 그중에는 진짜 수상한 사람도 있었다.

"저놈 어때 보여?"

본청 형사가 차 안에서 한 남자를 가리켰다.

또 관찰력 테스트인가. 다른 형사들은 왜 나만 보면 훈련을 시키고 싶어 하는 것일까?

이소베는 남자를 보았다. 장발의 청년이었다. 한겨울 추위에 가죽점퍼를 열어젖히고 검은 티셔츠를 드러내놓고 있었다.

"보통의 청년으로 보이는데요."

이소베가 그렇게 대답하자 본청 형사는 웃음을 터뜨렸다.

"안되겠네. 관할에서는 뭘 가르치는 거야? 저 자식은 틀림없이 변태 새끼야. 어쩌면 놈이 진짜 범인일지도 모르지."

네게 필요한 것은 너 자신의 견해를 관철하는 것이라는 무라키의 말이 머리에 떠올랐으므로 이소베는 화를 내지 않았다.

청년이 아파트로 들어가자 본청 형사가 말했다.

"좋아, 바로 덮친다."

이소베는 놀랐다. 영장도 없이 가택 수사를 하려는 것도 그랬지만, 본청 형사의 태도며 말투가 형사 드라마의 그것과 똑같았기 때문이다.

이소베는 메구로니시 경찰서에 근무한 지 3년이 됐지만 다른 형사들이 그런 식으로 말하는 것을 들어본 적이 없었다. 아마 우에이다 경감이 그런 경솔한 언행을 싫어하기 때문도 있을 것이다. 그 무라키조차 경감 앞에서는 '사이코 선생'이라는 말을 쓰지 않았다.

그는 알고 보면 형사 드라마의 열성 팬이 아닐까. 차에서 내려 함께 아파트로 향하면서 이소베는 그렇게 생각했다. 아니면 본청에서는 실제로 그런 행동들이 일상적으로 통용되는 것일까.

어쩌면 이 근육질의 형사는 수사1과에서 '미식축구'라는 별명으로 불리고 있을지도 모른다.

다이얼식 자물쇠가 달린 얄팍한 문을 두드리고 경찰이라고 말하자 청년은 확실히 동요를 보였다. 미식축구 형사는 청년이 범인이라고 확신한 것 같았다. 강압적으로 집에 들어가 청년의 항의를 무시하고 벽장을 열었다.

나온 것은, 박스에 가득 담긴 여자의 속옷이었다.

청년을 가까운 파출소에 연행하면서 미식축구 형사는 '내 말이 맞았지' 하는 득의양양한 얼굴을 하고 있었다.

확실히 그는 자신보다 사람 보는 눈이 있다고 이소베는 생각했다. 그 점은 인정해야 한다. 하지만 파출소에서 고개를 푹 수그리고 질문에 대답하는 청년은, 이소베의 눈에는 역시 보통의 청년으로밖에 보이지 않았다.

물론 한밤중에 남의 집 베란다에서 속옷을 훔치는 것은

범죄다. 범죄자 한 명을 체포했으니 미식축구 형사는 미약하게나마 시민의 안전과 사회 질서를 지키는 경찰관으로서의 소임을 다한 것이 된다. 이소베는 그 사실에 토를 달 마음은 조금도 없었다.

다만 이소베의 눈에는 아무리 봐도 그가 여자의 속옷을 좋아하는 보통의 청년으로 보였다. 미식축구 형사의 '변태 새끼'는 지나친 말로 여겨졌다.

그렇다면 가위남은 어떨까?

경찰서로 돌아오는 차 안에서 이소베는 문득 생각했다. 체포되었을 때 그는 어떤 식으로 보일까?

어쩌면 그도 지극히 평범한 보통의 청년으로 보일지 모른다. 도쿄 어디에서나 볼 수 있는, 보통의 옷을 입고 보통의 얼굴을 한 보통의 청년. 이소베의 머릿속에 웬일인지 사체 발견자의 얼굴이 떠올랐다.

우리는 자신도 모르는 사이에 선입관에 사로잡혀 있는 것이 아닐까, 하고 이소베는 생각했다.

가위남. 잔악무도한 살인마. 소녀를 교살하고 목에 가위를 꽂는 연쇄살인범.

매스컴에서 떠들어대는 그런 선정적인 표현들이 그를 잡는 데 걸림돌이 되고 있는 것은 아닐까.

소설이나 영화에 등장하는 연쇄살인범은 끊임없이 미쳐 날뛴다. 아침부터 밤까지 붉은 빛이 빙글빙글 도는 환각이 보이고, "죽여, 죽여!" 하는 환청이 들리고, "나는 신이다! 초인이다!" 소리를 지르면서 헌팅 나이프를 휘두르며 방 안을 돌아다니고, 이유는 모르겠지만 혼자 있을 때도 하키 마스크로 얼굴을 감추고 있다.

하지만 실제로도 그럴까?

만약 그렇다면 연쇄 살인을 저지르기 전에 가족이나 이웃이 의사나 경찰을 부르지 않을까. 그런 상태로 정상적인 사회생활을 할 수 있다고는 생각하지 않는다.

연쇄살인범도 배가 고프면 밥을 먹을 것이다. 밥을 먹으려면 돈이 필요하니까 일도 해야 한다. 가끔 텔레비전을 보면서 방에서 빈둥거릴 때도 있을 것이다.

방바닥에 누워 따분하게 하품을 하면서 추리닝 속으로 손을 넣어 엉덩이를 벅벅 긁는 연쇄살인범. 소설이나 영화에서 이런 모습을 보여주면 확실히 긴장감이 반감될 것이다. 사람들은 가공할 괴물, 365일 미쳐 날뛰는 정신 이상자, 무자비한 살인을 거듭하는 피도 눈물도 없는 냉혹한 살인마를 보고 싶어 하니까.

과연 연쇄살인범의 실제 모습은 어떨까?

"저는 무동기 살인을 수사한 경험이 없어서 확실하게 해줄 수 있는 말이 없군요."

형사과에서 보고를 마친 후 큰맘 먹고 질문하자 우에이다 경감은 조용히 그렇게 대답했다.

"다만 보통이란 뭘까 하는 의문은 드는군요. 이소베 형사는 그 청년이 '보통의 청년'으로 보였다고 말했는데, 그 '보통'이란 대체 뭘까요?"

이소베에게 물은 것이 아니었다. 우에이다 경감은 자신에게 묻고 있었다.

"예전에 제가 담당했던 사건 중에 이런 사건이 있었습니다. 우체국에 복면 쓴 강도가 들어와 십만 엔이 안 되는 현금을 훔쳐서 달아났습니다. 사건 자체는 아주 단순했고, 범인도 금방 체포되었죠. 범인은 어느 기업에서 과장으로 근무하는 마흔세 살 남자였습니다."

우에이다 경감은 당시를 떠올리는지 잠깐 숨을 돌렸다.

"증거는 충분했고, 그 남자가 강도범인 것도 틀림없었습니다. 그런데 동기를 알 수가 없었어요. 이소베 형사의 말처럼 그는 보통의 샐러리맨이었습니다. 아내와 두 아이가 있고, 임대 맨션에 살고, 회사에서도 성실했어요. 빚 독촉을 받았던 것도 아니었고, 도박으로 돈을 탕진한 사실도 없었습니다. 왜 그는 강도범이 되어야 했을까. 처음에는 전혀 파악할 수 없었습니다. 곧 알게 되었지만 말이지요."

"동기가 뭐였습니까?"

이소베는 흥미가 당겼다.

"여자가 있었습니다. 클럽에서 일하는 호스티스였어요. 내연의 여자를 만나느라 돈이 필요했던 겁니다."

"좀 뻔한 결말이네요."

이소베는 실망했다. 우에이다 경감의 말투에서 좀 더 특별한 동기를 기대했던 것이다.

"그렇게 생각합니까?"

우에이다 경감은 이소베의 마음을 헤아린 듯이 온화하게 미소 지었다.

"매스컴도 마찬가지였답니다. 주간지에서도 크게 다뤘는데, 처음에는 그 호스티스가 나쁘다는 논조였습니다. 평범한 중년 샐러리맨을 농락해서 돈을 뜯어낸 꽃뱀, 그가 강도범이 된 것은 전부 이 여자 때문이었다고 말이지요."

경감은 그때의 기억을 되살리는 듯 눈을 가늘게 떴다.

"그런데 그 후에 어느 주간지가 다른 견해를 내놓았습니다. 범인의 대학 동창이 그는 술집 여자에게 넘어갈 남자가 아니라고 말한 겁니다. 알고 보니 범인의 아내는 굉장한 악처였고, 부부 사이는 이미 오래전에 소원해진 상태였지요. 그러니까 범인이 호스티스의 유혹에 넘어간 것은 실은 아내 탓이고, 강도범까지 된 것도 따지고 보면 아내가 잘못했기 때문이라는 것이었습니다."

우에이다 경감은 책상에 한쪽 팔꿈치를 괸 채 생각에 잠겼다.

"그때 생각했습니다. 남자가 강도 행각을 벌인 동기는 처음에는 호스티스 여자로 인한 것이었고, 이어서는 아내에게서 원인을 찾았습니다. 사람들은 그 정도 선에서 납득하는 분위기였지요. 하지만 과연 그것이 진실일까. 그게 진짜 동기일까. 그것이 '보통의 동기'라고 해도 좋을까."

경감은 이소베의 얼굴을 쳐다보았다.

"제가 하는 말의 의미를 알겠습니까?"

"대충 알 것 같긴 한데……."

"무동기 살인의 경우는, 이런 의미에서의 '보통의 동기'가 없습니다. 따라서 아무리 거슬러 올라가도 납득할 만한 동기를 찾을 수가 없습니다. 결국에는 범인이 정신 이상자였다든가, 불행한 어린 시절을 보냈다든가 하는 이유들을 내놓지요. 사람들은 납득하고 싶은 겁니다. 아무 이유 없이 사람이 사람을 죽이는 것을 인정하고 싶지 않은 거예요. 그런 자를 눈으로 확인하고도 어떤 식으로든 의미나 이유를 찾으려고 합니다. 그 심리를 파헤쳐서 해석하려고 합니다."

우에이다 경감은 두 눈을 감았다.

"하지만 범죄를 저지르는 '보통의 동기'란 것이 정말로 존재할까. 지금 말한 우체국 강도도 일시적으로 착란 상태에 빠져 있었다고 하지 못할 것도 없겠죠. 보험금을 노린 살인은 납득해도 쾌락 살인은 납득할 수 없다는 것도 아이러니합니다. 마치 돈을 위해서는 사람을 죽여도 괜찮다는 말로 들려요."

잠깐의 침묵 뒤, 우에이다 경감은 눈을 뜨고 말했다.

"제가 말할 수 있는 것은, 이번 사건의 범인이 보통으로 보일지 어떨지는 별로 중요하지 않다는 것입니다. 그런 건 누가 보느냐에 따라서도 달라지고, 상황에 따라서도 달라집니다. 그런 모호한 느낌에 의지해서는 범인을 잡을 수 없습니다."

"사실을, 물적 증거를 확보하는 것이 중요하다는 말씀이군요."

"그렇습니다. 우체국 강도의 경우도 왜 범행을 저질렀는지는 알 수 없다고 해도 그가 범인인 것은 사실이었습니다. 이소베 형사도 경찰관으로서 한 단계 업그레이드된 것 같군요."

우에이다 경감은 미소 지었다.

"다 선배님들의 지도 덕분입니다."

이소베는 무라키와 시모카와를 훔쳐보면서 대답했다.

"그리고 호리노우치 씨…… 아니, 호리노우치 총경님도 같은 이야기를 했습니다. 자신은 지침을 제시할 뿐이고, 중요한 건 사실을 파악하는 것이라고요."

"그래요? 그분도 역시 경찰관이군요."

우에이다 경감은 고개를 기울이고 그렇게 말했다.

"칭찬해주시다니 영광인걸. 철학자가 따로 없군. 형사로 있기 아까워."

임시 사무실에서 이소베의 이야기를 들은 호리노우치는 쓴웃음을 지었다.

빈정대는 것일까. 이소베는 생각했다. 수사 회의 이후로 호리노우치는 우에이다 경감에게 조금 반감을 품고 있는 것 같았다. 그것은 호리노우치의 다음 이야기에서도 느낄 수 있었다.

"그런데 우에이다 경감의 의견은 조금 지나친 감이 있어.

너무 극단적이야. 그런 식으로 생각하기 시작하면 보통의 인간 같은 건 없다는 얘기가 돼버리잖아. 하지만 실제로는 보통의 인간과 시리얼 킬러 사이에는 뚜렷한 차이가 존재한단 말이지."

"어떤 차이입니까?"

이소베가 물었다.

"그걸 한마디로 정의 내릴 수는 없어. 시리얼 킬러도 각각의 특성이 있으니까. 라이프 히스토리에 따라 증상도 다양하게 나타나지. 그렇지만 정상적인 사람하고는 분명하게 차이가 있어."

호리노우치는 적절한 비유를 찾는지 허공을 응시했다.

"이렇게 말하면 이해가 되려나? 건강한 사람의 몸속에도 어느 정도의 암세포는 있다고 하지. 그렇다고 해서 모든 사람이 암 환자인 건 아니야. 건강한 사람과 암 환자 사이에는 차이가 있고, 그걸 진단하는 것도 가능해."

"호리노우치 씨도 시리얼 킬러를 진단할 수 있나요?"

"아마도. 대개는 면담을 해보면 알 수 있어. 면담이 아니어도 여러 가지 검사 방법이 있지. 시리얼 킬러를 한마디로 규정할 수는 없지만 일반인과는 명백히 다른 점이 있다는 거야. 적어도 나는 그런 신념이 있어."

호리노우치는 이소베의 눈을 똑바로 쳐다보았다.

"당신 말대로 가위남은 지극히 보통의 인간으로 보일지도 몰라. 하지만 안목이 있는 사람이 보면 보통인지 아닌지 알 수 있어. 나는 그 다른 지점을 찾아내려고 하고 있는 거야."

"안목이 있는 사람? 그럼 자기는 알고 우리는 모른다는 거야? 나야 뭐 그런 어려운 건 모르지만."

전차에서 내리면서 시모카와가 중얼거렸다.

피해자가 다니던 학교 주변을 둘러보고 오라고 호리노우치는 이소베에게 명령했다. 오늘의 파트너는 시모카와였다.

"나도 극악무도한 살인범을 많이 봐왔어."

역 앞 패스트푸드점에서 햄버거를 먹으면서 시모카와는 말했다.

"부모가 보는 앞에서 아이를 찔러 죽이는 강도놈도 있었지. 저건 인간이 아니다, 악마다, 이렇게 생각한 적도 있고."

시모카와는 입에 묻은 케첩을 손가락으로 닦으면서 이야기를 계속했다.

"그런데 말이야, 그런 놈도 결국은 인간이더라고. 낳아준 부모가 있고, 뜨거운 피가 흐르더란 말이지. 처음에는 무표정과 침묵으로 일관하던 놈도 어느 순간이 되면 반드시 감정을 겉으로 드러내. 아이를 찔러 죽인 그놈도 죽은 아이 사진을 보여줬더니 눈물을 쏟더라고."

"사진을 보여줬다고요?"

이소베는 감자튀김을 집어 먹으면서 말했다.

"내가 한 건 아니고, 마쓰모토 형사님이. 그 사람이 남의 마음을 읽는 데는 능하잖아. 나한테는 그런 재주 없어. 마흔 살쯤 된 우락부락한 사내였는데 전과도 많았지. 사람을 죽여도 아무런 죄의식도 못 느끼는 인간이 틀림없다고 나는 굳게 믿고 있었어. 인간의 탈을 쓴 악마라고 말이야."

시모카와는 팔짱을 꼈다.

"그런데 사진을 보자마자 어깨를 들먹이면서 꺽꺽 우는 거야. 한 십 분 정도 울었을걸? 그러고서 술술 자백하더라고."

"역시 마쓰모토 형사님, 대답하십니다."

이소베는 감탄했다.

"나도 그렇게 생각했어. 그래서 마쓰모토 형사님한테 물었지. 어떻게 사진을 보여줄 생각을 했느냐고. 그랬더니 씨익 웃으면서 이러시데. 비단 그 사내만이 아니라, 살인범은 누구나 마음 한구석에 피해자에 대한 죄의식을 안고 있다고. 잊을 수가 없어. 벌써 10년도 더 된 일인데."

"죄의식이라고요?"

"그래. 아무리 정신 나간 놈이라도 인간은 인간이야. 피도 눈물도 없는 인간은 없다고 생각해, 나는. 가위남도 그래. 생각해봐, 십대 여자아이를 셋이나 죽였다고. 심지어 죽인 후에 가위로 목을 찔렀어. 그런 짓을 하고도 태연할 수 있을까?"

시모카와는 이소베가 주문한 감자튀김을 집어 먹으면서 말했다.

이소베는 액정 스크린에 비친 피해자의 사진을 떠올렸다. 가위에 찔려 상처투성이가 된 목. 반 가까이 찢겨 나간 뺨. 드러난 어금니.

가위남은 그런 광경이 아른거려서 밤마다 악몽에 시달리고 있을까.

"그만 일어날까요?"

이소베가 말했다. 주문한 감자튀김은 시모카와가 거의 먹어 치웠다.

"나는 여기서 기다릴 테니까 너 혼자 다녀와."

시모카와는 천연덕스럽게 말했다.

"파트너인데 같이 움직여야죠."

"탐문 수사면 당연히 동행하지. 네 산책 동무까지 해줄 생각은 없다."

그렇게 말한 뒤 시모카와는 가방에서 종이 뭉치를 꺼냈다. 승진 시험 문제집이었다.

어쩔 수 없이 이소베는 혼자서 하자쿠라 고등학교로 이어지는 언덕을 올라갔다.

시모카와가 산책이라고 한 것도 틀린 말은 아니었다. 이소베는 도대체 뭘 어떻게 관찰하면 좋을지 알 수 없었다. 가끔 발길을 멈추고 주변을 둘러보았지만 보이는 것은 어디에나 있을 법한 주택가뿐이었다.

15

히무로카와 출판 편집부의 11월 전쟁은 화요일부터 시작되었다.

직원들은 전화를 걸어대고, 컴퓨터 앞에 앉아서 자판을 두드리고, 사방팔방으로 뛰어다녔다. 물론 나도 예외 없이 오카지마 부장과 사사즈카의 지시에 따라 매일 밤늦게까지 분주하게 일했다.

"그만 퇴근해. 벌써 8시야. 초반부터 기운 빼면 나중에 힘들어."

나이 많은 편집부 직원이 내게 말했다.

사무실에는 그 직원과 나와 야마기시밖에 남아 있지 않았다. 오카지마 부장은 이미 퇴근한 뒤였다.

"금방 끝납니다. 마저 하고 가겠습니다."

나는 책상에서 교정을 보면서 대답했다.

"열심이네. 한 삼십 분이면 되겠어?"

“네.”

“그럼 우리 야식 먹고 올게. 사무실 좀 지키고 있어.”

“오늘 철야하시나요?”

“설마. 집에는 가야지. 아마 택시 타고 가게 되겠지만.”

그는 쓰게 웃고는 야마기시와 함께 나갔다.

사무실에는 나 혼자만 남았다.

나는 교정지를 밀어놓고 양손에 비닐장갑을 꼈다. 숄더백을 책상 위에 올려놓고 문구점에서 사온 두꺼운 코트지를 꺼내 포장을 뜯었다.

다른 직원의 자리로 가서 컴퓨터 전원을 켰다. 랙에서 ‘업무용’이라고 적힌 광자기 디스크를 뽑아 디스크 드라이브에 넣었다.

컴퓨터를 조작해서 ‘명함 양식’ 파일을 열었다.

모니터 화면에 편집 프로그램으로 작성한 히무로카와 출판의 명함 양식이 표시되었다.

나는 구로우메에게 받은 명함을 보면서 명함 양식의 사명, 주소, 이름, 전화번호를 바꿔 넣었다. 이름은 적당히 지어냈다.

전부 입력한 다음 나는 마우스를 움직여 메뉴에서 ‘삽입 인쇄’를 선택했다.

레이저 프린터가 낮게 윙윙거리며 집어넣은 코트지를 삼켰다.

인쇄가 끝나고 프린터에서 코트지가 나오자, 나는 ‘명함 양식’ 파일을 저장하지 않고 종료했다. 광자기 디스크에 내가 기록한 내용은 남지 않을 것이다.

명함 열두 장이 인쇄된 코트지를 위로 쳐들고 완성도를 확인했다.

역시 전문가용의 고화질 프린터였다. 인쇄소에서 출력한 명함과 거의 차이를 느낄 수 없었다. 전문 디자이너가 만든 양식이라 활자 배치나 디자인도 깔끔했다.

나는 코트지를 포장지에 다시 싸서 숄더백에 넣었다. 그러고서 비닐장갑을 벗고 책상 앞에 앉았다.

"미안, 미안. 좀 늦었지?"

편집부 직원과 야마기시가 돌아온 것은 사십오 분쯤 지나서였다. 두 사람은 뺨이 약간 붉어져 있었다. 아마 추운 날씨를 핑계 삼아 반주를 한두 잔 마시고 왔을 것이다.

나는 두 사람을 남겨두고 먼저 사무실을 나왔다.

집에 돌아온 뒤, 나는 다시 비닐장갑을 끼고 코트지에 인쇄된 명함을 한 장씩 잘라냈다. 커터 칼로 테두리를 따라 자르자 명함 열두 장이 완성되었다.

이로써 나도 《주간 아르카나》의 기자가 된 것이다. 출판사 임시직이 아니라, 자유기고가. 나는 스스로에게 말했다.

이튿날 나는 퇴근하는 길에 서점에 들러서 《주간 아르카나》 최신호를 한 권 샀다.

추운 날씨가 도움이 될 때도 있었다. 장갑을 낀 채로 잡지를 살 수 있었기 때문이다.

나는 전차 안에서 역시 장갑을 낀 채로 《주간 아르카나》

를 펼쳤다. 머리기사는 '단독 입수! 현장에 남겨진 또 한 자루의 가위는 무엇을 의미하는가?'라는 제목이었다.

사건이 일어난 지 열흘이 넘었는데 새삼 무슨 소리일까? 내가 버린 가위를 경찰이 지금까지 발견하지 못했을 리가 없다. 아마 이제야 경찰에서 정보가 흘러나온 것이리라.

나는 기사를 꼼꼼히 읽었다. 아무래도 경찰에서는 가위가 또 한 자루 발견되었다는 정보밖에 유출되지 않은 것 같았다. 가위가 피해자의 목 외에 다른 곳에도 꽂혀 있었다는 잘못된 억측이 적혀 있었다. 엽기적인 공상. 이런 내용이라면 내게 실질적인 피해는 없을 것이다.

다만 경찰이 내 가위를 가지고 있다는 사실을 잊어서는 안 된다.

내 인터뷰는 실려 있지 않았다. 단독 입수한 정보 때문에 사체 발견자의 이야기 따위는 뒤로 밀려난 것이 틀림없었다. 나로서는 다행스러운 일이었다.

11월도 막바지에 이르자 바빴던 일도 어느 정도 일단락되었다. 하자쿠라 고등학교에 갈 여유가 생긴 것은 26일 수요일이 되어서였다.

나는 하교 시간에 맞춰서 학교 정문 앞에서 기다리고 있었다. 아야코는 금방 나타났다.

"저기, 아야코 양 맞지?"

내가 말을 걸자 교복에 코트를 걸친 아야코가 돌아보았다. 의심스러운 눈빛으로 나를 보았다.

"다루미야 유키코 양 사건을 취재하고 있는데, 잠깐 이야기 좀 나눴으면 싶어서……."

"기자?"

아야코는 나를 말똥말똥 쳐다보았다.

핑크하우스 마니아인 잡지 기자도 있으니, 스웨터에 재킷에 청바지는 무난한 차림일 것이다.

"할 이야기 없어요."

아야코는 고개를 홱 돌리고 빠르게 걷기 시작했다.

나는 얼른 쫓아가서 옆에서 나란히 걸었다.

"다루미야 양하고 가장 친했다고 알고 있는데?"

"누구한테 들었어요, 그런 거?"

아야코는 곁눈으로 나를 흘끔 보았다.

"저널리스트는 정보 출처를 밝힐 수 없어. 미안."

나는 구로우메의 말을 흉내 내어 대답했다.

아야코는 갑자기 멈춰 서서 그 순진한 얼굴로 나를 심통 사납게 노려보았다.

"저기요, 저랑 얘기해봤자 소용없다고요."

"학생은 장례식장에서도 전혀 울지 않던데……."

나는 말했다. 아야코는 나를 쏘아보았다.

"그러기는커녕 우는 친구를 가증스럽다는 듯이 노려보았지. 딱 지금 같은 얼굴로. 왜 그랬을까?"

아야코는 홱 눈길을 돌리고 들으란 듯이 크게 한숨을 쉬었다.

"싫다고 해도 계속 따라올 기세네요."

"혼자 다니면 위험해. 연쇄살인범이 어슬렁거리며 다닐지도 모른다고. 괜찮다면 집까지 바래다줄 수도 있는데."

"알았어요."

아야코는 항복했다는 듯이 두 손을 들었다.

"그 대신 맛있는 거 사줘요."

그렇게 해서 나는 그녀에게 배 타르트를 사주게 되었다.

아야코는 학교 앞 언덕길 중턱에 있는, 밖에서는 그냥 일반 가정집으로 보이는 카페테라스로 나를 안내했다.

"이런 데가 있는 줄은 몰랐네."

나는 그렇게 말하고 앞뜰에 마련된 테이블 자리에 앉았다. 원목 테이블에 원목 의자로, 의자 등받이에는 광목 같은 거친 천이 싸여 있었다.

"사람들이 잘 몰라요. 별로 홍보도 안 하고."

"그런 것 같네."

문설주에 걸린 간판까지 담장나무에 가려져 잘 보이지 않았다. 모르는 사람은 당연히 찾아 들오기 어려울 것 같았다.

가게에는 나와 아야코 이외에 손님이 한 명밖에 없었다. 바깥에서 보면 집주인이 마당에 나와 쉬는 것으로 보이지 않을까.

종업원도 모두 사복 차림에 나이도 제각각이었다. 고용인이 아니라 이 집에 사는 일가가 가게를 꾸리고 있는 것인지도 모른다.

나는 멜빵 청바지를 입은 여종업원에게 아야코가 추천한 배 타르트와 커피 두 잔을 주문했다. 아야코에게 가짜 명함을 건넨 뒤 《주간 아르카나》를 테이블 위에 펼쳤다.

"이 기사를 담당하고 있어."

내가 머리기사를 가리키자 아야코가 잡지를 들여다보았다.

"잡지사에서 나왔어요?"

"아니. 나는 자유기고가야."

아야코가 잡지를 손에 드는 것을 보고 나는 장갑을 벗었다.

이곳에 오는 도중에 산 소형 녹음기를 테이블에 올려놓고 스위치를 켰다.

"그럼 시작해볼까?"

"무슨 이야기를 해야 하는데요?"

"우선 이름부터 알려줘."

"아까 이름 불렀잖아요?"

"성은 몰라. 한자가 어떻게 되는지도 모르고."

그녀는 교복 가슴주머니에서 볼펜을 꺼내 종이 냅킨에 '쓰바키다 아야코'라고 적었다.

"그리고 다음은요?"

"다루미야 양에 대해 이야기해줄 수 있을까?"

"유키코는 스켈록 팬이었어요."

아야코는 기운 없는 목소리로 이야기를 시작했다.

"스켈록?"

가부키에 나오는 머리에 천을 동여맨 그 이상한 남자를 말하는 것일까? 고교생치고는 너무 고상한 취미라고 생각했다.

"스켈러튼 록. 록 밴드예요. 몰라요?"

아야코가 의아하다는 듯이 말했다.

그 이름이라면 텔레비전인가 잡지에서 본 적이 있었다. 고교생들 사이에서는 꽤 유명한 밴드인가 보았다. 아야코는 잡지 기자라면서 그런 것도 모르냐는 눈빛으로 나를 쳐다보았다.

"그 이름은 알지. 그렇구나, 스켈러튼 록을 줄여서 스켈록이라고 하는구나."

나는 당황해서 대답했다.

"상식이라고요."

아야코는 퉁명스럽게 말했다.

그러고 보면 내가 학생 때도 이에몬이라고 약칭으로 불리는 록 밴드가 있었다. '목이 날아가도 움직여 보이겠어(가부키 <요쓰야 괴담>의 등장인물 이에몬의 대사)'라고는 노래하지 않았던 것 같지만.

"난 또 가부키 얘기인 줄 알았지."

나는 가부키와 일본 록과의 신기한 우연의 일치에 대해서 잠시 고찰한 뒤 그렇게 변명했다.

"가부키에도 그런 게 있어요? 그럼 헤비메탈 느낌?"

아야코가 물었다. 표정이 무척 진지한 것으로 봐서 농담인 것 같지는 않았다.

"뭐 그렇지. 머리에 보라색 띠를 두르고 있으니까 아마 헤비메탈 팬일 거야."

스피드 킹의 기사라면 웃어줬을지도 모르지만, 아야코는 어리둥절한 표정으로 나를 쳐다볼 뿐이었다.

"이런 이야기에는 흥미가 없나 보네."

아야코는 부루퉁한 얼굴이었다. 저런 표정만 짓지 않으면 훨씬 귀여워 보일 텐데.

배 타르트가 하얀 자기 접시에 담겨 나왔다. 아야코는 나를 무시하고 말없이 포크를 들었다.

나는 테라스 너머로 거리를 멍하니 바라보았다.

역에서 하자쿠라 고등학교로 올라가는 언덕길에 땅거미가 내리고 있었다. 완만하게 비탈진 포장도로가 짙은 오렌지색으로 물들어갔다.

그 길을 어디선가 본 듯한 젊은 남자가 산책하듯 천천히 걸어가고 있었다.

누구였더라, 잠시 생각하다가 겨우 기억해냈다. 다루미야 유키코의 장례식에서 봤던, 어딘지 어설퍼 보이던 장의사 직원이었다. 내 얼굴을 빤히 바라보고 있었기 때문에 기억에 남아 있었다.

남자는 언덕을 천천히 걷다가 이따금 멈춰 서서 주위를 둘러보았다. 대체 뭘 하고 있는 것일까? 장례가 필요한 거리의 망자라도 찾고 있는 것일까?

"저기, 안 먹어요?"

아야코가 물었다. 그녀 앞의 접시는 반이나 비워져 있었다.

나는 몸을 바로 한 뒤 배 타르트를 잘라 입에 넣었다.

꽤 맛있었다. 가히 추천할 만한 맛이었다.

"너무 달지도 않고 딱 좋네."

"그렇죠?"

아야코는 처음으로 웃었다. 웃는 얼굴이 훨씬 예뻤다.

"다루미야 양의 남자관계에 대해 이야기해줄 수 있을까?"

나는 드디어 본론으로 들어갔다.

아야코의 얼굴에서 웃음기가 가셨다.

"그런 걸 들어서 뭐 하게요? 어차피 기사로 쓸 수도 없잖아요."

굳은 목소리였다.

"기사로는 쓰지 않을 거야."

"나에 대해 얘기한 사람한테 이것저것 들었을 거 아녜요. 그 사람한테 들은 대로예요. 유키코는 남자를 좋아하고, 문란하고, 아무하고나 자는 아이였어요. 이런 이야기가 듣고 싶은 거죠!"

아야코는 발끈하며 포크를 테이블에 내던졌다. 금속과 자기가 부딪치며 건조한 소리를 내자, 점장으로 보이는 중년 남자가 돌아보고 눈살을 찌푸렸다.

나는 아야코의 흥분이 가라앉기를 기다렸다.

"너도 그렇게 생각해?"

"네?"

"다루미야 양은 정말로 문란했을까? 뭐 그렇대도 별 상관은 없어. 그건 각자의 자유니까."

아야코는 잠시 생각하더니 고개를 저었다.

"모르겠어요. 하지만 그렇게 생각하지는 않았던 것 같아요."

"너는 어떻게 생각했는데?"

"실험이었다고 생각해요."

아야코는 중얼거리듯 말했다.

"실험?"

나는 그 말의 의미를 이해할 수 없었다.

"어떻게 설명해야 할지 잘 모르겠지만……."

아야코는 테이블을 응시하면서 신중하게 말을 고르는 듯했다.

"유키코는 타인을 잘 이해하지 못했던 것 같아요. 저한테도 그랬어요. 어쩔 때는 굉장히 잘해주는데, 또 어쩔 때는 아주 차갑게 대했어요. 그럴 때마다 제가 기뻐하거나, 슬퍼하거나, 화내거나 하면 유키코는 그걸 재미있는 듯이 보고 있었어요. 왜 재는 저런 식으로 반응할까 하는 눈으로요."

"타인의 감정을 가지고 노는 것을 즐겼다는 뜻인가?"

"그게 아니에요. 타인의 감정을 이해하지 못했던 거예요. 재미있어서 그런 게 아니라, 자신에게는 없는 거니까 흥미를 느꼈던 것 같아요. 그래서 남자가 자신에게 접근해오는 것도 거부하지 않고 다 받아줬다고 생각해요, 저는."

"과연. 그래서 실험이라는 거군. 그리고 너는 그 아이가 그러는 게 싫었을 테고?"

"맞아요. 그렇게 예쁜데, 원하면 얼마든지 멋진 남자친구를 사귈 수 있을 텐데, 그렇게 아무나 만나고 다니는 게 못 견디게 싫었어요. 어떨 때는 밉기까지 했어요."

아야코는 내 얼굴을 보았다.

"이런 이야기, 이해하지 못하겠죠?"

"응, 못 하겠어."

나는 솔직하게 대답했다. 아야코의 눈이 가늘어졌다.

"다만 네가 그 아이를 많이 좋아했다는 건 알겠어."

"맞아요, 저는 유키코를 좋아했어요. 이상한 뜻 아니에요."

아야코는 경계하듯 나를 노려보았다.

"뭐든 성적인 의미로 해석하는 건 멍청한 심리학자나 저널리스트들이 하는 짓이야. 연애와 우정은 다르지."

나는 의사가 한 말을 내 생각인 양 주절거렸다.

"그쪽도 저널리스트잖아요?"

"참, 그렇지."

나는 웃어 보인 뒤 질문을 계속했다.

"그런 식으로 관계를 맺은 거면 남자들도 황당했겠는데?"

"황당한 정도가 아니었겠죠."

아야코는 뭔가가 떠오른 듯이 쿡쿡 웃었다.

방금까지 슬픈 모습이었는데, 소녀들의 마음은 풍차처럼 빙글빙글 도는 것 같다.

"유키코가 자신을 많이 좋아한다고 믿었던 사람일수록 충격이 컸던 것 같아요."

"이를테면 누구?"

"아주 많아요. 남자는 끊이지 않았으니까."

아야코는 장난스러운 눈으로 나를 보았다.

"유키코의 상대를 알고 싶은 거죠? 그럼 놀랄 만한 사람으로 한 명 가르쳐줄게요. 이와사 구니마. 우리 학교 체육 선생님이에요."

구니마. K. 공원에서 주운 라이터의 이니셜과 일치하는 이름이었다.

7장

11월 27일 목요일, 호리노우치가 첫 프로파일링 결과를 보고했다.

- 나이 20대 후반에서 30대 초반. 체형 비만형. 독신. 도쿄도 거주. 가족과의 교류 없음…….
- 고독을 즐기는 성격. 타인과의 관계를 거부하고, 자신의 감정을 겉으로 드러내지 않음…….
- 지능지수가 높고 박식함. 고학력일 것으로 추정. 밖에 나가기보다 집에 있는 것을 좋아함…….
- 예상되는 심리적 경향 – 나르시시즘, 정신분열증(초기 단계로 추정), 해리성 인격 장애. 환각, 환청, 망상을 동반하고 있을 가능성이 큼…….

"이런 건 나도 쓰겠네. 이걸 누가 몰라서 못 잡나."

무라키가 보고서를 책상에 던졌다.

오후 8시, 형사과에는 오랜만에 전원이 모여 있었다. 나눠 받은 호리노우치의 보고서를 각자 읽은 후 모여서 서로 의견을 나눴다.

"그러게. 범죄 심리 분석이라고 해서 좀 참신한 걸 기대했는데, 의외로 평범하네."

마쓰모토가 고개를 기우뚱하고 말했다.

"도쿄에 혼자 사는 이십대 후반 독신남이 어디 한둘이야? 다 찾아다니면서 탐문이라도 하라는 거야, 뭐야?"

무라키는 여전히 불만스러운 듯이 말했다.

"해리성 인격 장애란 건 또 뭐야?"

시모카와가 물었다.

"다중 인격. 한 사람 안에 둘 이상의 인격이 존재하는 것."

무라키가 설명하자, 시모카와는 투덜투덜 말했다.

"그럼 그렇게 쓰면 될 것을. 전문가라는 작자들은 왜들 이렇게 어렵게 쓰는 걸 좋아하는지."

"어렵게 써야 알아주니까."

무라키가 빈정거리면서 연한 커피가 담긴 머그컵을 집어 들었다.

"해리성 인격 장애라……."

마쓰모토가 담배에 불을 붙이고서 깊이 빨아들였다.

"최근에는 마음의 병이 쓸데없이 너무 많아. 도박 의존증이니 쇼핑 의존증이니, 그게 다 뭔지."

"그것도 다 장삿속일 거야. 새로운 환자를 개척하려는 음모 아니겠어?"

시모카와가 장단을 맞췄다.

"꼭 그렇게 볼 수만은 없지."

무라키가 끼어들었다.

"그런 사람들은 자기 의지로 자기 행동을 제어하지 못해서 도박을 하고 쇼핑을 하고 그러는 거야. 그러니까 병으로 봐야지."

"옛날에는 그냥 노름꾼, 낭비벽이라고 했는데 말이야."

마쓰모토는 웃었다.

"제 지인 중에도 쇼핑 의존증인 여자가 있는데……."

창가에 서 있던 신도가 대화에 끼려고 했으나 무라키가 가로막고 들어왔다.

"낭비벽은 버릇이니까 치료할 필요까지는 없지만, 쇼핑 의존증은 엄연한 병이야. 본인이 그걸로 고통을 느끼면서도 자제가 되지 않으면 치료를 해야지. 애주가와 알코올 의존증의 차이 같은 거라고나 할까?"

"나는 여기저기에 죄다 마음의 병이니 하면서 이름을 붙이는 걸 좋게 생각하지 않아. 그렇게 하면 안 아픈 사람이 어디 있겠어."

마쓰모토는 편안한 어조로 말했다.

이소베는 우에이다 경감의 말을 떠올렸다.

보통이란 대체 뭘까. 사람들은 납득하고 싶은 겁니다. 아무 이유 없이 사람이 사람을 죽이는 것을 인정하고 싶지 않은 거예요.

"확실히 병이 너무 많긴 많지. 산만하면 주의력 결핍 장애, 성격이 이상하면 인격 장애, 품행이 바르지 않으면 품행 장애. 전부 경도의 정신 장애 때문이라는 얘기가 돼버리지."

무라키는 마쓰모토의 의견을 인정하는 듯이 말했다.

"전문가들은 뭐든지 어렵게 얘기하는 걸 좋아한다니까."

시모카와가 자신의 의견을 거듭 강조했다. 무라키는 이야기를 이어갔다.

"수업에 집중하지 못하고 일어나서 돌아다니거나 다른 짓을 하는 아이들은 옛날에도 있었어. 옛날에는 그런 아이한테 예의범절을 가르쳤다면 지금은 정신과에서 상담하고 리탈린을 처방하지."

"리탈린은 또 뭐야?"

시모카와가 물었다.

"항우울제. 뇌 속 도파민 분비를 촉진하는 약이야. 쉽게 말해 효능이 약한 각성제인 셈이지."

"그걸 먹으면 산만한 아이도 학교 수업에 집중할 수 있다 이건가? 원 참, 각성제를 맞으면 잠 안 자고 밤새 일할 수 있다는 거랑 매한가지네?"

시모카와는 기가 찬다는 듯이 고개를 절레절레 흔들었다.

"맞아, 그거야. 뇌 속 물질만 조절하면 만사 오케이. 우리의 행동은 전부 위대한 뇌 속 물질에 지배당하고 있노라!"

무라키는 양팔을 벌리고 마치 예언자처럼 말했다.

"머지않아 제약회사는 항양키제 같은 것을 개발하겠지. 획기적인 품행 장애 치료약. 이걸 하루 한 알만 복용하면 펑크 스타일로 머리를 자르거나 슬리퍼를 질질 끌고 다니면서 똥 싸는 폼으로 길바닥에 앉아 있는 증세가 개선되는 거지."

"요새 그러고 다니는 아이들이 어디 있습니까? 요즘 애들, 그렇게 단순하지 않습니다."

신도가 웃으면서 말했다.

이소베도 동감했다. 요즘 비행 청소년은 겉보기에는 평범하지만 하는 짓은 훨씬 악랄하다. 좀도둑질이 아니라 강도, 시너가 아니라 환각제, 집적거리는 것이 아니라 쇠파이프로 기절시켜 강간하고, 일대일 싸움이 아니라 집단으로 한 명을 폭행한다.

그리고 소년 범죄에서 많은 경우 사망자가 나온다.

한눈에 바로 알 수 있는 불량배보다 단정하게 차려입은 교복 안주머니에 칼을 품고 다니는 아이가 훨씬 무섭다. 이것이 이소베가 현장 형사로서 느낀 현실이었다. 불량배는 반성하고 후회하지만 그들은 반성이나 후회가 무엇인지조차도 모른다.

"항양키제는 비행 청소년에게 환영받을 거야."

무라키는 젊은 세대의 의견을 무시하고 예언을 계속했다.

"아마도 항우울제, 즉 각성제 같은 것일 테니까. 비행 청소년들은 자진해서 정신과에 다니면서 항양키제를 처방받을 거야. 그리고 그걸 모아뒀다가 한 번에 입에 털어 넣고 미쳐 날뛰겠지."

"그런 약은 절대 안 되지. 정신 나간 놈들이 지금보다 더 늘어나면 그걸 어떻게 감당해."

시모카와가 말했다.

이소베는 호리노우치의 보고서를 정독하면서 형사들의 잡담에 귀를 기울이고 있었다.

"애송아, 네 산책은 별로 도움이 안 된 모양이다."

그런 이소베의 모습을 보고 시모카와가 웃으며 말했다. 이소베는 불끈했다.

"애송이라고 좀 하지 마십시오. 그리고 아직 첫 보고서잖아요. 정보가 부족했을 겁니다. 정보가 좀 더 들어오면 보고서의 질도……."

그 순간, 창문이 번쩍 빛나면서 천둥소리가 이소베의 말을 가로막았다. 모든 시선이 창문으로 쏠렸다.

신도가 창밖을 바라보면서 말했다.

"억수같이 쏟아지는데요. 집에 어떻게 가지……."

신도가 말한 대로였다. 창가로 가서 밖을 보자, 메구로도리에 늘어선 가로등 불빛 아래로 은색 빗발이 사선으로 내리치고 있었다. 빗줄기가 아스팔트를 때리는 소리, 자동차 타이어가 물웅덩이를 밟고 지나가는 소리, 멀리서 가까이서 울리는 천둥소리가 타악기의 앙상블 연주처럼 들려왔다. 빗물 특유의 냄새가 밤거리에 자욱했다.

"정보는 이미 충분하지 않나? 분석이 미흡할 뿐이지."

무라키가 말했다. 천둥소리에 정신이 팔려 있던 이소베는 한순간 그것이 자신에게 던진 질문임을 깨닫지 못했다.

"분석이 미흡하다고요?"

이소베는 되물었다.

"솔직히 말해서 호리노우치 총경의 분석은 중요한 점을 놓치고 있어."

"중요한 점요?"

"그래."

무라키는 그렇게 말하더니 책상에 있던 가위를 집어 들어 이소베에게 내밀었다.

"가위야. 네가 발견한 또 한 자루의 가위. 왜 현장에 가위가 두 자루 있었는가에 대한 분석이 빠져 있어."

"범인이 떨어뜨렸겠죠."

이소베는 망설이지 않고 대답했다.

"과연 그럴까?"

무라키는 허공에 대고 가위질을 하면서 말했다.

"이 가위가 사체 옆이나 공원 잔디에 떨어져 있었다면 그렇게 생각해도 되겠지. 하지만 가위가 어디에 있었지? 네가 발견했으니까 잘 알 거 아냐?"

그렇다, 자신이 발견했으므로 이소베는 잘 기억하고 있었다. 가위는 사체에서 조금 떨어진 풀숲에서 발견되었다.

"가위는 풀숲에서 나왔어."

무라키는 가위 끝을 아래로 향하게 들었다.

“게다가 이렇게 바닥에 꽂혀 있었지. 마치 조금 떨어진 곳에서 풀숲을 향해 던진 것처럼.”

“범인이 피해자를 살해한 뒤에 버린 거 아닐까요?”

이소베는 말했다.

“왜 버리지? 범인이 가위를 두 자루 준비했다고 하자. 피해자를 목 졸라 살해하고 가위 한 자루를 목에 꽂았어. 여기까지는 좋아. 그런데 왜 그 후에 나머지 한 자루를 버려야 했을까? 안 썼으면 가지고 돌아가면 되잖아. 호리노우치 총경이 말한 것처럼 가위남은 신중하고 주도면밀한 놈일 거야. 그런 자가 왜 굳이 제 손으로 유류품을 남기지?”

“머리가 이상한 놈이니까. 이해할 수 없는 행동은 충분히 하고도 남을 거야.”

시모카와가 어깨를 으쓱하며 말했다.

“그럴지도 모르지. 하지만 문제는 어떤 식으로 이상한가야. 아무리 미친 살인마라도 행동에는 일관성이 있어. 우리 눈에는 모순된 행동으로 보이지만 그 사람은 정합성을 가지고 움직이는 거지. 어떤 정신 이상자의 행동에도 논리는 있는 법이야. ……설사 그것이 틀린 논리라고 해도.”

무라키는 가윗날을 힘주어 닫았다. 금속이 맞부딪치며 날카로운 소리를 냈다.

“이 부분은 호리노우치 총경도 동의해줄 거야. 그렇지 않으면 범죄 심리 분석 따위는 성립하지 않으니까. 당연히 가위남의 행동에도 일관성이 있을 거야. 그런데 또 한 자루의 가위는 그 일관성에서 벗어나 있는 것 같단 말이지. 나는 그 점이 마음에 걸리는 거야."

"무라키 형사님은 어떻게 해석하십니까? 그 또 한 자루의 가위에 대해."

묵묵히 듣고 있던 우에이다 경감이 처음으로 입을 열었다.

무라키는 곤혹스러운 표정이었다.

"모르겠습니다. 통 짐작이 안 가요. 그래서 호리노우치 총경의 분석 결과를 기대하고 있었던 건데. 뭔가 날카로운 해석을 내놓을 줄 알았죠. 그런데 보고서에는 이렇다 할 내용이 없어요. 그래서 그만 말이 험하게 나왔습니다."

"호리노우치 총경은 가위가 두 자루인 사실에 관심을 두고 있었어. 내가 피해자에 대해 보고하러 갔을 때 그런 뉘앙스의 말을 했었거든."

마쓰모토가 조용하게 말했다.

"그 사람도 주목은 하고 있군."

무라키는 입가에 손을 대고 골똘히 생각하는 듯했다.

"좋아, 직접 물어보는 수밖에. 어이, 이소베. 호리노우치 총경 소회의실에 있지?"

무라키는 자리에서 일어나 당장이라도 임시 사무실로 향하려는 기세였다. 이소베는 서둘러 제지했다.

"벌써 퇴근하셨습니다."

"퇴근했다고?"

무라키는 놀란 목소리로 이소베를 돌아보았다.

"총경님은 정시에 퇴근하시는구나. 팔자 좋으시네."

시모카와가 싱글싱글 웃었다.

"어제 보고서 쓰느라 사무실에서 철야하셨거든요."

이소베는 호리노우치의 명예를 위해 변명 아닌 변명을 했다.

오늘 아침 임시 사무실에서 만났을 때, 늘 말끔하게 하고 다니는 호리노우치가 면도도 하지 않은 상태였으므로 이소베는 깜짝 놀랐다.

"오랜만에 밤새 일했네."

붉게 충혈된 눈으로 이소베를 보면서 피곤한 미소를 지었다.

책상 위에서는 잉크젯 프린터가 소리도 없이 보고서를 토해내고 있었다.

"미안한데, 오늘은 좀 일찍 들어가야겠어. 나이 때문인가, 영 못 버티겠네."

호리노우치는 완성된 보고서를 이소베에게 건네며 수사1과 과장에게 전해달라고 부탁했다.

"그래서 언제 갔는데?"

무라키가 물었다.

"수사1과 과장님께 구두로 보고한 후니까, 오후 2시쯤이었을 겁니다."

"그럼 네 시간은 잤겠군. 너, 총경 연락처 알지?"

무라키는 혼자서 결정하고 그렇게 물었다.

“설마 전화하라는 건 아니시죠?”

이소베는 주뼛주뼛 물었다. 전화를 걸어 무라키가 무슨 말을 할지 알 수 없었다.

“보고서를 읽고서 중대한 의문이 들었기 때문에 의견을 들어보려는 거야.”

무라키는 이것은 형사로서의 당연한 의무라고 말하고 싶은 듯한 표정이었다.

“걱정 마. 전화만 걸어주면 내가 직접 말할 테니까.”

이소베는 한숨을 쉬었다. 무라키에게는 무슨 말을 해도 소용이 없다는 것을 잘 알고 있었다.

호리노우치에게 받은 메모를 꺼내 휴대폰 번호를 눌렀다. 호리노우치가 휴대폰 전원을 꺼놓았기를 바랐다.

그러나 돌아온 것은 호리노우치의 잠이 덜 깬 목소리였다.

“여보세요?”

단잠을 깨워서일까, 목소리에 짜증이 묻어 있었다.

이소베는 왠지 송구해서 목소리를 낮추고 말했다.

“주무시는데 죄송합니다. 이소베 순경인데…….”

“이소베 씨? 왜, 무슨 일 있나?”

“실은…… 그게…….”

어떻게 말을 꺼내야 할지 몰라서 머뭇거렸다.

그러자 대뜸 무라키가 이소베의 손에서 수화기를 뺏어 들었다.

“안녕히 주무셨습니까, 총경님. 메구로니시 경찰서 무라키

경사입니다.”

무라키는 선 채로 수화기를 향해 우렁차게 말했다. 이소베는 기가 막혔다.

“실은 말입니다, 오늘 총경님이 제출한 보고서를 읽고 궁금증이 생겨서…… 네, 중요한 겁니다. 그래서 내일까지 기다릴 수가 없어서…… 그럼요, 중대한 사안이죠. 아니면 이렇게 주무시는데 전화를 걸었겠습니까…….”

호리노우치는 정말로 ‘중대한 사안’이라고 생각해줄까. 이소베는 불안해졌다. 무라키가 눈 밖에 나는 것은 상관없지만 자신까지 입장이 난처해질까 걱정되었다.

“……네, 알고 있습니다. 그러니까 용건이 뭐냐 하면, 이소베가 풀숲에서 발견한 가위에 관한 건데…… 보고서에는 왜 가위가 두 자루 있었는지에 대해서는 아무 내용이 없더라고요. 저는 가위가 두 자루인 점에 상당한 관심을…… 네? 제 생각 말입니까? 그건 그러니까…… 네? 아, 네네, 알겠습니다.”

무라키는 통화를 끝내고 수화기를 이소베에게 건넸다.

“화내시던가요?”

이소베는 조심조심 물었다. 무라키는 고개를 갸우뚱하고 이소베를 보았다.

“직접 만나서 이야기하자고 소회의실에서 기다리라는데?”

“비가 이렇게 쏟아지는데 여기까지 오겠다고? 진심인가?”

시모카와는 창밖을 보며 말했다.

“총경도 그만큼 이 문제에 관심이 있는 거야.”

마쓰모토가 담배를 재떨이에 눌러 껐다.

마쓰모토가 말한 대로였다. 이소베와 무라키가 임시 사무실에서 기다리고 있자, 호리노우치는 거의 삼십 분 만에 나타났다. 가죽 코트 어깨가 흠뻑 젖었고 바짓단에서 빗물이 뚝뚝 떨어졌다.

"많이 젖으셨네요."

무라키가 눈을 휘둥그렇게 뜨고 말했다. 호리노우치의 몰골을 보고 연락한 것을 약간 후회하는 눈치였다.

"비가 대단하군요. 오다가 얼어 죽는 줄 알았습니다."

호리노우치는 웃으면서 코트를 벽에 걸고 책상 앞에 앉았다.

"자, 그 두 자루의 가위에 대한 생각을 한번 들어볼까요?"

호리노우치가 재촉하자 무라키는 설명을 시작했다. 또 한 자루의 가위가 던져진 것처럼 보인다는 점, 가위남이 일부러 단서가 될 만한 물건을 남겼을 리가 없다는 점을 이야기했다.

"이것에 대해 총경님은 어떻게 생각하십니까?"

무라키가 물었다.

"기본적으로는 그 의견에 동의합니다. 확실히 이 또 한 자루의 가위는 현장 상황의 정합성에서 벗어나 있어요. 실은, 저도 제대로 된 분석이 어려워서 보고서에 넣지 못했습니다. 그래서 아까 전화를 받고 그 부분에 대해 뭔가 의견을 듣고 싶어서 이렇게 한달음에 달려왔는데……."

아무래도 호리노우치는 무라키가 또 한 자루의 가위에 대한 수수께끼를 해결했다고 생각했던 모양이다. 호리노우치는 분위기를 수습하려는 듯이 웃음을 지어 보이면서 말했다.

"물론 흥미로운 의견도 있었습니다. 또 한 자루의 가위가 던져진 것 같다는 대목이나, 그리고 가위남이 그 가위를 떨어뜨린 것이라면 사체 옆이나 잔디 위여야 한다는……."

호리노우치는 갑자기 이야기를 멈추고 뭔가를 골똘히 생각하는 듯했다.

"또 한 자루의 가위. 우리는 계속 또 한 자루의 가위라고 부르고 있군요. 마치 피해자의 목에 남아 있던 가위가 먼저고, 다음에 또 한 자루의 가위가 추가된 것처럼 말이죠. 과연 그 순서가 맞을까요?"

호리노우치는 무라키와 이소베의 얼굴을 번갈아 보았다.

"사체를 보고 그 후에 또 다른 가위를 발견했던 탓인지 무의식중에 순서가 그렇게 인식된 것 같아요. 하지만 꼭 그렇다고만은 할 수 없습니다. 풀숲에서 발견된 가위가 먼저고, 그다음에 피해자의 목에 가위가 꽂힌 것인지도 모릅니다."

"순서가 어떻든 마찬가지 아닙니까? 왜 가위남이 가위를 가지고 돌아가지 않고 풀숲에 던졌는가 하는 수수께끼는 남죠."

무라키는 고개를 갸우뚱하고 말했다.

호리노우치는 무라키의 얼굴을 빤히 쳐다보았다.

"아니, 이렇게 생각해보십시오. 가위남은 그 공원에서 피해자를 숨어서 기다릴 때 가위를 떨어뜨렸습니다. 그리고 피해자를 살해하고 현장을 떠난 뒤에야 그 사실을 알았어요. 신중하고 주도면밀한 인물입니다. 무의미하게 유류품을 남긴 것을 그냥 둘 수 없었겠죠. 그래서 다시 공원으로 돌아와 떨어뜨린 가위를 주웠습니다. 그런데 그 직후에 풀숲에 던져버리지 않으면 안 되는 어떤 상황에 처하게 된 겁니다."

아, 하고 무라키가 말했다. 무라키도 뭔가를 알아차린 것 같았다.

"경찰이 몸수색을 할지도 모른다고 생각한 거군요."

"몸수색? 가위남이 어떻게 경찰에게 몸수색을 당합니까?"

이소베는 두 사람의 이야기가 잘 이해되지 않았다.

의아해하는 이소베를 보고 호리노우치가 말했다.

"이런, 발견한 장본인이 모르면 안 되지. 잘 생각해봐. 왜 가위남은 주운 가위를 가지고 돌아가지 않았을까? 답은, 공원에 있는 것을 누군가가 봐버렸기 때문이야. 거기서 그는 가위를 던져버렸어. 그리고 어쩔 수 없이 공원에 남아야 했지."

그렇게 말하고 호리노우치는 미소를 지었다.

"사체 발견자로서 말이야."

16

아야코와 만난 다음 날, 도쿄의 하늘은 아침부터 먹구름으로 덮여 있었다.

우산을 챙겨 나갔지만 다행히 퇴근할 때까지 비는 내리지 않았다. 그러나 낮게 깔린 구름은 걷히지 않고, 마치 썩은 연못에 떠다니는 기분 나쁜 녹조처럼 온종일 하늘을 가득 메우고 있었다.

밤이 되자 때아닌 폭우가 쏟아지기 시작했다.

텔레비전에서는 기상 특보를 내보내고 있었다. 도내 각지의 상황이 화면에 비쳤다. 굵은 빗방울이 아스팔트 위에 생긴 작은 물웅덩이를 때려서 반사된 가로등과 헤드라이트 불빛을 산산조각내고 있었다. 하네다발 국내선은 결항되었고, 수도고속도로에서는 트레일러가 미끄러져 연쇄 추돌 사고를 일으켰다.

나는 뿌옇게 빛나는 텔레비전 화면에 시선을 고정한 채,

베란다에 떨어지는 시끄러운 빗소리를 들으면서 어제 들은 아야코의 이야기를 반추하고 있었다.

나는 다루미야 유키코에 대해 점점 알 수 없게 되었다.

그녀가 살해되기 전, 내가 조사하고 미행하고 관찰하면서 머릿속에 그리던 이미지는 행복한 가정에서 지극히 평범하게 사는 똑똑하고 모범적인 소녀였다. 진부한 홈드라마 속의 주인공을 상상하고 있었던 것이다.

내가 예정대로 다루미야 유키코를 죽였다면 그 상상은 지금도 유효했을 것이다. 자극적인 소문에 물불 가리지 않고 덤벼드는 주간지나 와이드 쇼도 다루미야 유키코에 대한 나쁜 이야기는 일절 다루지 않으므로, 나는 그녀가 여러 남자와 육체관계를 맺고 있었다는 사실도, 그녀를 문란하다고 여기는 동급생이 있다는 사실도 전혀 알지 못하고 지나갔을 것이다.

특종에 혈안이 된 기자나 리포터도 죽은 사람을 비난하는 짓은 하지 않는다. 특히 연쇄살인범의 무고한 희생자가 된 불쌍한 소녀에게는.

가위남은 잔혹한 살인마이고 살해된 소녀는 무구한 존재여야만 했다.

하지만 나는 다루미야 유키코를 죽이지도 못하고 이렇게 그녀의 과거를 파헤치고 있다. 그녀를 죽인 진범을 찾는다는 미명 아래.

대체 뭘 하고 있는 것일까, 하고 나는 생각했다. 다루미야 유키코에 대한 것은 잊어버리면 그만이다. 누가 그녀를 죽였건 나와는 상관없는 일이다. 다루미야 유키코는 그 텔레비전 홈드라마 같은 상상 속에 묻어버리자.

그러나 하루가 지난 금요일, 나는 점심시간에 사무실을 나와서 공중전화로 하자쿠라 고등학교에 전화를 걸고 있었다.

《주간 아르카나》의 기자인데 이와사 구니마 선생님을 직접 만나고 싶다, 라고 말했다.

"더 할 이야기 없습니다."

몹시 불쾌한 목소리가 수화기 너머에서 들려왔다. 이와사의 목소리는 상상했던 것보다 젊었다.

"다루미야 유키코는 오후 7시경에 학교를 나갔고, 나는 교문 근처에서 그걸 봤습니다. 그게 전부예요. 그 이상은 모릅니다."

아무래도 사건이 있던 날, 이와사는 다루미야 유키코를 목격했던 모양이다. 그동안 경찰과 매스컴에 많이 시달렸던 것이리라. 사체 발견자인 나도 그 마음은 충분히 이해할 수 있었다.

"목격 증언을 듣고 싶은 것이 아닙니다."

나는 이와사에게 말했다.

"그럼 뭘 듣고 싶은 겁니까?"

"다루미야 유키코 양에 대해서요. 선생님은 다루미야 양과 무척 가까운 사이였죠?"

이와사는 잠깐 멈칫했다.

"무슨 말입니까?"

짐짓 모르는 체하려는 눈치였으나 목소리는 이미 작아져 있었다. 다른 교사들이 알게 될 것을 두려워한 것이다.

"다루미야 유키코 양에 대해 조사하고 있습니다. 선생님을 꼭 만나 뵙고 싶은데, 내일이라도 학교로 찾아갈까요?"

"아니, 학교는 안 됩니다."

이와사는 당황하며 대답했다.

우리는 토요일 오후 2시에 무사시코스기역에서 만나기로 약속했다.

이와사는 도요코선 주변에 살고 있다. 나는 머릿속에 그렇게 입력했다.

나는 전화를 끊은 뒤 점심을 먹고 사무실로 돌아갔다.

월요일 이후로 오카지마 부장은 정직원 건에 대해서는 더 이상 언급하지 않았다. 내 쪽에서 먼저 말을 꺼내주기를 기다리고 있는지도 모른다.

이와사와 약속한 11월 29일 토요일, 나는 광란의 열흘을 마무리하는 편집부 청소를 재빠르게 끝내고 오전 중에 퇴근할 수 있었다.

집에 들렀다가 도요코선 무사시코스기역에 도착한 것은 약속 시간 십 분 전이었다. 나는 상대가 알아볼 수 있도록 《주간 아르카나》를 옆구리에 끼고 개찰구를 나갔다.

"당신이 기자?"

짙은 색 청바지를 입고 윈드브레이커를 걸친 삼십대 남자가 다가왔다.

나는 남자의 얼굴을 보았다.

유감스럽게도 패스트푸드점에서 다루미야 유키코와 함께 있던 남자가 아니었다.

옛 무사 느낌의 예스러운 이름과 체육 교사라는 사실에서 근육이 울근불근한 우람한 남자를 상상했는데, 이와사 구니마는 마르고 다정한 얼굴을 하고 있었다. 머리가 목덜미까지 내려오고, 갸름한 얼굴에 검은 테 안경을 쓰고 있었다. 체육보다는 수학이나 물리를 가르치는 모습이 더 어울려 보였다.

나는 이와사와 함께 큰길로 나왔다.

무사시코스기역 근처에 송전탑이 있었다. 나는 고니시 미나를 떠올렸다. 어쩌면 그녀도 내 상상과는 다른 아이였을지도 모른다는 생각이 문득 들었다.

이와사는 나를 역 근처 도넛 가게로 데려갔다. 빨간 소매에 초록색 주머니가 달린 유니폼을 입은 여종업원이 웃는 얼굴로 우리를 맞아주었다.

미국 빈티지풍의 가게 안에는 FM 영어 방송이 흐르고 있었다. 디제이가 자넷 잭슨의 〈미스 유 머치Miss You Much〉를 올디스1950년대에서 60년대 초반에 유행한 대중음악라고 소개하는 것은 정말이지 귀에 거슬렸다.

그래도 커피 맛은 다행히 괜찮았다.

"당신, 유키코 장례식에도 왔었죠?"

안쪽 테이블 자리에 앉자마자 이와사는 내 얼굴을 빤히 보면서 그렇게 말했다. 내가 건넨 명함과 주간지에는 눈길도 주지 않았다.

"그때도 취재하러 왔던 건가?"

나는 애매하게 고개를 끄덕였다. 전혀 알아채지 못했지만 이와사도 다루미야 유키코의 장례식에 참석했던 모양이었다.

"그래서 나한테 뭘 듣고 싶은 겁니까?"

"다루미야 유키코 양에 대해서요."

그렇게 말하고 나는 숄더백에서 소형 녹음기를 꺼냈다. 하지만 이와사가 녹음을 거부해서 어쩔 수 없이 나는 녹음기를 도로 숄더백에 집어넣고 이야기를 시작했다.

"다루미야 양과 가까운 사이였죠?"

"누구한테 듣고 와서 이러는지 모르겠지만, 그 따위 소문을 기사로 쓰면 명예 훼손으로 고소하겠습니다."

이와사는 주먹을 부르쥐었다.

"제가 아는 건 선생님이 다루미야 양과 육체적인 관계를 맺었다는 것뿐입니다. 그 이상의 일은 모릅니다."

"그게 지금 소문이라는 거 아닙니까."

"그런가요? 그런데 아까 말씀하실 때 유키코 장례식이라고 하던데, 그렇게 이름만 부를 정도면 꽤 가까웠던 거 아닌가요?"

"무슨 수를 써서라도 기사화하시겠다? 대단하군요. 가위남의 피해자는 학교 체육 교사와 특별한 관계였다, 이렇게 쓰기라도 하겠다는 겁니까? 죽은 아이의 사생활을 들춰내서 뭘 어쩌려고요? 정말이지 기자라는 족속들은 하나같이 하이에나 같은 인간들뿐이군."

이와사는 비웃듯이 말했다.

그 말에 기억이 되살아났다. 이와사는 다루미야 유키코의 발인 때 장례식장 밖의 카메라 행렬을 보고 쓴소리를 하던 남자였다. 슬픔에 비례한 깊은 증오가 얼굴에 드러나 있었다. 그 감정은 진짜였을 것이다.

이와사가 다루미야 유키코를 죽였다고는 생각하지 않았다.

"담배 피우십니까?"

나는 확인차 물어보았다.

이와사는 왜 그런 질문을 하느냐는 표정으로 고개를 가로저었다. 가져온 라이터를 보여줘도 아무런 반응이 없었고, 담배를 피우지 않아서 라이터는 가지고 있지 않다고 대답했다.

나는 허탈해서 속으로 한숨을 쉬었다.

하지만 그에게서 다루미야 유키코에 대한 얼마간의 정보는 얻을 수 있었다.

"기사화할 생각은 없습니다. 단지 다루미야 양에 대해 어떻게 생각했는지 선생님의 의견을 듣고 싶을 뿐입니다."

"내 의견?"

"다루미야 양은 여러 남성과 육체적인 관계를 맺고 있었다고 합니다. 그 사실을 선생님은 어떻게 생각하고 있었나요?"

"그 아이는 애정에 굶주렸던 거예요."

이와사는 바로 대답했다. 다루미야 유키코가 살해되기 훨씬 전부터, 어쩌면 그녀와의 관계가 끝났을 때부터 생각하고 생각한 끝에 내린 결론인 것 같았다.

"유키코에 대해 취재하고 있으니까 그 아이 가정환경에 대해서는 알고 있겠군요."

"아아, 부모님이 재혼했다는 거요?"

"유키코가 세 살 때 부모가 이혼했습니다. 열네 살까지 그 아이는 어머니 손에서 자랐어요. 그러니 충족이 됐겠습니까? 유키코는 아버지의 애정을 갈망했던 겁니다."

의사였다면 엉터리 정신 분석이라고 일언지하에 잘라 말할 대목이었다. 아마도 멍청한 인간이라고 단정했을 것이다.

하지만 나는 이와사의 이야기를 더 들어보기로 했다.

"그래서 연상의 남자를 끊임없이 만났다, 이겁니까?"

"맞습니다. 당신도 장례식장에서 유키코의 어머니를 봤겠죠?"

이와사는 언짢은 표정으로 내게 물었다.

"네."

"친딸이 그렇게 처참하게 죽었는데 눈물 한 방울 흘리지 않았어요. 태연하게 인사까지 하고. 도무지 이해할 수 없습니다. 그 차가운 어머니 밑에서 유키코가 얼마나 외로웠을까를 생각하면……."

보기와는 다르게 이와사는 열혈한인 모양이었다. 기쁠 때는 소리 높여 웃고, 슬플 때는 눈물을 흘리는. 그렇지 않은 인간은 냉혈 동물이라고 믿고 있는 것 같았다.

그는 분명 훌륭한 체육 교사일 것이다. 학생들에게 체육만이 아니라 사랑과 용기도 가르쳐줄 것이다.

"다루미야 양이 그렇게 말했나요? 어머니는 차가운 사람이라고."

나는 혹시 몰라서 물어보았다.

"아니요. 유키코는 자신에 대해 이야기하는 것을 싫어했어요."

이와사는 원망스러운 듯이 대답했다.

말하자면 이와사의 이야기는 그의 상상에 지나지 않는 것이었다. 행복한 가정에서 자란 똑똑한 소녀를 기대한 자신의 상상과 큰 차이가 없었다. 그리고 나는 타인의 상상에는 흥미가 없었다.

"선생님은 다루미야 양에게 충분한 사랑을 줄 수 있었습니까?"

나는 물었다.

"주고 싶었어요. 주고 싶었지만 나 한 명으로는 성에 안 찼겠죠. 바로 차였으니까."

이와사는 자조 섞인 말투로 대답했다.

"아버지를 대신해줄 수는 없었나 보군요."

"그래요. 이제 됐습니까?"

이와사는 느닷없이 일어났다.

"다시 한 번 말하지만, 내 이야기를 내보내면……."

"안 내보냅니다. 약속하지요."

"그리고 당신, 말투가 심하게 건방져."

이와사는 나를 쏘아보고 돌아서서 나가려고 했다.

나는 그 뒷모습에 대고 마지막으로 물었다.

"혹시 다루미야 양이 만나던 남자 중에 아는 사람 없습니까? 가능하면 그쪽처럼 연상의 남자면 좋겠는데."

이와사는 돌아보더니 기가 찬다는 듯 웃었다.

"알아도 당신한테 가르쳐줄 마음은 없습니다."

그것이 마지막 말이었다. 이와사는 쌩하니 가게를 나갔다.

나는 종업원에게 식은 커피를 다시 채워달라고 부탁한 뒤, 접시에 남은 도넛을 먹었다.

FM 방송의 디제이가 이어서 들을 올디스 곡은 네네 체리의 〈버팔로 스탠스Buffalo Stance〉라고 소개하고 있었다.

8장

"이름은 히다카 고이치. 나이는 스물여섯."

마쓰모토가 수첩을 펼치고 그렇게 소리 내어 읽었다.

경시청에서 모바일 단말기를 지급하는 시대가 되었어도 마쓰모토는 오로지 수첩을 고집했다. 수첩에 볼펜으로 쓰는 것이 가장 간단하고 편리하다는 것이다.

확실히 그럴지도 모른다. 혹자는 '전자 경찰수첩'이라고도 부르는 모바일 단말기는 마쓰모토의 수첩처럼 말아서 바지 주머니에 찔러 넣을 수가 없다. 마쓰모토의 검은 가죽 수첩은 낡아서 쭈글쭈글했다.

"11월 11일 밤, 메구로구 다카반 4가 부근을 걷다가 니시 공원에서 사체 발견."

"시간은 오후 9시 40분경이었죠."

무라키가 말했다.

"경찰에 신고가 접수된 시간은 그렇지."

"그런 늦은 시간에 인적 없는 길을 걷고 있었던 이유는?"

"친구 집에 갔다가 돌아가는 길이었다고 해."

"확인은 했고요?"

"그럴 리가. 상대는 사체 발견자야. 용의자가 아니라고."

마쓰모토는 쓴웃음을 지었다.

"거기까지 조사할 여력은 없었겠죠. 흉기 출처나 수상한 사람을 찾아다니는 것만으로도 바쁠 테니까. 사체 발견자의 증언까지 증거를 확보하기란 쉽지 않을 겁니다."

호리노우치가 끼어들어 말했다.

"하지만 히다카는 더 이상 사체 발견자가 아닙니다." 무라키가 호리노우치를 보고 말했다. "용의자입니다."

11월 29일 토요일 오후. 이소베, 무라키, 마쓰모토 세 사람은 호리노우치의 임시 사무실에 모여 있었다. 가위남일지도 모르는 사체 발견자 히다카 고이치에 대해, 현장에서 증언 청취를 했던 마쓰모토의 이야기를 듣기 위해서였다.

이소베는 왠지 외톨이가 된 기분으로 가장 구석 자리에 앉아 있었다. 호리노우치와 무라키의 대화를 듣고 있자니 기분이 더 가라앉았다.

어젯밤 논의 이후, 호리노우치와 무라키는 부쩍 가까워진 것 같았다. 아마 서로의 능력을 인정한 것이리라. 무라키가 평소의 말투로 스스럼없이 대해도 호리노우치는 불편해하는 기색 없이 자연스럽게 받아들이고 있었다.

오늘 아침 이소베가 출근했을 때 무라키는 이렇게 말했다.

"어이, 이소베. 호리노우치 씨 연락처 알지?"

호칭이 사이코 선생에서 호리노우치 씨로 바뀌어 있었다. 듣자하니 무라키도 언제든 연락해도 좋다는 허가를 호리노우치로부터 받아낸 모양이었다.

이대로라면 범죄심리분석관 조수직에서 해임되는 날도 머지않았다고 이소베는 낙담했다. 아마도 무라키가 그 중대한 임무를 맡고 자신은 가위를 들고 문구점 순례를 하는 신세가 될 것이다.

자신에게는 그쪽이 어울릴지도 모른다고 이소베는 생각했다. 하지만 이 추위에 그 무수한 문구점을 돌아다닐 것을 생각하자 이소베의 마음은 우울해졌다.

"용의자라는 말은 지나칩니다. 히다카가 가위남이라는 것은 아직까지 우리의 추측에 지나지 않습니다. 어쨌거나 물적 증거가 전혀 없으니까."

호리노우치가 말했다.

"상황 증거조차 없는 거나 다름없지. 단순한 추리고 억측이야. 현재로서는 참고인으로서도 부를 수 없어."

마쓰모토도 거들었다.

"마쓰모토 형사님이 보기에는 어땠는데요? 증언을 들으면서 느낀 거요. 사람 보는 눈 하나는 탁월하시잖아요."

무라키가 말했다.

"음……."

마쓰모토는 수첩을 책상에 내려놓고 팔짱을 끼며 그날

밤 일을 떠올리는 듯했다.

드디어 입을 열었다.

"수상하긴 했지. 이야기하는 내내 줄곧 사체 주변만 바라보고 있었으니까. 뭔가에 정신이 팔린 것 같았어. 대답하는 것도 건성이었고."

"던진 가위가 발견될 것을 걱정했던 거 아닐까요?"

무라키가 그렇게 묻자, 마쓰모토는 미간을 찡그렸다.

"모르겠어. 사망 시각은 사체가 발견되기 한참 전으로 추정됐으니까, 당시에는 히다카는 사건과 무관하다고 판단했어. 별다른 의심 없이 증언만 들었던 터라 딱히 대답하기가 그러네."

"범행 직후였다면 히다카를 의심했을까요?"

무라키가 묻자, 마쓰모토는 고개를 숙이고 생각에 잠겼다.

"의심했을지도 모르지." 마쓰모토는 고심 끝에 대답했다. "살인을 할 만한 인물인지 아닌지 그건 판단할 수 없어. 하지만 뭔가 수상한 느낌은 분명히 받았지. 뭐랄까, 종잡을 수 없다고 할까. 무슨 생각을 하는지 전혀 감을 잡을 수가 없었어."

"히다카가 가위남일지도 모른다고 생각하세요?"

무라키는 집요하게 물었다.

"거기까지는 모르지. 내가 실제로 가위남을 신문한다고 해도 그자가 무슨 생각을 하는지 알 수 없을 거야. 나는 옛날 사람이니까." 마쓰모토는 자조적으로 웃었다. "그 히다카라는 청년을 수상하게 여겼던 것도 어쩌면 요즘 젊은 사람을 단순히 내가 이해하지 못하기 때문일지도 몰라. 그러니까 내 이야기는 너무 새겨듣지 마."

"무슨 말씀이세요. 마쓰모토 형사님 감은 믿을 만하잖아요."

무라키가 기운을 북돋우듯 그렇게 말했다.

"감을 믿어서는 안 되지. 믿을 건 사실에 근거한 추리뿐이야."

마쓰모토는 담박하게 대답했다.

"그럼 우리 추리가 맞는다고 생각하세요?"

"맞을지도 모르고, 틀렸을지도 모르지. 그건 나도 알 수 없어. 지금으로서 확실하게 말할 수 있는 건, 증거가 아무것도 없다는 거야."

"그래서 수사1과 과장에게도 보고를 못 올리고 있습니다."

호리노우치가 중얼거리듯 말했다.

"그렇겠군요. 수사1과 과장은 관할서 형사의 억측 따위는 무시하겠지만, 반대로 범죄심리분석관의 추리는 아주 진지하게 받아들일 테니까."

무라키가 수긍했다.

"내 말이 그 말입니다."

호리노우치는 감탄한 표정으로 무라키를 보았다.

"내가 사체 발견자가 수상하다고 보고하면 수사1과 과장은 히다카를 다짜고짜 주요 참고인으로 부를지도 모릅니다. 일련의 가위남 사건으로 아주 애가 타고 있을 테니까 말이죠."

"그 정도로 매스컴의 뭇매를 맞으면 애가 탈 만도 하죠. 기자 회견을 한 게 열 번도 넘을걸."

마쓰모토가 수사1과 과장을 동정하듯 말했다.

이소베도 수사1과 과장의 기자 회견을 텔레비전에서 본 적이 있었다.

"광역연쇄살인범 e-12호에 대한 수사는 착실하게 진행 중이며……."

"아직 공식 발표는 할 수 없지만, 유력한 정보를 다수 입수한 상태로……."

"모든 수사 인력을 총동원하여 이 사건을 한시라도 빨리 해결하도록……."

열 개 이상 묶인 마이크 다발을 향해 그런 긍정적이고 건설적인 대사를 읊으면서도, 무라키가 머리를 한 대 맞고 해롱거리는 불도그라고 형용한 수사1과 과장의 얼굴은 고뇌로 가득 차 있었다.

이소베의 눈에는 본인도 믿지 않고 눈앞에 몰려든 기자들도 믿지 않을 말을 되풀이하는 상황에 염증을 느끼고 있는 것처럼 보였다.

"그리고 그때마다 욕은 욕대로 먹고."

무라키가 말했다.

"방송에서는 말 하나하나 다 걸고넘어지지, 주간지에서는 무능하다고 기사 써대지. 한시라도 빨리 범인을 체포하라고 위에서는 매일같이 쫄 거 아니에요. 아무리 무서울 게 없는 수사1과 과장이라도 속병 안 나고 배기겠어요.”

“게다가 그 사람은 나를 무슨 점쟁이쯤으로 생각하고 있어요.”

호리노우치는 쓴웃음을 지었다.

“내 보고서에 가위남 이름과 연락처가 없는 것을 불만스럽게 여길지도 모르죠. 아니, 농담이 아니라 진지하게 이야기하는 겁니다.”

“그런 양반한테 히다카 고이치가 가위남일지도 모른다고 보고하면 일이 이상하게 흘러가겠군요. 주요 참고인으로 잡아놓고 심문의 달인에게 자백시키게 하면 된다고 생각할지도 모르겠어요. 그러다가 우리 추리가 완전히 빗나가기라도 하면, 사이코…… 아니, 범죄심리분석관의 체면이 말이 아니게 되겠군요.”

무라키는 심각한 표정으로 말했다.

“사이코 선생이라고 불러도 상관없습니다. 편할 대로 부르세요.”

호리노우치는 웃으며 말했다.

“그리고 그 정도로 끝나면 다행이죠. 지금 무라키 형사님이 말한 것처럼 누명 사건으로 번지기라도 하면 면직은 당연하고, 자칫하다가는 범죄심리분석관 제도도 폐지될지 모릅니다.”

"그래서 이런 내용을 보고하고 싶지 않다 이거군요."

무라키가 말했다.

"그런 셈이죠. 이기적이라고 생각할지도 모르겠지만."

"억측에 의지해서 행동하지 않는 것은 경찰관으로서 당연한 겁니다."

마쓰모토가 조용하게 말했다.

침묵이 흘렀다.

"좋아. 그럼 우리끼리 조사합시다."

무라키가 뭔가 결심한 듯이 말했다.

"조사하자니, 뭘 조사하자는 겁니까?"

이소베는 처음으로 입을 열었다.

"그야 당연히 히다카가 정말로 가위남인지 아닌지 우리 형사과에서 조사하자는 거지."

"그게 가능한가? 우리한테는 엄연히 주어진 임무가 있어. 우리끼리 따로 움직이는 건 말이 안 돼."

마쓰모토가 놀라서 말했다.

"그래요. 형사과에서 히다카에 대해 따로 수사하려면 수사1과 과장의 승인이 필요합니다. 수사본부장은 그 사람이지 우에이다 경감이 아닙니다. 그리고 승인을 얻으려면 히다카에 관한 것을 수사1과 과장에게 보고해야 해요."

호리노우치가 지적했다.

"안 그래도 될걸요. 여기 이소베가 있잖아요?"

무라키는 싱긋 웃었다.

내가 뭐 어쨌다고? 이소베는 어리둥절했다.

"이소베는 호리노우치 씨의 조수로 임명되어 호리노우치 씨의 명령으로 자유롭게 행동할 수 있습니다. 게다가 우에이다 경감님 덕분에 우리 형사과에서도 한 명 따라붙을 수가 있습니다."

무라키는 호리노우치에게 설명했다.

"그렇지. 이소베 씨와 함께라면 형사과 형사가 자유롭게 수사할 수 있겠군."

호리노우치는 그렇게 말하고 감탄스러운 표정으로 무라키를 바라보았다.

"머리가 아주 좋은데요? 실례일지 모르지만 관할서에 무라키 씨 같은 사람이 있을 줄은 몰랐습니다."

"호리노우치 씨를 따라가려면 아직 멀었죠."

무라키는 웃었다.

이 두 사람은 정말로 친해진 모양이었다. 이소베는 무라키에게 살짝 질투를 느꼈다.

"그럼 내일이라도 히다카를 만나보고 오겠습니다. 수사1과 과장님에게는 가위남 프로파일링을 위해 사체 발견자의 증언을 듣고 오라고 했다고 보고해주십시오. 그런 다음에는 현장 근처에서 히다카를 봤다는 목격자가 있는지……."

"그건 불가능하지. 얼굴 사진이 없잖아. 사체 발견자의 사진을 찍어놓지는 않았으니까."

마쓰모토가 말했다.

"그러네. 사진은 꼭 필요한데."

무라키는 이마를 짚고 생각을 짜내는가 싶더니 이윽고 얼굴을 들고 말했다.

"좋아. 이렇게 하죠. 호리노우치 씨, 수사1과 과장님에게는 사체 발견자의 증언은 무척 중요하므로 이소베에게 파트너를 두 명 붙였다고 말해주십시오. 다른 한 명은 신도입니다."

"신도의 사진 실력이 또 빛을 발하겠구먼. 그 녀석, 경찰학교에서 배운 것보다 사진 동아리에서 활동한 게 더 도움이 된단 말이야. 아무튼 뭐든 배워두면 다 쓸모가 있어."

마쓰모토가 미소 지었다.

"우리는 수사본부의 방침을 무시하고 히다카를 쫓는다. 정규군에서 이탈해 유격대가 되는 거지. 이제부터는 게릴라전이야."

무라키는 마쓰모토와 이소베를 번갈아 보면서 선언하듯 말했다.

"메구로가街 특공대인가요?"

이소베가 농담하듯 그렇게 말하자, 무라키와 마쓰모토가 미간을 찌푸렸다.

심지어 호리노우치까지 무슨 소리냐는 얼굴을 하고 있었다.

이소베는 속으로 투덜거렸다. 경찰관이 미스터리를 우습게 보는 것은 딱히 상관없다. 하지만 셜록 홈스조차 읽지 않은 것은 너무 비상식적이지 않은가!

17

탐정 놀이는 끝났다.

무사시코스기역 앞 도넛 가게를 나오면서 나는 혼자 중얼거렸다.

오늘은 토요일이므로 돌아가는 길에 드러그스토어에 들러 진통제를 살 예정이다. 진통제 이름도, 치사량도 미리 조사해뒀다. 값은 전부 해서 만 엔 남짓. 약물 자살은 돈이 든다. 돈은 어제 현금 카드로 인출해둔 상태였다.

이번에는 꼭 성공하리라. 분명히 무사하게 죽을 수 있을 것이다.

만에 하나 자살에 실패해서 의사가 나타나 진범을 찾으라고 부추겨도 나는 거부할 작정이다. 감정적으로 떠들어대는 인간을 상대하는 것에도 이제 진력이 났다.

그리고 의사가 아무리 시끄럽게 말해봤자 나로서는 더 이상 조사할 방법이 없다. 진범을 찾기 위해 더듬어온 가늘고 미덥지 않은 실은 이와사에 와서 끊어져버렸다.

그렇다고 아야코를 다시 만나는 것은 위험한 일이다. 그녀는《주간 아르카나》편집부에 전화해서 자신을 취재한 기자가 진짜로 있는지 확인했을지도 모른다.

따라서 이제 다루미야 유키코와 만났던 남자를 찾는 것은 무리다. 내가 하고 싶지 않아서가 아니라, 불가능한 것이다.

가능하면 의사의 얼굴을 보지 않으면 좋겠지만 혹시라도 보게 된다면 그렇게 말해주자.

나는 무사시코스기역에서 시부야행 전차에 올라탔다.

이제 도요코선을 탈 일도 없을 것이다. 운 좋게 오늘 밤 죽게 된다면 도요코선뿐만 아니라 어느 노선도 이용할 수 없게 되겠지만. 운 나쁘게 살아남았다 하더라도 다루미야 유키코의 자취가 남아 있는 장소에는 가까이 가고 싶지 않았다.

다만 한 가지 미련이 남는 것이 있었다.

나는 가쿠게이대학역에서 내렸다. 도요코선에 작별을 고하기 전에 오프랜드의 수제 미트파이를 마지막으로 먹어두자고 생각했던 것이다.

"어서 오세요."

문에 달린 종이 경쾌하게 울리고 주인이 웃는 얼굴로 맞아주었다.

이제 개찰구를 감시할 필요는 없었으므로 카운터 앞에 자리를 잡았다. 원목의 카운터는 매일같이 광을 내서 닦는지

도드라진 나뭇결이 다갈색으로 반짝였다.

카운터 안쪽 커피 잔과 접시가 진열된 선반도, 가게 안에 있는 네 개의 테이블도 모두 같은 종류의 원목이었다. 벽과 바닥도 나무였지만 건물의 외양으로 봐서 이쪽은 원목이 아니라 무늬목일 것 같았다.

색유리 갓을 씌운 가스등 풍의 조명이 천장에 매달려 있고, 벽에는 복제화가 여러 점 걸려 있었다. 미술 쪽에 문외한인 나는 누구의 어떤 작품인지 알 수 없었다.

멀리 있는 그림 하나가 눈에 들어왔다. 흐릿하고 탁한 느낌의 그림으로, 눈 덮인 산과 누워 있는 여자의 모습이 그려져 있었다. 자는지 죽었는지 두 눈은 감겨 있었다. 산에서 조난당한 상황을 그림으로 표현한 것일까. 그렇다고 하기에는 여자의 옷이 너무 얇아 보였다.

가게 안에는 손님이 아무도 없었다.

"오랜만에 오셨네요."

주인은 물잔을 내주면서 상냥하게 말을 걸어왔다.

마지막으로 온 것이 거의 보름 전이었는데, 주인은 내 얼굴을 기억하고 있었다.

"기억력이 꽤 좋으시네요. 딱 세 번 왔는데."

빈정거릴 마음이었지만 둥근 얼굴의 서글서글해 보이는 주인에게는 통하지 않은 것 같았다.

"당연하죠. 미트파이를 칭찬해준 손님을 잊을 리가 있겠습니까."

주인은 기쁜 듯이 웃었다.

그러거나 말거나 상관없다고 나는 속으로 중얼거렸다. 이제 이 가게에 올 일도 없을 테니까.

나는 주인의 보기 드문 기억력에 경의를 표한 뒤, 미트파이와 커피를 주문했다.

중세 고음악 같은 연주곡을 들으면서 잠시 기다리자 갓 만든 미트파이와 커피가 나왔다.

예의에 벗어난다고는 생각했지만 나는 손으로 미트파이를 집어서 크게 한입 베어 물었다. 역시 토마토소스가 맛있다.

"어떻습니까?"

주인이 내 얼굴을 들여다보았다. 나는 토마토소스가 무척 맛있다고 단적으로 감상을 말했다.

"수제 소스니까요."

주인은 가슴을 펴고 만족스러운 표정을 지었다.

나는 미트파이를 한입 더 베어 물었다. 입술 끝에 토마토소스가 묻어서 집게손가락으로 닦아 핥아먹었다.

문득 고개를 들자, 주인이 나를 빤히 바라보고 있었다.

"미안합니다. 좀 지저분하게 먹었군요."

나는 종이 냅킨을 뽑아 손가락을 닦았다.

"아니, 아닙니다. 편하게 드세요."

주인이 두 손을 휘휘 내저었다.

빤히 쳐다보면서 편하게 먹으라니. 어지간히 한가한지, 주인은 내 앞에서 떠날 기미가 없었다.

"올 때마다 가게가 한산하네요."

이 빈정거림도 주인에게는 통하지 않았다.

"네. 가게도 작고, 조용한 동네니까요. 단골손님 몇 분만 꾸준히 와주셔도 저는 고맙지요. 딱히 욕심은 없습니다."

주인은 벽에 걸린 복제화에 눈길을 주었다.

"뭐 일주일 전까지는 좀 시끄럽긴 했지만 말이죠."

"시끄러웠다고요?"

"근처에서 큰 사건이 있었습니다. 왜, 그 가위남 사건요."

"아아, 그 사건. 텔레비전에서 봤습니다."

나는 관심 없는 듯 무성의하게 대답했다. 다루미야 유키코의 일은 이제 잊고 싶었으므로 깊이 관여할 마음이 없었다.

그러나 가게 주인에게 가위남 사건은 손님에게 기어이 알리고 싶은 최신 뉴스인 것 같았다.

"바로 요 근처에서 시신이 발견됐거든요. 걸어서 갈 수 있는 거리예요. 죽은 여자아이 집도 바로 근처라 아주 난리도 아니었답니다. 사건 직후에는 헬리콥터가 몇 대나 떠 있고, 방송국마다 다 와서 중계하고, 그 뒤로도 기자며 리포터며 잔뜩 몰려와서는……."

주인은 어깨를 으쓱하고 이야기를 계속했다.

"이 한산한 동네에 사람이 가득했다니까요. 그 정도로 야단법석이었습니다. 이제 겨우 조용해졌지만."

"그래도 장사는 좀 됐겠네요."

카메라와 수첩을 든 기자들로 가게 안이 북적거리고, 주인이 정신없이 몇십 인분의 미트파이를 오븐에 굽는다. 그런 광경을 상상하고 나는 웃음을 터뜨릴 뻔했다.

"그런 사람들은 사절입니다."

주인은 왠지 불쾌한 표정을 지었다.

"남의 불행을 흥밋거리로만 보는 인간들이에요. 유키코만 불쌍하지."

유키코.

나는 무심결에 먹던 것을 멈추고 주인의 얼굴을 쳐다보았다.

주인은 여전히 그림을 바라보면서 뭔가를 회상하는 듯했다. 다루미야 유키코와의 추억을 떠올리고 있는 것인지도 모른다.

이 사람도 다루미야 유키코의 남자 중 한 명이었던 것일까?

"유키코가 누굽니까?"

나는 조용히 물었다.

"네? 아아, 죽은 여자아이요. 가게에 자주 왔었거든요."

"단골이었나요?"

"단골이었죠. 그 아이도 미트파이를 좋아했답니다."

가게 주인은 내 앞에 놓인 미트파이를 바라보았다.

거짓은 없어 보였다. 다루미야 유키코는 가게 주인이 아니라 맛있는 미트파이를 좋아했던 것이다.

쉰 살쯤 돼 보이는 가게 주인은 십대 소녀를 탐할 남자로는 보이지 않았다. 십대 소녀가 유혹하면 오히려 슬픔과 씁쓸함을 느끼는, 그런 부류의 인간일 것 같았다.

"유키코는 허브티에 미트파이 먹는 걸 좋아했어요."

주인은 온화한 미소를 띤 채 과거를 회상했다.

"착한 아이였지요. 예쁘게 생겨서는 깍쟁이 같지도 않고 겸손하고, 이런 아저씨가 하는 이야기도 생글생글 웃으면서 들어주고. 요즘 아이들은 어른이 보기에 이해하기 어려운 구석이 있는데, 유키코는 전혀 그렇지 않았어요. 나이에 걸맞지 않게 차분했지요. 딸처럼 생각하던 아이인데……."

그의 눈에 어렴풋한 분노가 어렸다.

"그런 아이가 그 끔찍한 일을 당하다니……."

나는 묵묵히 커피를 마셨다.

다루미야 유키코는 혼자서 오프랜드에 왔을까. 나는 이런 생각을 하고 있었다. 아니면 누군가를 만나는 장소로 이용했던 것일까.

나는 넌지시 떠보기로 했다.

"가게가 분위기 있어서 확실히 데이트 장소로 좋을 것 같긴 하군요."

"아니요. 유키코는 거의 혼자 왔습니다. 늘 카운터 자리에 앉았죠."

주인은 담담하게 대답했다.

나는 반은 실망하고 반은 다행스럽게 생각했다. 역시 탐정 놀이는 끝이다.

"그런데 딱 한 번, 애인으로 보이는 사람을 데리고 온 적이 있었지요. 꽤 오래전 일이긴 하지만."

"그런가요?"

나는 무심한 척 대답했다. 회상에 젖은 주인은 굳이 재촉하지 않아도 이야기를 술술 풀어놓았다.

"또래 남학생이었어요. 그날은 테이블 자리에 앉았었죠."

주인은 안쪽 빈 테이블 자리를 응시하며 말했다.

"남학생 얼굴이 아주 진지했답니다. 그래서 저는 당연히 고백하는 줄로만 알았죠."

또래 남학생이라면 다루미야 유키코를 만나 고백을 했건 어쨌건 아무래도 좋았다. 이니셜이 새겨진 가스라이터를 가지고 있지도 않을뿐더러, 패스트푸드점에서 목격했던 남자도 아닐 테니까.

다만 주인의 말이 마음에 걸렸다.

"고백이 아니었습니까?"

"네. 그 후에 혼자 왔을 때 물었지요. 요전에 같이 왔던 남자친구하고는 어떻게 됐느냐고. 그랬더니 웃더라고요. 남자친구가 아니라 동생이라면서요."

동생. 다루미야 겐자부로. 장례식 날, 밖으로 뛰쳐나갔던 소년.

나는 감정에 복받쳐 장례식장을 뛰쳐나가던 소년의 모습을 떠올렸다.

"유키코한테도 드디어 남자친구가 생긴 줄 알았는데 아니었구나 했더니, 유키코는 고개를 갸우뚱하고 동생은 남자친구 하면 안 돼요? 이러고 되묻더라고요. 잠깐 당황했답니다. 뭐 생글생글 웃으면서 한 말이니까 농담이었겠지요."

과연 농담이었을까. 다루미야 유키코와 겐자부로는 피가 섞인 남매지간이 아니었다.

겐자부로. K. 하지만 아무리 담배를 좋아한다고 해도 고등학생이 이니셜이 새겨진 가스라이터를 가지고 다니지는 않을 것이다.

그렇다고 겐자부로가 진범이 아니라고 단정할 수도 없다.

그러다 문득 실로 불쾌한 생각이 뇌리를 스쳤다.

가즈히로의 이니셜도 K다. 그 가스라이터는 가즈히로의 것일지도 모른다. 의붓동생이 애인이 될 수 있다면, 의붓아버지와도 충분히 그런 사이가 될 수 있는 것이다.

나는 한숨을 쉬었다. 내 상상은 행복한 가족이 등장하는 홈드라마에서 어둡고 비극적인 운명의 대서사시로 비약하고 있었다.

"오늘은 미트파이 맛이 별로인가요?"

주인이 걱정스러운 듯이 내 얼굴을 살폈다. 접시 위에서 먹다 만 미트파이가 식어가고 있었다.

나는 얼른 웃는 얼굴로 마지막 한 조각을 입에 넣었다.

"맛있습니다. 그런데 그렇게 빤히 보고 있으면 먹기가 좀……."

"아이코, 미안합니다. 손님이 맛있게 드셔서 저도 모르게 그만…… 제가 오늘 쓸데없는 소리를 너무 많이 했군요."

주인은 머리를 긁적이더니 자리를 떠나려고 했다.

"하나만 여쭤봐도 될까요?"

"네, 말씀하세요."

주인이 돌아보았다.

"오프랜드는 무슨 뜻입니까? 외진 곳, 인가요?"

"'오프랜드'로 읽으셨군요. 인기 없는 가게에는 그쪽이 어울릴지도 모르겠습니다."

주인은 감탄한 듯이 웃고는 말했다.

"실은 프랑스어입니다. '선물'이라는 뜻이지요."

가게 주인에게서 얻은 정보는 내게는 그야말로 뜻하지 않은 선물이었다.

18

"약물이란 신기하지."

의사가 중얼거렸다. 입에서는 역겨운 토사물이 줄줄 흐르고 있었다.

"진통제를 과복용하면 두통이 심해지고, 진토제를 과복용하면 구토를 해. 시험해본 적은 없지만, 아마 설사약을 과복용하면 변비에 걸리고, 지사제를 과복용하면 배가 살살 아파올 거야."

나는 시끄럽다고 소리를 지르고 싶었다.

하지만 침대에서 간신히 상반신만 일으켜 비닐봉지에 토악질을 하는 중이었으므로 그럴 수 없었다. 머리가 무지근하고 구역질은 하염없이 올라왔다.

"그렇다면 혹시 청산가리를 아주 많이 먹으면 건강하게 오래 살 수 있지 않을까? 청산가리 건강법. 당신도 경험해보겠습니까?"

의사는 오른손 엄지와 중지로 관자놀이를 누르며 이야기를 계속했다.

"그리고 말이야, 자살하는 건 좋은데 중추신경을 억제하는 약은 좀 자제해줘. 키가 10피트나 돼서 걷는 것처럼 머리가 어질어질하다고."

"시끄러워!"

더 게워낼 것이 없어진 나는 겨우 소리를 지를 수 있었다.

"화내는 거 보니 이제 괜찮아졌나 보군."

의사는 안심한 듯 싱글거렸다.

"그래도 내일까지는 머리가 멍할 거야. 일요일이라 그나마 다행이군."

"말해두는데, 나는 다루미야 겐자부로를 만나러 가지 않을 거야. 절대로."

나는 침대에 양손을 짚고 얼굴을 들어 의사에게 말했다. 시야가 흔들려서 의사의 모습이 두 개로 보였다.

"내가 굳이 말하지 않아도 어차피 너는 만나러 갈 거야.

무척이나 흥미가 있으니까."

"흥미 따위 없어."

"나한테 거짓말해봤자 소용없어."

의사는 비웃듯이 말했다.

나는 또 화를 내려고 했지만 정신이 점점 흐려졌다.

초인종.

눈을 뜨자, 겨울 햇살이 천장에 가냘픈 빛의 띠를 그리고 있었다. 해는 벌써 중천에 자리잡았다.

초인종이 울렸다.

꿈이 아니었다. 일요일인데, 대체 누구일까?

침대에서 일어나다가 하마터면 바닥에 쓰러질 뻔했다. 의사가 말한 대로 골이 흔들거렸다.

간신히 현관까지 가서 문구멍에 오른쪽 눈을 대고 밖을 보았다.

코트를 입은 남자 둘이 문 앞에 서 있었다. 한쪽은 곱슬머리, 또 한쪽은 어설퍼 보이는 젊은이.

다루미야 유키코의 장례식에서 봤던 장의사 직원이었다.

나는 무심결에 침대를 돌아보았다. 이미 나는 죽었고, 그래서 장의사에서 시신을 수습하러 나온 것인가, 하고 생각했던 것이다.

그러나 침대 위에 내 시신은 없었다. 이불이 젖혀 있고, 침대 밑에 토사물이 든 비닐봉지가 떨어져 있을 뿐이었다.

다시 초인종이 울렸다.

"잠깐만요."

나는 문을 사이에 두고 말한 뒤 서둘러 비닐봉지를 집어 들었다. 비틀비틀 세면대로 가서 비닐봉지를 그대로 휴지통에 던져버린 다음 수건으로 입을 닦고 양치질을 했다.

거울을 보았다.

얼굴은 괜찮았다. 지저분하지 않았다.

나는 벽을 짚고 현관으로 걸어가서 문을 열었다.

두 남자는 나를 보자마자 서로 얼굴을 마주 보았다.

"미안합니다, 주무시는데."

곱슬머리가 미안한 듯이 말했다. 그 시선은 내 가슴팍에 꽂혀 있었다.

나는 내 몸을 내려다보았다. 막 일어난 터라 아직 잠옷 차림이었다. 다행히 토사물은 묻어 있지 않았지만, 괴로워서 잠결에 쥐어뜯었는지 가장 위의 단추가 떨어져 나가고 없었다.

그다지 보기 좋은 모습은 아니었다.

"지금 몇 시죠?"

나는 물었다. 어설픈 젊은이가 손목시계를 보았다.

"오후 1시 반입니다."

나는 눈을 가늘게 뜨고 하늘을 올려다보았다. 흐릿한 하늘에 희뿌연 해가 떠 있었다. 진통제를 먹고 열두 시간이나 지났는데 몸은 여전히 회복되지 않았다.

"고맙습니다."

나는 젊은이에게 말한 뒤, 곱슬머리를 보았다.

"그런데 누구시죠?"

"메구로니시 경찰서 무라키 경사입니다. 이쪽은 이소베 형사."

곱슬머리는 그렇게 자신들을 소개한 뒤 이렇게 말했다.

"니시 공원 사건을 수사하고 있습니다. 사체 발견 당시의 상황을 다시 한 번 들어보고 싶어서 찾아왔습니다."

이 한물간 가수와 무능한 매니저 같은 콤비가 형사라고? 나는 놀람과 동시에 약간의 불안을 느꼈다. 아직 약 기운이 가시지 않은 상태에서 형사의 질문에 응하고 싶지는 않았다.

"경찰수첩을 보여주시겠어요?"

나는 무라키에게 말했다. 무라키는 웃옷 안주머니에서 수첩을 꺼내 내게 보여주었다.

형사가 아닐지도 모른다고 의심했기 때문이 아니다. 시간을 벌고 싶었을 뿐이었다.

물론 몸이 안 좋으니 다음에 오라고 할 수도 있었다. 하지만 어설프게 굴었다가 괜한 의심을 사고 싶지는 않았다. 귀찮은 일은 빨리 끝내는 편이 좋다.

"알겠습니다. 들어오시죠."

나는 고개를 끄덕인 뒤 문을 활짝 열었다.

그러자 무라키는 급하게 손사래를 쳤다.

"아니, 집에 들어가는 건 좀…… 밖에서 이야기하시죠."

나는 무라키의 얼굴을 보았다. 어쩐지 낌새가 이상했다. 두 사람 다 당황한 것처럼 보였다.

"샤워를 해야 해서 시간이 좀 걸릴 텐데요."

내가 말하자, 무라키가 안도한 표정으로 괜찮다고 대답했다.

나는 문을 닫고 욕실로 갔다.

나는 의심받고 있는 것일까? 저 형사들은 뭔가 꿍꿍이가 있는 것처럼 보였다. 덫일지도 모른다.

덫에 걸려들지 않으려면 정신을 바짝 차려야 한다. 나는 잠옷과 속옷을 벗어던지고 더운물과 찬물로 번갈아 샤워를 했다.

머리가 조금 개운해진 것 같았다.

스웨터와 청바지로 갈아입고, 재킷을 걸치고, 다시 문을 열었다.

"기다리게 해서 미안합니다."

"아닙니다. 번거롭게 해서 저희가 미안하지요."

무라키가 친근하게 웃었다. 하지만 눈매가 날카롭고 명석해 보였다. 조심해야 할 것 같았다.

나는 두 사람과 아파트 계단을 내려갔다. 도중에 다리가 후들거려서 벽에 손을 짚었다.

"괜찮습니까?"

이소베가 내 얼굴을 빤히 보면서 물었다.

"술이 안 깨서요."

백 프로 거짓은 아니었다. 알코올이 아니라 진통제에 취한 것이니까.

이소베가 내 말을 곧이곧대로 들었는지 아닌지는 알 수 없었다.

"경찰서로 갑니까?"

아파트를 나오면서 나는 무라키에게 물었다.

"아니, 아닙니다. 서까지 가실 필요는 없습니다."

무라키는 그렇게 대답한 뒤 고가선 아랫길을 둘러보았다.

"커피숍이 좋겠는데…… 저기 어떻습니까?"

무라키가 가리킨 곳은 대로변에 있는 커피숍이었다. 구로우메라는 잡지 기자를 만났을 때도 갔던 곳이다.

"저기는 비싼데."

내 말에 무라키는 웃으며 말했다.

"걱정 마십시오. 계산은 저희가 하니까."

비싸고 맛은 없다고 말해주고 싶었지만 관두기로 했다. 내 돈이 나가는 것도 아니니 한 번쯤 더 마셔도 상관없겠지.

우리는 저택처럼 생긴 하얀 건물로 들어가 길가가 보이는 창가 자리에 앉았다. 무라키는 내게 묻지도 않고 앉자마자 여종업원에게 커피를 세 잔 주문했다.

"그럼 사체 발견 당시의 상황을 다시 한 번 설명해주시겠습니까?"

무라키가 여유 있게 말했다.

나는 이야기를 시작했다. 경찰에게 그리고 구로우메에게 했던 것과 똑같은 이야기를 다시 한 번 읊었다.

그날 밤, 우연히 그곳을 지나는데 공원 안에서 이상한 것이 보였다. 가까이 가보니 여자아이가 쓰러져 있었다.

이럴 때는 섣불리 거짓말을 해서는 안 된다. 나는 있는 그대로 솔직하게 말했다. 다만 말하고 싶지 않은 것은 말하지 않았다. 말하고 싶지 않은 것은 가능하면 잊어버리는 편이 바람직하다.

그리고 다행히 이 경우, 경찰에게 말하고 싶지 않은 것은 딱 한 가지뿐이었다.

내가 다루미야 유키코를 이전부터 알고 있었다는 사실이다.

나는 거의 진실을 말하면서 앞에 있는 두 형사를 관찰했다.

무라키의 나이는 삼십대 후반 정도. 저렇게 엉망으로 파마를 해놓을 미용사는 없을 테니 아마 원래부터 곱슬머리일 것이다. 타원형 얼굴에 가늘고 처진 눈. 입가에는 내내 웃음기가 어려 있었다.

나는 이렇게 이죽이죽 웃는 남자를 잘 알고 있다. 의사와 비슷한 성격일 것이다. 머리가 좋은 냉소주의자.

이소베는 나보다 연하로 보였다. 단정하게 앞가르마를 탄 머리에 역삼각형 얼굴. 키도 무라키보다 크고 얼굴도 반듯하게 생긴 미남이었다.

그런데도 첫눈에 미덥지 못한 인상을 주는 이유는, 동안인 탓도 있지만 그 눈에 있었다. 시종일관 눈빛이 흔들리고 있었다.

내 얼굴을 흘끔흘끔 훔쳐보다가, 창밖을 보다가, 천장을 쳐다보다가 하는 모습은 여유 있는 무라키에 비해 무척이나 침착성이 없어 보였다.

아니, 하고 나는 다시 생각했다. 이소베는 지금 긴장한 것인지도 모른다.

그런데 왜 긴장할까. 고작 사체 발견자의 증언을 듣는 일이다. 이것이 눈빛이 흔들릴 만큼 긴장할 일일까. 이소베는 무라키보다 젊었지만 증언 청취를 처음 하는 풋내기 형사로는 보이지 않았다.

중요한 임무라서 흥분한 것일지도 모른다고 나는 생각했다. 수사를 진행하는 데 열쇠가 될 아주 중요한 임무를 띤 젊은 형사의 반응.

그것은 어떤 임무일까.

가령 용의자의 증언을 듣는 일이 그렇다.

나는 정신을 더 바짝 차렸다.

"음, 잘 알았습니다."

내가 이야기를 끝내자 무라키가 고개를 끄덕거렸다.

"저, 한 가지 여쭤봐도 되겠습니까?"

이소베가 기다렸다는 듯이 물었다.

"그런 늦은 시간에 왜 다카반에 계셨습니까? 더구나 그렇게 인적이 뜸한 골목에."

무라키가 미간을 찡그리고 이소베 쪽을 보았다. 왜 쓸데없는 소리를 하느냐는 표정이었다.

아니면, 아직 핵심을 건드리기에는 이르다고 말하고 싶은 것일까?

"아는 사람이 근처에 살아서 그 집에 다녀오던 길이었습니다."

이것도 거짓말은 아니었다. 다만 아는 사람이란 다루미야 유키코를 말하는 것이었고, 그 집에 다녀왔다는 것은 데제르 히몬야 앞에서 기다리다 온 것일 뿐이었지만.

"그분과는 어떤 관계인가요?"

이소베는 집요하게 캐물었다. 무라키의 얼굴에 난처한 기색이 역력했다.

"그런 것까지 말해야 합니까? 사생활인데."

나는 그렇게 말하고 이소베를 쏘아보았다. 이소베는 기어드는 소리로 사과하고는 고개를 푹 숙여버렸다.

애송이 형사님, 질문이 너무 직설적이야, 하고 나는 속으로 중얼거렸다.

반면에 무라키는 훨씬 노련했다.

이소베를 나무라듯이 낮게 헛기침을 한 뒤, 내 쪽을 돌아보며 말했다.

"일부 매스컴에도 보도된 내용이라 아실지도 모르겠습니다만, 현장에서 가위가 한 자루 더 발견됐습니다."

조심해라. 나는 나 자신에게 경고했다. 네가 알고 있어도 되는 것과 알고 있어서는 안 되는 것을 엄밀하게 구분해라. 그리고 알고 있어서는 안 되는 것은 지워버리고 그 나머지 것에 대해서는 숨김없이 대답해라.

"주간지에서 봤습니다."

나는 솔직하게 대답했다.

"현장에서 사체를 발견했을 때, 가위가 한 자루 더 있다는 사실을 알았습니까?"

무라키는 드디어 핵심을 찔러왔다. 이것이 덫이었다.

《주간 아르카나》의 기사에는, 현장에서 가위가 또 한 자루 나왔다는 사실은 실려 있었지만 어디에 있었는지까지는 밝혀져 있지 않았다.

물론 그 가위는 공원 풀숲 안에서 발견되었을 것이다. 내가 거기에 던졌으니까.

그러나 내가 그런 사실을 알고 있어서는 안 되는 것이다. 무참하게 살해당한 소녀를 발견하고 허둥대고 있었을 인간이 풀숲을 살폈을 리는 없으니까.

나는 또 한 자루의 가위에 대해서는 아무것도 모른다.

"몰랐습니다. 죽은 아이를 보고 놀라서 경황이 없었으니까요."

그날 밤의 일은 떠올리고 싶지 않다는 듯이 나는 짐짓 눈을 내리떴다. 연기가 좋았던 것일까. 무라키는 "이해합니다" 하고 대답했다.

"알겠습니다. 협조해주셔서 고맙습니다."

무라키는 집게손가락으로 머리를 긁적이면서 이야기를 마무리 지으려고 했다. 그런데 이소베가 불쑥 이렇게 물어왔다.

"저기, 그런데 피해자의 장례식에 왔었죠?"

무라키가 몹시 난처해하는 것이 보였다. 파트너가 성급하게 행동해서 당황한 것이리라.

"네. 고인을 애도하고 싶어서…… 그게 무슨 문제라도?"

내가 말하자 이소베는 아무것도 아니라고 대답할 뿐이었다.

약속대로 무라키가 커피 값을 지불하고 우리는 커피숍 앞에서 헤어졌다.

조금 걷다가 뒤돌아보자, 길거리에 서서 무라키가 이소베의 머리를 때리는 것이 보였다.

저 젊은 형사는 나중에 분명히 혼쭐이 날 것이다.

집에 돌아와 문을 닫는 순간, 무릎이 후들후들 떨렸다. 형사의 질문에 집중하는 동안에는 그럭저럭 버텼지만 진통제의 기운은 여전히 남아 있었다.

바닥에 무릎을 꿇고 거의 기다시피 해서 방으로 들어갔다.

하지만 바로 누울 수는 없었다.

나는 안쪽 책장으로 가서 책 사이에 끼워둔 다루미야 유키코의 입회 신청서 사본을 꺼냈다.

아무래도 경찰은 나를 의심하고 있는 것 같았다. 이런 것을 집에 두면 곤란하다.

나는 사본을 양손에 잡고 찢어버리려고 했다. 하지만 망설여졌다. 이 정보가 아직 필요하다는 생각이 들었던 것이다. 다루미야 유키코의 집에 전화할 일이 생기지 않을까.

의사의 말이 옳았다. 나는 여전히 다루미야 유키코와 그

가족에게 흥미를 느끼고 있었다.

경찰의 의심을 받는 상황에서 탐정 놀이를 계속할 수 있을까? 너무 위험하다.

하지만 무엇이 위험하다는 것인가?

경찰에 체포되어도 상관없지 않은가. 나는 이미 두 소녀를 죽였다. 고니시 미나를 죽였고, 마쓰바라 마사요를 죽였다. 경찰이 나를 쫓는 것은 당연한 일이다.

그리고 뭣하면 다루미야 유키코 살인죄까지 뒤집어써도 상관없다고 나는 생각했다.

그러나 나는 지금까지 경찰의 눈을 피하기 위해 세심한 주의를 기울여왔다. 그 방침만은 마지막까지 관철하자. 아무리 승산이 없는 게임이라도 시작한 이상은 최선을 다해야 한다. 그러다 체포되어 사형을 선고받는다고 해도 그건 그것대로 바라던 죽음을 얻을 수 있는 길인 것이다.

나는 다루미야 유키코의 집 주소와 전화번호를 메모지에 옮겨 적었다. 입회 신청서 사본은 숄더백에 넣었다. 경찰이 정말 의심하고 있다면 내가 내놓은 쓰레기봉투를 뒤질지도 모른다. 사본은 출근하는 길에 역 쓰레기통에 버리기로 했다.

그러고서 구로우메 나쓰에의 명함을 찾아내서 《주간 아르카나》 편집부에 전화를 걸었다. 바쁜 주간지 기자는 일요일에도 아마 일하고 있을 것이다.

"네, 《주간 아르카나》 편집부입니다."

중년 남자의 목소리가 들려왔다. 나는 구로우메를 바꿔달라고 부탁했다.

"지금 자리에 없는데, 연락하라고 전해드리겠습니다."

나는 번호를 남기고 전화를 끊었다.

오 분도 안 되어 전화가 울렸다.

"여보세요, 전화했다면서요?"

구로우메는 바깥에 있는 모양인지 수화기 너머로 시끄러운 잡음이 들려왔다.

자유기고가인 그녀는 잡지사에 고정된 자리가 없는 것이다. 《주간 아르카나》 편집부로 전화가 걸려오면 일단 부재중이라고 대답한 뒤 그녀에게 바로 연락하는 모양이었다.

"무슨 일이에요? 지난번 취재 건은 미안하게 됐어요. 갑자기 특종이 들어오는 바람에 어쩔 수 없었어요. 뭐 그쪽도 별로 내켜 하지 않았으니까, 상관없죠?"

구로우메는 단숨에 말을 쏟아냈다.

"부탁이 있습니다."

"부탁?"

"피해 학생의 집 연락처를 알고 싶어요. 칠일재가 지났으니까, 한번 찾아가서 인사라도 할까 싶어서……."

"의리가 대단하네요."

구로우메는 혀를 내두르며 말했다.

"하지만 가르쳐줄 수는 없어요. 이해하죠? 사건 관계자의 연락처는……."

"오늘 우리 집에 형사가 찾아왔습니다. 내가 아주 흥미로운 이야기를 들었는데……."

"네?"

"《주간 아르카나》에서 기사로 내보냈던 또 한 자루의 가위에 대해 경찰도 지대한 관심이 있더군요. 그것과 관련해서 자세한 내용을 들었습니다."

"그 자세한 내용이란 게 뭔데요?"

구로우메의 태도가 돌변했다. 특종감을 포착한 저널리스트의 목소리였다.

"연락처는 가르쳐줄 거죠?"

구로우메는 마지못해 주소와 전화번호를 내게 알려주었다.

"지난 호 《주간 아르카나》에 실렸던 기사 내용은 전부 억측이었더군요. 또 한 자루의 가위는 피해자의 몸에 꽂혀 있었던 것도, 바로 옆에 떨어져 있었던 것도 아니었어요. 가위는 사체에서 조금 떨어진 풀숲에서 발견되었다고 하더군요. 경찰은 이 가위에 주목하고 있습니다."

나는 구로우메에게 정보를 넘겼다.

"틀림없겠죠?"

구로우메가 의심스러운 듯이 물었다.

"형사한테 그렇게 들었을 뿐이지, 나도 사실인지 아닌지는 모릅니다. 정 의심스러우면 경찰 쪽 정보통 기자한테 부탁해서 확인해보든가요."

"안 그대로 확인해볼 거예요."

구로우메는 그렇게 말하고 전화를 끊었다.

나는 수화기를 내려놓은 뒤 비틀비틀 침대로 가서 벌렁 누워버렸다.

이것으로써 내가 다루미야 유키코의 집 주소와 전화번호를 알고 있는 것이 설명된다.

그리고 구로우메가 내가 넘긴 정보를 기사로 써주면 또한 자루의 가위가 풀숲에서 발견된 사실은《주간 아르카나》의 몇십만 독자가 알게 되는 셈이다. 그러면 그것은 가위남을 특정하는 결정적인 단서로는 작용하지 못한다.

구로우메는 정보의 출처를 밝히지 않을 것이다. 보기와는 다르게 프로페셔널하므로 그 부분은 신뢰할 수 있다.

만에 하나 구로우메가 내게서 정보를 얻었다고 경찰에 밝혔을 때는, 지금 전화로 말한 대로 형사에게 직접 들었다고 말하면 된다. 오늘 증언은 녹음되지 않았다. 두 형사가 이야기하지 않았다고 반박해도 증명할 길은 없다.

뭣하면 법정에서 싸워도 좋다.

이소베인가 하는 그 젊은 형사라면 충분히 말실수를 할 법하다. 재판관은 아마 그렇게 판단해줄 것이다.

9장

11월 30일 일요일 오후 4시, 증언 청취를 끝내고 이소베, 무라키, 신도 세 사람이 경찰서로 복귀하자 시모카와 혼자 형사과 사무실을 지키고 있었다.

"그래, 어땠어?"

세 사람을 보더니 시모카와는 기다렸다는 듯이 자리에서 벌떡 일어났다.

형사과에서 자체적으로 가위남 수사를 진행한다는 소식을 듣고 가장 의욕을 보인 사람이 시모카와였다. 중대한 사건을 자신의 재량으로 수사할 수 있다는 사실이 기뻤던 것이다. 이소베와 무라키가 히다카 고이치를 만나러 간다는 것을 알고 탐문 수사가 끝난 후에도 돌아가지 않고 남아 있었던 것이다.

"뭔가 성과는 있었어?"

시모카와는 다짜고짜 물었다.

"뭐 그럭저럭. 처음은 다 그렇지."

무라키는 그렇게 대답한 뒤, 짓궂은 눈으로 이소베를 보았다.

"그리고 재미있는 일도 있었고. 그렇지, 이소베?"

"네에."

이소베는 대답했다. 스스로도 한심한 목소리라고 생각했다.

"뭔데? 무슨 일 있었어?"

"나중에 천천히 이야기해줄게. 일단 호리노우치 씨한테 보고부터 하고. 어이, 이소베, 신도, 가자."

이소베는 축 처져서 무라키를 따라 복도를 걸어갔다. 돌아오는 차 안에서 무라키에게 한바탕 놀림을 당했는데, 이제 형사과 전원의 웃음거리가 될 것을 생각하니 속상해서 견딜 수가 없었다.

그런 질문은 하지 말았어야 했다고 이소베는 후회했다.

"이소베 선배, 괜찮으세요?"

카메라를 목에 걸고 망원 렌즈 케이스를 애지중지 안은 신도가 말을 걸어왔다. 조금 벌어진 입에서 당장이라도 웃음이 터져 나올 것 같았다.

이 녀석까지. 이소베는 분통이 터졌다.

세 사람은 임시 사무실에 들어갔다. 호리노우치는 컴퓨터 앞에 앉아 뭔가 작업을 하고 있었다. 무라키를 보더니 바로 반가운 듯이 웃음을 지었다.

"기다리고 있었습니다. 히다카는 어땠습니까?"

"마쓰모토 형사 말대로 무슨 생각을 하는지 종잡을 수 없는 녀석이더군요."

그렇게 대답하면서 무라키는 의자에 앉았다. 이소베도 옆에 앉았다.

신도는 문 앞에 카메라를 들고 서 있었다. 앉으라는 호리노우치의 지시를 기다리는 것이리라.

하지만 호리노우치는 무라키의 이야기에 열중해서 신도가 있다는 사실조차 모르는 것 같았다.

"증언은 마쓰모토 형사한테 들은 그대로였습니다. 히다카가 가위남이라면 머리가 상당히 좋은 놈이에요. 어설프게 자신의 행동 하나하나를 설명하려 들지 않고 애매한 부분은 애매한 채로 남겨두더군요. 이쪽으로서도 파고들 방도가 없었습니다."

이소베는 히다카의 모습을 떠올리고 있었다. 나이는 스물여섯, 이소베보다 한 살 아래였지만 훨씬 연상으로 보였다. 아마도 이마가 벗어지고 숱이 적어지기 시작한 머리 때문일 것이다. 체중은 90킬로인지 100킬로인지 가늠이 되지 않았다.

비만인 것도 이해는 갔다. 히다카는 운동을 좋아할 타입으로는 전혀 보이지 않았다. 지금이 겨울인 점을 감안해도 피부색이 너무 허옜다. 운동은커녕 바깥에 나가는 것조차 싫어할 것 같았다.

다만 통통하고 두루뭉술한 외모가 주는 일반적인 느낌과

는 다르게 히다카는 어딘지 음침한 분위기를 풍기고 있었다. 특히 그 눈. 존재감이 희박한 전체적인 이미지와는 정반대로 눈빛이 날카롭고 매서웠다.

히다카는 그 눈빛을 감추려는 것인지 눈을 조금 내리뜨고 담담하게 증언했다. 증언은 한 치의 오차도 없이 정확했다. 자신의 추측이나 생각을 빼고 본 것과 들은 것만을 조리 있게 진술했다. 형사에게 히다카는 이상적인 증인이었다.

하지만 어린 소녀의 사체, 그것도 목에 가위가 꽂힌 사체를 목격한 자가 그렇게 덤덤할 수 있을까. 보통은 당시의 끔찍한 상황이 떠올라서 이야기하는 것을 주저하지 않을까. 그에 반해 히다카는 너무나도 냉정했다.

"친구 집에 갔었다는 이야기는요?"

"그것도 애매합니다. 거짓말일지도 모르죠. 친구가 많아 보이는 성격은 아니었으니까."

무라키는 한쪽 뺨을 씰쭉거리며 웃었다.

"사는 아파트도 아주 지저분했어요. 그 친구라는 인물이 실제로 존재한다고 해도 아마 여자친구는 아닐 겁니다."

무라키다운 견해라고 이소베는 생각했다.

몰래 얼굴 사진을 찍기 위해 히다카를 집 밖으로 유인해내야 했다. 그러나 설령 그럴 필요가 없었다고 하더라도 무라키는 밖에서 이야기하자고 했을 것이다.

히다카가 문을 열었을 때 가장 먼저 보였던 것은 현관 앞에 놓인 헌 신문 다발이었다. 현관에는 운동화가 아무렇게

나 나뒹굴고 있었다. 무라키는 남자 혼자 사는 지저분한 집에 들어가기 싫었을 것이 틀림없었다.

하지만 이소베의 의견은 조금 달랐다. 이소베도 혼자 사는 남자로서, 일 때문에 며칠씩 집에 못 들어가는 날도 많고 청소도 제때에 하고 살기가 쉽지 않았다. 그래서 독신 남자의 집이 어떤지 무라키보다 잘 알고 있었다.

이소베의 기준으로 판단하면 히다카의 집은 오히려 깔끔한 축에 속했다.

특히 헌 신문을 끈으로 묶어 무너지지 않도록 모서리 부분에서 매듭을 지은 것은 꼼꼼한 성격을 말해주고 있었다. 신문과 전단지가 따로따로 정리되어 있던 것에서도 히다카의 세심한 성격을 느낄 수 있었다.

"친구의 이름이나 연락처는 말하던가요?"

"아니요. 현재로서는 그 이상 자세하게 캐묻는 것도 곤란하고……."

"아직 용의자가 아니니까 말이죠."

호리노우치는 고개를 끄덕이며 말했다.

"참고인조차 아니죠. 경찰에 협력해주는 선량한 시민의 사생활을 침해할 수는 없습니다."

무라키도 고개를 끄덕이며 그렇게 대꾸했다.

"그러면 별다른 소득은 없었다는 거군요."

호리노우치는 실망한 듯이 중얼거렸다.

"꼭 그렇지만은 않습니다."

무라키는 자신만만한 표정으로 말했다.

"또 한 자루의 가위에 대해 물었을 때 명백히 동요하는 모습을 보였습니다. 아주 잠깐이었지만, 그때까지 아주 차분하던 시선이 흔들렸어요."

정말 한순간이었다. 무라키가 그 가위 이야기를 꺼냈을 때 히다카는 얼핏 시선을 돌렸다. 뭔가 불안해하는 기색이 스쳤다. 하지만 이내 눈을 내리뜨고 무표정한 얼굴로 돌아왔다.

"또 한 자루의 가위가 돌파구가 될 거라는 말씀이군요."

"가위가 풀숲에서 발견된 사실은 매스컴에 공개되지 않았습니다. 아는 사람은 가위남 본인뿐입니다."

"히다카가 그렇게 증언하면 하나의 증거는 되겠지요. 하지만 당사자의 증언만으로는 부족합니다."

호리노우치는 골똘히 생각하면서 그렇게 대꾸했다.

"다른 증거는 이제부터 조사하면 됩니다. 사진을 들고 신발이 닳도록 돌아다니겠습니다."

무라키는 신도를 돌아보았다.

"어이, 신도."

"네."

신도는 차렷 자세로 대답했다.

"뭘 그렇게 얼어 있어. 총경님 앞이라서?"

무라키는 쓴웃음을 짓고 호리노우치를 다시 돌아보았다.

"저 친구가 신도 순경입니다. 대학 때 사진 동아리에서 활동했는데, 대회에서 입선한 적도 있다고 합니다. 그렇지, 신도?"

"네, 그렇습니다."

신도는 여전히 경직되어 있었다.

호리노우치는 저런 사람을 믿어도 될까, 하는 미심쩍은 표정을 하고 있었다.

무라키는 호리노우치의 마음을 잽싸게 헤아리고 이렇게 말했다.

"저래도 사진 실력만큼은 확실합니다. 전에도 몇 번 도움이 됐거든요. 멀리서 망원 렌즈로 용의자 얼굴을 찍는 것 정도는 식은 죽 먹기죠."

그렇다, 지금까지 몇 번이나 썼던 수법이었다. 극히 사무적인 증언 청취를 가장해서 용의자를 집 밖으로 불러낸 다음 미리 정해둔 장소로 유인한다. 커피숍 창가 자리나 공원 벤치 같은 트인 장소가 좋다. 그러면 마지막으로 신도가 망원 렌즈를 이용하여 얼굴을 찍는다.

대학 때 대회에서 입선했다는 사진은 바위 위에 서서 귀를 쫑긋 세우고 있는 산토끼를 촬영한 것이었다. 그 사진을 보고 이소베가 '토끼 사진'이라고 하자 얌전한 신도가 보기 드물게 화를 냈다. 그것은 어느 산악 지대에만 서식한다는 아무개 토끼로, 등산객은 물론이고 그 고장 사람들 눈에도 좀처럼 띄지 않아서 이런 선명한 사진을 찍는 것은 거의 기적이라고 했다. 신도는 대학 2학년 여름방학을 오롯이 산에 머물면서 그 사진을 찍었다고 한다.

이소베에게 사진을 볼 줄 아는 안목은 없다. 신도가 찍은 일생일대의 걸작도 귀여운 산토끼 사진으로밖에 보이지 않았다.

그렇다고 해도 당시 촬영 때도 썼다는 소형 바주카포 같은 망원 렌즈가 아주 물건이라는 것은 잘 알고 있었다. 길을 가는 용의자의 얼굴을 대각선 맞은편 건물에서도 아주 잘 포착해냈다.

"히다카의 얼굴은 제대로 찍었겠지, 신도?"

무라키가 살짝 걱정스러운 표정으로 물었다.

"네. 물론입니다."

신도는 자신의 실력을 믿어달라는 듯이 가지고 있던 카메라를 들고 자세를 취해 보였다. 파인더를 들여다보는 모습이 그럴싸했다.

무라키가 오른손을 들어 브이를 해 보였다. 신도는 셔터를 눌러 플래시를 터뜨렸다.

"선배님, 포즈 좋은데요. 한 장 더 찍습니다."

이제야 긴장이 풀렸는지 신도가 웃으면서 말했다.

무라키는 이번에는 양손으로 브이를 만들었다. 아저씨 포즈라고 생각하며 이소베는 고개를 내둘렀다. 호리노우치도 쓴웃음을 짓고 있었다.

"사진 나오면 액자에 넣어라. 집에 걸어놓게."

무라키는 그렇게 말하면서 자리에서 일어났다. 그러고서 호리노우치를 보고 웃으며 말했다.

"내일부터 히다카 사진을 들고 현장 주변을 탐문하겠습니다. 아무리 치밀한 놈이라도 누군가의 눈에는 띄었겠죠. 작정하고 돌면 분명히 목격 증언이 나올 겁니다."

"기대하고 있겠습니다."

호리노우치가 대답했다.

세 사람은 호리노우치의 임시 사무실을 나왔다.

복도를 걸어가다가 무라키가 신도를 노려보았다.

"너, 제대로 찍었겠지?"

역시 무라키도 신도의 안절부절못하던 모습이 불안했던 모양이다. 눈빛이 진지했다.

"제대로 찍었습니다."

신도도 진지한 표정으로 대답했다.

"나중에 딴소리하기만 해봐. 흔들리기라도 했으면 가만히 안 둔다."

"네."

신도는 조금 풀이 죽은 것 같았다.

선배 형사의 실수를 비웃더니 꼴좋다, 하고 이소베는 몰래 생각했다.

19

인간의 손가락이 열 개라고 해서 퇴폐와 혼란이 백 년마다 세기말에 찾아온다고 할 수 없듯이 달이 넘어갈 때마다 계절이 바뀌는 것은 아니다.

하지만 12월 1일이 되자 한층 쌀쌀해져서 겨울이 본격적으로 시작된 것처럼 느껴졌다.

아침 뉴스에서는 기상 캐스터가 12월 초에 간토 지방에 첫눈 소식이 있으며 적설량도 예년보다 많을 것이라고 예보했다. 그리고 올해는 도쿄에서도 화이트 크리스마스를 기대할 수 있을 것 같습니다, 하고 웃는 얼굴로 덧붙였다.

나는 눈은 질색이다. 더러워서 싫다. 땅에 쌓여 흙, 먼지, 쓰레기와 범벅이 된 눈은 말할 것도 없고, 하늘에서 내릴 때부터 더럽다. 눈은 빗물이 얼어서 된 것이다. 산성비가 내리는 곳이라면 눈도 산성일 것이다.

비는 차가운 밤에 눈으로 바뀐다. 질소 산화물로 얼룩진

크리스마스이브.

소복하게 쌓인 눈을 손으로 떠서 좋다고 입에 넣는 사람이 있는데, 그 사람은 비 온 후에 고인 빗물을 마시라면 마실 수 있을까. 둘 다 다를 것이 없는데.

나는 그런 생각을 하면서 가쿠게이대학역 앞 작은 광장에서 있었다. 역의 디지털시계는 오후 5시를 가리키고 있었다. 개찰구에서는 귀가하는 샐러리맨이나 교복을 입은 학생들의 모습이 눈에 띄기 시작하고 있었다.

장례식 날 겐자부로는 하자쿠라 고등학교의 연두색 교복을 입고 있었다. 아마 다루미야 유키코와 마찬가지로 도요코선을 타고 통학할 것이다.

겐자부로가 나타난 것은 오후 5시 15분경이었다. 승강장에서 계단을 내려오는 교복 차림의 겐자부로가 보였다. 아직 누나를 잃은 슬픔에서 벗어나지 못한 것일까. 건장한 소년은 어두운 눈빛으로 정면을 응시하고 있었다.

개찰구를 나오자마자 나는 겐자부로를 불러 세웠다.

"다루미야 겐자부로 군? 《주간 아르카나》 기자야. 잠깐 이야기 좀 할까?"

바로 앞에 서자 겐자부로는 나보다 머리 하나가 더 컸다.

겐자부로는 대답도 없이 마치 구제업자가 해충을 보듯이 나를 내려다보더니 홱 가버리려고 했다.

"동생도 미트파이 좋아하나?"

나는 겐자부로 쪽을 보지도 않고 중얼거리듯이 물었다.

"뭐라고요?"

겐자부로는 멈춰 서서 수상한 눈빛으로 나를 돌아보았다.

"누나랑 오프랜드라는 카페에 간 적이 있을 텐데? 그곳 미트파이는 꽤 맛이 좋지. 누나도 좋아했다고 들었어."

겐자부로는 나를 바라보고 있었다. 얼어붙은 듯한 표정이었다. 아마 다루미야 유키코가 죽은 이후로 늘 같은 표정을 하고 있었을 것이다.

"거기서 둘이 진지하게 이야기를 나눴다고? 무슨 이야기였을까?"

"왜 내가 당신에게 그런 이야기를 해야 하죠?"

겐자부로의 표정이 험악해졌다.

"하고 싶지 않으면 안 해도 돼."

나는 겐자부로를 남겨두고 발길을 돌렸다. 겐자부로가 나를 무시하고 그냥 가도 그만이라고 생각했다.

그런데 겐자부로는 내 뒤를 따라왔다.

그를 오프랜드에 데려가는 것은 너무 가혹한 일일 것이다. 나는 다른 커피숍을 찾았다.

"대체 뭘 알고 싶은 거죠?"

자리에 앉은 뒤 종업원이 주문을 받고 돌아가자 겐자부로는 그렇게 물어왔다.

"알고 싶은 건 한 가지뿐이야."

나는 아직 앳된 모습이 남아 있는 소년의 얼굴을 바라보았다.

"누나랑 잔 적 있나?"

겐자부로의 얼굴에 분노의 빛이 떠올랐다. 테이블 위의 주먹 쥔 오른손이 부르르 떨렸다.

나는 맞아도 상관없다고 생각했다.

하지만 겐자부로는 자신을 절제했다.

"무슨 말이에요?"

그렇게 툭 내뱉고, 겐자부로는 주먹 대신에 경멸에 찬 시선으로 나를 후려갈겼다.

"누나하고 안 잤어?"

"누나라고요. 누나하고 어떻게 그래요!"

"왜, 친남매도 아닌데. 게다가 미인이고, 아무하고나 쉽게 자는 아이였잖아?"

하자쿠라 고등학교에 다니는 겐자부로가 그 사실을 모를 리가 없었다. 나는 일부러 모질게 말했다.

이번에는 틀림없이 주먹이 날아오리라고 생각했다.

그러나 겐자부로는 입술을 깨물고 나를 노려볼 뿐이었다. 커피를 가져온 종업원이 멈칫했을 정도로 증오에 찬 눈빛이었지만 주먹을 쓰지는 않았다.

나는 소년의 강한 자제력에 감탄했다.

"유키코에 대해 함부로 말하면 용서하지 않을 거예요."

종업원이 가자 겐자부로는 낮은 소리로 읊조렸다.

유키코라, 하고 나는 생각했다. 겐자부로는 아직까지도 다루미야 유키코를 누나라고 생각하지 않는 것 같았다. 다루미야 유키코를 사랑했던 것은 사실일 것이다. 누나가 아니라 한 명의 여자로서.

그러나 그것은 살의로 변할 그런 종류의 사랑과는 달랐다. 오히려 동경에 가까운 감정이었다. 다루미야 유키코와 자지 않았다는 말도 아마 거짓이 아닐 것이다.

만에 하나 겐자부로가 다루미야 유키코에게 살의를 품었다고 하더라도, 이 직설적인 소년이 살인을 가위남의 소행으로 위장하려는 생각을 했을 리가 없다. 이런 성격이라면 누나를 죽인 뒤 직접 경찰에 전화해 자수했을 것이다.

나는 상처 입은 소년을 괴롭히는 짓에 가책을 느꼈다. 이제 그만하자.

"미안해."

나는 사과했다.

"말하고 싶지 않으면 안 해도 되지만, 오프랜드에서 무슨 이야기를 나눴는지 들어볼 수 있을까?"

"우리한테 마음을 조금만 열어달라고 부탁했어요."

입도 대지 않은 식어가는 커피를 바라보면서 겐자부로는 이야기를 시작했다.

"유키코가 특별히 우리를 싫어했던 건 아니에요. 집에 처음 왔을 때부터 밝았고, 식사할 때나 다 같이 외출하거나 할 때도 대화에도 잘 끼고 잘 어울렸어요. 그래서 처음에는 몰랐어요. 우리하고 완전히 친해졌다고 생각했었죠."

"뭘 몰랐다는 거지?"

겐자부로는 침통한 표정이었다.

“유키코는 먼저 말을 거는 일이 없었어요. 아버지나 내가 말을 걸면 생긋 웃으면서 대답해요. 하지만 절대로 자기가 먼저 말을 걸지는 않았어요. 그러기는커녕 집 안에서 오가다 마주쳐도 마치 눈앞에 사람이 없는 것처럼 쓱 지나갔어요. 무시하는 게 아니라, 우리가 있는 것을 정말로 모르는 것 같았어요.”

잠시 침묵이 흘렀다. 커피는 완전히 식어 있었다.

“걱정이 돼서 도시에 아주머니한테 물어봤어요. 유키코가 우리를 싫어하느냐고. 아주머니는 유키코가 원래 그런 아이라고, 숫기가 없어서 그렇다고 대답할 뿐이었어요. 전혀 걱정하지도 않았고, 유키코 일에 간섭하고 싶지 않다는 태도였어요. 아주 차갑게 느껴졌어요. 나는 점점 더 걱정이 돼서 학교에서 돌아오는 길에 유키코를 불러 따로 만났어요. 그 카페는 유키코가 데려간 거였고요.”

“그러고서 우리에게 마음을 열어달라고 말한 건가?”

“맞아요. 이제 우리도 가족이니까, 그렇게 껍데기 안에 숨어 있지 말고 사이좋게 지내보자고 말했어요. 그랬더니 웃더라고요. 껍데기 안에 숨어 있지 않아, 그럴 장소 따위 없는걸, 이러면서요.”

“무슨 뜻이지?”

“몰라요. 그냥 싫다는 말이구나 생각했죠. 그 후로도 유키코의 태도는 전혀 바뀌지 않았어요. 이게 전부예요.”

"아버지는 유키코 양의 태도를 어떻게 생각하고 있었을까?"

"아버지는 아무것도 몰라요. 아들만 셋을 키우다 예쁜 딸이 생겨서 그저 좋았던 것 같아요."

"그렇군."

겐자부로의 말이 진실이라면 가즈히로도 진범이 아니다. 나는 내 어둡고 비극적인 상상이 빗나간 것에 안도했다.

그들은 아주 행복한 가족이었다. 물론 겐자부로가 말한 것 같은 약간의 균열은 있었지만, 완벽한 행복은 텔레비전 홈드라마 속에나 존재하는 것이니까.

다만 다루미야 유키코는 행복한 가족에게는 흥미가 없었다. 어쩌면 가족이라는 존재 그 자체에 대해서도.

"그런데 왜 이런 이야기가 궁금한 거죠?"

겐자부로가 내 얼굴을 보고 불쑥 물었다.

"가위남 사건을 취재하고 있거든."

"내 이야기를 기사로 쓰겠다고요?"

"걱정 마, 안 쓸 테니까."

"텔레비전도 잡지도 모두 겉모습에만 열을 올리잖아요. 아무도 유키코를 진심으로 이해하려고 하지 않아요. 똑똑하고, 착하고, 미인이었다고만 말할 뿐이에요."

겐자부로는 견딜 수 없다는 듯이 그렇게 말했다.

"그게 저널리즘이야."

나는 대답했다. 아마 소년은 자신만은 다루미야 유키코

를 이해하고 있었다고 믿고 싶은 것이리라.

"피해자는 선량하고 가해자는 사악해야만 해. 특히 이번 같은 사건은 말이지."

"다들 위선자야. 뒤에서는 재미있어하면서 앞에서는 그럴싸하게 포장하고."

겐자부로는 저널리즘에 대한 불만을 터뜨렸다.

"사람을 죽여서는 안 된다고? 왜요? 왜 안 되는지 설명해봐요. 사람 좀 죽이면 어때요? 설명해보라고요. 못 하겠죠?"

나는 절로 미소가 지어졌다. 겐자부로는 누나의 죽음에서 벗어나려고 허무주의자가 되려는 모양이었다.

그러나 감정 기복이 심한 어린아이는 허무주의자가 될 수 없다.

겐자부로의 말투는 부모가 난처해할 것을 알고 "아기는 어떻게 생겨?" 하고 묻는 초등학생과 다를 것이 없었다. 스스로 지식이 풍부하고 성에 대해 잘 안다고 생각하지만, 정작 아직 동정이고 포경 수술도 하지 않은 어린 남자아이 말이다.

"네 말이 맞아. 사람 좀 죽인다고 뭐가 어때."

나는 내가 생각하는 대로 대답하기로 했다.

"죽이고 싶으면 죽이면 돼. 여러 남자와 자고 싶으면 자면 돼. 가족과 대화하고 싶지 않으면 하지 않으면 되고, 의붓누나와 자고 싶으면 자면 돼. 단순한 거야. 하고 싶은 걸 참고 억누르고, 그래서 괴로워하고 번뇌하고 혹은 반대로 몰래 숨어서 즐기거나 하는 것은 어리석은 인간이 하는 짓이야. 하고 싶으면 하면 되는 거야. 물론 책임은 져야겠지."

내 대답이 마음에 들지 않았던 것일까.

뭔가 다른 대답을 기대했던 모양인지, 겐자부로는 말없이 내 얼굴을 쳐다보고 있었다.

10장

메구로가 특공대의 수사 활동은 12월부터 본격적으로 시작되었다.

이소베는 매일 히다카의 사진을 들고 파트너와 함께 탐문을 하고 다녔다.

무라키의 우려와 달리 신도의 실력은 확실했다. 사진은 히다카가 우연히 카메라 쪽으로 고개를 돌린 순간을 정면에서 완벽하게 포착하고 있었다. 화질도 아주 선명해서 탐문용이 아니라 인물 사진으로도 손색이 없을 정도였다.

탐문에는 한 번에 두 명밖에 인원을 투입할 수 없으므로 다른 때와 달리 이소베와 파트너는 각각 단독으로 행동했다.

목격 정보를 얻기 위해서는 어쨌거나 최대한 많은 사람을 만나는 수밖에 없었다.

우선 소매점이나 식당 등 히다카가 들렀을 법한 곳에 들어가 사진을 보여주고 목격 여부를 확인했다. 바쁜 시간대나 전날 부부 싸움인가 뭔가로 심기가 불편할 때 가기라도 하면 노골적으로 귀찮아하는 일도 적지 않았다.

"3주 전에 가게에 오지 않았냐고요? 그때 일을 어떻게 기억합니까."

"미안한데, 지금 점심때라 바빠요. 나중에 오세요."

"모르겠다니까. 다시 한 번 보라고? 암만 들여다봐도 모르는 얼굴은 모르지."

일반 가정집을 도는 일은 더 힘들었다. 귀찮아하는 것도 힘들었지만, 반대로 과도하게 관심을 보여서 이야기가 길어지는 것도 난감한 일이었다.

"모르겠어요, 길 가는 사람 얼굴을 빤히 들여다보는 것도 아니고. 바쁘니까 그만 가세요."

"세상에, 이 사람이 가위남이야? 아니라고? 그럼 누구야? 알 거 아니야. 좀 가르쳐줘요. 안 그래도 지금 텔레비전에서 방송하는 거 보던 중이었는데, 무서워서, 원. 그런 흉악범이 우리 집 근처를 돌아다닌다고 생각하면……."

"경찰? 경찰은 질색인데. 돌아가요."

물론 경찰이라고 하면 상대도 일단은 대화에 응해주었다. 예고 없이 찾아온 방문 판매원이었다면 다짜고짜 화부터 냈을 것이다.

그렇다고 하더라도 불쾌한 기색을 내비치는 상대에게 몇 번이나 사진을 봐달라고 부탁하는 것은 썩 기분 좋은 일은 아니었다. 그런 상황에서도 얼굴에 웃음을 짓고, 고개를 숙이고, 협조를 부탁해야 했다.

“바쁘신데 미안합니다. 한 번 더 자세히 봐주십시오. 정확하게 기억하지 못해도 괜찮으니까, 낯이 익은지 아닌지만 확인해주세요. 정말 미안합니다. 딱 한 번만 더.”

고단한 업무였다. 다른 때였다면 선배 형사가 어느 정도 떠맡아주었을 것이다. 무라키는 냉소적인 유머 감각으로, 마쓰모토는 호호야 같은 웃음으로, 시모카와는 약간은 비굴해 보이는 저자세로 상대의 마음을 움직여 능수능란하게 증언을 이끌어냈을 것이다.

그러나 경험이 적은 이소베에게는 그런 기술이 없었다. 혼자 탐문을 하고 다니려면 무조건 머리부터 숙이고 집요하게 물고 늘어지는 수밖에 없었다.

월요일에는 마쓰모토와 함께 피해자의 자택과 공원 주변을 조사했고, 화요일에는 무라키와 하자쿠라 고등학교 인근을 탐문하고 다녔다.

수확은 전혀 없었다. 히다카 고이치로 여겨지는 인물을 봤다는 증언은 하나도 얻을 수 없었다.

“그렇게 조급해할 필요 없어.”

돌아오는 길, 애가 타는 이소베에게 무라키는 말했다.

“아직 이틀째잖아. 1년 넘게 수사망을 피해 다닌 놈이야. 이틀 만에 잡힐 리가 없지.”

무라키는 여유 있게 웃었지만, 복귀하여 수사본부가 어수선한 것을 보고는 표정이 굳어졌다.

"이것 좀 봐."

시모카와가 벌레 씹은 얼굴로 무라키에게 잡지 한 권을 건넸다.

내일 발매될《주간 아르카나》최신 호였다.

무라키는 주간지를 펼쳤다. 이소베가 옆에서 들여다보자, 머리기사 제목이 눈에 들어왔다.

공원 풀숲에서 발견된 수수께끼의 가위!
수사본부도 지대한 관심을

"빌어먹을!"

무라키는 주간지를 책상에 내던졌다. 이소베는 무라키가 감정적으로 행동하는 것을 처음 보았다.

"수사1과 과장, 지금 난리야. 누가 극비 정보를 흘렸는지 반드시 잡아내겠다고 이를 갈고 있어."

시모카와가 말했다.

"제물을 바치지 않으면 불도그의 분노는 가라앉지 않는다, 이건가?"

무라키는 주간지를 노려보면서 의자에 앉았다.

"아마 못 찾을 거야. 아무도 수사 정보를 흘리지 않았을 테니까."

"무슨 소리야? 그럼 어떻게 이런 기사가 났지?"

시모카와가 물었다.

"가위남 본인이 주간지에 정보를 흘린 거야."

"히다카가?"

"아마도. 나는 녀석에게 또 한 자루의 가위에 대해 질문했어. 물론 가위가 어디서 발견됐는지는 말하지 않았지. 어디에 있었는지는 녀석의 입으로 듣고 싶었으니까."

무라키는 오른손으로 자신의 곱슬머리를 쥐어뜯었다.

"그때 눈치챈 게 틀림없어. 또 한 자루의 가위가 풀숲에서 나온 사실을 아는지 모르는지, 이게 가위남을 특정하는 결정적인 단서가 될 수 있다는 것을. 그래서 그 정보를 주간지에 흘린 거야. 가위가 발견된 장소를 주지의 사실로 만들기 위해. 머리가 아주 잘 돌아가는 놈이야."

"기사를 막을 수는 없었습니까?"

이소베가 물었다.

"수사1과 과장이 막으려고 했지. 《주간 아르카나》 기자가 1과 형사에게 기사 내용을 확인하려고 연락한 사실을 알고 즉각 압력을 넣었던 모양이야. 그랬더니 엎친 데 덮친 격으로 수사본부가 기사를 막으려고 한 것까지 기사에 고스란히 실어버렸어."

시모카와는 어깨를 으쓱하며 말했다.

"《주간 아르카나》답군. 경찰의 압력에 굴하지 않겠다, 이건가? 저널리스트의 귀감이 되겠어. 퓰리처상이라도 주고 싶군."

무라키가 빈정거렸다.

"당연히 정보원도 밝히지 않았겠고?"

"밝히지 않았어. 심지어 기사를 쓴 기자가 누구인지조차 몰라. 그걸로 수사본부가 허둥거리니까 저쪽에서는 진짜 극비 정보라고 확신을 하는 것 같아."

무라키는 천장을 올려보았다.

"그래서 요란하게 터뜨리셨다. 방송국들도 가만히 안 있겠지, 가위남의 계획대로. 이렇게 된 이상 목격 증언을 하루라도 빨리 확보하는 수밖에."

수요일 오전, 이소베와 시모카와가 메구로니시 경찰서를 나오자 입구 앞은 카메라와 리포터들로 북새통을 이루고 있었다. 하루하루 줄어가던 취재진이 《주간 아르카나》가 터뜨린 특종 덕분에 하룻밤 사이 두 배로 늘어 있었다.

아마도 수사1과 과장은 조만간 다시 기자 회견을 열어야 할 것 같았다.

이소베는 시모카와와 함께 가쿠게이대학역으로 향했다.

"너는 역 남쪽을 돌아. 나는 북쪽을 맡을 테니까. 정오에 개찰구 앞에서 보자."

시모카와는 그렇게 지시했다.

이소베는 전날보다 더 열심히 탐문을 하고 다녔다. 문전박대를 당해도 힘들지 않았다. 히다카에 대한 목격 증언을 기필코 확보해야 한다는 일념뿐이었다.

하지만 고생한 보람도 없이 히다카 고이치를 봤다는 사람은 한 명도 나타나지 않았다.

정오가 되어 이소베가 역 개찰구로 가자 시모카와가 벌써 와서 기다리고 있었다. 구깃구깃한 코트 주머니에 양손을 찔러 넣고, 이소베를 보자마자 "배고프다. 어디 가서 밥이나 먹자" 하고 태평하게 말했다.

"오늘은 형수님표 도시락 아닙니까?"

시모카와는 거의 매일 도시락을 싸서 다녔다.

"길바닥에서 어떻게 도시락을 먹어. 그리고 가끔 바깥 음식도 먹고 싶다고."

"부럽습니다. 저는 맨날 밖에서 먹으니까 집밥이 그리운데."

"너도 얼른 좋은 사람 만나서 결혼해."

시모카와는 싱글싱글 웃었다. 놀리려다가 본전도 못 찾았다고 이소베는 후회했다.

이소베와 시모카와는 점심을 해결할 식당을 물색했다.

건물 입구에 세워놓은 메뉴를 곁들인 카페 간판이 이소베의 눈에 들어왔다. 수제 미트파이. 가격도 싸고 수제라는 말에 마음이 끌렸다.

'오프랜드'라는 가게 이름은 무슨 의미일까.

"여기 들어갈까요?"

이소베가 말하자 시모카와는 얼굴을 찌푸렸다.

"미트파이? 그걸로 밥이 되겠냐? 저기 가서 국수나 먹자."

하는 수 없이 이소베는 시모카와와 근처 국수집에 들어갔다. 미트파이에 미련은 있었지만, 서서 먹는 포장마차가 아닌 것에 만족했다. 반나절을 걷고 밥까지 서서 먹어야 한다는 것은 너무 가혹한 일이었다.

두 사람은 안쪽에 자리를 잡았다. 흰 두건을 쓴 여자가 주문을 받으러 왔다.

"달걀 우동."

시모카와가 메뉴도 보지 않고 말했다. 이소베는 벽에 붙은 메뉴를 보면서 고민했다.

"음, 저는…… 붕장어 튀김 메밀국수로 할게요."

주문을 받아 적고 종업원이 자리를 떠나자 시모카와는 이쪽으로 몸을 쑥 내밀었다.

"너, 설마 나한테 얻어먹을 생각은 아니겠지?"

"제가 냅니다."

이소베는 쓴웃음을 지었다.

"그럼 됐고."

시모카와는 안도한 표정으로 말했다.

달걀 우동이 먼저 나왔다. 시모카와는 국물이 시뻘게질 정도로 고춧가루를 뿌리더니 나무젓가락으로 휘휘 저어서 거의 마시듯이 후루룩 먹었다.

"오늘은 뭐 좀 나왔습니까?"

이소베는 물었다.

"뭐 그럭저럭."

시모카와는 땀으로 범벅된 얼굴을 들지도 않고 대답했다. 고춧가루를 적당히 뿌려 먹으면 좋을 텐데, 하고 이소베는 생각했다.

하지만 이어지는 시모카와의 이야기를 듣고 그런 태평한

감상은 날아가버렸다.

“녀석을 봤다는 증언이 나왔어.”

“정말입니까? 어디서요?”

이소베는 놀라서 목청을 높였다.

“건너편 햄버거 가게. 10월 중순이었다고 하니까, 피해자가 살해되기 한참 전이야. 어쨌거나 유력한 목격 증언임은 틀림없어. 뭐…….”

붕장어 튀김 메밀국수가 나오는 바람에 시모카와의 이야기는 중단되었다.

이소베는 이미 점심 식사 따위에는 관심이 없었다.

“대단하십니다. 저는 아무리 다녀도 히다카를 봤다는 사람은 찾지도 못했는데.”

이소베는 젓가락도 들지 않고 감탄하기에 여념이 없었다.

시모카와는 먹던 손을 멈추고 이소베의 그릇을 빤히 보고 있었다.

“시모카와 선배님?”

“맛있어 뵈네, 그놈. 하나만 줘봐.”

시모카와는 웃으며 말했다.

“정말 유력한 목격 증언이었습니까?”

붕장어 튀김과 맞바꾸듯이 이소베는 더 자세한 내용을 요구했다.

“그렇지. 아무래도 히다카에 대한 목격 증언은 처음이니까.”

시모카와는 우동 국물에 붕장어를 적시며 대꾸했다.

"고생하셨습니다. 호리노우치 씨도 기뻐하겠는데요."

"그렇겠지."

시모카와는 튀김을 입 안 가득 넣었다.

오후에 경찰서로 복귀해 보고하자 이소베의 예상대로 호리노우치는 흥분한 기색을 감추지 못했다.

"드디어 목격자가 나타났군요. 어서 들어봅시다."

호리노우치는 눈을 빛내며 시모카와를 재촉했다.

"목격자는 가쿠게이대학역 앞 상점가에 있는 햄버거 가게 점원입니다."

시모카와는 변함없이 총경을 깍듯하게 대했다.

"10월 중순이었고, 자세한 날짜까지는 기억하지 못했습니다."

"혼자서 왔다던가요?"

"그런 것 같습니다."

"패스트푸드점이라면 매일 백 명 가까운 손님이 다녀갈 텐데, 한 달도 더 된 일을 잘도 기억하고 있군요. 그것도 혼자 왔던 손님을……."

호리노우치가 고개를 갸웃하고 말했다.

"저도 그 부분이 걸립니다. 증언의 신빙성을 생각하면 약간 의심스럽습니다."

"법정에 서면 변호사는 그 부분을 파고들 거야. 점원은 어떻게 기억하고 있었던 거래? 거기에 대해서 무슨 말 없었어?"

동석하고 있던 무라키가 끼어들었다.

시모카와는 잠시 묵묵하게 목격자의 이야기를 되짚어보는 듯했다. 그러더니 겨우 말문을 열었다.

"상당히 눈에 띄었던 모양이야. 어떤 식으로 눈에 띄었는지는 제대로 설명하지 못하는 느낌이었어."

"외모나 분위기가 인상에 남았다는 뜻일까요?"

호리노우치는 그렇게 말하면서 책상 위에 있던 히다카의 사진을 집어 들었다.

"확실히 한번 보면 쉽게 잊히지 않을 외모군요."

아마도 히다카의 체격을 보고 말하는 것이리라.

"이 증언은 별로 도움이 안 되겠는걸. 신빙성도 떨어지고, 근처 친구 집에 다녀가던 길에 햄버거가 먹고 싶어서 들어갔었다고 하면 끝이잖아. 경사 나리, 유력하다는 말은 좀 지나쳤어."

무라키가 말했다.

"그러게. 목격자가 나온 게 처음이라, 흥분해서 그만 채신머리없이 이소베한테 그렇게 말해버렸네. 미안해."

시모카와는 순순히 인정했다.

"뭐, 신빙성이 부족해도 목격자가 나타난 건 기뻐할 일입니다. 그런 의미에서는 성과가 아주 없었다고는 할 수 없지요. 아직 사흘째잖아요. 조만간 유력한 목격자가 나타날 겁니다."

호리노우치는 빙긋 미소 지었다.

호리노우치의 위로를 받고 시모카와는 안도하는 모습이

었다.

보고는 끝났다.

형사과에 돌아오자, 시모카와는 이소베를 은근히 흘겨보며 말했다.

"네가 유력한 증언 어쩌고 하면서 입방정을 떠는 바람에 일이 이렇게 됐잖아. 이 일로 총경님 눈 밖에 나면 어떡할 거야?"

자기가 말해놓고 되레 억울하다고 큰소리였다.

"애초에 선배님이 그렇게 말씀하셨잖습니까. 그리고 실제로 큰 수확 아닌가요? 조짐이 좋잖아요."

"뭐 그렇긴 하지."

시모카와는 그렇게 말하고는 먼저 자리로 돌아간 무라키에게 가서 뭔가를 이야기했다. 아마 이후의 수사 방침을 논의하는 것이리라.

이렇게 해서 메구로가 특공대는 마침내 가위남의 흔적을 잡는 데 성공했다. 수사망은 가위남을 향해 점점 좁혀지고 있었다. 이제 사건이 해결될 날도 머지않았다.

20

나는 그녀와 함께 포플러 나무 사이로 난 빨간 벽돌길을 지나, 학교 정문을 통과해 언덕길을 따라 걷기 시작했다.

태양은 언덕 너머로 뉘엿뉘엿 넘어가고 있었다. 짙은 오렌지색 석양이 늘어선 집들을 검은 실루엣으로 바꿔갔다.

당신과 이야기를 나눠보고 싶었어, 오래 전부터. 그녀가 속삭이듯 말했다.

나도. 더 빨리 너를 만나러 갔으면 좋았을 텐데.

그러게, 늦어버렸네.

그녀는 미소 지었다. 검고 긴 머리카락이 바람에 흩날리고 연두색 교복 재킷이 펄럭였다.

많은 사람들에게 네 이야기를 들었어. 나는 말했다. 저마다 이런저런 이야기를 해주었지. 너를 문란하다고 말하는 이도 있었어. 개방적인 요즘 여고생이라고 생각하는 이도 있었어. 부정父情에 목말라했다고 해석하는 이도 있었어. 무척 착한 아이였다고 그리워하는 이도 있었어. 가족에게 마음을 열어주지 않았다고 원망하는 소년도 있었어. 모두가 진짜 너를 알고 싶어 하는 것 같았어.

다들 당신에 대해서도 알고 싶어 해. 그녀는 대답했다.

하지만 너를 정말로 이해했던 사람이 있었을까?

나는 그렇게 말하고 벽을 응시했다. 나뭇결이 드러난 벽에는 복제화가 몇 점 걸려 있었다.

모두 나름대로 이해하고 있었던 거야. 그리고 모두 나름대로 바르게 이해하고 있었어. 모든 사람이 이야기한 내가, 진짜 나. 아무도 틀리지 않았어. 그런데 안 먹어?

먹어야지. 이 집 미트파이는 일품이야. 주인이 추천할 만해.

신기한 그림이네.

그녀는 자신의 미트파이에는 손도 대지 않고 벽에 걸린 복제화를 바라보고 있었다.

눈 덮인 산속에 여자가 공중에 떠서 누워 있어. 대체 무슨 그림일까?

조반니 세간티니이탈리아의 화가의 〈욕망의 징벌〉이야. 나는 설명했다. 19세기 말의 상징주의 화가야. 이탈리아에서 태어나 인도를 동경했고, 스위스 고산에 머물다 산속 오두막에서 젊은 나이에 죽었어. 그림들을 보면, 아무래도 주인은 상징주의를 좋아하는 것 같아. '오프랜드'라는 가게 이름도 폴 발레리프랑스의 시인의 〈잃어버린 포도주〉라는 시의 한 구절에서 따온 것일지도 몰라. 나는 잠깐 생각했다. 아니면 미스터리 팬인가?

제목을 같은 구절에서 따온 유명한 미스터리가 있으니까.

박식하네. 그녀는 웃었다. 그런데 당신은 어떻게 생각해?

뭘?

사람들은 당신에 대해서는 정말로 이해하고 있을까?

네 말대로 저마다 바르게 이해하고 있겠지. 뉴스 아나운서도, 와이드 쇼 해설자도, 신문이며 주간지 기자도, 그리고 형사들도.

나는 검게 솟은 맨션을 올려다보면서 대답했다. 불빛은 모두 꺼지고 503호의 창문만이 홀로 빛나고 있었다.

당신은 자신을 이해해주길 원해?

모르겠어. 나는 솔직하게 대답했다. 그런 건 생각해본 적 없어.

그렇군. 그녀는 공원 잔디밭에 드러누워 눈을 감았다. 그럴 거라고 생각했어.

하나만 가르쳐줄래?

나는 잠들려고 하는 그녀를 흔들어 깨웠다.

너는 동생에게 이렇게 말했지. 껍데기 안에 숨어 있지 않아, 그럴 장소 따위 없는걸. 대체 무슨 뜻이야?

말 그대로야. 그녀는 손으로 눈을 비비면서 상반신을 일으켰다.

잘 모르겠어.

그래, 당신은 이해하지 못하겠지.

그녀는 헌화로 장식된 제단 앞에 섰다. 독경이 들려왔다.

양쪽에는 유족이 앉아 고개를 수그리고 있었다.

당신이 부러워.

부럽다고?

응. 당신에게는 숨을 장소가 있으니까.

그녀는 조용히 미소 지었다. 등 뒤의 영정이 똑같은 미소를 짓고 있었다.

그리고 지켜주는 사람도 있잖아? 아주 강한 사람.

나는 그녀가 누구를 말하는지 알 수 없었다.

나도 하나만 물어봐도 될까? 그녀가 말했다.

뭔데?

당신, 늘 그러고 다녀?

그렇지. 왜 이상한가?

뭐, 나쁘지는 않지만.

그녀는 나를 위에서 아래로 훑어보았다.

항상 흰 옷에 둥근 선글라스를 쓰고 있는 건 조금 이상하지. 그리고 왜 그런 백발 할아버지 같은 얼굴을 하고 있지?

꿈이었다.

나는 내 방 침대에서 눈을 떴다.

아직 새벽이었다. 방 안은 어둠과 고요에 싸여 있었다. 멀리서 아련하게 자전거 소리가 들려올 뿐이었다.

기묘한 꿈이었다. 다루미야 유키코에 대해 조사하고 다녔기 때문일까. 나는 다루미야 유키코에게 홀린 기분이었다. 이제 그만 손을 떼자. 나는 그렇게 생각했다.

12월 5일 금요일, 나는 다루미야 유키코의 집에 전화를 걸어 다루미야 유키코를 추도하고 싶다는 명목으로 도시에를 만날 작정이었다. 평일 낮을 선택한 것은 겐자부로와 마주치는 것을 피하고 싶었기 때문이다.

월요일에 겐자부로의 이야기를 듣고 나서 한 가지 짐작되는 것이 있었다.

패스트푸드점에서 다루미야 유키코가 만났던 남자는 그녀의 친아버지가 아니었을까. 세 살 때 부모가 이혼했다고 이와사는 말했다. 그렇다면 가끔 친아버지를 만날 수도 있지 않을까. 부녀가 모처럼 만나서 가볍게 식사를 하고 밝게 웃으며 대화를 나눈다. 충분히 있을 법한 이야기였다.

다만 다루미야 유키코의 장례식에서 그의 모습이 보이지 않았던 것은 이해할 수 없었다. 왜 친딸의 장례식에 참석하지 않았을까. 그럴 만한 어떤 사정이 있었던 것일까.

더 이상 그 집안의 사정을 파헤칠 마음은 없었다. 하지만 다루미야 유키코의 친아버지가 장례식에 참석했는지의 여부는 도시에를 통해 확인해두고 싶었다.

만약 내 짐작대로 뭔가 사정이 있어서 딸의 장례식에 참석할 수 없었던 것이라면 그걸로 족하다. 그 남자는 다루미야 유키코의 친아버지였던 것이다. 이혼으로 떨어져 살게 된 부녀가 역 앞에서 만나 즐거운 시간을 보낸다. 흐뭇한 그림이 아닌가.

오늘 나는 다루미야 유키코를 가공의 홈드라마 속에 묻

어버릴 작정이었다.

오전 10시가 다 되어 침대에서 나온 나는 간신히 울적한 기분을 추슬러 다루미야 유키코의 집에 전화를 걸었다.

"여보세요?"

장례식에서 인사말을 전하던 그 목소리가 들려왔다.

딸의 시신을 발견한 사람입니다, 하고 나는 도시에에게 말했다. 《주간 아르카나》의 기자를 사칭하지 않아도 되는 것이 다행스러웠다. 거짓말하는 것도 이제 지긋지긋했다.

"언제 위패에 절이라도 하러 가고 싶은데, 혹시 괜찮다면 오늘 오후에 찾아봬도 될는지요?"

느닷없는 부탁을 도시에는 흔쾌히 승낙했다.

그럼 오후 1시쯤에 가겠다고 말하고 전화를 끊었다.

한 벌뿐인 검은 정장을 입고 데제르 히몬야에 도착한 것은 약속 시간 오 분 전이었다. 나는 맨션 현관에서 503호를 입력하고 잠시 기다렸다.

자동문의 잠금장치가 해제되는 소리가 낮게 울렸다. 편법을 쓰지 않고 당당하게 전자 문지기를 통과하기는 처음이었다.

승강기를 타고 5층에서 내려 503호 초인종을 눌렀다.

문이 열렸다.

도시에는 머리를 하나로 묶고 헐렁한 검은색 스웨터에 다갈색 바지를 입고 있었다.

가까이서 보니 도시에와 다루미야 유키코는 더 많이 닮아 있었다. 다루미야 유키코도 살아 있었더라면 저렇게 나이 들겠지, 하고 나는 생각했다.

"들어오세요."

도시에는 나를 맞아주었다.

"유키코는 안쪽 방에 있습니다."

마치 다루미야 유키코가 안쪽 방에 앉아 나를 기다리고 있는 것처럼 느껴지는 말투였다.

도시에의 뒤를 따라 윤이 나는 마룻바닥을 걸어가자 널찍한 대면식 주방과 하얀 소파가 놓인 거실이 나왔다. 방은 서너 개쯤 될까. 굳게 닫힌 몇 개의 나무문 중 하나가 다루미야 유키코의 방일 것이다.

다루미야 유키코의 위패는 다다미방에 안치되어 있었다.

원래는 손님 침실로 쓰는 방일 것이다. 서랍장 하나만 덜렁 있는 살풍경한 방이었다.

다루미야 유키코가 이 집의 첫 고인이므로 불단은 없었다. 벽 쪽의 검은색 좌식 탁자 위에 영정과 위패와 몇몇 법기가 놓여 있었다.

나는 방에 들어가 영정 앞에 정좌했다. 도시에는 문 밖에서서 내 뒷모습을 바라보고 있는 것 같았다.

탁자 위에 있던 성냥으로 향을 피워 위패 앞에 올렸다.

위패에는 '유코치젠 다이시由光智善 大姉'라고 법명이 적혀 있었다.

다루미야 유키코는 밝고 똑똑하고 착한 소녀였다, 라는

의미일 것이다. 장례식에서 봤던 승려가 지어준 것일까.

합장하고 눈을 감았다.

하지만 장례식에서 분향했을 때와 마찬가지로 애도의 마음은 들지 않았다. 내 마음속에는 아무것도 없었다. 그저 두 손을 모으고 눈을 감았을 뿐이었다.

마지막에 영정 앞에서 절한 뒤 나는 자리에서 일어났다.

도시에는 여전히 문 밖에 서서 묵묵히 나를 바라보고 있었다.

"딸을 보러 일부러 이렇게 와주셔서 고맙습니다."

방 밖으로 나가자 도시에는 그렇게 말하며 고개를 숙였다.

"아닙니다. 저야말로 평일 이런 시간에 불쑥 찾아와서 죄송합니다."

"부탁이 있어요. 이런 부탁을 드려도 될까 싶지만……."

"무슨?"

"당신은 우리 딸을 발견한 사람이잖아요?"

도시에는 내 얼굴을 지그시 바라보았다.

"딸을 발견한 장소에 같이 가주시겠어요? 딸이 어떤 모습으로 있었는지 자세하게 알고 싶어요."

왜 도시에는 초면인 내게 이런 부탁을 할까?

나는 말없이 고개를 끄덕였다. 왠지 거절할 수가 없었다.

도시에는 스웨터 위에 카디건을 걸치고 나와 함께 집을 나섰다.

승강기 안에서도, 길을 걷는 동안에도 아무 말이 없었다.

나는 거의 한 달 만에 공원을 찾았다.

입구를 막고 있던 노란 비닐 테이프는 이미 걷혔지만 사람의 모습은 띄지 않았다.

개를 산책시키는 노인도, 유모차를 끌고 나온 주부도, 축구를 하며 뛰노는 아이들도 모두 어딘가로 가버렸다. 그저 풀숲의 마른 잎만이 찬바람에 날려 바닥에 떨어지고 있을 뿐이었다. 공원에는 아무도 없었다. 사람들이 다시 찾아주기까지는 아직 시간이 필요할 것이다.

"유키코는 어디에 있었나요?"

빛바랜 잔디 위에 서서 찬바람에 몸을 떨며 도시에가 물었다.

나는 다루미야 유키코를 발견한 풀숲을 가리켰다.

"저 근처입니다."

"저기에 쓰러져 있었던 거군요."

"네. 위를 보고 똑바로 누워 있었어요."

"그리고 목이 졸려 죽은 상태에서 목에 가위가 꽂혀 있었고요."

"그렇습니다."

"유키코는 어떤 얼굴을 하고 있었나요?"

도시에는 두 손으로 가슴을 누르고 나를 돌아보았다.

"내가 시신 안치소에서 봤을 때는 눈을 감고 있었는데."

"경찰이 감겼겠지요. 눈은 뜨고 있었습니다."

"고통스러워 보였나요?"

"무척 고통스러워 보였습니다. 표정이 일그러져 있었어요."

"그랬죠. 그건 알고 있어요."

도시에는 멀리 딸의 표정을 내다보는 듯이 두 눈을 가늘게 떴다.

"그렇게 고통스러워하며 비명을 질러도 범인은 놓아주지 않았던 거군요."

"비명을 지를 틈도 없었겠죠. 더군다나 비닐 끈으로 목을 졸랐으면 목소리가 나오지도 않았을 겁니다."

나는 자신의 경험을 이야기했다.

"당신, 누구야?"

도시에는 내 얼굴을 똑바로 보고 나직하게 말했다.

"사체 발견자입니다."

"왜 나를 만나러 왔죠?"

"따님을 애도하러 갔을 뿐입니다."

"그래요?"

도시에는 싸늘하게 웃었다.

"그런데 전혀 애도할 마음이 있는 사람처럼 보이진 않는데."

그럴지도 모른다고 나는 생각했다.

"아들에게 이상한 걸 물어본 잡지 기자도 당신이죠?"

도시에가 물었다. 나는 진실을 말하기로 했다.

"그렇습니다."

"정말 잡지 기자인가요? 기자처럼은 안 보이는데?"

도시에는 신경질적으로 고개를 흔들었다.

"당신 대체 누구야? 왜 내 딸을 조사하고 다니지?"

대답할 수 없는 질문이었다. 나는 '왜'라고 자문하지 않는다. 내가 생각하는 것은 '어떻게'에 대한 것뿐이었다.

"모르겠습니다."

나는 역시 진실을 말했다.

"딸이 죽은 것이 나 때문이라고 생각해요?"

"당신 때문인가요?"

"그럴지도 몰라요."

도시에는 다시 풀숲 쪽을 바라보았다.

"그 아이가 그렇게 된 건 어쩌면 내 탓이에요. 그래서 그렇게 가엾게 떠나버린 건지도 몰라요."

도시에는 살인을 고백하는 것이 아니었다. 자신과 딸의 관계를 후회하고 있을 뿐이었다.

"유키코에 대해 조사했다면 어느 정도 알겠네요. 이런저런 안 좋은 소문을."

"네."

"나 때문이었을까요?"

"그렇게 생각하는 사람도 있었습니다. 애정이 부족했다고."

"애정이 부족했다고요? 그 이상 어떻게 애정을 쏟아야 하죠?"

도시에는 갑자기 격정에 사로잡혔다. 다루미야 유키코와 꼭 닮은 눈에서 눈물이 흘러내렸다.

"나는 내 나름대로 그 아이를 사랑했어요. 하지만 그 아이는 그걸 몰라줬어요. 늘 차가운 눈으로 나를 보았죠. 예전부터 그랬어요. 내가 아빠를 버렸다고 원망했던 거예요. 당신도 그렇게 생각하죠?"

도시에는 어떤 대답을 기대하는 것일까.

그래. 당신의 애정이 부족했던 거야. 당신은 어머니이기보다 여자이기를 택했어. 그것이 유키코를 사지로 내몬 거야. 그녀에게는 아버지가 필요했어. 그리고 그 이상으로 어머니가 필요했어.

이렇게 공허하게 분노하면 될까.

아니면 동정과 공감을 보내야 할까.

아니. 유키코는 당신의 애정을 느끼고 있었어. 그리고 당신을 사랑하고 있었어. 단지 그녀는 표현하는 방법을 몰랐을 뿐이야. 유키코의 죽음은 당신과 관계없어. 그렇게 자책하지 않아도 돼.

그렇지만 나는 분노도 동정도 공감도 느낄 수 없었다.

나와 그녀 사이에는 어떤 사고의 접점도, 어떤 마음의 유대도 없었다. 내 속에는 도시에에게 해줄 말이 하나도 떠오르지 않았다.

나는 그녀에게 아무런 대답도 할 수 없었다.

그래? 그렇다면 **내**가 대신 해주지.

솔직히 말해서 **나**는 자기 연민이나 추억에 젖는 감상적인 인간을 별로 좋아하지 않아.

어째서 그들은 자기 멋대로 생각하고 상상하며 다루미야

유키코와 자신의 관계를 긍정하고 싶어 하는 걸까.

혹시 그런 자기애의 집착에 빠지는 것이 고인을 떠나보내는 것이라면 나는 다루미야 유키코를 떠나보내려고 애쓰지 않겠어.

나는 도시에에게 대답했다.

"가능성은 여덟 가지야.

① 당신은 그녀를 사랑했다. 그리고 그녀는 당신에게 사랑받고 있다고 느꼈다. 그래서 그녀는 당신을 사랑했다.

② 당신은 그녀를 사랑하지 않았다. 그리고 그녀는 당신에게 사랑받지 못한다고 느꼈다. 그래도 그녀는 당신을 사랑했다.

③ 당신은 그녀를 사랑했다. 그러나 그녀는 당신에게 사랑받지 못한다고 느꼈다. 그래도 그녀는 당신을 사랑했다.

④ 당신은 그녀를 사랑하지 않았다. 그러나 그녀는 당신에게 사랑받고 있다고 느꼈다. 그래서 그녀는 당신을 사랑했다.

⑤ 당신은 그녀를 사랑했다. 그리고 그녀는 당신에게 사랑받고 있다고 느꼈다. 그래도 그녀는 당신을 사랑할 수 없었다.

⑥ 당신은 그녀를 사랑하지 않았다. 그리고 그녀는 당신에게 사랑받지 못한다고 느꼈다. 그래서 그녀는 당신을 사랑할 수 없었다.

⑦ 당신은 그녀를 사랑했다. 그러나 그녀는 당신에게 사

랑받지 못한다고 느꼈다. 그래서 그녀는 당신을 사랑할 수 없었다.

⑧ 당신은 그녀를 사랑하지 않았다. 그러나 그녀는 당신에게 사랑받고 있다고 느꼈다. 그래도 그녀는 당신을 사랑할 수 없었다.

이 여덟 가지 외에 가능한 조합은 없으니까 아무거나 마음에 드는 걸로 하나 골라봐. 당신 마음의 상처를 치유해줄 만한 걸로 말이지. 이 정도면 됐지? 내가 인생 상담 칼럼니스트가 아니라서 조곤조곤 설명해주기가 어렵군."

"……뭐라고요?"

도시에는 미간을 찡그리고 내 얼굴을 바라보았다.

"당신, 지금 무슨 말을 하는 거예요?"

"단순한 순열과 조합의 문제야. 2의 3승은 8. 이게 전부야. 단순하지?"

나는 입을 다물고 있었다. 누가 나 대신 지껄이고 있는지 나는 알고 있었다.

"미안하지만, 나는 당신 고뇌에는 흥미가 없어. 가족의 비극 따위에도. 단지 이 사건이 궁금할 뿐이야. 아마 당신 딸도 당신 고뇌 따위에는 흥미가 없었을 거야. 뭐 이건 내 상상에 지나지 않지만 말이지. 당신은 딸에게 사랑받고 싶었어. 그리고 사랑받지 못할 거면 차라리 미워하길 바랐어. 안 그래?"

"그랬을지도 모르지."

"하지만 당신 딸은 당신을 사랑하지 않았고, 미워하지도 않았어. 완전히 무관심했지. 사랑이나 증오가 뒷받침된 무관심, 그러니까 당신에게 어떤 무언의 메시지를 보내는 것이었다면 아마 당신도 견딜 수 있었을 거야. 하지만 그렇지 않았어. 단지 무관심할 뿐이었지. 그 결과 당신은 자기애에 도취된 고뇌에 빠져 딸과 거리를 두게 되었어. 그게 정답이야. 그러면 된 거였어. 당신과 딸의 관계는 양호했어. 왜 그 이상의 것을 기대하는지……."

나는 사체가 있던 풀숲을 응시하면서 이야기가 끝나기를 기다렸다.

"당신은 딸이 무서웠을 거야. 마치 미확인 비행 물체를 타고 온 화성인처럼 느껴졌을지도 모르지. 하지만 그럼 어때? 화성인이라도 충분히 살아갈 수 있어. 특히 이 도시에서는 말이야."

"당신도 화성인이군요. 말하는 걸 들으면 알 수 있어요."

"그럴지도 모르죠."

드디어 이야기가 끝났으므로 나는 그렇게 대답할 수 있었다.

도시에는 한숨을 내쉬었다.

"당신이 누구건 상관없어요. 하지만 이 이상 우리 일에 관여하지 말아요. 당신은 이해할 수 없을지 모르지만, 우리는 그 아이의 죽음으로 상처를 입었어요. 부탁이니까, 제발 그냥 내버려둬요."

"알겠습니다."

나는 대답했다.

“그런데 딱 하나 궁금한 게 있습니다. 당신의 전남편, 그러니까 따님의 친아버지는 장례식에 참석했습니까?”

“물론 왔어요. 나보다 더 슬퍼했죠. 남자가 눈물을 줄줄 흘리면서…….”

도시에는 자신의 발부리를 내려다보았다.

“한심한 인간. 달라진 게 하나도 없어.”

도시에는 나로서는 알 길이 없는 과거의 기억을 반추하고 있었다.

나는 인사를 한 뒤 그녀를 남겨두고 공원을 나왔다.

11장

수요일 이후 매일 탐문을 하고 다녔음에도 히다카 고이치를 목격한 사람은 좀처럼 나타나지 않았다. 시모카와가 가쿠게이대학역 앞 패스트푸드점에서 얻은 증언이 유일했다.

"탐문은 인내심으로 하는 거야."

담배를 물고 메구로구 다카반 골목길을 걸으면서 마쓰모토가 조급함을 감추지 못하는 이소베에게 타이르듯 말했다.

"어쨌거나 둘뿐이잖아. 수사본부가 총력을 쏟아 작전을 벌이는 것과는 규모가 다르다고. 시간이 걸릴 수밖에 없어. 그리고 목격 증언이 하나라도 나왔다는 건, 두 번도 세 번도 나올 수 있다는 얘기야. 마음 느긋하게 먹자고."

마쓰모토는 휴대용 재떨이에 담뱃재를 떨었다.

12월 6일 토요일 오후, 이소베와 마쓰모토는 사체 발견 장소인 다카반 니시 공원을 찾았다.

월요일에 히다카의 사진을 들고 이 주변을 한차례 돌았지만, 탐문 수사는 한 번으로 끝나지 않는 법이다. 몇 번이고 다니면서 미진한 부분을 메워가야 한다. 이것이 철칙이었다.

두 사람은 공원 앞에서 헤어졌다. 이소베는 주거지가 표시된 지도 사본을 한 손에 들고 주택과 맨션을 돌았다.

지난번에 방문했던 집도 다시 찾아갔다. 이전에 부재중이었던 주민이 히다카 고이치를 목격했을지도 모르는 일이었다. 토요일을 선택한 것도 회사나 학교에 다니는 사람이 집에 있을 것이라는 계산에서였다.

지도 사본에 빨간 빗금이 점점 늘어갔지만 히다카 고이치를 봤다는 인물은 나타나지 않았다.

아무런 수확도 없이 집집마다 다니며 탐문을 하는 것은 고단한 일이었다. 더구나 아침부터 날씨도 매서웠다. 추위에 대비해서 스웨터를 껴입었지만 옷 사이로 찬바람이 숭숭 들어왔다.

이소베는 평소보다 피로했고 발걸음은 자연히 무거워졌다.

그런데 고달픈 선량한 청년에게 하늘은 뜻밖의 황홀함을 선사하며 그의 마음을 위로해주었다.

오후 4시가 넘어 마쓰모토와 만나기로 한 다카반 니시 공원으로 향하는데, 하얀 물체가 눈앞에 날리기 시작했던 것이다.

눈이었다. 이소베는 문득 걸음을 멈추고 하늘을 올려다보았다.

희고 탐스러운 눈송이가 끊임없이 내려왔다. 구름 위에서 천사들이 신나게 춤을 추고 있는 것일까. 눈은 마치 그 날개에서 우수수 떨어져 내리는 깃털처럼 보였다. 잿빛 하늘 가득, 눈이 흩날리고 있었다.

12월 초에 첫눈이라니. 도쿄에서 나고 자란 이소베도 이렇게 이른 첫눈은 처음이었다.

그러고 보니 곧 크리스마스구나. 이소베는 잊고 있던 계절 감각을 되찾았다. 이번 크리스마스는 그녀와 함께 보낼 수 있을까…….

이소베는 머리를 흔들어 쓸데없는 잡념을 떨쳐냈다. 낭만을 찾을 때가 아니었다. 도쿄에 내리는 눈은 연인들에게는 아름다운 광경일지 모르지만, 지난한 수사에 임하는 형사에게는 방해가 될 뿐이었다. 공기는 더 차가워지고, 우산과 코트는 무거워지고, 발밑은 질퍽거려서 걷기 어려워진다. 좋을 것이 하나도 없었다.

조금 늦게 공원에 도착하자, 마쓰모토는 먼저 와서 기다리고 있었다.

머리와 어깨에 눈을 고스란히 얹은 채, 뒷짐을 지고 아무도 없는 공원을 바라보고 있었다. 시선은 사체가 발견되었던 장소에 머물러 있었다.

"사건이 잊혀질 때까지는 아무도 이곳을 찾지 않겠지."

가까이 다가온 이소베를 보지도 않고 마쓰모토는 중얼거렸다.

"그렇겠죠. 기억에서 지워지려면 시간이 어느 정도 걸릴까요?"

"사람마다 다르겠지. 시간이 아무리 흘러도 그 부모는 잊지 못하겠지만."

마쓰모토는 웃는 얼굴로 이소베를 돌아보았다.

"어땠어?"

"똑같습니다. 아주 치밀한 놈인가 봅니다. 목격자가 전혀 없어요. 선배님은 어땠습니까?"

"목격자가 있었어."

마쓰모토는 담박하게 대답했다.

"정말입니까?"

이소베는 기뻐서 소리를 질렀다가 바로 정신을 가다듬었다. 시모카와의 전례도 있으므로 기뻐하는 것은 이야기를 듣고 나서 해도 늦지 않다고 생각했다.

"어떤 증언이었습니까?"

"바로 최근에 공원 주변을 어슬렁거리는 걸 본 모양이야."

"바로 최근이라고요? 그럼 얼마든지 변명의 여지가 있겠는걸요."

죽은 피해자가 생각나서 잠깐 들렀던 것이라고 말하면 그만이었다.

이소베가 원한 것은 더 결정적인 목격 정보였다. 히다카가 피해자를 미행하는 장면을 목격했다는 증언이라면 더 바랄 것이 없었다. 히다카와 피해자를 동시에 목격했다는 정보라도 좋았다.

“그렇지. 변명하는 건 간단해.”

마쓰모토는 다시 풀숲 주변을 응시했다.

“뭐든지 설명은 가능해. 하지만 수상한 행동임은 틀림없어. 녀석에게 설명을 요구할 수는 있겠지.”

“경찰서로 부르시게요? 간단하게 자백할까요? 쉽지 않을 것 같은데…….”

마쓰모토의 능란한 심문 솜씨가 히다카에게 통할까. 이소베는 의문을 품었다.

“물론 쉽지 않겠지. 하지만 자신이 의심받고 있다는 사실을 알릴 수는 있어. 녀석에게는 적잖은 충격일 거야.”

충분히 그럴 수 있겠다고 이소베는 생각했다. 가위남은 1년 넘게 수사망을 피해 다녔다. 아직 의혹에 지나지 않을지라도 자신이 수사선상에 올라 있다는 것을 알면 제아무리 냉정한 가위남이라도 동요를 보일 것이다.

그 최초의 동요가 돌파구가 될지도 모른다.

얼굴을 마주하고 “네가 가위남이지!” 하고 말하면 히다카는 어떤 반응을 보일까.

아연실색할까, 뺨이 굳어질까, 식은땀을 흘릴까, 아니면 무표정으로 일관할까.

이소베로서는 상상할 수 없었다.

이소베와 마쓰모토는 해가 완전히 저물고 나서야 경찰서로 돌아왔다.

호리노우치에게 보고하러 가기 전에 두 사람은 먼저 형사과에 들렀다. 임시 사무실은 금연이었으므로 마쓰모토가 미리 담배를 한 대 피우고 가고 싶어 했던 것이다.

형사과에는 무라키 혼자 남아 있었다. 의자에 기대앉아서 사진 한 장을 손에 들고 유심히 보고 있었다. 책상 위에도 사진이 여러 장 널려 있었다.

두 사람을 보고 무라키는 손을 흔들었다.

"여어, 어땠어요?"

"목격자가 또 나왔어."

마쓰모토는 대답하면서 자리에 앉았다. 코트 주머니에서 담배를 꺼냈다.

"공로를 치하해서 흡연을 허락하죠. 목격자가 또 나왔단 말이지. 좋아, 좋아."

무라키는 웃고는 다시 사진을 열심히 들여다보았다.

무슨 사진일까. 이소베는 궁금했다. 히다카의 사진이라면 저렇게 비교해가면서 볼 리가 없었다.

시선을 느꼈는지 무라키가 고개를 들어 이소베를 보았다.

"궁금해?"

"네. 뭡니까, 그 사진들은?"

"재미있는 사진이야. 감식반에 부탁해서 받았어. 궁금하면 와서 봐."

이소베는 무라키의 자리로 가서 의자를 끌어와 옆에 앉았다.

"자, 여기."

사진에 찍힌 것은 혈흔이 묻은 가위였다. 감식반에서 촬영한 흉기 사진이었다.

"이 사진도 한번 봐봐."

역시 가위 사진이었다. 이쪽은 흙이 묻어 있었다. 이소베가 풀숲에서 발견한 가위였다.

"어때?"

무라키가 물었다.

"둘 다 가위 사진이네요."

이소베는 영문을 모른 채 대답했다.

"맞아."

무라키는 이소베의 손에서 사진을 가져가더니 양손에 한 장씩 들었다.

"이쪽은 흉기로 쓰인 가위, 이쪽은 네가 풀숲에서 발견한 가위."

이소베는 무라키의 의도를 파악할 수 없었다.

"여기서 퀴즈."

무라키는 다시 이소베에게 사진 두 장을 건네고 이렇게 물었다.

"이 두 가위의 차이점은?"

이소베는 두 장의 사진을 유심히 보았다. 같은 제조사에서 만든 같은 종류의 가위였다. 가위 자체는 아무리 봐도 다른 점이 없었다.

"대답해봐."

"흉기로 쓰인 가위에는 혈흔이 묻어 있고……."

"그걸 누가 몰라? 그런 당연한 거 말고."

무라키는 김빠진 듯 말했다.

"제조 번호가 다릅니까?"

"대량으로 생산하는 문구에는 제조 번호가 없어. 문구점에 매일같이 들락거린 내가 하는 말이니까 믿어."

"그럼 모르겠습니다. 같은 가위로 보입니다."

"그래. 나도 처음에는 그랬어. 그런데 사진을 유심히 보다 보니까 뭔가가 보이더라고."

무라키는 의자를 끌어 이소베 쪽으로 바짝 다가왔다. 그러고서 사진 속 가위 끝을 가리켰다.

"봐, 날 끝이 뾰족하게 갈려 있지?"

"첫 범행에서 애를 먹어서 줄칼 같은 걸로 뾰족하게 갈았나 보군요."

이소베는 호리노우치의 이야기를 떠올렸다.

"그런데 양쪽 다 똑같이 갈려 있는데요?"

"그래, 맞아. 그런데 미묘한 차이가 있어. 잘 봐, 빛깔이 조금 다르지?"

이소베는 눈을 부릅뜨고 무라키가 가리키는 가위 끝을 들여다보았다.

확실히 빛깔이 미묘하게 달랐다. 착시일지도 모른다고 생각될 만큼 아주 미묘한 차이였다.

"사진 찍을 때 빛이 달라서 이렇게 된 거 아닐까요?"

이소베는 얼굴을 들고 말했다.

"그럴지도 모르지. 그래서 감식반에 가위 끝을 확대한 사진을 부탁했어."

무라키는 책상 위에서 다른 두 장의 사진을 집어 들었다.

"이걸 보면 차이를 확실하게 알 거야. 우선 이쪽."

무라키는 사진 한 장을 이소베에게 건넸다.

"봐봐, 굉장하지? 꼭 책송곳 끝처럼 매끈하게 깎여 있어."

무라키가 말한 대로였다. 확대한 가윗날 끝은 뾰족하고 표면은 흠잡을 데 없이 매끄러웠다.

"스테인리스 가위를 이 정도로 갈려면 시간이 얼마나 걸릴까?"

무라키가 속삭이듯 말했다.

히다카가 줄칼을 쥐고 가위 끝을 조금씩 가는 모습을 상상하자 이소베는 오싹한 기분이 들었다.

"그리고 이쪽. 이 가위는 어때?"

무라키는 이소베에게 또 한 장의 사진을 건넸다.

"언뜻 보기에는 똑같이 예리하게 갈려 있어. 꽤 훌륭한 솜씨야. 하지만 완벽하지 않아. 봐, 울퉁불퉁하지?"

무라키는 손가락으로 사진을 가리켰다.

말마따나 이쪽 가위는 매끈하지 않았다. 줄칼 자국이 남아서 마치 칼로 깎은 연필 같았다. 날 끝 뾰족한 부분도 조금 구부러져 있었다.

"이게 뭘 의미하는지 알겠어?"

이소베는 입을 다문 채 고개를 가로저었다.

사실은 무라키가 무슨 말을 하려는지 대충은 짐작하고 있었다. 하지만 너무 터무니없는 이야기여서 입 밖으로 꺼낼 수 없었다.

"감식반에서 받은 또 다른 사진이야. 에도가와구에서 발견된 두 번째 희생자의 목에 꽂혀 있던 가위 사진."

무라키는 책상 위에 있던 마지막 사진을 집었다.

"보다시피 끝이 이쪽 가위처럼 매끈하게 갈려 있어. 그야말로 편집증적인 솜씨야."

무라키는 거기까지 말하고 이소베의 얼굴을 쳐다보았다.

"이제 무슨 뜻인지 알겠지?"

"이 두 가위는 각각 다른 인물이 다듬었다? 하지만 어떻게 그런……."

이소베는 간신히 그렇게 대답했다.

"정답이야."

무라키는 당혹스러워하는 이소베를 무시하고 이야기를 계속했다. 손에는 가위 끝이 확대된 두 장의 사진이 들려 있었다.

"이건 가위남이 간 가위야. 하지만 이쪽은 아니야. 가위남을 모방한 누군가가 간 거야. 놈은 열심히 가위남을 흉내 내려고 했어. 하지만 인내심이 부족했어. 그럴 만도 하지. 스테인리스 가위를 이렇게 다듬으라고 하면 나라도 중간에 내팽개칠 거야."

"잠깐만요. 그렇다면 히다카가 진짜 가위남이 아니라는 말입니까?"

이소베는 필사적으로 머리를 굴리면서 신음하듯이 말했다.

"히다카는 가위남을 모방하려고 직접 간 가위를 소지하고 다녔고, 그러다 우연찮게도 진짜 가위남이 살해한 사체를 발견했는데, 이에 자신이 의심받을 것을 우려해서 가지고 있던 가위를 풀숲에 던졌다, 이건가요? 하지만 어떻게 그런 우연이……."

"내가 생각하고 있는 건 훨씬 더 터무니없는 우연이야."

무라키의 눈이 빛났다.

"너는 이 두 자루의 가위를 혼동하고 있어. 모르겠어? 피해자의 목에 있던 가위가 이쪽, 가위남을 모방한 자가 간 가위야. 그리고 네가 풀숲에서 발견한 가위가, 진짜 가위남의 가위야."

"뭐라고요? 그런 말도 안 되는!"

이소베는 놀라 소리를 질렀다.

21

토요일 오후, 일을 마치고 돌아온 나는 커튼레일에 목을 매기로 했다.

피로감이 든 것은 일 때문이 아니었다. 히무로카와 출판은 다시 우울기에 접어들어서 할 일은 사사즈카가 시키는 잡무 정도밖에 없었다.

피로감은 정신적인 것에서 기인했다. 어제 도시에를 만난 이후로 내 마음도 우울 상태에 빠져버렸다.

베란다 창문을 열고 알루미늄 새시 위에 올라섰다. 창틀에 등을 대고 균형을 잡으면서 목과 커튼레일을 스포츠 타월로 묶었다. 나는 양손으로 창틀을 짚고 천천히 발을 내렸다.

두 발이 바닥에 닿았다.

무심결에 웃음이 나왔다. 타월을 목에 감고 바닥에 서 있는 것과 뭐가 다른가. 목매달아 죽는 것도 온전히 할 수 없는 것인가.

잿빛 하늘에서 하얀 물체가 내려왔다.

어째서 하늘이 보이지?

정신을 차리자 나는 베란다에 쓰러져 있었다. 거친 호흡과 함께 심장의 고동이 무섭게 빨라졌다. 등과 엉덩이가 아팠다.

왜 여기에 쓰러져 있는 것일까?

간신히 고개를 들어 활짝 열린 창문을 보았다. 커튼레일이 맥없이 휘어져 두 동강이 나 있었다. 그 끝에 흰색 스포츠 타월이 매달려 있었다.

아무래도 두 발이 바닥에 닿았음에도 경동맥이 눌려 의식을 잃었던 모양이다. 커튼레일이 체중을 견뎌냈다면 아마도 무사하게 죽을 수 있었을 것이다.

하지만 커튼레일은 부러졌고 나는 베란다로 나동그라졌다. 등과 엉덩이에 멍이 들었을 것이다. 콘크리트 바닥에 뒤로 나가자빠졌을 것을 생각하면 두개골이 성한 것이 신기할 정도였다.

뚱보는 목을 매달 수도 없단 말인가. 나는 슬퍼졌다.

하늘에서 떨어지는 하얀 물체는 도쿄에 내리는 첫눈이었다. 나는 두 눈을 감고 내려오는 눈을 그대로 맞았다.

"목을 매단 인간의 귀에는 형용할 수 없이 아름다운 천상의 소리가 들린다던데……."

책상 앞에서 돌아보며 의사가 싱글거렸다.

"뭔가 들렸나? 이를테면 야마시타 다쓰로의 〈크리스마스 이브〉라든가."

"아니, 아무것도 들리지 않았어."

"비치 보이스의 〈리틀 세인트 닉Little Saint Nick〉은? 폴 매카트니의 〈원더풀 크리스마스 타임Wonderful Christmas time〉은?"

"어째서 크리스마스 노래뿐이지?"

나는 짜증이 났다.

"곧 크리스마스 시즌이니까. 나라면 천국의 DJ에게 쓰리 와이즈 맨의 〈땡스 포 크리스마스(Thanks for Christmas)〉를 신청할 거야. 그 곡이라면 편안하게 승천할 수 있을 것 같아. 지옥이 보이고, 천사가 하프를 연주하고. 아주 힘이 날 거야. 천사들이 음악에 맞춰 레코드 바늘 위에서 춤을 춰줄지도 몰라."

Thanks for Christmas
Thanks you for the love and happiness
It's snowing down
All around

Thanks for Christmas
Thanks you for the winter's friendliness
It's snowing down
All around the world

크리스마스에 감사를
사랑과 행복에 감사를

눈이 내려와
온 마을에

크리스마스에 감사를
따뜻한 겨울에 감사를
눈이 내려와
온 세상에

"일기 예보가 맞았어. 도쿄에 온통 눈이 내리고 있어."

의사는 과장된 몸짓으로 마치 낭독하듯이 말했다.

"눈은 목매어 죽으려다 실패한 가위남이 누워 있는 베란다에도 내리고 있어. 탐문을 하고 다니는 가련한 형사들의 머리에도 내리고 있어. 슬픔에서 아직 헤어나지 못한 가족이 사는 데제르 히몬야의 옥상에도 내리고 있어. 하자쿠라 고등학교의 빨간 벽돌이 깔린 포플러 가로수 길에도 내리고 있어. 가쿠게이대학역 앞 오프랜드의 창밖에도 내리고 있어. 아무도 없는 다카반 니시 공원에도, 오늘도 누군가의 장례가 구슬프게 치러지고 있을 순도 장례식장에도, 그리고 어딘가에 있을 다루미야 유키코가 잠든 무덤 위에도 내리고 있어."

"무슨 말이 하고 싶은 거야?"

"제임스 조이스의 〈죽은 자들〉을 흉내 내본 거야."

목이 졸려 실신까지 했는데, 여전히 의사의 실없는 소리를 들어야 하는 것인가. 나는 한숨이 나왔다.

"커튼레일같이 쉽게 휘어지는 곳에다 목을 매는 인간이 어디 있어?"

의사는 소리 높여 웃었다.

"다음에 목을 맬 때는 좀 더 튼튼한 곳에다 매달아. 하자쿠라 고등학교에 있는 가로수도 괜찮겠는데? 포플러 나무에 매달린 기괴한 열매."

그만하라고 말할 기운도 없었다.

"아니면 가로등이 좋으려나? 왜, 프랑스 혁명 때 민중이 거리의 가로등에 귀족들을 매달아 교수형에 처했다고 하잖아. 시저 옴므 아 라 랑테안느!"

"뭐라고?"

"'가위남을 가로등에 매달라'는 뜻의 프랑스 말이야. 어쨌든 지금 너는 민중의 적 넘버원이잖아. 다카반 니시 공원 가로등에서 교수형에 처해져도 할 말이 없어. 그런데 그 시절 프랑스에는 가로등이 벽에 달린 가스등이었단 말이지. 일본의 콩나물처럼 생긴 수은등은 밧줄을 걸기가 영 마땅찮아."

의사는 볼펜 끝으로 관자놀이를 긁으면서 말했다.

"네가 체포됐을 때의 광경이 눈앞에 그려져. 쉴 새 없이 터지는 카메라 플래시, 강렬하게 쏘아대는 방송국 라이트, 기자들의 아우성. 심각한 표정의 형사에게 연행되어 너는 경찰차에 타겠지. 수갑은 아마 모자이크로 처리해줄 거야. 너는 뒷자리에 앉아서 고개를 푹 숙이고 있을까? 아니면 태연자약하게 정면을 응시하고 있을까?"

의사는 또다시 그 허황된 상상에 빠져 있는 것 같았다. 그렇지 않아도 우울한데 되잖은 소리를 듣고 있자니 견딜 수 없이 짜증이 났다.

"기자들이 이 아파트와 히무로카와 출판사와 네 부모 집에 밀어닥치겠지. 네가 얼마나 비정상적인 인물인지, 얼마나 위험한 괴물인지를 검증하기 위해 온갖 증언과 정보가 총동원될 거야. 그러고 보니 재활용 쓰레기를 이상하게 내놓았다고 아래층에 사는 이웃은 말하겠지. 정규직을 거부해서 이상하게 생각했다고 오카지마 부장은 회상할 거야. 사사즈카는 뭐라고 말할까? 아버지는 침통한 표정으로 침묵하겠지."

"난 아버지 따위 없어."

"어허, 그래? 그렇다면 자칭 아버지라고 해두지. 학창 시절의 친구는 변조된 음성으로 네 엽기성에 대해 지껄여댈 거야. 친구 따위 없다고 말한다면 자칭 친구로 정정하지. 남들과 잘 어울리지 못하는 아이였다든가, 중학교 때 이상한 말을 했다든가, 고등학교 졸업 문집에 이상한 글을 썼다든가, 다양한 증언이 난무할 거야. 지금 와서 생각해보면, 이러면서 말이야. 네 어릴 적 사진은 한 장에 얼마에 팔릴까? 네 동창들은 담뱃값 정도는 벌 수 있을 거야."

의사는 양팔을 벌리고 천장을 우러러보았다.

"심리학자에 범죄학자, 전직 형사에 전직 검사, 논픽션 작가에 미스터리 작가가 한자리에 모여서 너를 발가벗길 거야. 아동기의 안 좋은 경험이나 정신적 외상에 의해 네 마음은 왜곡되고 뒤틀려서 중증 정신 장애에 이르렀고, 그 결과 무시무시한 괴물이 되었다고 말하겠지. 이름하여 가위남의 탄생! 결국 이 모든 게 그릇된 양육 방식에서 비롯되었다는 것이지. 세상의 모든 어머니들은 무서워서 육아 노이로제에 걸릴지도 몰라."

의사는 평소보다 더 말이 많았다. 왜일까? 나는 의아했다.

"왜 말이 많으냐고? 무서우니까. 체포되는 게 무서우니까."

의사는 대답했다. 나는 웃음이 나올 것 같았다.

"무섭다고? 당신이 무서울 게 뭐 있어?"

"그렇게 생각해?"

의사는 조용히 대답했다. 웬일로 진지했다.

"그렇겠지. 아마 넌 그럴 거야. 왜냐하면 너는 공포라는 것을 이해하지 못하니까."

의사는 둥근 선글라스를 벗어서 옷자락으로 렌즈를 닦았다.

"너는 몰라. 공포도, 회한도, 죄의식도."

검은 안경 안에서 드러난 눈동자가 온화한 빛을 띠고 나를 바라보았다.

"다루미야 겐자부로가 왜 사람을 죽이면 안 되는지 물었지. 네 비유는 아주 탁월했어. 포경 수술도 안 한 초등학생이었던가? 그리고 너는 대답했지. 죽이고 싶으면 죽이면 된다고. 맞아, 그러면 돼, 이론적으로는. 하지만 실천적으로는 그럴 수 없어."

의사는 고개를 살짝 기울이고 눈을 감았다.

"사람을 살인에서 떼어놓는 일은 아주 쉬워. 죽음을 목격했을 때의 불쾌감, 역겨운 피비린내, 섬뜩한 시체의 감촉. 그런 사소한 것이면 돼. 거창한 윤리나 도덕을 들먹일 필요가 없다고. 그런 뭔가를 금기하는 관념 같은 것은 아주 간단하게 반전해서 사람을 도착된 희열로 이끌어버리거든. 터부를 깼기 때문에 즐겁고, 일탈했기 때문에 기쁘고, 미쳤기 때문에 자신을 특별한 존재라고 착각하지. 그런 멍청한 인간들은 썩어날 정도로 많아."

의사의 목소리에 희미한 분노가 어려 있었다.

"아니지, 아니지. 문제는 좀 더 미묘한 곳에 있어. 왜 인간을 죽여서는 안 되는가? 그건 사람이 죽는 장면을 보는 것이 불쾌하기 때문이야. 윤리나 도덕과는 상관없어. 선함과 인간애와도, 동정과 공감과도 관계없어. 단지 불쾌감. 바퀴벌레를 때려 죽였을 때의 꺼림칙한 기분과 본질적으로는 전혀 다르지 않아."

의사는 눈을 떴다.

"알겠어?"

나는 말없이 고개를 저었다.

"알 수 없겠지."

의사는 천천히 고개를 끄덕였다.

"소녀를 목 졸라 죽일 때의 불쾌감을 너는 알지 못해. 검붉게 부풀어 오른 얼굴을 너는 보지 않아. 목구멍에서 새어 나오는 희미한 신음을 너는 듣지 않아. 가위 끝이 살을 파고 들어 뼈에 닿는 감촉을 너는 느끼지 않아."

의사는 한숨을 내쉬었다.

"하지만 나는 그 모든 것들을 보고, 듣고, 느끼고, 두려워하고, 후회하고, 죄의식에 사로잡혀. 내 두 손은 피에 젖어 있어. 소녀들의 얼굴을 떠올리면 가슴이 먹먹해. 경찰에 체포되어 가족들이 힘들어할 것을 생각하면 밤에 잠도 오지 않아."

의사는 그러고서 고개를 수그리는가 싶더니, 이내 얼굴을 홱 들고 말했다.

"이렇게 생각해본 적은 없나? 어떤 억압 때문에 이런 노인의 몰골이 되었지만, 본래는 내 쪽이 주된 인격이라고. 너는 내가 만들어낸 망상 인격이고 말이야. 생각해본 적 없어?"

나는 여전히 의사가 무슨 말을 하는지 전혀 이해할 수 없었다.

"너는 미치지도 않았고 병들지도 않았어. 왜냐하면 네 자체가 광기이고 병이니까. 나는 아마도 정신이 온전하지 않고 마음이 깊이 병들어 있겠지. 너는 내 병의 '증상'인 거야."

의사는 내 얼굴을 똑바로 응시했다.

"너는 강해. 지나칠 정도로 강해. 왜 소녀들을 죽이는지 생각해본 적도 없어. 어떻게 소녀들을 죽일지만 생각하지. 반면에 나는 약해. 너에 비하면 한없이 약해. 그래서 이렇게 이 방에 갇혀 있는 거야. 그리고 네가 소녀들을 죽이는 것을 막을 수도 없어."

의사는 자조하며 씁쓸하게 웃었다.

"재미있군. 네 마음 어둠 속에 괴물은 없어. 왜냐하면 네가 나의 괴물이니까. 나는 네가 하는 말을 거스를 수 없어. 누가 제발 나 좀 말려달라고 피 묻은 손가락으로 벽에다 메시지라도 남겨둘까?"

"머리 아픈 얘기는 그만해."

나는 짜증스럽게 말했다. 늘 그렇지만 의사가 하는 말은 도통 알아들을 수가 없다.

"너는 이해할 수 없을 거야. 그럴 줄 알았어."

의사는 두 손으로 천천히 검은 안경을 쓰면서 시의 한 구절 같은 문장을 읊었다.

나는 당신의 현란한 이야기를
조금도 이해할 수 없어
휘파람새 노래의 의미를 알 수 없듯이

"기타조노 가쓰에의 〈여름의 방〉이야."

의사가 대답했다.

"기타조노? 그게 누구지?"

참지 못하고 나는 묻고 말았다.

의사는 평소처럼 나를 조롱하는 표정으로 돌아와 있었다.

"하야카와 문고의 엘러리 퀸 시리즈를 장정한 사람이야. 오, 아버지, 제게 인용벽이 생긴 것 같습니다! 자식을 대학까지 공부시켜서 얻은 것이 고작 이런 것이라니!"

나는 의사의 인용벽에 더 이상 동조해줄 마음이 없었으므로 당장에 면담을 끝냈다.

커튼레일은 완전히 부러져서 그냥 둘 수 없는 상태였다. 어떻게든 고쳐서 써보려고 했지만 바꿀 수밖에 없을 것 같았다. 결국 나는 커튼만 벗겨내고 커튼레일에서 손을 뗐다.

창밖은 이미 어두웠고, 가로등 불빛 아래로 내리는 눈은 점점 뜸해지고 있었다. 나는 안도했다.

그때 초인종이 울렸다.

나는 현관으로 가서 문구멍에 오른쪽 눈을 대고 바깥을 살폈다.

문 밖에 한 남자가 서 있었다. 어딘지 낯익은 얼굴이었다. 사건 당일 공원에서 보았던 형사 중 한 명일지도 모른다. 또 증언을 들으러 온 것일까.

아니, 어쩌면 의사의 우려대로 나를 체포하러 왔는지도 모른다.

그렇다면 별수 없다고 나는 생각했다. 그들이 나를 잡고 싶다면 그러면 된다. 어차피 처음부터 승산 없는 게임이었다.

나는 문을 열었다.

남자는 나를 보자마자 이렇게 말했다.

"당신이 가위남이지? 같이 좀 가줘야겠어."

22

그 목소리를 듣고 나는 남자가 누구인지를 기억해냈다.

작고 소심한 목소리. 허연 돼지처럼 추하게 살찐 몸. 듬성듬성한 머리. 아마도 세일할 때 샀을 싸구려 다운재킷.

무슨 일 있어요, 하면서 잔디밭을 걸어오던 사람의 그림자가 머리에 떠올랐다.

"공원에서 나와 함께 사체를 목격한 사람이군요."

나는 다루미야 유키코의 사체를 발견한 날 밤, 공원에서 들은 남자와 형사의 대화를 떠올리며 말했다.

"히다카 씨였던가?"

"맞아. 오랜만이야, 야스나가 치카 씨."

히다카는 굳은 얼굴로 말했다. 나는 그 이름으로 불리는 것을 좋아하지 않았다.

"그런데 무슨 일이죠? 밤늦게 여자 혼자 사는 집에 찾아와서 이상한 소리나 하고."

"속일 생각 하지 마. 소용없어."

히다카는 미소 지었다. 억지로 만들어낸 웃음으로 보였다.

"난 봤어. 그날 밤 당신이 가위를 버리는 걸. 경찰에 신고하고 싶으면 그렇게 해. 어때, 같이 가겠어?"

"할 말이 있으면 여기서 해."

"그럴 수는 없지. 가위남의 집에서 이야기하자고? 그런 위험천만한 짓은 할 수 없지. 집 안에 뭐가 있을지 모르니까."

이 남자는 내가 서랍 안에 피 묻은 도끼나 탄알을 장전한 산탄총이라도 숨겨뒀다고 생각하는 것일까. 여고생의 사체가 벽장 안에 매달려 있는 광경을 상상하고 있는지도 모른다. 나는 웃음을 터뜨릴 뻔했다.

"알았어. 잠깐 기다려."

나는 안으로 들어가 스웨터 위에 재킷을 걸친 뒤 숄더백을 집어 들었다.

그때 둥근 테이블 위에 있던 가스라이터가 눈에 들어왔다.

머리에 번뜩 떠오르는 것이 있었다.

나는 가스라이터를 백에 넣고 현관 쪽을 돌아보았다. 히다카는 긴장한 표정으로 내 행동을 주시하고 있었다.

"그럼 갈까?"

나는 싱긋 웃었다.

아파트 밖으로 나가자, 눈은 이미 그쳤지만 바닥에 엷게 눈이 쌓여 있었다. 자동차 타이어에 짓밟혀 진흙투성이가 된 찻길에는 바퀴 자국이 상처처럼 남아 있었다.

히다카의 경차는 인도에 한쪽 바퀴를 걸친 채 세워져 있었다.

"어서 타."

히다카는 내 어깨를 밀었다.

나는 조수석에 앉아서 안전벨트를 맸다.

"교통 법규를 지키는 살인마라. 훌륭하군."

히다카는 운전석에 앉아 조롱하듯 말하고 차를 출발시

켰다.

첫눈이 내린 밤에 허연 돼지와 드라이브라니. 나는 씁쓸하게 웃었다. 히다카는 나를 경계하는지, 곁눈질로 흘끔흘끔 살피면서 차를 몰았다. 여기에 사고까지 내면 참을 수 없을 것 같았다.

이삼십 분 정도 달려서 차는 어느 아파트 앞 주차장으로 들어갔다.

2층짜리 아파트였다. 비바람에 그대로 노출된 복도의 희미한 형광등 불빛이 일렬로 늘어선 잿빛 문을 비추고 있었다.

나는 히다카의 뒤를 따라 철근 계단을 올라갔다. 그가 멈춰 선 현관문 옆에는 히다카 고이치라고 적힌 문패가 걸려 있었다.

히다카는 문을 열고 먼저 안으로 들어갔다.

집이 엉망이었다. 현관에는 헌 신문 더미가 대충 묶여 방치되어 있고, 신발은 벗어던진 그대로 굴러다니고, 바닥 구석에는 먼지가 쌓여 있었다. 청소는 하는 모양이었지만 청소기로 쓱쓱 밀고 다닐 뿐 걸레질은 하지 않는 것 같았다.

나도 결코 깔끔한 성격이라고는 할 수 없지만 이렇게까지 집을 더럽게 하고 살지는 않는다. 하지만 남자 혼자 사는 집은 이 정도가 보통일지도 모른다.

"들어가."

현관에 선 채로 히다카가 거만하게 말했다. 나는 양말이 더러워질 것을 걱정하면서 안으로 들어갔다. 뒤에서 현관문을 잠그는 소리가 들렸다.

통로를 지나자 바로 부엌이 나왔다.

히다카는 식탁 옆에 서서 나를 보고 있었다.

나는 주위를 둘러보았다. 식탁 위에는 큰 전기포트와 전기밥솥이 있고, 싱크대에는 프라이팬, 편수 냄비, 법랑 냄비, 알루미늄 냄비가 놓여 있었다.

기특하게도 히다카는 손수 밥을 해 먹는 모양이었다. 다만 법랑 냄비와 알루미늄 냄비는 새것이나 다름없었고, 반대로 프라이팬은 기름때가 찌들어 있었다.

히다카는 아무 말도 하지 않고 나를 지켜보고 있었다.

"할 이야기란 게 뭐지?"

더는 기다릴 수 없어서 나는 물었다.

"믿을 수 없어."

히다카는 마치 꿈속을 헤매는 듯이 혼자 중얼거렸다.

"가위남이 여자였다니…… 그것도 이렇게 예쁜……."

히다카는 나와 자고 싶은 것일까? 그러면 처음부터 그렇게 말했으면 좋았을 것을. 경찰에 신고하겠다고 협박할 필요가 뭐가 있는가. 콘돔만 있다면 허연 돼지가 덮쳐도 나는 전혀 상관없다. 헐떡이면서 허리를 움직일 때라면 히다카는 무방비해질 것이다.

하지만 히다카는 다시 입을 다물고 내 얼굴을 응시했다.

나는 어깨에 멘 숄더백을 내려놓고 그 안에 손을 집어넣었다. 히다카가 경계하는 것이 보였다.

"걱정 마. 가위는 안 들었으니까. 그리고 여기서 싸워봤자 네가 이겨. 여자가 남자 힘을 어떻게 당해내겠어. 안 그래?"

그렇게 말하고서 나는 공원에서 주운 가스라이터를 꺼냈다. 오른쪽 손바닥에 올려놓고 앞으로 내밀었다.

"이걸 돌려받고 싶은 거지?"

히다카는 미간을 찡그리고 가스라이터를 보면서 내 쪽으로 한 걸음 다가왔다.

나는 가스라이터를 꽉 쥐고 히다카의 코를 사정없이 후려쳤다.

히다카는 비명을 지르며 두 손으로 얼굴을 감쌌다. 입으로 코피가 흘러내렸다. 나는 오른발로 히다카의 사타구니를 걷어찼다.

마지막으로 식탁에 있던 전기포트를 집어 관자놀이를 내리치자, 히다카는 그대로 부엌 바닥에 쓰러져버렸다.

나는 숄더백을 식탁 위에 놓고 비닐장갑을 꺼내 재빨리 양손에 꼈다. 웅크리고 쓰러져 있는 히다카 곁에 쭈그리고 앉아 손가락 끝으로 경동맥을 짚어보았다.

맥박이 느껴졌다. 기절했을 뿐, 아직 죽지 않았다.

부엌에는 묶을 만한 끈이 보이지 않았다. 나는 싱크대에 있던 부엌칼을 들고 방으로 들어갔다.

그곳은 히다카의 침실 겸 서재인 것 같았다. 자고 일어난 이불이 흐트러진 채로 그대로 있는 침대, 책이 엉망으로 처박혀 있는 책장, 그리고 컴퓨터와 오디오 기기가 놓여 있었다.

나는 부엌칼로 컴퓨터와 오디오의 전원 케이블을 잘라서 부엌으로 들고 나왔다.

히다카는 너무 무거워서 혼자 힘으로는 의자에 앉힐 수가 없었다.

어쩔 수 없이 식탁 다리에 등을 기대놓고 컴퓨터 전원 케이블로 히다카의 손을 뒤로 묶었다. 오디오 전원 케이블은 양쪽 발목을 묶는 데 사용했다.

그러고서 싱크대에서 가지고 온 수건을 입에 물렸다.

나는 식탁 옆에 서서 완성도를 확인했다.

코와 왼쪽 관자놀이를 맞고 정신을 잃은 히다카는 식탁 다리에 묶인 채 피를 흘리고 있었다.

나는 잠시 생각하다가 전기포트 뚜껑을 열고 뜨거운 물을 그 머리에 끼얹었다.

기괴한 비명을 지르면서 히다카는 깨어났다. 뜨거운 물에 피가 씻기고, 뺨과 턱이 연한 핑크색으로 물들었다. 얼굴에 들러붙은 머리카락에서 김이 오르는 광경이 어딘지 우스꽝스러웠다.

나는 부엌칼을 들고 히다카 앞에 쭈그리고 앉았다.

"이야기를 좀 해야 하니까 재갈은 빼주지. 하지만 시끄럽게 굴면 이 칼을 입에 쑤셔 넣겠어."

히다카는 연신 고개를 주억거렸다. 나는 재갈을 뺐다.

"네가 다루미야 유키코를 죽였어?"

"다루미야…… 그게 누구지?"

"너와 내가 공원에서 발견한 소녀."

"그 아이는 당신이 죽였잖아?"

히다카는 어리둥절한 표정이었다. 거짓말을 하는 것 같지는 않았다.

"아니, 나는 죽이지 않았어. 정말로 네가 죽인 게 아니란 말이야?"

나는 당황스러웠다.

"너는 가위남에게 흥미를 느끼고, 똑같은 수법으로 살인을 저지르고 싶었어. 그리고 그날 밤, 다루미야 유키코를 목 졸라 죽이고 가위로 목을 찔렀어. 너는 현장을 떠났지만, 잠시 뒤에 생각지도 못한 사실을 깨달았어. 라이터를 현장에 떨어뜨리고 온 거야. 심지어 네 이름, 고이치의 K라는 이니셜까지 새겨진 라이터를 말이야. 너는 서둘러 현장으로 돌아왔지만 그때는 이미 내가 사체를 발견한 뒤였어. 그래서 너는 모르는 척하고 사체 발견자 행세를 하기로 한 거야."

웬일로 말이 막힘없이 나왔다. 나는 정신없이 이야기를 계속했다.

"그럭저럭 상황은 모면했지만 너는 불안했어. 경찰이 네 라이터를 발견하고 언젠가 너를 찾아올 테니까. 하지만 아무 일도 없었어. 라이터를 발견했다는 기사도 나오지 않았어. 그럼 라이터는 어디로 간 걸까? 또 한 명의 사체 발견자, 즉 내가 주운 게 틀림없다고 너는 확신했어."

히다카는 어리둥절한 표정으로 내 이야기를 듣고 있었다.

"왜 그 사체 발견자는 라이터를 주운 뒤 경찰에 신고하지 않았을까. 너는 틀림없이 의아하게 생각했을 거야. 그리고 동시에 내가 공원 풀숲에 뭔가를 던졌던 일을 떠올렸겠지. 《주간 아르카나》 기사를 통해 가위가 풀숲에서 또 하나 발견된 것을 안 너는 내가 진짜 가위남이라는 사실을 알아차렸어. 또 한 명의 사체 발견자는 가위남이었고, 그래서 경찰에 신고하지 못했다, 이렇게 판단했겠지. 그리고 너는, 증거물인 라이터를 되찾고 내 입을 막으러 이렇게 오늘 나를 찾아왔어."

나는 숨을 몰아쉬었다.

"그렇지?"

"아니야. 아니라고."

히다카는 머리를 필사적으로 흔들었다.

"당신이 뭔가를 버리는 것을 본 건 사실이야. 그리고 《주간 아르카나》 기사를 읽고, 그것이 가위였고 당신이 가위남이라는 사실을 안 것도 맞아. 하지만 나는 여자아이를 죽이진 않았어. 라이터를 떨어뜨리지도 않았고. 나는 담배를 피우지도 않아. 라이터는 애초에 가지고 있지도 않았다고."

나는 맥이 빠졌다. 스스로 훌륭한 추리라고 자신하고 있었는데.

역시 나는 탐정에는 맞지 않는다. 추리라는 것은 마치 직소 퍼즐 같은 것이다. 기껏 딱 맞는 조각을 찾아서 끼워 넣었는데, 한가운데가 쏙 빠져버린다.

"그럼 왜 나를 찾아왔지?"

"당신에게 흥미가 있었으니까."

히다카는 나를 쳐다보았다.

"공원에서 당신을 봤을 때부터 계속 관심이 갔어. 예쁘구나, 생각했지. 그리고 당신이 가위남이라는 사실을 알고는 더 호기심이 생겼어. 어떻게 그렇게 예쁜 여자가 잔인하게 사람을 죽일까. 만나보고 싶은 마음을 억누를 수가 없었어."

이런, 히다카도 가위남을 흥밋거리로 생각하는 무리 중 한 명에 불과한 것인가. 일부러 나를 만나서 무슨 이야기가 듣고 싶었던 것일까. 여자아이를 목 졸라 죽이면 기분이 어떠냐고 인터뷰라도 하려던 것이었을까.

"어떻게 내 주소를 알았지?"

"가위남 홈페이지에 있었어."

그런 홈페이지가 있는지 몰랐다. 가위남은 사이버 공간에서도 인기인인 모양이었다. 가위남의 팬인 네티즌들은 그에 관한 것이라면 사체 발견자의 이름과 주소 같은 대수롭지 않은 정보까지도 알고 싶어 한단 말인가. 사생활 침해로 고소하고 싶은 심정이었지만, 고도의 첨단 기술에 익숙한 익명의 유저들을 상대로 싸우기란 쉽지 않을 것이다. 오카지마 부장의 불평이 사무쳤다.

"내가 가위를 버린 사실을 경찰에 말했어?"

"말하지 않았어."

히다카는 다시 고개를 거칠게 흔들었다. 마치 장난감 인형 같았다.

"형사가 찾아온 적은 있었어. 하지만 그런 이야기는 하지 않았어."

"어째서? 신고는 시민의 의무잖아?"

나는 순수하게 물었는데, 히다카는 빈정거리는 것으로 받아들인 모양이었다.

"그런 짓 안 해. 할 리가 없잖아. 앞으로도 절대 말하지 않을 거야. 약속해. 그러니까 제발 죽이지만 말아줘……."

히다카는 살려 달라고 애원했다.

나는 머리를 긁적이면서 자리에서 일어나 부엌칼을 식탁 위에 내려놓았다.

재킷을 벗어 바닥에 떨구고, 양손으로 스웨터 자락을 잡고 머리 위로 벗었다.

블라우스를 벗고, 허리띠를 풀고, 청바지를 내렸다.

그리고 마지막으로 브래지어와 팬티를 벗었다.

옷을 전부 모아서 식탁 위에 올려놓았다.

내 몸에는 비닐장갑과 양말만이 남았다.

히다카는 지금부터 무슨 일이 일어날지 모르는 것 같았다. 그런데도 신기하게 그 눈동자에 기대의 빛이 떠올라 있었다.

"네가 뭘 기대하는지는 모르겠지만……."

나는 식탁 위에 두었던 부엌칼을 다시 집어 들었다.

"옷을 벗은 건, 더러워지는 게 싫어서야. 이 스웨터, 아끼는 옷이거든."

히다카는 입을 딱 벌리고 비명을 지르려고 했다.

나는 약속대로, 히다카의 입에 부엌칼을 쑤셔 넣었다.

23

다행히 히다카의 피는 거의 튀지 않았다.

최악의 경우 이 집 욕실에서 샤워해야 할 것을 각오하고 있었는데, 고맙게도 그럴 필요는 없었다. 지저분한 집 상태로 짐작건대 욕실에는 물때가 끼어 있을 것이 틀림없었다. 그런 곳에 발을 들이다니, 생각만으로도 소름이 끼쳤다.

나는 싱크대에서 손을 씻고 식탁 위에 뒀던 옷을 입은 뒤, 발밑에 웅크리고 있는 히다카를 내려다보았다.

히다카는 두 눈을 뜬 채로 숨이 끊어져 있었다.

입과 목에서 흐른 피가 가슴을 붉게 적셨다.

칼끝이 목 뒤로 뚫고 나갈 정도로 부엌칼을 입 안 깊숙이 찔렀을 때, 히다카는 반사적으로 이를 악물었다. 덕분에 칼날이 아래턱에 박혀 빼는 데 고생했다. 히다카의 아랫입술은 잇몸째 떨어져 나갔고 상처에서 선혈이 뚝뚝 떨어졌다.

아마 즉사했겠지만 혹시 몰라서 목도 베었다. 부엌칼은 둘 곳이 없었으므로 히다카의 뒤룩뒤룩한 배에 꽂아두었다.

나는 싱크대에 있는 행주를 집어 전기포트를 닦기 시작했다. 이 집에 와서 내가 맨손으로 만진 것은 이 포트뿐이었다.

닦다 보니 행주가 더러워졌다. 어째서 남의 집에서 전기포트나 닦고 있어야 하는지, 순간 짜증이 치밀었다.

그때, 목소리가 들렸다.

"포트 바닥을 닦는 것도 잊지 마."

놀라서 고개를 들자, 싱크대 앞에 의사가 서 있었다.

늘 그렇듯 흰 가운을 입고 둥근 선글라스를 쓰고 있었다. 의사가 집 밖으로 나오는 것은 아주 드문 일이었다.

"너는 포트 바닥을 잡고 이 남자를 내리쳤어. 바닥에도 지문이 묻었을 거야. 조심, 또 조심."

빈정빈정 웃으면서 의사는 충고했다.

나는 잠자코 의사를 노려본 뒤, 전기포트를 들어 바닥을 닦았다.

의사는 뒷짐을 지고 히다카에게 다가갔다.

"변함없이 잔인하군."

쭈그리고 앉아 시체를 보더니 의사는 얼굴을 찡그렸다.

"굳이 죽일 것까지는 없었잖아. 이 녀석은 멍청하지만 해가 되진 않아. 설사 경찰에 신고한다고 해도 물증은 없어."

"입을 막으려고 죽인 게 아니야."

"이유는 없었다? 과연 가위남답군."

의사는 어깨를 으쓱하고 히다카의 침실 겸 서재로 들어갔다.

"굉장하군. 컴퓨터, 대형 디스플레이, 레이저 프린터, 고속

모뎀, 대용량 하드디스크가 두 대, 광자기 디스크 드라이브, CD-ROM 드라이브, DVD 드라이브, 그리고 나도 모르는 첨단 기기가 잔뜩 있어. 히다카라는 녀석, 대단한 컴퓨터광이었나 보군. 무슨 일을 했는지는 모르겠지만, 수입의 대부분을 여기에 쏟아부었겠어."

의사는 책상에서 늘어져 있는 끊어진 전원 케이블을 보았다.

"선을 끊어버리면 어차피 고철에 불과하지만."

의사는 컴퓨터와 오디오 기기가 놓인 책상 앞을 떠나 책장을 훑어보았다.

"오, 맙소사. 만화와 실용서뿐이잖아. 게다가 책을 이렇게 엉망진창으로 꽂아놓다니! 컴퓨터광들은 종이 매체는 함부로 다뤄도 된다고 생각하는 건가? 이런 책장의 주인이라면 저런 끔찍한 꼴로 죽임을 당해도 도리가 없겠어."

"적당히 해."

나는 의사의 태평한 행동에 짜증이 났다.

"어서 이 집에서 나가야 해."

"모처럼의 외출인데 뭘 그리 서둘러."

의사는 여유를 부리며 말했다.

"아까 네 추리 말인데, 꽤 흥미롭게 들었어. 제법이야. 아주 신선해. 명추리라고 해도 손색이 없을 정도야. 그것이 사건의 진상이었다면 더 좋았겠지만."

"얼른 나가자고. 누가 오면 어쩌려고 그래?"

나는 의사를 재촉했다.

"이미 늦었어. 곧 손님이 찾아올 거야."

의사는 책장을 올려다보며 담담하게 말했다.

"뭐라고?"

"차 안에서 히다카에게만 신경 쓰느라 몰랐나 보군."

의사는 나를 돌아보고 히죽 웃었다.

"여기 오는 동안 어떤 차가 계속 따라왔어. 너희가 탄 차를 미행하고 있었겠지."

나는 현관으로 달려가 문을 살짝 열고 밖을 살펴보았다.

주차장에 실내등이 켜진 차 한 대가 보였다. 운전석에 누군가 타고 있었다. 이쪽을 염탐하고 있는 것 같았다.

나는 문을 닫아걸고 부엌으로 돌아왔다.

의사는 가운 주머니에 손을 찔러 넣고 냉장고 앞을 어슬렁거리고 있었다.

"냉장고 좀 열어봐. 안을 보고 싶어."

나는 냉장고 문을 열었다.

문 선반에는 종이팩에 든 오렌지주스와 우유, 그리고 캔맥주가 있었다. 안쪽에는 낫토콩을 발효시켜 만든 음식, 소시지, 레토르트 카레 따위가 어수선하게 처박혀 있었다.

"레토르트 카레를 냉장 보관하는 바보가 있다니."

의사는 다분히 경멸 조로 말했다.

"예상한 대로 죄다 즉석 식품이군. 이런 걸 직접 해 먹는다고 할 수는 없지. 빈약한 식생활이야. 독신 남성의 생활이란 게 보통 이런 건가? 전혀 모르는 세계라 흥미롭군."

"다음은 벽장을 볼 기세군."

나는 빈정거렸다.

"지금 남의 살림이나 구경하면서 여유 부릴 때가 아니야. 바깥에 있는 놈이 곧 들이닥칠 거라고. 대체 어쩔 셈이지?"

"손님이 오시면 정중하게 맞아줘야지."

의사는 냉장고 문을 닫으라고 손짓했다.

"제발 막무가내로 덮치지는 말고. 나도 꼭 만나보고 싶으니까."

"밖에 있는 남자를 알아?"

"어느 의미에서는. 너도 알 거라고 생각하는데? 만나서 이야기하는 건 처음이지만."

그때 초인종이 울렸다.

"오우, 오셨군."

의사는 기대에 부푼 표정이었다.

"드디어 클라이맥스군. 이걸 놓치지 않으려고 일부러 여기까지 온 거야."

나는 현관으로 향했다. 문에 귀를 바짝 붙이고 바깥의 동태를 살폈다.

낮게 내리깐 목소리가 들렸다.

"안에 있는 거 안다, 가위남. 이야기 좀 하자. 이 문 열어봐. 똑똑하니까 번거롭게 하지 않겠지?"

나는 문구멍으로 밖을 보았다.

내 눈을 믿을 수 없었다.

도대체 그가 왜 여기에 있지?

정중하게 맞으라고 의사는 말했다. 남자의 얼굴을 보자 나도 그럴 마음이 들었다.

이렇게 된 이상 지문이 남을 것을 걱정하는 것은 의미가 없었다. 나는 남자가 수상하게 여기지 않도록 비닐장갑을 벗은 뒤 문을 열었다.

두꺼운 코트를 껴입은 남자는 문 뒤에서 험악한 얼굴을 드러냈다.

그러나 내 얼굴을 보자, 이내 어리둥절한 표정으로 바뀌었다.

"아, 야스나가 씨, 무사합니까? 다행이군요."

남자는 다정한 척 부자연스럽게 웃었다.

"놈은 어디에 있습니까?"

"놈이라니, 누구 말인가요?"

"가위남이요. 당신을 이 집으로 끌고 온 남자, 히다카 고이치 말입니다."

"부엌에 있습니다."

나는 지극히 침착하게 대답했다.

남자는 내 얼굴을 빤히 보더니, 신발을 신은 채로 집 안으로 들어갔다.

나는 남자의 뒤를 따라갔다.

부엌으로 가자, 히다카의 사체 앞에 서 있는 남자의 뒷모습이 보였다.

나는 싱크대로 천천히 다가갔다. 싱크대에는 칼이 또 한 자루 있었다.

"움직이지 마."

남자의 목소리가 나를 제지했다.

돌아선 남자의 손에는 권총이 들려 있었다.

이것은 예상 밖의 전개였다.

"허튼짓하지 않는 게 좋을 거야. 손 들어."

나는 두 손을 들고 남자를 바라보았다.

"그래…… 그랬던 거군."

남자는 사람을 꿰뚫는 눈빛으로 나를 노려보았다.

"다른 사람도 아닌 내가 하찮은 선입견에 사로잡혀 있었다니. 가위남 따위의 별명은 무시하고 순수하게 검증했어야 했는데, 무의식중에 매스컴에 끌려다니고 있었어."

남자는 분한 듯이 아랫입술을 깨물었다.

"그래, 그래서 그랬던 거야. 왜 성폭행이 없었는지, 왜 범인의 체액이 남아 있지 않았는지, 왜 범인은 피해자의 육체에 아무런 흥미가 없었는지, 이제 전부 설명되는군. 가위남은 여자였어. 게다가 이런 미인……."

남자는 자조의 웃음을 흘렸다.

"오래전부터 너를 만나고 싶었어, 가위남."

"나도 만나고 싶었어, 다루미야 유키코를 살해한 진짜 범인을."

냉장고 옆에서 의사가 말했다. 남자의 얼굴색이 바뀌었다.

그렇다. 그는 가쿠게이대학역 앞 패스트푸드점에서 다루미야 유키코와 함께 있던 남자였다.

24

"나는 이런 장면이 싫어."

이런 긴박한 상황에서도 의사는 여유롭게 이야기를 시작했다.

"탐정이 범인을 궁지로 몰아넣는다. 범인이 탐정에게 권총을 겨눈다. 하지만 바로 쏘아 죽이지 않고 장황하게 슬픈 이야기를 늘어놓는다. 지긋지긋해. 신神도 이런 장면을 싫어하니까 바로 끝내버리라고."

"무슨 말을 하는지 모르겠군."

남자는 당혹스러운 것 같았다.

"《호수의 여인》의 한 대목이야. 레이먼드 챈들러는 알겠지? 아니면 필립 말로레이먼드 챈들러의 소설에 등장하는 탐정를 싫어하나? 그럼 크리스토퍼 말로영국의 극작가는 어떤가?"

의사는 목청을 높여 낭송했다.

너에게 명하노라, 모습을 바꿔 다시 오라.

그 추한 모습으로 나를 섬기려 하다니 괘씸하도다.

자, 경시청의 형사로 둔갑해서 오라.

경찰관의 모습이 진범과 가장 잘 어울리느니.

"제발 그만 좀 해. 이런 상황에서 그따위 소리나 하고 있고 싶어!"

나는 참지 못하고 고함을 질렀다.

남자는 어쩐지 동정하는 눈빛으로 나를 보고 있었다.

"흐음, 네가 무슨 생각을 하는지 대충은 짐작이 가."

의사는 쾌활하게 웃으면서 말했다.

"다중 인격을 의심하고 있겠지? 미안하지만, 틀렸어. 다중 인격의 경우 각각의 인격은 서로를 의식하지 못한다고 되어 있어. 하지만 나는 보시다시피 그녀와 대화도 할 수 있고 기억도 공유해. 오히려 망상 인격이라고 하는 편이 맞을 거야."

"네가 여자의 망상 인격이라고?"

"그 반대야."

의사는 왠지 슬픈 표정을 지었다.

"그녀가 나의 망상 인격이야. 나는 억압된 자아이고. 뭐 그런 쪽으로는 네가 전문가잖아? 우리가 체포되거든 찬찬히 진단해줘."

남자의 눈매가 더욱 날카로워졌다.

의사와 대화하는 중에도 남자는 잠시도 내게서 눈을 떼지 않았다. 냉장고 옆에 서 있는 의사 쪽으로 눈을 돌리면 그 틈에 달려들려고 했는데, 남자는 신중했다.

"뭐든 꿰뚫어 보는 것 같군."

남자는 낮게 뇌까렸다.

"뭐든지는 아니고."

의사는 어깨를 으쓱거리고 말했다.

"나는 네 이름도 주소도 몰라. 내가 아는 건, 네가 경찰관이고 일련의 가위남 사건에 깊이 개입하고 있다는 것 정도야. 그래서 혹시 프로파일러가 아닐까 생각했지. 경시청에서는 뭐라고 부르는지 모르겠지만."

"범죄심리분석관. 어떤 인간은 사이코 선생이라고도 부르지, 기분 나쁘게."

"사이코는 사이콜로지psychology의 약자인가?"

"사이코 애널리시스analysis의 약자야."

"뭐든지 줄여서 부르는 것은 일본인의 버릇이지. 알고 있나? 여고생들은 스켈러튼 록을 스켈록이라고 부르는 모양이더군. 뭐 형사님들이야 은어를 즐겨 쓰시니까."

의사는 조롱하듯 웃었다.

"은어 같은 건 하급 경찰관들이나 좋아하지."

남자는 웃었다.

왜 이 둘은 오랜 친구처럼 친근하게 이야기하고 있는 것일까. 손을 들고 기다리는 내 처지도 생각해주면 좋으련만.

"어떻게 내가 범인이라는 사실을 알았지?"

남자가 물었다.

"처음부터 알고 있었어. 다루미야 유키코의 사체를 발견했을 때부터."

의사는 짓궂은 얼굴로 말했다.

"뭐라고?"

남자는 무심결에 소리를 질렀다.

나도 똑같이 소리를 지르고 싶었다. 뭐라고?

"너는 다루미야 유키코를 죽이고 범행을 은폐하기 위해 가위남의 소행으로 꾸미려고 계획했어. 그래서 그녀를 비닐 끈으로 목 졸라 죽인 뒤 가위로 목을 찔렀지. 완벽한 솜씨였어. 아무리 봐도 가위남의 소행으로밖에 보이지 않았어. 무엇보다 사체를 발견했을 때 그녀 자신이 완벽하다고 느꼈을 정도니까."

의사는 껄껄 웃었다.

"하지만 너는 지나치게 완벽했어! 진범은 대관절 가위남의 범행 수법을 어디서 그렇게 세세하게 알았을까? 와이드 쇼를 녹화해서 연구했나? 아니. 와이드 쇼는 소문과 억측만 난무할 뿐이야. 죄다 엉터리지. 그리고 신문에도 주간지에도 그런 구체적인 정보는 실리지 않았어. 그렇다면 진범은 수사 정보를 알 수 있는 저널리스트인가? 이것도 아니야. 우리 집에 취재하러 온 잡지 기자는 근거도 없는 '어떤 종류의 성폭행'에 큰 관심이 있었어."

의사는 볼펜 끝으로 관자놀이를 긁었다.

"애초에 경찰이 그런 구체적인 정보를 매스컴에 흘릴 리가 없어. 그렇게 되면 진짜 가위남과 모방범을 구별하기 어려워지는 일이 벌어질 수 있거든. 더욱이 용의자가 나타났을 때를 대비해서 범인만이 알고 있는 정보를 남겨둬야만 해. 이 사건에서는 아마 의도적으로 성폭행 여부를 극비로 해뒀을 거야."

"맞아. 네가 말한 대로야."

남자가 몹시 불쾌한 표정으로 대답했다.

"우리는 매스컴에 성폭행이 있었는지에 대해 애매한 태도를 취해왔어. 그것이 가위남을 특정하는 결정적인 증거가 될 테니까."

"과연. 그렇다면 진범은 왜 '어떤 종류의 성폭행'에 대해서는 위장하려고 하지 않았을까? 어떤 행위인지 모른다고 하더라도 적어도 치마 정도는 올려두자고 생각하지 않을까? 하지만 다루미야 유키코의 옷은 멀쩡했지. 어디 한 군데 흐트러져 있지 않았어. 이것은 무엇을 의미하는가? 답은 하나. 범인이 '어떤 종류의 성폭행'이 없었음을 알고 있었기 때문이야. 진범은 가위남의 범행의 진실을 알 수 있는 인물, 즉 경찰 관계자라는 얘기지."

의사는 남자의 뒤통수를 지그시 바라보고 있었다.

"거기까지 추리하는 것은 간단했어. 하지만 현실적으로 진범을 찾아내는 일은 그리 녹록하지 않았지. 그래도 다행히 우리는 가쿠게이대학역 앞 패스트푸드점에서 다루미야 유키코와 함께 있던 수수께끼의 남자를 목격했어. 만약 그 남자가 경찰 관계자라면 진범이 틀림없지. 한데 경시청에 찾아가서 가위남 사건 수사 관계자 전원의 사진을 보여달라고 할 수도 없는 노릇이니까, 일단은 항복했지."

의사는 말 그대로 두 손을 들어 항복하는 시늉을 했다.

"그러나 내게는 너를 낚을 바늘이 있었어. 그녀가 공원 풀숲에 던져버린 가위. 네가 모르는, 또 한 자루의 가위 말이야."

남자의 미간에 주름이 잡혔다.

의사는 더 노골적으로 이죽거렸다.

"그 수수께끼의 가위는 네 완벽한 계획을 깨버렸지. 너는 가위가 또 한 자루 발견된 것을 알고 고민했을 거야. 왜 이런 가위가 현장에 있었을까. 그냥 보통의 가위도 아니야. 끝이 송곳처럼 예리하게 갈린 가위였어. 마치 목에 걸린 가시처럼 그 가위는 네 마음을 불편하게 했을 거야. 밤잠도 설쳤을 것 같은데, 아닌가?"

의사는 집게손가락으로 남자를 가리켰다. 남자는 내 얼굴을 응시하고 있었다.

"너는 이윽고 그 가위의 의미를 깨달았어. 네가 가위남의 범행으로 가장한 사체를 진짜 가위남이 발견했다는 사실을 말이지."

"말도 안 된다고 생각했어. 그런 우연이 일어날 확률은 몇 만 분의 일이야. 현실에서 일어날 리가 없다고 생각했지."

남자는 허파에서 숨을 전부 토해내듯 무겁게 말했다.

"이런, 이래서 수학을 못하는 사람은 안 된다니까."

의사는 비웃듯이 말했다.

"너는 프로파일러지 미련한 오컬티스트가 아니잖아? 가끔 그런 걸 예찬하는 방송을 보면, 이런 일이 우연히 일어날 확률은 몇백만 분의 일입니다, 따라서 우연이 아닙니다, 기적입니다, 하고 지껄여대는 작자들이 있어. 헛소리하지 말라 그래. 몇백만 분의 일이든, 몇억 분의 일이든, 확률이 제로가 아닌 이상 우연은 일어날 수 있어. 소행성이 지구에 충돌할 확률은 몇십만 혹은 몇백만 분의 일인지 모르겠지만, 실제로 일어났고 덕분에 공룡은 멸종했어. 고생물학계에서는 이게 정설이 돼 있다고. 아니, 애초에 네가 몇만 분의 일이라는 확률을 이끌어낸 근거는 뭐지?"

남자는 증오에 찬 눈길로 나를 노려보았다. 노려볼 거면 의사를 노려보라고 나는 내심 투덜거렸다.

"하지만 네 마음은 이해해. 우리도 사체의 목에 가위가 꽂혀 있는 것을 보고 깜짝 놀랐으니까. 갑작스러운 전개에 황당하고 당황스러웠겠지. 거기서 나는 조금 더 밀어붙여 보기로 했어."

그러고서 의사는 내게 시선을 던졌다.

"나는 그녀에게 진범을 찾도록 종용했어. 물론 어설픈 솜씨로 너를 찾아낼 것을 기대하지는 않았지. 내 목적은 다른 데 있었거든. 그녀가 뭔가를 조사하고 다닌다는 것을 네게 알리고 싶었어. 사체 발견자가 피해자 주변을 얼쩡거리고 다닌다는 것을 네가 알길 바란 거야. 왜 그녀가 그런 조사를 할까, 의심을 품길 바랐지.”

의사는 적절한 타이밍에 잠깐 쉬어주었다.

“그 의심과 또 한 자루의 가위를 맞대면, 아무리 황당무계한 우연이었던들 너는 옳은 결론에 도달할 거야. 그리고 그 결론을 확인하기 위해 우리를 만나러 오겠지. 당연히 혼자서 말이야.”

“뭐라고? 나를 미끼로 쓴 거야!”

나는 무심결에 소리를 질렀다.

“미안하게 됐어.”

의사의 목소리에서는 미안한 기색이 조금도 느껴지지 않았다.

“하지만 덕분에 이렇게 진범을 만났잖아? 그러면 된 거 아닌가?”

“그럼 이 이니셜이 새겨진 라이터는?”

나는 숄더백에서 가스라이터를 꺼내 의사에게 보여주었다.

“아아, 그거. 원래부터 공원에 떨어져 있었던 거 아닐까? 경찰은 더 많은 것을 주웠을 거야.”

“빌어먹을!”

나는 라이터를 의사를 향해 던졌다. 라이터가 벽에 부딪쳐 공허한 소리를 냈다.

“너는 아주 운이 나빴어.”

의사는 내 분노를 무시하고 다시 남자를 보고 말했다.

“우리가 우연히 다루미야 유키코의 사체를 발견하지만 않았더라면 이렇게 되지는 않았을 테니까. 아마 텔레비전이나 신문을 보고 어떤 얼간이가 가위남을 모방했을까 하고 말았을 거야. 사체 상태가 어땠는지는 자세하게 보도되지 않으니까 말이야. 경찰에서 한번 걸러낸 정보로는 네가 한 완벽한 위장 공작을 알 도리가 없잖아? 그런데 다행인지 불행인지, 그녀는 다른 사람도 아닌 다루미야 유키코를 다음 타깃으로 노리고 있었기 때문에 사체를 발견해버리고 말았어. 덕분에 나는 진범이 누군지 바로 감이 왔지."

"아니, 틀렸어. 오히려 운이 좋았던 것 같은데?"

남자는 내 가슴에 총을 겨누고 나직이 말했다.

"덕분에 가위남을 체포할 수 있게 됐으니까."

25

"네 추리는 거의 틀리지 않았어."

남자는 내게 권총을 겨눈 채 말했다.

"맞아, 유키코를 죽인 건 나야. 가위남의 범행으로 위장하려고 한 것도 사실이야. 그리고 또 한 자루의 가위에 담긴 의미도 알아냈어. 하지만 유감스럽게도 네 함정 수사에는 걸려들지 않았어."

"그래? 이렇게 우리를 찾아왔으면서?"

의사는 고개를 갸웃거렸다.

"네가…… 아니, 너희라고 해야 하나?"

남자는 이죽거리며 말했다.

"너희가 유키코를 죽인 진범을 찾아다니고 있다는 소문은 내 귀에 들어오지도 않았어. 아마 다른 형사들도 모르지 않을까?"

"그녀가 처신을 너무 잘했나 보군."

의사는 쓴웃음을 지었다.

"행동 면에서는 아주 뛰어나단 말이지. 이론에 밝은 나와는 정반대야. 그런데 다루미야 유키코의 장례식에도 갔고, 친구와 가족까지 만났는데 전혀 눈치채지 못했다고?"

"장례식에는 히다카도 왔어. 관할 형사가 목격하고 수상하다고 말했지. 덕분에 나까지 현혹되고 말았지만."

남자는 마치 쓴 것을 토해내듯 삐딱하게 말했다.

"그 형사가 누구지?"

"이소베라는 젊은 형사야."

"아, 그 친구? 알지. 우리 집에도 왔었으니까. 꽤 미남이었지."

"전해주면 꽤나 기뻐하겠군."

남자는 우스워하는 것처럼 보였다.

"너한테 한눈에 반한 모양이더라고. 관할 형사과에서 한창 화젯거리였지."

"그거 영광이군."

의사는 그렇게 대답하더니, 뭔가를 깨달은 것처럼 눈을 반짝였다.

"그럼 너는 히다카를 미행하고 있었던 건가?"

"그래. 10월 중순에 히다카가 가쿠게이대학역 앞 햄버거 가게에서 목격되었다는 정보가 들어왔어. 나는 확신했지. 히다카는 유키코를 노리고 미행하고 있었고, 나와 유키코가 만나는 것을 본 것이 틀림없다고. 히다카가 진짜 가위남이든 아니든 그냥 둘 수 없었어. 그래서 오늘 히다카를 만나서 결판을 내려고 했어."

거기서 남자의 표정이 어두워졌다.

"이상하군. 히다카가 가위남이 아니고, 가위도 버리지 않았다면, 왜 그런 목격 증언이 나왔지? 이것도 네가 말하는 우연인가?"

"글쎄. 하지만 그 뒤에 네가 어떻게 행동했는지는 알겠군. 네가 이 아파트에 왔을 때 히다카는 마침 나가는 참이었어. 너는 차로 미행했지. 그런데 무슨 영문인지, 히다카는 사체 발견자인 젊은 여자를 억지로 차에 태워 와서 자기 집으로 데리고 들어가는 게 아니겠어?"

의사는 우스워서 못 견디겠다는 듯이 키들거렸다.

"너는 기회라고 생각했겠지. 범행 현장을 덮치면 히다카가 가위남인 것을 증명할 수 있으니까. 그래서 바로 덮치지 않고 잠시 기다렸다가 초인종을 눌렀어. 문이 열리고 우리가 태연하게 서 있는 것을 봤을 때, 당연히 어리둥절했을 거야. 너는 우리가 살해당했거나, 적어도 강간당했을 것이라고 생각했을 테니까. 너란 인간도 어지간히 질이 나빠."

"마음대로 지껄여봐."

남자는 입술을 일그러뜨리고 그렇게 말했다.

"히다카와 너를 혼동했다고는 해도 현장을 덮치는 데는 성공했어. 가위남이 살인을 저지른 현장을 말이지."

남자는 총구로 히다카의 사체를 가리켰다.

"이제 가위남을 체포하는 일만 남았군."

"대단한 공을 세우셨어. 프로파일러, 특기인 심리 분석을 이용해 멋지게 살인마 체포. 타블로이드지의 헤드라인이 눈앞에 보이는 듯해. 너는 화제의 인물이 될 거야. 책을 내게 되면 우리한테도 인세를 조금 나눠달라고."

의사는 조롱하는 눈빛으로 말했다.

"그런데 우리는 두 명의 소녀를 죽였지만, 다루미야 유키코는 죽이지 않았어. 진범은 너라고 경찰에서 불면 어쩔 셈이지?"

"시리얼 킬러에게서 흔히 보이는 망상 증상이라고 설명하면 그만이야."

남자는 냉정하게 말했다.

"증명할 수 있을까? 미리 말해두지만, 내가 이렇게 밖으로 나오는 일은 아주 드물어. 원래 사람 앞에 나서는 걸 좋아하지 않거든. 현실은 별로야."

"숨을 수 없을걸. 대개는 면담하면 알아. 정 안 되면 약물을 쓰면 되고."

"스코폴라민?"

"박식하지만 의학 지식은 조금 낡았군. 요즘은 훨씬 좋은 약을 쓰지."

남자는 은근히 비웃으며 말했다.

"과연. 뭐 그렇다면 별수 없고."

의사는 천장을 올려다보며 속삭이듯 말했다.

"다루미야 유키코는 죽이지 않았지만, 우리가 두 명의 소녀를 죽인 건 사실이니까. 죗값은 치러야겠지."

"안심해. 너는 사형당하지도, 형무소에 들어가지도 않을 거야. 내가 증언해줄게. 너는 병이라고."

남자는 몹시 다정한 목소리로 말했다. 그것이 오히려 선뜩하게 느껴졌다.

"너는 무척 독특한 쾌락 살인자야. FBI가 축적한 방대한 사례들 중에도 너 같은 증상을 보이는 시리얼 킬러는 없어. 아주 희귀한 사례야. 유용한 자료가 되겠어."

"우리가 죽으면 뇌를 FBI의 범죄심리연구소에 기증하지. 어디에 사인하면 될까?"

"아무쪼록 살아 있는 동안에 연구하고 싶군. 좋은 병원을 소개해주지."

"평생 병원에 갇혀서 네 연구 대상이 되라고? 뭐 그것도 나쁘지 않겠군. 나는 진범을 찾고 싶었을 뿐이니까. 네가 처벌을 받든 말든 아무래도 상관없어."

의사는 짐짓 한숨을 쉬었다.

"원래 인생이란 게 내 뜻대로만 되는 게 아니니까."

의사는 드디어 입을 다물었다.

나는 그제야 남자와 이야기를 해볼 수 있었다.

"마지막으로 하나만 물을게."

나는 남자에게 말했다.

"뭐지?"

"왜 다루미야 유키코를 죽였지?"

남자는 잠시 침묵했다. 그러고서 괴로운 표정으로 말했다.

"유키코가 임신을 원치 않았기 때문이야."

원망에 찬 목소리였다.

"보통 반대 아닌가? 아이가 생겨서 여자를 죽였다, 이러면 말이 되는데. 여고생을 임신시키면 곤란한 건 당신이잖아? 더욱이 경찰이니까."

나는 고개를 갸웃거렸다.

"그렇지. 이 일은 더 이상 못 하겠지. 그래도 나는 상관없었어."

남자는 어딘가 먼 곳을 응시하는 눈빛으로 이야기를 시작했다.

"내가 유키코를 만난 건 반년 전이었어. 미술관에서였지. 유키코는 머리에 헤어밴드를 하고, 하늘색 블라우스를 입고, 그림을 보고 있었어. 참 아름다운 소녀라고 생각했어. 그 모습이 아직도 눈에 선해."

나도 같은 차림의 다루미야 유키코를 본 적이 있었다. 이상한 나라의 앨리스 스타일. 남자들은 그런 차림을 좋아하는구나, 하고 나는 잠깐 생각했다.

"나는 유키코에게 말을 걸었어. 딱히 흑심이 있었던 건 아니야. 어쨌거나 나보다 스무 살 이상 어린 학생이었으니까. 나도 사에키 유조일본의 서양화가를 좋아했기 때문에 그저 이야기를 나눠보고 싶었을 뿐이었어."

사에키 유조는 누구일까. 궁금했지만, 이야기를 끊고 물어볼 마음은 들지 않았다.

"나와 유키코는 미술관 카페테라스에서 이야기를 나누고, 헤어질 때 다시 만날 약속을 했어. 그 후 우리는 몇 번 만났고, 서로 사랑하는 사이가 되었어. 적어도 나는 그렇게 믿고 있었어."

드디어 슬픈 이야기가 시작되는군, 하고 의사가 작게 속삭였다.

"두 달 전이었나, 유키코가 불쑥 임신했다고 내게 말했어. 쓸쓸한 얼굴로, 중절을 하겠다고 말하는 거야. 솔직히 고민됐어. 여고생과 사귀다 임신까지 시켰다는 사실이 알려지면 내 경찰 인생도 끝이니까. 하지만 나는 유키코를 진심으로 사랑하고 있었고, 아내와도 사이가 냉랭해져서 이미 별거 중이었어. 며칠 고민한 끝에, 나는 유키코에게 아이를 낳자고 말하기로 결심했어. 일을 그만둬도 좋다. 아내와도 이혼하자. 그리고 유키코가 고등학교를 졸업할 때까지 기다렸다가 결혼해서 새로운 인생을 시작하자. 그렇게 결심했지."

남자의 표정이 어두워졌다.

"나는 유키코를 만나서 이야기했어. 그 햄버거 가게에서. 그날이 네가 나를 목격했다는 날이야. 나는 내 생각을 전하고, 결혼하자고 말했지. 그랬더니 유키코가 웃음을 터뜨리는 거야."

나는 패스트푸드점에서 본 다루미야 유키코의 웃는 얼굴을 떠올렸다. 그렇게 소리 내어 웃는 그녀를 본 것은 그때가 처음이자 마지막이었다.

"그리고 이렇게 말했어. 임신했다는 거 거짓말이야. 경시청 높으신 분은 돈을 얼마나 내놓을지 궁금해서 시험해봤을 뿐이야. 그리고 미안한데, 당신과 결혼할 생각은 없어."

남자의 목소리에서 깊은 증오가 느껴졌다.

"나를 비웃는 것도, 놀리는 것도 아니었어. 그저 당연하다는 듯이 그렇게 말했어."

"진짜로 시험해봤을 뿐인지도 모르지. 돈을 원했던 것 같지도 않으니까."

내 말은 남자의 귀에 들리지 않았던 것 같다.

"그런 매몰찬 소리를 듣고도 유키코에 대한 내 마음은 그대로였어. 하지만 헤어지면서 이제 그만 만나자고 말하더군. 나는 약속을 깨고 집으로도 전화를 했지만 유키코의 태도는 냉담했어."

남자는 고개를 천천히 가로저었다.

"그러는 중에 내 사랑은 증오로 바뀌고, 살의로 바뀌었지."

아마 다루미야 유키코의 다른 남자들도 정도의 차이는

있겠지만 이 남자와 비슷한 꼴을 당했을 것이다.

그들은 자기들 멋대로 해석하고 부풀려서 다루미야 유키코를 이해하고 있었다고 믿고 있었다. 그리고 호된 대가를 치렀다.

필시 다루미야 유키코에게 악의는 없었을 것이다. 선의도 없지만 악의도 없고, 사랑하지도 않았지만 미워하지도 않았다. 그저 단순히 그들을 상대로 실험을 했을 뿐이다. 아야코가 말한 것처럼.

하지만 이 남자는 다른 남자들처럼 깨끗하게 단념하지 못하고 망상에 사로잡혀 다루미야 유키코를 죽이는 데까지 이르렀던 것이다.

"고작 그런 이유로 사람을 죽이다니, 당신, 제정신이야?"

남자는 기가 막힌 듯이 나를 보았다.

하지만 바로 표정이 돌변했다. 얼굴이 분노로 벌겋게 달아올랐다.

남자는 이쪽으로 다가오더니, 총으로 대뜸 내 얼굴을 후려갈겼다.

인정사정없었다. 나는 벽까지 날아가 바닥에 주저앉았다.

입 안에 피 맛이 돌고 뭔가가 절걱절걱 씹혔다. 어금니가 몇 개 부러진 것 같았다.

남자는 쓰러진 나를 구둣발로 사정없이 걷어찼다.

"너야말로 제정신이 아니지. 이 미친 살인마!"

그렇게 소리치면서 남자는 내 가슴을 차고 또 찼다. 갈비

뼈가 부러지는 둔한 소리가 들리고, 숨이 막혀왔다.

"모르겠어? 너는 여고생을 두 명이나 죽였어! 그리고 죄 없는 저 남자도!"

남자는 내 머리채를 휘어잡고 바닥을 질질 끌고 다녔다. 머리 가죽이 벗겨질 것 같았다.

"네가 한 짓을 보라고!"

남자는 나를 히다카의 사체에 패대기쳤다. 나는 정확히 히다카의 무릎을 베고 누운 꼴로 바닥에 쓰러졌다. 스웨터에 피가 묻으면 안 되는데, 하고 나는 몽롱한 정신으로 생각했다.

"너는 방금 이 남자를 죽였어. 이런 잔악한 살인에 대체 어떤 정당한 이유가 있다는 거지!"

이유 따위는 없다고 솔직하게 대답하고 싶었지만 아파서 목소리가 나오지 않았다.

"똑똑히 봐! 이 칼로 네가 사람을 어떻게 해놨는지!"

남자는 히다카의 배에서 칼을 잡아 빼 내 눈앞에 들이밀었다.

"이런 짓을 하는 인간이 누구 앞에서 함부로 입을 놀려!"

오른손에 권총, 왼손에 부엌칼을 쥔 채, 남자는 내 배를 걷어찼다. 나는 신음하며 입에서 피를 토했다.

그때였다.

현관문을 마구 두드리는 소리가 났다.

26

오늘 조간신문의 별점을 읽고 나올 걸 그랬다. 내 별자리 난에는 분명히, 오늘은 뜻하지 않은 손님이 많을 것이라고 적혀 있었을 것이다.

문을 두드리는 소리에 놀라서 남자는 홱 뒤를 돌아보았다.

"문 열어! 이 문 당장 열어!"

그런 목소리가 문 너머에서 들려왔다. 다시 주먹으로 문을 두드리는 소리가 났다.

남자는 양손에 권총과 부엌칼을 쥔 채, 허둥지둥 현관으로 뛰어갔다.

이윽고 남자가 얼빠진 소리로 중얼거렸다.

"왜 저 녀석이 여기에……."

"열지 않으면 부숴버린다!"

문 밖에서 누군가가 고함을 쳤다.

대체 누구일까, 나는 고통을 참으면서 생각했다. 나를 구하러 온 기병대나 미해병대인가?

아니면 백마 탄 왕자님?

남자는 각오한 모양이었다. 자물쇠를 풀고 문을 여는 소리가 났다.

"오호, 이소베 씨, 여긴 어쩐 일이지?"

남자는 누군가에게 말했다. 이소베? 어디서 들어본 이름인데.

"대체 어떻게 알고……."

남자가 말했지만 돌아오는 대답은 없었다. 그 대신에 바닥을 달리는 구둣발 소리가 들렸다.

부엌에 나타난 청년의 얼굴을 보고 그제야 기억이 떠올랐다. 집에 찾아왔던 젊은 형사였다.

이소베는 히다카의 사체와 그 무릎 위에 쓰러져 있는 나를 발견하고 얼어붙은 것처럼 우뚝 멈춰 섰다. 형사가 시체 하나에 겁을 먹은 건지, 낯빛이 창백했다.

그는 간신히 마음을 추스르고 내 앞에 쭈그리고 앉아 물었다.

"괜찮습니까!"

괜찮을 리 없잖아, 하는 말은 목구멍에서 나오지 않았으므로 나는 찡그린 얼굴로 대답을 대신했다.

"형사과에 알리지 않고 온 건 미안하게 생각해. 정말 갑자기 어떤 감이 확 왔거든. 그걸 꼭 내 눈으로 확인하고 싶었어. 짐작했던 대로야. 놀라운 성과가……."

남자는 뒤에서 주절거리면서 부엌으로 돌아왔다. 손에는 아직 부엌칼과 권총이 들려 있었다.

이소베는 굳은 표정으로 일어나 상의 안에서 권총을 뽑아 들었다.

그리고 남자를 향해 총구를 겨누었다.

"칼과 총을 버리십시오."

"왜 이래? 장난하지 마."

남자는 애써 웃으려고 했지만 실패했다.

"어서 버리십시오. 호리노우치 씨."

남자의 이름은 호리노우치인 모양이었다.

"사정이 있었어. 전부 설명해줄게."

"당장 버리라고!"

이소베가 소리치자, 호리노우치의 낯빛이 변했다.

호리노우치는 부엌칼을 식탁 위에 내던졌다.

그러나 권총은 오른손에 그대로 들고 있었다.

"상사한테 그 말투가 뭔가? 이소베 순경."

가능한 한 위엄을 지키려고 애쓰면서 호리노우치는 천천히 이소베 쪽으로 다가왔다.

"단념하십시오, 호리노우치 씨."

이소베는 양손으로 권총을 감싸 쥔 채 말했다.

두 다리가 희미하게 떨리는 것이 보였다. 아마 호리노우치도 알아챘을 것이다.

이런 남자를 믿어도 될까. 나는 걱정되었다. 이소베는 사람을 쏘아보기는커녕 총을 들고 현장에 나온 것도 처음인 듯싶었다. 총구를 아래로 향한 호리노우치가 훨씬 당당해 보였다.

실제로 그 서슬에 기가 눌렸는지 이소베는 슬금슬금 뒷걸음질 치고 있었다.

"다 알고 있습니다."

이소베가 말했다. 목소리를 떨지 않는 것이 대견할 정도였다.

"뭘 안단 말이지?"

"당신이 아내와 별거 중이고, 현재는 메구로구 다카반에 있는 맨션에 혼자 산다는 것. 그리고 이 사건의 피해자와 여러 차례 만났고, 아주 친밀한 사이였다는 것."

호리노우치가 눈을 부릅떴다.

"목격 증언이 많습니다. 변명할 생각 마십시오."

이소베는 호리노우치의 눈을 똑바로 쳐다보고 말했다.

"왜 처음부터 피해자와 아는 사이라고 말하지 않았습니까? 왜 그 사실을 감췄습니까?"

"그건……."

호리노우치가 머뭇거리자 이소베는 몰아치며 말했다.

"그건 당신이 그 소녀를 죽였기 때문이야. 죽이고서 가위남의 범행으로 꾸미려고 했어. 가위남의 범행인지를 판단하는 건 당신 재량이니까, 수사를 엉뚱한 방향으로 몰아가는 것은 간단했겠지."

호리노우치는 두 눈을 부릅뜬 채 그대로 서 있었다.

나는 그 오른손에 들린 권총을 주시하고 있었다.

이대로라면 호리노우치와 함께 나도 체포된다. 어차피 붙잡힐 거면 그 전에 권총 자살을 시도해보는 것도 나쁘지 않을 것이다. 나는 그렇게 생각하고 두 사람이 서로 견제하는 틈에 고통을 참으며 천천히 몸을 일으켰다.

"아니, 잠깐. 뭔가 오해가 있어. 이 범행은……."

호리노우치는 계속 변명하려는 것 같았다. 호소하는 몸짓과 동시에 오른손이 올라갔다.

지금이다.

나는 얼굴과 가슴을 짓누르는 고통을 무시하고 호리노우치에게 달려들었다.

"안 돼!"

이소베가 외마디 소리를 질렀다.

호리노우치의 오른손에 들린 권총을 붙잡고 총구를 내 가슴에 겨누었다. 호리노우치는 필사적으로 내 손을 총에서 떼어내려고 했지만 이미 늦었다.

나는 호리노우치를 향해 싱긋 웃었다.

어쩐지 호리노우치의 얼굴이 공포로 일그러졌다.

그의 집게손가락을 잡은 채로, 방아쇠를 밀었다.

굉음이 울리고, 나는 바닥으로 쓰러졌다.

총에 맞으면 즉사할 줄 알았는데, 기대는 빗나갔다. 복부에 달군 쇠막대기가 박힌 듯한 격통이 느껴졌다.

"이런, 결국 스웨터가 피투성이가 되었군. 유감이야."

의사가 웅크리고 앉아 나를 내려다보며 말했다. 배에서 시작된 붉은 얼룩이 순식간에 번져 흰 가운을 적셨다. 의사의 얼굴에는 온통 굵은 땀방울이 맺혀 있었다.

"그리고 너, 배는 싸봤자 아프기만 하지 즉사하지 않아. 영화 같은 걸 보면 관자놀이를 쏴서 자살하는 장면이 종종 나오는데, 그것도 반드시 죽는다는 보장이 없어. 알지 모르겠지만, 시인인 마사오카 시키의 사촌 남동생 후지노 고하쿠는 권총 자살을 하려고 전두부에 한 발, 후두부에 한 발을 쏘고도 사오 일 정도 살아 있었다고 해. 메이지 시대의 의료 기술로도 그 정도니까, 지금이라면 살 수 있었을지도 몰라."

나는 양손으로 배를 누르면서 시끄러워, 하고 소리치려고 했다. 그러나 입에서 나온 것은 목소리가 아니라 핏덩어리였다.

"뭐 운이 좋으면 출혈 과다로 죽을 수도 있어. 그 편이 우리에게는 나을지도 모르겠군."

"대체 무슨 짓을……."

이소베는 괴로워하는 내게서 시선을 거두고, 권총을 바라보며 망연자실 서 있는 호리노우치를 노려보았다.

"당신 뭐야. 열여섯 살 소녀를 죽이고, 그것도 모자라서 저 두 명의 목격자까지 제 손으로 죽이려 하다니…… 믿을 수 없어."

"잠깐."

이소베의 말에 호리노우치는 겨우 정신을 차린 것 같았다. 얼굴을 들어 이소베를 보고 말했다.

"내가 히다카를 죽이고, 이 여자까지 죽이려고 했다고?"

"이 상황이 그렇게 말해주고 있잖아. 아직도 발뺌할 생각입니까, 호리노우치 씨?"

호리노우치는 묵묵히 이소베를 바라보고 있었다.

그러더니 고개를 쳐들고 큰 소리로 웃기 시작했다.

웃음소리는 영원히 계속될 것만 같았다. 호리노우치는 눈물을 흘리면서 진심으로 우습다는 듯이 웃어댔다.

"맞아, 네 말이 맞아."

호리노우치는 손등으로 눈물을 닦으며 말했다.

"내가 유키코를 죽였어. 그리고 입막음을 하려고 히다카를 죽이고 이 여자도 죽이려고 했어. 죄 없는 이 선량한 시민을 말이야!"

그러더니 호리노우치는 총구를 입에 넣었다. 이소베가 놀라서 외치려고 했다.

"그래, 저게 최고의 권총 자살법이야."

의사가 해설했다.

"총구를 입에 넣고, 방아쇠를 당긴다. 총알이 연수를 날려버리면 한 방에 갈 수 있지."

총성.

벽에 검붉은 오물이 튀고, 호리노우치는 앞으로 풀썩 고꾸라졌다.

이소베가 황급히 내게로 달려오는 것을 보는 사이, 점점 의식이 멀어져갔다…….

12장

커다란 꽃다발을 안은 채 이소베는 세면실 거울에 비친 자신의 모습을 확인했다.

경찰서에서 바로 오느라 지급품인 촌스러운 양복을 입고 있는 것은 어쩔 수 없었다. 수염은 아침에 깎았다. 뒷머리가 조금 뻗친 것이 보여서 가볍게 손가락으로 빗었다. 그럼 가 볼까.

이소베는 세면실에서 나와 야스나가 치카가 입원해 있는 집중 치료실로 향했다.

리놀륨 바닥이 오가는 의사와 간호사의 모습을 어렴풋이 반사하고 있었다. 그곳을 걸어가는 이소베의 발걸음은 가벼웠다. 정숙해야 하는 병원이 아니었다면 들뜬 마음에 아마 휘파람이라도 불었을 것이다.

호리노우치의 자살로 끝난 그날 밤으로부터 벌써 한 주가 지났다.

배에 총을 맞은 치카는 구급차로 이송되어 응급 수술을 받았다. 수술은 한 시간 넘게 이어졌다. 복도 의자에서 기다리던 이소베에게 그 시간은 몇 시간, 아니 며칠처럼 느껴졌다.

의사가 수술실에서 나와 웃음을 지었을 때, 이소베는 비로소 피로가 밀려오는 것을 느꼈다.

치카는 수술 후 일주일 동안 집중 치료실에 입원해 있었다. 그리고 드디어 오늘 아침, 면회가 가능해졌다.

집중 치료실 앞에 이르러 이소베는 일단 심호흡을 한 번 크게 했다. 입술을 단단히 다물고 기합을 넣었다.

6인실 병실에서 제일 안쪽 창가가 치카의 자리라고 접수처에서 알려주었다. 이소베는 커튼으로 칸막이한 침대 사이를 지나갔다.

머리부터 오른쪽 눈까지 붕대를 감은 중년 여성이 있었다. 공허한 눈으로 오른팔에 연결된 수액 주머니를 바라보고 있는 젊은 여성이 있었다. 침대에 누운 뚱뚱한 노파 곁에 앉아 재잘재잘 이야기하는 안경 낀 소녀가 있었다.

치카는 베개에 기대앉아 창으로 비쳐드는 겨울 햇살을 받으며 주간지를 읽고 있었다.

생각보다 건강해 보였다. 희미하게 남은 왼쪽 뺨의 멍 자국과 환자복 사이로 보이는 하얀 깁스가 안쓰러웠지만, 그것 말고는 거의 회복된 것처럼 보였다.

치카는 주간지에 심취해서 이소베가 온 것을 모르는 것 같았다.

이소베는 잠자코 그녀의 모습을 지켜보았다.

목덜미까지 오는 짧은 머리. 눈썹은 짙고, 치켜 올라갔다. 상냥해 보이는 두 눈. 윗입술이 살짝 뒤집힌 입술. 통통한 볼.

치카는 무척 아름다웠다.

그녀를 처음 만난 것은 사체 발견 현장인 다카반 니시 공원에서였다. 사체 발견자인 치카는 등나무 그늘 아래에 앉아 신도의 질문에 대답하고 있었다. 그때는 고개를 숙이고 있었으므로 이소베는 그다지 관심을 두지 않았다.

두 번째 만남은 피해자의 장례식에 갔을 때였다. 이소베가 무라키와 함께 조문객을 관찰하는데, 검은 스리피스 정장을 입은 치카가 나타났다. 하이힐이 불편한지 다리를 조금 절룩거렸다. 이소베는 상복을 입은 여자는 왜 아름다워 보일까, 하고 넋을 놓고 바라봤던 것을 잘 기억하고 있다.

세 번째 만남은 히다카 고이치를 만나러 갔던 일요일의 일이었다.

오전에 히다카를 찾아가서 순조롭게 집 밖으로 유인해냈다. 길가에 세워둔 차 안에서 신도가 주차장으로 나온 히다카를 카메라로 찍었다.

근처 커피숍에 들어가서 무라키가 또 한 자루의 가위에 대해 질문했을 때 히다카는 조금 동요하는 모습을 보였다.

"녀석, 역시 수상해. 아무래도 저 녀석이 가위를 버린 것 같단 말이지. 좋아, 다른 사체 발견자도 일단 만나보자. 어쩌면 히다카가 가위를 버리는 것을 봤을지도 몰라."

히다카와 헤어진 뒤 무라키는 팔짱을 끼고 그렇게 말했다.

그렇게 해서 점심을 먹은 후에 이소베와 무라키는 치카의 원룸을 방문했다.

현관문이 열리고, 치카가 나타난 순간을 지금도 잊을 수 없다.

치카는 그때까지 자고 있었는지, 잠옷 차림에 불쾌한 표정을 짓고 있었다. 잠옷 맨 위 단추가 끌러져 가슴께가 들여다보였다. 이소베는 눈 둘 곳이 없어 난처했다.

심지어 그녀는 그 모습 그대로 남자 두 명을 집에 들이려고 했다! 이소베는 물론이고 늘 냉정한 무라키까지 당황해서 "아니, 집에 들어가는 건 좀……" 하고 허둥거렸을 정도다.

옷을 갈아입고 나온 치카를 데리고 커피숍으로 갔다.

무라키가 먼저 커피를 사겠다고 말한 것은 아마 치카가 젊고 매력적인 여성이기 때문이었을 것이다. 히다카의 커피 값을 계산할 때는 언뜻 보기에도 떨떠름한 표정이었으니까. 그러나 그 마음은 충분히 이해할 만했다. 여차하면 커피 값을 자신이 계산해도 좋다고 이소베는 생각했던 것이다.

다짜고짜 가위 이야기를 꺼내면 이쪽의 의도를 알아챌지도 몰랐다. 치카는 매스컴에 정보를 흘릴 사람으로는 보이지 않았지만, 경찰이 또 한 자루의 가위에 관심을 보이고 있는 것은 모르게 하는 편이 좋았다.

그래서 일단은 사체를 발견했을 당시의 상황을 다시 한 번 이야기해달라고 부탁했다.

치카가 이야기하는 내내 이소베는 안절부절못했다.

물론 아름다운 여성이기 때문이라는 이유가 컸다.

그녀의 매력은 꾸미지 않은 자연스러움에 있었다. 그것은 복장을 봐도 알 수 있었다. 치카는 편안하게 스웨터와 청바지를 입고 있었다.

말투도 퉁명스러웠다. 전날 마신 술이 덜 깼기 때문일 수도 있고, 원래 성격이 그럴지도 모른다. 요즘은 남자처럼 말하고 행동하는 여성을 심심찮게 볼 수 있다.

치카는 화장도 하지 않았고, 다이어트에도 관심이 없는지 통통했다. 이소베는 오히려 그것이 좋았다. 탈색한 머리에 짙은 화장을 하고, 며칠을 굶은 듯 비쩍 마른 여성에게는 도무지 호감이 가지 않았다.

그러나 이소베가 안달이 났던 것은 그녀에게 매료되었기 때문만은 아니었다. 그 얼굴을 어디서 본 것 같은 기분을 떨칠 수가 없었던 것이다.

어디서 만났을까 생각하면서 치카의 이야기를 듣는 중에, 이소베는 문득 왜 그녀는 그런 야심한 밤에 인적이 뜸한 골목을 지나갔을까 궁금해졌다. 젊은 여성이 혼자 다니기에는 위험한 길이었다.

이소베는 참지 못하고 결국 묻고 말았다.

"그런 늦은 시간에 왜 다카반에 계셨습니까? 더구나 그렇게 인적이 뜸한 골목에."

무라키가 왜 그런 관계없는 질문을 하느냐는 얼굴로 이

소베를 보았다.

치카는 지인의 집에 갔었다고 대답했다. 그러자 이번에는 그 지인이 누구인지 궁금해졌다. 그런 시간에 만난다면, 혹시 애인일까?

"그분과는 어떤 관계인가요?"

또 엉뚱한 질문이 목구멍 밖으로 툭 튀어나왔다.

치카는 노골적으로 불쾌감을 드러내며 사생활이라고 대답했다. 맞는 말이었다. 이소베는 쓸데없는 질문을 한 것을 사과했다.

무라키는 한심하다는 듯이 이소베를 노려봤지만, 곧 자신의 임무를 떠올리고 치카에게 또 한 자루의 가위에 대해 물었다.

치카는 또 한 자루의 가위에 대해서는 모르는 것 같았다. 히다카가 가위를 가지고 있었다거나, 혹은 버리는 것을 봤다는 증언은 얻을 수 없었다.

태어나 변사체를 본 것이 처음이었을 테니 그도 그럴 것이었다. 그날을 떠올리는 것만으로도 무서운지 치카는 얼굴을 숙였다. 무라키는 그 모습을 보고 더 묻지 않았다.

그때 이소베는 치카를 어디서 봤는지 떠올랐다. 피해자의 장례식에서였다. 상복을 입은 아름다운 여자.

"저기, 그런데 피해자의 장례식에 왔었죠?"

이소베는 무심결에 물었다. 치카는 왜 그런 것을 묻는지 의아해하는 것 같았다. 이소베는 얼굴이 빨개지는 것을 느꼈다.

치카와 헤어진 뒤, 무라키가 냅다 이소베의 머리를 때렸다.

"이 꼴통. 아무리 미인이라도 그렇게 사심이 담긴 질문을 하면 어떡해!"

그러고서 차에 타자마자, 카메라를 들고 두 사람을 기다리던 신도에게 이렇게 말했다.

"덕분에 좋은 구경했네."

"무슨 일 있었습니까?"

신도가 물었다. 무라키는 턱짓으로 이소베를 가리켰다.

"이 녀석, 여자한테 홀딱 반해버렸어."

"정말입니까, 선배?"

신도는 눈을 휘둥그렇게 떴다.

"아니야, 장난이야."

이소베는 당황해서 대답했다.

"장난은 무슨. 아주 여자 얼굴을 뚫어져라 보더니만, 급기야 혼자 밤길을 다니면 위험하다고 하질 않나, 어디서 만난 적이 있지 않으냐고 하질 않나."

"그분이 워낙 미인이시니까."

신도는 여자의 얼굴을 떠올리며 말하는 것 같았다.

"마지막에는 얼굴까지 붉히더라니까. 보는 내가 다 부끄럽더라."

무라키는 경찰서로 돌아오는 내내 이소베를 놀렸다. 심지어 형사과 사람들에게도 다 떠벌렸고, 마지막에는 호리노우치에게까지 폭로해버렸다.

이후 이소베는 계속 이 일로 놀림을 당했다.

"수사랍시고 그 집에 혼자 찾아가거나 하지 마라."

무라키가 히죽거리면서 말했다.

"젊음이 부럽네."

마쓰모토가 담배 연기를 내뿜으며 중얼거렸다.

"수사하러 나가서 헌팅을 하다니, 어처구니없는 녀석일세."

시모카와가 일부러 화난 표정을 지어 보였다.

뭐 됐다, 하고 이소베는 눈앞의 치카를 바라보면서 생각했다. 내가 그녀에게 반한 것은 사실이니까.

그때 주간지를 보던 치카가 얼굴을 들었다.

이소베를 보고 생긋 웃더니 인터폰을 눌렀다.

곧바로 간호사가 왔다. 치카는 간호사에게 말했다.

"간호사님, 꽃병이 또 필요할 것 같은데요? 조만간 병원 안의 꽃병을 전부 여기다 갖다놔야 할지도 모르겠어요."

그러고서 봤더니 창가에 꽃다발이 꽂힌 꽃병 두 개가 놓여 있었다. 이소베는 오늘 세 번째 손님인 것 같았다.

"몸은 좀 어떻습니까, 야스나가 씨?"

이소베는 그렇게 말하면서 치카의 침대로 다가갔다.

"많이 좋아졌어요. 형사님이 구급차를 불러줬다고요?"

치카는 쾌활하게 말했다. 증언 청취 때와는 분위기가 달랐다. 그때는 숙취 때문이었을까.

"네."

이소베는 침대 옆에 있는 둥근 의자에 앉았다.

"덕분에 살았어요. 의사의 말로는 배에 총상이 남을 거라고 하지만, 뭐 어쩔 수 없죠."

"그렇군요."

그녀의 몸에 상처를 남기고 말았다. 이소베의 마음은 무거워졌다.

"형사님이 미안해할 필요는 없어요. 나…… 아니, 저는 별로 신경 쓰지 않으니까. 그리고 자업자득이에요. 총을 든 남자에게 달려든 제가 무모했죠."

치카는 웃었다.

"아니, 저한테도 책임이 있습니다. 어떻게 보면 제가 당할 일이었는데…… 야스나가 씨는 제 생명의 은인입니다."

"생명의 은인? 그렇게 말씀하시니 부끄럽군요."

치카는 한쪽 입술 끝을 올리고 웃었다.

"꽃은 괜히 사 들고 왔나 봅니다."

이소베는 창가의 꽃병을 돌아보며 말했다.

"아니에요, 좋아요. 지루한 병실에서 그나마 위안이 되는 걸요. 물론 느닷없이 불쑥 찾아오는 손님은 달갑지 않지만."

치카는 바로 앞의 꽃병을 가리켰다.

"먼저 구로우메 나쓰에라는 주간지 기자가 왔었어요. 《주간 아르카나》에 인터뷰 기사를 싣고 싶다고 해서 일 분도 안 돼 바로 돌려보냈어요. 아직 이 근처에서 어슬렁거리고 있을 것 같은데. 옷차림이 아주 독특해서 바로 알아볼 수 있을 거예요."

집게손가락 끝이 다음 꽃병을 가리켰다.

"그리고 제가 아르바이트하는 곳에서 사사즈카라는 남자 직원이 문병을 왔죠. 걱정해주는 건 고마운데, 손까지 잡으려고 해서 삼 분 만에 내쫓았어요. 그 사람, 저한테 마음이 있거든요."

치카는 생글생글 웃으면서 말했다.

이소베는 자신의 마음을 들킨 기분이었다.

"저는 몇 분 만에 쫓겨날까요? 오 분?"

애써 농담조로 말했다.

"안심하세요. 쫓겨날 일은 없을 테니까."

치카는 주간지를 옆의 테이블에 놓더니, 얼굴을 가까이 가져왔다.

"형사님한테 물어보고 싶은 게 있거든요."

"뭔데요?"

"그날 밤, 왜 형사님은 히다카 고이치의 아파트에 온 건가요? 그리고 어떻게 그 호리노우치라는 남자가 다루미야 유키코를 살해한 진범임을 알았나요?"

치카는 눈을 반짝이며 물었다.

13장

간호사가 색유리 꽃병을 가져왔다. 이소베가 들고 온 꽃다발이 창가에 장식되었다.

"명탐정의 추리를 꼭 들어보고 싶어요."

치카는 이소베의 얼굴을 바라보았다.

"여기는 대저택의 서재도 아니고, 사건 관계자들이 전부 모여 있지도 않지만 그래도 이야기를 들려주시겠어요?"

그녀도 미스터리를 읽는구나, 하고 이소베는 생각했다. 공통된 취미가 있는 것이다.

"저는 명탐정이 아닙니다. 솔직히 말하면 그 직전까지도 호리노우치가 범인인 줄은 몰랐습니다. 호리노우치를 의심한 사람은 제가 아니라 동료 형사입니다."

이소베는 이야기를 시작했다.

"그 무라키라는 분 말인가요? 눈빛이 예리해 보이던데."

"아니요, 저 빼고 다들 조금씩은 의심을 품고 있었습니다. 맨 처음 눈치챈 사람은 제 상사인 우에이다 경감님이었습니다."

"처음부터 호리노우치를 의심한 것은 아닙니다."

우에이다 경감이 손에 컵을 들고 그렇게 말했다.

메구로구 여고생 살해사건이 종결된 후, 경찰서 근처 술집에서 조촐하게 위로회가 열렸다. 우에이다 경감 이하 형사과 전원이 참석했다.

"단지 첫 수사 회의에서 조금 이상하다고 생각했을 뿐이었지요."

"어떤 점이 이상했습니까?"

이소베가 물었다.

"브리핑을 시작할 때 그는 다짜고짜 이번 사건이 가위남의 범행일 가능성은 75퍼센트라고 단언했습니다. 속으로 고개를 갸웃했어요. 어떻게 저렇게 간단하게 단정할 수 있을까? 호리노우치는 그날 처음 우리 관할서에 왔습니다. 어떻게 현장도 보지 않고, 보고서만으로 저런 판단이 가능할까. 점쟁이도 아니고, 직감으로 판단했다고는 볼 수 없겠죠."

"본인 입으로도 수사1과 과장이 자신을 점쟁이쯤으로 여긴다고 불평했었지. 가만히 앉아서는 아무것도 알 수 없다고 하면서. 그런 사람이 조사도 시작하지 않은 단계에서 가위남의 범행이라고 단정을 지었으니, 원."

무라키가 거들었다.

"또 이상하다는 생각이 들었던 것은, 자신은 관할서 임시 사무실에서 분석에 전념할 테니 현장 수사는 이소베 형사에게 전담하겠다고 말했을 때입니다."

우에이다 경감은 컵에 든 우롱차를 마셨다. 경감은 술도 담배도 즐기지 않았다.

"눈으로 직접 현장을 보거나 증인을 만나지 않고 책상 앞에서 범인을 찾아낸다니, 그런 비상식적인 이야기가 어디 있습니까? 수사의 기본은 현장입니다. 증언을 듣는 일도 내용만을 파악하는 것이 다가 아닙니다. 상대가 어떤 표정으로 이야기하는지, 말투는 어떤지, 이런 것을 모르면 증언의 진의는 파악할 수 없습니다. 프로파일러이기 때문에 현장에 가지 않아도 된다는 것은 어불성설입니다."

프로파일러의 일은 범인이 현장이나 그 주변에 남긴 흩어져 있는 흔적들을 꿰맞추는 것이라고 호리노우치 자신이 말했다. 그런 모호한 흔적을 찾기 위해서는 자신의 눈과 귀로 현장을 조사해야 하는 것이다.

"아닌 게 아니라 그는 수사 회의에서 가위남의 첫 피해자가 발견된 현장에 갔다고 말했습니다. 그러면서 왜 이번 사건에서는 사무실 밖으로 나가려 하지 않는가. 저는 이해할 수 없었습니다. 그래서 이소베 형사 외에 다른 형사를 한 명 더 붙이겠다고 말했던 겁니다. 호리노우치가 말하는 수사란 것이 어떤 것인지 확인하기 위해서요."

"수사라고 부를 만한 것이 없었지."

시모카와가 회상하며 말했다.

"피해자가 다니던 학교 주변을 둘러보고 오라니, 그게 뭐야? 이소베라면 넘어갈지 모르지만 우리 눈은 못 속이지."

"과연. 우에이다 경감이라는 분, 실력이 상당하군요."

치카가 턱을 만지며 말했다.

"네, 훌륭한 분입니다. 아무튼 그렇게 해서 저는 다른 형사 한 명과 함께 호리노우치가 지시하는 수사에 착수하게 되었습니다. 그 전에 마쓰모토라는 형사님이 호리노우치에게 피해자에 대한 수사 정보를 보고했습니다."

"대단한 사람이라고 생각했어."

화로 연기에 그을린 술집 천장에 담배 연기를 피워 올리면서 마쓰모토가 말했다.

"내가 쓴 피해자에 관한 보고서를 전부 암기하고 있더라고. 범죄심리분석관은 역시 다르구나, 하고 감탄했지. 처음에는 말이야."

마쓰모토는 데운 술을 단숨에 비우고 다시 이야기를 시작했다.

"그런데 이소베가 피해자는 왜 늦게 귀가했느냐고 물었을 때였어. 내가 동아리 때문이었다고 대답했더니, 호리노우치는 곧바로 궁도부 연습이 있었다고 말했어. 나는 깜짝 놀랐지. 왜냐하면 그런 사실은 나도 몰랐으니까. 내가 모르는데, 보고서에 적었을 리가 없잖아? 혹시 몰라서 자리에 돌아와서 다시 보고서를 들춰봤는데, 역시 그런 내용은 없었어. 보고서에도 없는 사실을 호리노우치는 어떻게 알고 있었을까?"

"피해자를 잘 알고 있었다는 얘기지. 궁도부인 것도 피해자한테 직접 들었을 테고. 그래서 보고서에 적혀 있었다고 착각한 거야."

무라키가 컵을 꽉 움켜쥐었다.

"그렇지."

마쓰모토가 고개를 끄덕였다.

"나도 그때 처음, 호리노우치가 피해자와 아는 사이가 아니었을까 하는 의심이 들었어."

"그래서 그때부터 호리노우치를 의심하기 시작한 건가요?"

치카가 물었다.

"아니요. 그때까지는 아직 우에이다 경감님과 마쓰모토 형사님 두 분만 조용히 의심을 품고 있었을 뿐이고, 다른 사람들은 몰랐습니다. 형사과 자체에서 호리노우치를 조사하기 시작한 건 무라키 형사님 때문이었습니다."

"이소베와 피해자의 장례식에 갔을 때부터 호리노우치가 지시하는 수사가 엉터리라는 것은 알았어."

무라키는 그렇게 운을 뗀 뒤, 점원에게 데운 술을 한 잔 더 부탁했다.

"그래서 계속 이상하다고 생각은 하고 있었지. 그러다가 결정적으로 의심을 품게 된 건, 호리노우치가 프로파일링 보고서를 제출한 날이었어."

점원이 가지고 온 술을 한 모금 들이켜더니 무라키는 다시 입을 열었다.

"그날 나는 엉터리 보고서를 보고 화가 나서 호리노우치에게 또 한 자루의 가위에 대해 추궁하려고 마음먹었어. 기억하지, 이소베?"

"네. 저한테 연락하라고 시키셨잖아요."

이소베가 대답했다.

"전화로 이야기하는데, 호리노우치는 또 한 자루의 가위에 지대한 관심을 보였어. 그러고는 바로 사무실로 오겠다고 했지. 그 폭우 속을 뚫고 말이야."

그렇다. 그날 밤은 때아닌 큰비가 내렸다. 텔레비전에서는 밤새 호우 상황을 보도하고 있었다.

"호리노우치는 삼십 분 만에 나타났어. 삼십 분 만에!"

무라키는 잔을 머리 위로 번쩍 쳐들었다.

"비가 그렇게 쏟아지는데 어떻게 시외 자택에서 삼십 분 만에 올 수 있지? 심지어 전화를 걸었을 때 자고 있었는데. 옷을 갈아입고 세수만 해도 십 분, 십오 분은 걸려. 그럼 순수하게 이십 분 만에 왔다는 소리인데, 무슨 시속 3백 킬로로 밟기라도 했다는 거야?"

"그랬다면 사고라도 났겠지. 그날 수도고속도로에서 비 때문에 연쇄 추돌 사고가 발생했었잖아."

마쓰모토가 말했다.

"그러니까요. 그런데 호리노우치는 차를 타고 온 분위기도 아니었어. 바지랑 코트가 홀딱 젖어 있었으니까. 주차장에서 걸어오는 그 잠깐 사이에 그렇게 젖을 리가 없어."

무라키는 테이블에 몸을 바싹 붙이고 말했다.

"호리노우치는 메구로니시 경찰서까지 걸어서 왔던 거예요."

"어지간히 똥줄이 탔나 봐. 평소에는 출근 시간에 딱 맞춰서 차 끌고 오더니."

시모카와가 웃었다.

"호리노우치는 메구로니시 경찰서에 걸어서 왔어. 그 빗속을, 이십 분 만에."

무라키는 다시 한 번 강조했다.

"호리노우치는 이 근처에 살고 있었어. 경찰서 가까이, 그리고 범행 현장 가까이. 다음 날 이소베에게서 호리노우치의 전화번호를 받았는데, 휴대폰 번호였어. 푹 자려고 했다면서 왜 휴대폰 전원도 끄지 않고 머리맡에 둬야만 했을까. 점점 더 수상하게 여겨졌지. 그래서 조사해봤더니 예상한 대로였어. 호리노우치는 다카반에 있는 맨션에 살고 있었어. 아내와는 별거 중이었고."

"이 동네 주민이면서 사무실 밖으로는 나가지도 않고, 현장 상황도 다른 형사에게 전해 듣고. 이상해, 이상해."

시모카와가 말했다.

"이상해도 한참 이상하지. 나는 우에이다 경감님과 마쓰모토 형사에게 이 사실을 이야기했어. 그리고 두 분도 호리노우치를 수상하게 여기고 있다는 것을 알았지."

무라키는 테이블에 모여 앉은 좌중을 휘둘러보았다.

"거기서 나는 호리노우치에 대해 조사해보기로 결심했어."

"그런 게 가능해요? 관할 형사가 따로 움직이는 건 안 되는 걸로 알고 있는데."

치카가 고개를 갸웃거렸다.

"그렇습니다. 잘 아시네요."

이소베는 감탄하며 말했다.

"어떤 책에서 읽었어요."

"책을 좋아하시나 봐요."

치카의 집에 갔을 때 안쪽으로 책장이 엿보였다. 벽 한 면을 다 차지한 맞춤 책장에 책이 빽빽하게 꽂혀 있었다. 이소베도 책을 좋아하지만 장서량은 비교가 되지 않았다.

"하던 이야기 계속 해주세요."

치카가 채근했다.

"아, 네."

이소베는 어디까지 이야기했는지 떠올리고 다시 이야기를 이어갔다.

"말씀하신 대로 수사본부의 방침을 무시하고 개별적으로

수사하는 것은 불가능합니다. 그런데 좋은 핑계 거리가 있었습니다. 제가 수사본부가 아니라 호리노우치의 명령으로 자유롭게 움직일 수 있다는 것이었습니다."

"호리노우치가 의심스럽기는 했지만 진범일 거라고는 생각하지 못했어. 피해자와의 관계가 알려지는 것을 꺼리는 것으로만 생각하고 있었지. 그자가 말한 대로, 히다카 고이치 즉 가위남이 죽였다고 생각하는 편이 자연스러웠으니까."

무라키는 팔짱을 끼고 생각에 잠겼다.

"하지만 수사에 지장을 주면서까지 숨기려고 하는 것은 아무리 생각해도 이상했어. 거기서 나는 양면 작전을 쓰기로 했지. 탐문 수사를 할 때 히다카와 더불어 호리노우치에 대해서도 조사하자고 생각한 거야."

"그러려면 얼굴 사진이 필요하지. 얼굴 사진이 없으면 목격자를 찾을 수 없으니까."

마쓰모토가 돼지고기 감자조림을 뒤적거리면서 말했다.

"그렇다고 사진 한 장만 주세요, 하고 부탁할 수도 없는 노릇이고."

무라키는 웃으며 말했다.

"그래서 나는 히다카를 찍는 김에 신도에게 호리노우치의 사진도 부탁하기로 했어."

"야스나가 씨를 만나고 돌아왔을 때 말이군요?"

이소베가 물었다.

"맞아. 내가 이야기를 잘 끌고 갈 테니까, 시험 삼아 찍는 것처럼 해서 호리노우치를 찍으라고 신도에게 말했어. 그런데 이 녀석, 완전히 얼어버려서는……."

무라키는 장난스러운 표정으로 신도를 보았다. 신도는 머리를 긁적였다.

"죄송합니다. 몰래 찍으려니까 긴장이 돼서 그만……."

"덕분에 나는 어울리지도 않는 브이까지 했지. 그래도 사진은 잘 찍었으니까 용서해줄게."

무라키는 신도를 노려보았지만 눈은 웃고 있었다.

"고맙습니다."

신도는 익살스럽게 고개를 숙였다.

"그리고 그 이튿날부터 우리는 탐문 수사에 나섰어. 히다카와 호리노우치의 사진을 들고서."

"호리노우치를 등에 업고 호리노우치를 조사했다? 이거 걸작인데."

치카는 키들키들 웃었다.

"그런 셈이죠. 하지만 그 사실을 저는 전혀 몰랐습니다. 아무래도 가장 가까운 위치에 있는 제가 알게 되면 호리노우치에게 알려질 우려가 있으니까요. 저는 줄곧 히다카 고이치를 조사하는 줄로만 알았습니다."

"너한테 말 안 한 건 미안하다."

무라키는 이소베에게 사과했다.

"하지만 일개 관할 형사가 총경을 의심하는 상황이야. 들키기라도 하면 일이 성가셔져. 호리노우치는 온갖 수단을 다 써서 훼방을 놓을 거야. 그래서 어쩔 수 없이 비밀로 해야 했어."

"괜찮습니다."

이소베는 웃으며 손을 내저었다.

"덕분에 호리노우치 귀에는 들어가지 않았잖아요. 사건도 무사히 해결됐고. 그러면 된 거 아닙니까?"

"아니, 너를 믿고 처음부터 말해줬어야 했어. 그랬다면 그런 실수도 없었을 텐데. 히다카가 살해되고 야스나가라는 아가씨가 다친 것도, 어쩌면 내 탓일지도 몰라."

시모카와가 여느 때와 달리 진지한 표정으로 말했다.

"무슨 소리야. 경사 나리가 말실수를 안 했어도 호리노우치는 결국 히다카의 입을 막으러 갔을 거야. 사람을 그렇게 잔혹하게 죽일 수 있는 놈이니까."

무라키가 위로하듯 말했다.

"그때는 정말 아찔했어."

시모카와는 이소베의 얼굴을 보고 말했다.

"너하고 가쿠게이대학역으로 탐문 수사를 나갔을 때 말이야. 그날 히다카에 대한 목격 증언은 하나도 얻을 수 없었지만, 호리노우치 쪽은 달랐지. 유력한 증언이 나왔어. 역 앞 햄버거 가게 점원이 호리노우치가 심각한 얼굴로 피해자와 이야기하는 것을 봤다고 말한 거야. 호리노우치와 피해자의 접점을 드디어 찾았다고 생각하니까, 그만 나잇값도 못하고 흥분해서 너한테 유력한 증언이 있었다고 쓸데없는 소리를 하고 만 거야. 네가 사정을 모른다는 것을 깜빡하고 말이야."

가쿠게이대학역 앞 국수집에서 시모카와가 말한 유력한 목격 증언이란, 히다카가 아니라 호리노우치에 관한 것이었다. 이소베는 그 말을 곡해해서 히다카를 목격한 사람이 나타났다고 생각했다.

실제로 히다카의 목격 증언은 하나도 얻을 수 없었다. 만약 원래 생각했던 대로 그가 가위남이었다고 한다면 대단히 용의주도한 인물이었음에 틀림없다.

"나는 말해놓고 아차 싶어서 대충 얼버무리고 넘겼어. 그런데 서에 돌아가자마자 너는 흥분해서 호리노우치에게 보고하러 갔지. 난감했어. 그래서 하는 수 없이 햄버거 가게에서 히다카를 목격했다는 증언이 있었다고 적당히 둘러댔지. 그게 호리노우치에게는 충격이었던 것 같아."

"맞아. 자신과 피해자가 만나는 장면을 히다카가 목격했다고 생각했을 거야. 그래서 히다카를 찾아가서 살해한 거고. 하지만 경사 나리 때문에 그렇게 된 건 아니야. 불가항력이었어."

무라키가 한숨을 쉬며 말했다.

"히다카도 그렇지만, 그 아가씨한테는 정말 미안해. 여자를 그 지경으로 때리다니, 죽일 놈."

시모카와는 이를 악물었다.

"나중에 경사 나리한테 그 이야기를 듣고 너한테 더 이상 감춰서는 안 되겠다고 생각했지."

무라키는 이소베를 보고 말했다.

"그래서 호리노우치에 관한 증언이 충분히 모이면 모든 걸 털어놓을 작정이었어."

"그게 그날이었던 겁니다. 히다카가 야스나가 씨를 집으로 끌고 갔던 날."

이소베는 말했다.

"호리노우치를 조사하기 시작하고서 일주일도 안 됐을 때인데, 그 짧은 기간에 증언이 충분히 모였단 말인가요?"

"네. 이유는 모르겠지만, 호리노우치는 피해자와 교제하는 사실을 전혀 숨기려고 하지 않았던 것 같아요. 그러니 현장에 나가는 게 당연히 꺼려졌겠죠. 두 사람이 다정하게 있는 장면을 여러 사람이 목격했고, 피해자의 친한 친구였던 여학생은 호리노우치의 사진을 보고 피해자와 교제했던 사람이라고 대답했습니다. 반년쯤 전부터 사귀기 시작했다고 하더군요."

치카는 이소베의 이야기에 가만히 귀를 기울이고 있었다. 이소베는 자신이 마치 진짜 명탐정이 된 것 같은 기분이 들었다.

"호리노우치가 자신의 범행을 가위남이 저지른 짓으로 꾸며서 수사에 혼선을 주려고 했던 것도 무리는 아닙니다. 살인사건에 대한 통상적인 수사 지침대로 피해자의 교우 관계를 조사하면 호리노우치와 피해자의 관계는 금방 밝혀지고 마니까요. 그로서는 어떻게 해서든 사건을 가위남의 범행으로 몰아가서 피해자의 교우 관계를 조사할 필요가 없게끔 만들어야 했습니다. 이 사건은 무동기 살인이어야 했던 것이죠. 범인이 피해자를 죽인 동기를 추적하면 바로 자신이 유력한 용의자로 지목될 테니까요. 그 때문에 범죄심리분석관이라는 직분을 최대한 이용했던 겁니다."

이소베는 고개를 갸웃하고 이어서 말했다.

"그런데 어떻게 그렇게 당당하게 만났는지 그게 이해가 안 됩니다. 처자식이 있는 경찰관이 여고생과 교제한다는 사실이 발각되면 문제가 커질 텐데."

"옷을 벗어도 상관없다고 생각한 거 아닐까요? 그 정도로 피해자에게 집착했던 거죠. 그래서 살의까지 품었던 거고."

치카가 중얼거리듯 말했다.

"그럴지도 모르겠군요. 아무튼 호리노우치와 피해자가 친밀한 관계였음은 명백했습니다. 바로 최근에 사건 현장인 다카반 니시 공원에서 호리노우치를 봤다는 목격자도 있었습니다. 호리노우치에 대한 의혹은 점점 짙어졌죠."

"한밤중에 호리노우치가 다카반 니시 공원에서 나오는 것을 봤다는 증언이 있었지. 사무실에 콕 박혀서 분석이나 하고 있을 인간이 현장에 나갔다고. 뭐가 켕겨서 낮도 아니고 밤에, 그것도 혼자서."

마쓰모토는 닭꼬치를 씹으면서 말했다.

"가위가 발견된 풀숲의 위치를 확인하러 갔겠지. 히다카가 정말로 가위를 버렸는지 확인하고 싶어서 그 밤에 집을 나섰던 거야."

무라키가 해설을 덧붙였다.

"그 증언을 듣고 나는 결정적으로 호리노우치가 수상하다고 생각하게 됐어. 그래서 너한테도 증언의 내용을 전했던 거야. 이제 알려줄 때도 됐다 싶어서."

무라키는 이소베를 보며 말했다.

"그러니까 그게 그날, 토요일의 일이군요."

치카가 기대하는 표정으로 얼굴을 가까이 가져왔다. 이소베는 저도 모르게 가슴이 두근거렸다.

"드디어 클라이맥스다. 그래서 어떻게 됐어요?"

"탐문 수사를 마치고 돌아왔더니 무라키 형사님이 두 장의 가위 사진을 보여줬습니다."

이소베는 가슴이 떨려서 은근슬쩍 치카의 시선을 피했다.

"두 장의 사진을 비교하고 얻은 결론은, 저로서는 도저히 믿기 어려운 것이었습니다. 피해자는 가위남이 아닌 가위남을 모방한 다른 누군가에 의해 살해되었고, 그 사체를 다른 사람도 아닌 가위남이 발견했다는 것이었죠."

치카가 어렴풋이 눈을 가늘게 뜨는 것이 보였다. 왜 그럴까, 하고 이소베는 생각했다.

14장

"그런 말도 안 되는!"

그날, 12월 6일 토요일, 두 자루의 가위에 대한 무라키의 추리를 듣고 이소베는 그만 소리를 지르고 말았다.

"나도 그렇게 말하고 싶어. 하지만 충분히 있을 수 있는 일이라고 생각해. 왜냐하면 진범은 호리노우치니까."

"뭐라고요?"

이소베는 혼란스러웠다. 무라키에게 여러 목격 증언과 내막을 듣고서야 겨우 납득할 수 있었다.

"나도 가위남의 범행으로 위장한 사체를 가위남 본인이 목격했다는 터무니없는 이야기를 하루아침에 생각해낸 게 아니야. 호리노우치에 대한 의혹이 짙어지면서, 왜 그가 또 한 자루의 가위에 그렇게 집착하는지 의구심이 들었어. 본인이 그 가위를 떨어뜨린 것이라면 오히려 무시하려고 했을 거야. 하지만 호리노우치는 또 한 자루의 가위에 깊은 관심을 보였어. 비가 쏟아지던 밤, 자신이 근처에 사는 것을 감추고 있다는 사실도 잊은 채 부랴부랴 달려왔을 정도니까. 이유가 뭘까."

무라키는 손에 든 사진을 팔랑팔랑 흔들었다.

"거기서 나는 또 한 자루의 가위를 철저하게 다시 조사하기로 했어. 그 결과, 이 사실을 발견한 거야."

"놀라운 발견인데? 히다카가 진짜 가위남인지 아닌지를 떠나서 이번 피해자를 살해한 범인이 진짜 가위남이 아님을 시사하고 있으니까. 호리노우치가 점점 더 의심스러워지는군."

마쓰모토는 그렇게 말하고는 담배를 재떨이에 눌러 껐다.

"자, 범죄심리분석관님께 오늘의 수사 보고를 하러 갈까? 여전히 히다카에 대한 목격 증언은 얻을 수 없었습니다, 하고 말이지."

이소베는 마쓰모토와 함께 호리노우치의 임시 사무실로 향했다.

"하지만 아무리 호리노우치 씨가 수상하다고 해도 아직 상황 증거밖에 없잖습니까. 결정적인 증거가 나올까요?"

복도를 걸어가면서 이소베는 긴장한 얼굴로 말했다.

"지금 단계에서 추궁해도 호리노우치는 자백할 거야. 의외로 약한 구석이 있어. 자신만만하고, 붙임성 좋고, 언제나 당당해 보이지만, 속은 소심한 인간이야. 그가 진범이라면, 아무리 위장이라고 해도 사랑하던 여자를 목 졸라 죽이고 가위로 목을 찔렀다는 얘기야. 마음이 편할 수가 없어. 아픈 곳을 찌르면 이성을 잃고 무너질 거야. 그런 인간은 오히려 다루기가 쉬워."

마쓰모토는 심문의 달인다운 의견을 내놓았다.

임시 사무실 앞에서 노크를 했다. 호리노우치는 부재중이었다. 불도 꺼졌고 문도 잠겨 있었다.

"벌써 퇴근했나?"

마쓰모토는 의아한 얼굴을 했다.

휴대폰 전원도 꺼져 있었다. 시외에 있는 자택에도 연락해 보았지만 호리노우치는 없었다. 호리노우치의 아내는, 남편은 석 달 가까이 집에 오지 않았다고 냉담하게 말했다.

"이상한데. 대체 어디 간 거지?"

형사과로 돌아와 이야기를 전하자 무라키가 인상을 찌푸리고 말했다.

무라키는 곧바로 호리노우치의 소재를 알아보러 나갔다. 그리고 잠시 뒤 당황한 모습으로 돌아왔다. 얼굴빛이 심상치 않았다.

"가위남 사건과 관련해서 조사할 것이 있다고 하면서 혼자 나갔다는데? 심지어 경찰서에 보관해뒀던 자기 권총을 챙겨서."

"무슨 생각이지?"

마쓰모토가 물었다.

"권총 없이는 만날 수 없는 상대. 바로 가위남을 만나러 간 거야."

무라키는 아랫입술을 깨물었다.

"호리노우치는 어떻게 해서든 히다카를 범인으로 만들 생각인 거야. 히다카를 직접 만나보고 가위남이라는 확신이 들면 우리를 따돌리고 직접 체포하겠지. 시리얼 킬러를 다루는 데는 전문가니까, 교묘하게 유도해서 다루미야 유키코 살해까지 자백을 받는 건 간단해. 적당하게 분석해서 보고하면, 수사1과 과장은 고개를 끄덕이면서 수긍할 테고."

"우리한테는 수고했다는 말 한마디로 끝낼 작정인가? 재미없게 됐군."

마쓰모토는 난감한 표정으로 말했다.

"이소베, 지금 당장 히다카가 사는 아파트로 출동해."

무라키가 명령했다.

"호리노우치가 뭐라고 하거든 총경님 혼자서는 위험할 것 같아서 왔다고 해. 명심해, 절대로 호리노우치와 히다카 둘만 두면 안 돼. 호리노우치가 히다카에게 무슨 말을 하는지, 정신 바짝 차리고 들어둬."

"알겠습니다. 수사는 2인 1조가 기본이라고 말해주겠습니다."

이소베는 웃으며 대답했다.

"너도 권총 챙겨. 히다카가 진짜 가위남이라면, 만일의 사태에 대비해야 하니까."

무라키는 진지한 표정으로 말했다.

이때는 무라키도 이소베도 호리노우치가 히다카를 죽였

으리라고는 상상도 하지 못했다.

이소베는 차를 몰아 히다카의 아파트로 향했다.

주차장에 차를 세운 뒤 집 앞까지 갔을 때, 안에서 여자의 비명 소리가 들려왔다. 이어서 뭔가 묵직한 것이 바닥에 쓰러지는 소리가 나고, 다시 비명이 일었다.

이소베는 문에 귀를 바짝 붙였다. 그러자 고래고래 악을 쓰는 남자의 목소리가 들렸다.

호리노우치의 목소리라고 바로 알아채지 못했다. 평소 그의 모습에서는 상상할 수 없는 격정적인 목소리였다. 거의 괴성에 가까워서 무슨 말인지 알아들을 수 없었다.

그리고 다시 여자의 비명.

무슨 일이 벌어지고 있는지 모르는 채, 이소베는 문을 열려고 했다. 문은 잠겨 있었다.

"문 열어! 이 문 당장 열어!"

이소베는 문을 주먹으로 두드리면서 소리쳤다.

누군가 달려오는 발소리가 들렸다.

"열지 않으면 부숴버린다!"

그렇게 고함친 순간, 문이 열렸다.

안에서 나온 사람은, 어리둥절한 표정의 호리노우치였다.

이소베는 자신의 눈을 의심했다.

호리노우치는 오른손에 권총을 들고, 왼손에 피가 흥건한 부엌칼을 쥐고 있었다!

집 안에서 여자의 신음 소리가 났다. 호리노우치가 뭐라고 말을 걸어왔지만 이소베는 안으로 뛰어 들어가서 안쪽 부엌으로 향했다.

거기에 치카가 있었다.

그리고 히다카도.

히다카는 식탁 다리에 손이 묶인 채 죽어 있었다. 입과 목에서 흐른 피가 옷을 붉게 적시고 있었다. 이소베는 순간 고개를 돌려버리고 싶었다.

그런 처참한 시체 위에 치카가 쓰러져 있었다. 폭행을 당했는지, 오른쪽 뺨이 빨갛게 부었고 코와 입에서 피가 흘렀다. 치카는 숨을 거칠게 몰아쉬면서 두 손으로 옆구리를 누르고 고통스러운 듯 얼굴을 일그러뜨리고 있었다.

"괜찮습니까!"

그렇게 말하자, 치카는 눈을 아련하게 뜨고 안도의 미소를 지었다.

호리노우치가 뒤에서 말을 하면서 이쪽으로 다가왔다.

이소베는 권총을 빼 들었다.

"칼과 총을 버리십시오."

그 말에 호리노우치는 장난하지 말라며 웃었다. 장난할 마음은 없었다. 정황상 호리노우치가 히다카를 죽이고 치카도 죽이려고 했을 가능성이 컸다.

"당장 버리라고!"

이소베가 소리치자 호리노우치는 그제야 부엌칼을 내려놓았다. 하지만 권총은 늘어뜨린 오른손에 여전히 들려 있었다.

호리노우치는 권총을 쥔 채 한 발 한 발 다가왔다.

어떻게든 호리노우치를 단념시키려고 형사과에서 조사한 사실과 추리를 이야기했다. 하지만 호리노우치는 걸음을 멈추지 않았고, 권총을 내려놓을 기미도 없었다. 이소베는 뒷걸음질로 물러났다.

이소베는 사격 훈련 외에 권총을 쏘아본 적이 없었다. 사람에게 총을 겨누는 것조차 처음이었다. 호리노우치는 FBI에서 연수를 받았으므로 이소베보다는 총을 잘 다룰 것이다. 사람을 쏘아본 적도 있을지 모른다. 이소베는 다리가 떨리는 것을 느꼈다.

“아니, 잠깐. 뭔가 오해가 있어. 이 범행은…….”

호리노우치가 그렇게 말하면서 돌연 권총을 들어 올렸다.

그때, 치카가 별안간 호리노우치에게 덤벼들었다. 말릴 틈도 없이 치카와 호리노우치는 엉겨 붙었고, 총성이 울렸다.

치카는 배에 총을 맞고 다시 바닥으로 쓰러졌다. 상처를 누른 손가락 사이로 피가 흘러나와 체크무늬 스웨터를 붉게 적셨다.

“대체 무슨 짓을…….”

이소베의 마음에 분노가 치밀었다. 권총을 고쳐 쥐고 호리노우치를 노려보았다.

아무래도 호리노우치는 이소베의 눈앞에서 치카를 쏴버린 순간 각오했던 것 같다.

그것은 순순히 체포될 각오가 아니라, 죽음을 선택할 각오였다.

호리노우치는 자신의 범행을 전부 고백한 후, 총구를 입에 넣고 방아쇠를 당겼다…….

"과연. 형사님이 기병대처럼 구출하러 나타난 이유를 이제야 알겠네요."

치카는 고개를 끄덕끄덕하면서 말했다.

"저도 뭐 하나만 여쭤봐도 되겠습니까?"

이소베가 물었다.

"조사받는 건가요?"

"아니요. 조사는 아마 수사1과에서 조만간 사람이 나올 겁니다. 성가시겠지만 협조 부탁드립니다."

"물론이죠. 경찰에는 무조건 협조하겠습니다. 시민의 의무니까."

치카는 웃으며 말했다.

"저는, 개인적인 질문입니다."

"무슨 질문일까?"

"그날 밤, 히다카의 집에서 무슨 일이 있었던 겁니까?"

치카가 히다카와 호리노우치에게 무슨 짓을 당했는지 이소베는 궁금했다.

"음, 그러니까……."

치카는 천장을 올려다보며 그날 밤 일을 떠올리는 듯했다.

"그날 히다카가 불쑥 집에 찾아왔어요. 할 이야기가 있다면서. 그럼 여기서 하라고 했지만 막무가내였어요. 저를 거의 위협적으로 차에 태워서 자기 집으로 데려갔죠."

"그건 압니다. 야스나가 씨 맨션 앞에서 목격 증언이 나왔거든요. 그런 다음에는?"

"저를 끌고 집으로 들어갔어요. 그러고서 뭔가 이해할 수 없는 소리를 해댔고, 그러는 와중에 초인종이 울리고 그 호리노우치라는 남자가 왔던 거예요."

치카는 이마에 손을 얹었다.

"그 후의 일은 솔직히 잘 기억나지 않아요. 정신이 드니까, 형사님이 호리노우치와 서로 노려보고 있었어요. 그리고 호리노우치가 총을 들어 올리는 게 보여서 저도 모르게 그만 달려들었다가 배에 총을 맞았고요. 이 정도가 전부예요."

"뭔가 안 좋은 일을 당하거나 하지는 않았습니까? 호리노우치가 야스나가 씨를 주먹으로 때리고 구둣발로 여러 차례 찼던 것 같던데."

"기억나지 않아요. 아마 충격이 컸던 것 같아요."

치카는 미소 지었다. 정말로 기억하지 못하는 것인지, 이야기하고 싶지 않은 것인지는 알 수 없었다. 호리노우치가 히다카를 참혹하게 죽이는 것을 눈앞에서 목격했다면 그 충격으로 기억이 상실되는 일도 충분히 있을 수 있었다. 게다가 추궁할 만한 화제도 아니었다.

"알겠습니다. 안 좋은 기억을 떠올리게 해서 미안합니다."

"하나 더 궁금한 게 있어요."

치카가 말했다.

"뭡니까?"

치카는 옆의 테이블에 놓인 주간지를 집어 들었다. 《주간 아르카나》 최신호였다.

"이 잡지에 따르면 호리노우치에게 살해된 히다카 고이치가 가위남이었다던데, 사실인가요?"

이소베의 머리에 《주간 아르카나》의 특집 기사 제목이 떠올랐다. 살해된 남자는 가위남이었을까?

"히다카가 가위남이었는지 아니었는지 확실하지 않다는 것이 공식적인 견해입니다."

이소베는 진중하게 대답했다.

"형사님의 개인적인 견해는요?"

"저는 히다카가 가위남이었다고 생각하고 있습니다. 증거는 없지만."

그렇다, 증거는 없었다. 무라키의 지시로 히다카의 아파트를 철저하게 수색했지만 그가 가위남이었다는 증거는 찾을 수 없었다. 또 수사본부의 수사력을 총동원하여 히다카에 대한 목격 증언을 찾았으나 이쪽 역시 아무것도 나오지 않았다. 현재는 과거 두 사건으로 거슬러 올라가서 당시의 목격 정보를 찾고 있는 상황이었다.

어쨌든 지금으로서는 호리노우치의 경우와는 달리 히다카를 피의자 사망인 상태로 기소할 수는 없었다. 진상은 이대로 밝혀지지 않을 가능성이 컸다.

이에 수사1과 과장은 매스컴을 이용하기로 했다. 증거가 없으므로 경찰이 공식적으로 히다카를 가위남으로 지목할 수는 없지만, 주간지에서 추측성 기사를 내주면 적어도 민심은 안정되고 여론은 가라앉으리라고 생각했다.

가뜩이나 현직 총경이 여고생을 살해한 사실이 드러나 경찰은 거센 비난을 받고 있었다. 상부에서 가위남 사건이라도 어느 정도 매듭을 지어두고 싶다고 생각하는 것은 어떻게 보면 당연한 것이었다.

게다가 호리노우치가 범죄심리분석관이었던 것이 사태를 더욱 악화시켰다. 호리노우치는 다루미야 유키코의 목을 가위로 찌르고 히다카를 칼로 참혹하게 살해했다. 연쇄살인범을 체포하는 위치에 있는 사람이 연쇄살인범과 똑같은 수법으로 살인을 저질렀다는 것은 매스컴으로서는 흥미로운 먹잇감이었다.

히다카의 사체에 대한 억측과 유언비어도 매스컴을 연일 달구었다. 히다카의 목이 잘려 있었다고 오보한 타블로이드 신문까지 있었을 정도다.

와이드 쇼에서는 전문가라는 사람들이 모여 앉아 호리노우치의 광기를 분석했다. 호리노우치의 지인이 나와 모자이크 뒤에 숨어서 그의 비정상을 뒷받침하는 증언을 했다. FBI 연수 시절의 일화를 취재하려고 각 방송국은 미국에 특파원을 보냈지만 문전박대를 당했다.

신문이며 잡지는 범죄심리분석관 제도를 비판하는 논조

를 펼쳤다. 연쇄살인범과 면담하는 과정에서 범죄심리분석관 본인이 정신 이상에 걸릴 위험성이 있다고 주장했다. 경시청은 제도를 재검토하겠다고 발표할 수밖에 없었다.

그리고 매스컴은 치카도 노리고 있다고 이소베는 생각했다.

참혹한 살인 현장에서 살아남은 젊은 여성. 더구나 미인이기까지 하니 매스컴이 흥미를 보이지 않을 리가 없었다. 얼굴은 아직 공개되지 않았지만 그녀에 관한 이야기는 매일 보도되고 있었다. 이소베가 왔을 때도 병원 현관 앞에 기자며 리포터가 잔뜩 몰려와 있었다.

치카는 매스컴이 상상하는 히로인에 꼭 들어맞았다.

잔인한 살인자와 필사적으로 싸워 살아 돌아온 사이코스릴러 소설의 아름다운 히로인. 작가는 딘 쿤츠가 좋겠다. 그 옛날 존 카펜터 영화의 제이미 리 커티스 역할.

치카가 뭔가 이야기를 하고 있었다. 이소베는 현실로 돌아와 치카의 목소리에 귀를 기울였다.

"메구로니시 경찰서 형사님들이 대단한 일을 하셨네요. 경시청장이 주는 표창장도 기대해볼 수 있겠는데요?"

"웬걸요."

이소베는 쓴웃음을 지었다.

"우에이다 경감님은 수사1과 과장에게 불려가서 혼이 났습니다. 수사본부의 방침을 무시하고 멋대로 행동했다고요. 호리노우치가 수상하다는 것을 왜 자신에게 알리지 않았느냐, 알렸다면 사건을 더 빨리 더 원만하게 해결할 수 있지 않았겠느냐, 이런 이야기였죠. 오히려 징계 처분 당하지 않은 것을 다행으로 생각해야 하는 상황입니다."

"호리노우치가 수상하다고 말했다면 수사1과 과장은 믿었을까요?"

"본인이 그렇게 말하니까 그렇다고 믿어야죠. 범죄심리분석관이 살인범으로 의심된다고 관할 형사가 말해도, 귀 기울여 들을 만큼 사고가 유연한 분인 것 같으니까."

"말했으면 그 불도그가 귓등으로나 들어줬겠어?"

무라키는 분통이 터진다는 표정으로 닭꼬치를 물어뜯었다. 꼬챙이까지 씹어 삼킬 기세였다.

"수고했다는 말 한마디 없이. 뭐 기대도 안 했지만."

마쓰모토가 어깨를 으쓱했다.

"실속 있었던 사람은 결국 이소베뿐이군."

무라키가 히죽 웃었다.

"제가요?"

이소베는 어리둥절해서 물었다.

"미인과 사귈 기회를 얻었잖아."

"그만하세요."

"병문안은 꼭 가라. 생명의 은인이니까."

마쓰모토가 차를 홀짝이면서 말했다.

"야스나가라는 아가씨가 그렇게 미인이야? 나도 봤으면 좋았을걸."

시모카와가 부러운 듯이 말하자, 무라키가 웃었다.

"경사 나리는 음식 솜씨 좋은 마나님이 계시잖아. 신도는 처음에 공원에서 같이 있었으니까 알겠네. 그렇지, 신도?"

"네? 아아, 네, 그럼요."

신도는 고개를 들고 당시를 회상하는 듯했다.

"굉장히 미인이었죠. 그리고 강단도 있어 보였고요. 변사체를 발견한 직후라 얼굴이 창백하고 몸도 덜덜 떨고 있었는데, 말은 아주 또박또박 제대로 했거든요. 침착한 분위기에, 이야기도 횡설수설하지 않고…… 약간 섬뜩한 느낌이었어요."

테이블에 둘러앉은 모두가 신도를 보고 있었다. 시선을 느꼈는지 신도는 웃음을 지어 보였다.

"뭐 그분도 많이 놀랐을 겁니다. 안 그러는 게 이상하죠."

그 말이 끝나자 시모카와가 잔을 들었다.

"자자, 한 잔씩 더 합시다. 말단 형사로 버티려면 좀 마셔 줘야지."

"결국 우리 메구로가 특공대가 받은 보상은 사건 해결을 축하하는 작은 위로회가 전부였습니다."

이소베는 그렇게 이야기를 마무리했다.

"메구로가 특공대? 본인들을 그렇게 불렀어요? 베이커가 특공대를 패러디한 거죠? 노부하라 겐은 어떻게 번역했더라?"

치카는 재미있다는 듯이 말했다.

"미스터리, 좋아하세요?"

이소베가 물었다.

"싫어하지는 않아요. 셜록 홈스 정도는 읽었어요. 홈스만큼 멋진 경찰은 없으니까."

치카는 소리 내어 웃었지만 뭐가 우스운지 이소베는 알 수 없었다.

"데어 이즈 노 폴리스 라이크 홈스There is no police like Holmes, 홈스만 한 경찰이 없다. '데어 이즈 노 플레이스 라이크 홈There is no place like home, 집만 한 곳이 없다'이라는 영어 관용구를 패러디해봤어요."

치카가 설명했다.

"그렇군요."

"알아요? 옛 버마, 그러니까 현재의 미얀마에 쉐우다웅이라는 작가가 있었어요."

치카는 오른손을 가볍게 쥐고 머리 옆에서 움직였다. 마치 볼펜 같은 것으로 관자놀이를 긁는 것처럼 보였다.

"그 작가가 20세기 초에 셜록 홈스를 버마어로 번안했는데, 등장인물도 버마인으로 바꿨고 무대도 버마로 바꿨죠. 제목은 '탐정 마웅 상샤'."

"마웅 상샤는 주인공 이름입니까?"

"마웅은 성이 아니에요. 버마인은 성이나 세례명이 따로 없어요. 마웅 상샤는 상샤가 이름이고 마웅은 존칭인 셈이죠. 왜, 예전 유엔 사무총장에 우 탄트라는 사람이 있었잖아요? 그 경우도 탄트만 이름이고 우는 존칭이에요. 그러니까 탄트

씨라고 해야지, 우 씨라고 하면 안 되는 거죠."

치카는 잠깐 생각한 뒤 덧붙여 말했다.

"마웅 상사를 굳이 일본어로 바꾸면 '상사 청년' 정도 되겠네요."

"그 상사 청년이 홈스인 거군요?"

"맞아요. 그 번안서는 독자들의 열광적인 반응을 이끌어내서 큰 반향을 일으켰다고 해요. 지금까지도 읽힌다고 하니까 대단하죠. 상당히 재미있나 봐요. 구로이와 루이코의 《암굴왕》이나 에도가와 란포의 《녹색 옷의 악마》 같은 걸까요?"

"버마의 홈스라. 재미있을 것 같군요."

이소베는 웃었다.

"그렇죠? 한번 읽어보고 싶은데, 버마어를 몰라서요. 그 동글동글한 글자를 보면 두통이 생길 것 같아요. 번역될 일은 없겠지만, 어떤 식으로 번안되었는지 언젠가 꼭 한번 읽어보고 싶어요. 왓슨 박사는 어떤 이름으로 등장할까요?"

이소베는 이리저리 상상해보았다. 〈얼룩 끈의 비밀〉 같은 작품은 버마를 무대로 번안하기에 안성맞춤일지도 모른다. 구태여 인도에서부터 살무사를 들여오지 않아도 버마의 정글에서 얼마든지 잡을 수 있을 테니까.

이소베는 자신이 상상한 것을 치카에게 들려주었다.

"그렇겠군요."

치카는 턱을 만지며 대답했다.

"그런데 정글에 독사가 우글우글하면 명탐정이 등장하기

전에 경찰이 사건을 해결하지 않을까요? 원래 독사 피해가 많을 테니까, 언니가 독사에 물렸다는 건 금방 드러나겠죠. 흠, 어쩌면 술레 파고다미얀마 중심부에 있는 불탑 특공대가 활약하는 이야기도 있을지 모르겠는데요?"

그렇게 말하고서 치카는 쾌활하게 웃었다.

간호사가 와서 면회 시간이 끝났음을 알렸다. 이소베는 치카가 중상을 입은 입원 환자인 것을 새삼 떠올렸다.

"이야기가 길어졌네요. 미안합니다."

이소베는 일어났다.

"아니에요, 즐거웠어요. 또 오세요. 병실에 누워 있으면 따분하거든요. 잡담할 상대도 없고."

치카는 주간지를 다시 무릎 위에 펼쳤다.

"알겠습니다."

이소베는 미소 짓고 돌아섰다.

"다음에 올 때는 꽃은 가지고 오지 마세요."

등 뒤에서 치카가 말했다.

이소베는 병실을 뒤로하고 복도로 나왔다.

크리스마스 전에 퇴원하면 같이 식사하지 않겠습니까, 라는 말은 끝내 하지 못했다. 그러나 아직 기회는 있다고 이소베는 생각했다.

27

이소베인가 하는 형사가 겨우 돌아갔다.

창가에 서 있던 의사와 뭐라고 한참을 떠들었는데, 복잡하고 난해한 내용이었으므로 나는 거의 듣지 않았다. 다만 이야기하는 내내 이소베가 내 얼굴을 빤히 쳐다보는 것이 몹시 불쾌했다.

뚱뚱한 여자가 그렇게 신기한가.

"이제 경찰의 입장은 대강 알았어."

이소베가 가져온 꽃다발을 바라보면서 의사가 말했다.

"수사1과 형사가 찾아오면 아까 내가 이야기한 선에서 증언해두면 될 거야. 충격이 커서 기억나지 않는다고 하는 것이 가장 무난해. 뭐 그런 쪽으로는 나보다 네가 머리가 잘 돌아가겠지만."

"왜 그 남자한테 또 오라느니 그딴 소리를 한 거지?"

다른 환자들이 알아채지 못하게 나는 입속말로 작게 중얼거렸다.

"형사님하고 친해두는 것도 괜찮겠다 싶어서. 그리고 따분한 것은 사실이잖아?"

"멍청한 인간은 싫어하지 않았나? 그 남자는 심하게 착각하고 있어. 결코 머리가 잘 돌아간다고는 할 수 없다고."

나는 비꼬아 말했다.

"멍청해도 책을 좋아하고 잘생겼으면 됐어."

의사는 키들키들 웃었다. 하지만 곧 잠잠해졌다.

"이런, 라이오스 왕그리스신화에 나오는 오이디푸스의 아버지께서 행차하셨군. 나는 저자가 영 불편해서 말이지. 이쯤에서 실례할게."

의사는 자신의 방으로 돌아갔다.

그런데 신기하게도, 간호사와 함께 병실 입구에서 다시 의사가 나타났다.

아니, 아니다. 의사와 아주 닮았지만 의사가 아니었다. 흰머리가 약간 보이긴 해도 머리는 아직 검었고, 선글라스가 아니라 평범한 은테 안경을 쓰고 있었다. 빈정빈정 웃는 것이 아니라, 걱정스러운 얼굴을 하고 있는 것도 의사와는 많이 달랐다.

치카, 왜 이렇게 부모를 걱정시키냐, 하고 의사를 닮은 남자는 말했다. 도쿄에서 혼자 사니까 이런 일을 당하는 거다. 고집 부리지 말고 이제 그만 집에 들어와 사는 게 어떠냐. 네가 엄마 일을 아직 마음에 담고 있는 거라면…….

어어, 아빠. 네, 아빠. 알아요, 아빠. 걱정하지 말아요, 아빠.

그런 일 없을 거예요, 아빠. 그건 싫어요, 아빠.

누군가가 의사를 닮은 남자에게 대답하고 있었다. 어두운 동굴 안에서 들려오는 듯한, 공허한 목소리였다. 그 목소리는 내 것도, 의사의 것도 아니었다.

의사를 닮은 남자는 한숨을 쉬더니 십 분도 안 되어 돌아갔다. 그는 누군가의 공허한 목소리를 견디지 못하는 것 같았다.

나는 겨우 혼자가 되었다.

앞으로 어떻게 할까. 나는 생각했다. 이것도 잠깐이겠지만 나는 유명인이 돼버렸다. 문병을 구실로 취재를 하러 온 구로우메뿐만이 아니라, 수많은 기자와 리포터가 병원 앞에 몰려와 진을 치고 있는 모양이었다. 병실에 몰래 들어오려는 사람까지 있어서 난감하다고 간호사는 투덜거렸다.

신문에도 잡지에도 내 기사가 실렸다. 아직 얼굴은 공개되지 않은 모양이지만 그것도 시간문제일 것이다. 타블로이드 신문이나 파파라치 잡지라면 무단으로 게재할지도 모른다.

그리고 내게는 형사 보이프렌드가 생겨버린 듯하다.

아무래도 나는 계속 가위남으로 있을 수 없을 것 같았다.

나는 영원히 가위남이기를 바랐다. 물론 세상에 영원한 것은 없다. 언젠가는 가위남이기를 포기하고 야스나가 치카라는 지긋지긋한 이름으로 돌아가게 되리라는 것은 각오하고 있었다.

그러나 그것은 내가 체포되었을 때나 자살에 성공했을 때라고 생각하고 있었다. 이런 상황에 놓일 줄은 꿈에도 상상하지 못했다.

이제부터 어떻게 하면 좋을까.

뭔가 확실한 방법을 찾아서 자살을 성공시킬 것인가.

연쇄 살인을 다시 저질러서 이참에 경찰에 체포될 것인가.

의사를 닮은 남자가 말한 것처럼 집에 돌아가 얌전하게 살 것인가.

오카지마 부장의 제안에 따라 히무로카와 출판사의 정직원이 되어 커리어 우먼의 길을 갈 것인가.

아니면 어수룩한 형사와 연애해서 경찰관의 아내로 살 것인가.

어느 것이나 불가능한 일처럼 생각되었다.

그러나 한편으로 어느 것이나 충분히 가능한 미래처럼도 느껴졌다.

뭐 아무래도 좋다. 의사가 언젠가 말했던 것처럼, 인생은 내 뜻대로 되는 것이 아니니까.

"저……."

누가 말을 걸어왔다. 옆 침대의 노파를 문병하러 온 소녀가 미소를 지으면서 내게 상자를 내밀었다.

"쿠키, 드실래요?"

"고마워."

나는 쿠키 하나를 집어서 입에 넣었다.

"괜찮으면 더 드세요. 이런 거 놔두면 할머니가 먹어버릴지도 모르거든요."

옆의 노파는 위궤양으로 수술한 환자였다. 수술은 성공리에 끝난 것 같지만 당뇨병이 있어서 수술한 자리가 좀처럼 아물지 않았다. 미음도 먹어서는 안 되는 상황이었으므로 고칼로리 수액으로 연명하고 있었다. 그런데 그런 것도 모르고 쿠키를 사 들고 온 무지한 문병객이 있었던 모양이다.

목에 주삿바늘을 꽂고 정체 모를 기계에 연결된 채 아무것도 먹지 않고 하루하루를 보낸다는 것은 어떤 느낌일까. 나는 문득 생각했다.

"그럼 사양하지 않을게."

나는 쿠키를 두 봉지 정도 집어서 옆의 테이블에 올려놓았다.

"쿠키가 맛있네. 근데 너는 안 먹어?"

"잔뜩 먹었어요. 이러다 살찔 것 같아요."

소녀의 웃음에 이끌려 나도 미소를 지었다.

나이는 열다섯 살이나 열여섯 살. 아마 노파의 손녀일 것이다. 머리를 하나로 묶었고, 빨간 스웨터와 킬트 스커트가 잘 어울렸다. 둥근 얼굴에 얌전한 미소를 짓고 있었다.

머리가 꽤 좋아 보이는 아이였다.

"너, 이름이 뭐니?"

나는 그렇게 물었다.

저자 부기

본 작품은 2003년 도쿄를 무대로 하고 있지만, 집필한 것은 1998년 후반이었습니다. 따라서 현시점에서 보면 실상과 다른 부분도 몇 군데 눈에 띄는데, 굳이 현실에 맞게 수정하지는 않았습니다. 개인적으로 <너만 몰라?!>가 방송을 종료한 것이 가장 예상외였습니다.

옮긴이의 말

2007년에 국내에 소개되었던 슈노 마사유키의 《가위남》이 2019년 복간되었다. 12년 만이고, 일본에서 출간되었던 1999년으로부터 무려 20년 만이다. 먼지가 뽀얗게 앉은 상자에서 해묵은 보석을 끄집어내어 다시 빛을 발하게 한 듯 감개무량하다.

그런 한편으로 과거를 헤집은 듯 아프고 허전하다.

슈노 마사유키는 2013년에 타계하였다. 작가 데뷔 후 10년이 채 안 되는 기간 동안 집필 활동을 하였고, 10편이 채 안 되는(활동 기간에 비하면 적지 않은 양이지만) 작품을 남겼다. 그의 죽음을 애도하기 위해 2013년에 문예지 《메피스토》에서 〈가위남 비밀의 일기〉라는 제목으로 작가 생전에 《가위남》 간행과 관련해 친구에게 보낸 글을 수록하였고, 2015년에는 《슈노 마사유키의 독서 일기 2000~2009》를, 2016년 3주기에 맞춰서는 《슈노 마사유키 미발표 단편집》을 출간하였다. 독자 곁에 짧게 머물다 간 천재 미스터리 작가를 놓아주기가 아쉬웠을 것이다. 20년이 지난 지금도 빛이 바래지 않은 《가위남》을 들추고 나니 그의 부재가 새삼 더 안타까워진다.

걸출하고 굵직굵직한 작품을 여러 편 내놓았지만 그의 대표작은 데뷔작인 《가위남》이다. 이 작품으로 제13회 메피스토 상을 받았고, 같은 해 '본격 미스터리 베스트 10' 2위에 올랐으며 '이 미스터리가 대단하다!' 9위에 랭크되었다. 《본격 미스터리 베스트 10》 2000년판에 실린 대담에서 추리소설가 가사이 기요시는 《가위남》에 대해 이렇게 평가했다.

"이것은 단순히 본격이나 신본격 미스터리로의 회귀가 아니라, 새로운 가치를 가진 본격 미스터리의 부활을 시도한 것입니다. 《가위남》을 통해 본격 미스터리의 새로운 방향이 막연하게나마 보이는 듯합니다."

가사이 기요시가 말하는 '새로운 가치를 가진 본격 미스터리'란 무엇일까. 이어지는 다음 발언에 답이 있는 듯하다.

"《가위남》은 의도적으로 가볍고 저속한 분위기를 만들어 내고 있습니다. 이 적당함, 얕음, 여운 없음은 시대의 핵심을 관통하고 있다고 생각합니다."

슈노 마사유키의 문장에는 독특한 유머가 있다. 얼빠진 잡담이나 조소 섞인 우스갯소리를 길게 늘어놓거나 하는데, 이것이 현실적인 소재를 다루는 것에서 오는 무거움을 덜어내고 본격물을 본격물로서만 대하게 견인해주는 역할을 한다. 그래서 가볍고 적당하게, 뒤끝 없이 작품을 즐길 수 있다. 미스터리 독자에 대한 그의 배려일까. 단 그의 유머를 뒷받침하는 참고 문헌은 어마어마하다는 사실. 진지함을 버리기 위해 엄청난 양의 지식을 획득하고 있었다는 것이 아이러니하고 재미있다.

그의 이런 독특함은 문학 비평지 《유레카》와의 인터뷰 내용에서 잘 나타난다.

“집필 작업은 번역에 가깝습니다. 《가위남》이라는 소설은 어딘가에 있었어요. 이를테면 화성에. 화성에 있던 《가위남》이라는 소설이 제게 옵니다. 그래서 읽어요. 하지만 이해할 수 없습니다. 화성어를 모르니까. 그래도 끈질기게 계속 읽습니다. 대충 살인귀 탐정 이야기 같다는 감이 옵니다. 아아, 재미있네, 우리말로 옮겨보자, 생각하지요. 어쩌면 소설가가 아니라 ‘화성 문학 번역가’라고 하는 편이 좋을지도 모르겠군요. 번역 실력은 별로일지 모르지만, 어쩔 수 없지요. 화성어를 할 줄 아는 사람이 달리 없으니까.”

작품 안에서도 슈노 마사유키는 연쇄살인범을 ‘미확인 비행 물체를 타고 온 화성인’에 비유하고 있다. 상식적으로는 도저히 이해할 수 없는 행동을 하는 연쇄살인범과 지구인의 탈을 쓰고 도시에 숨어 사는 화성인. 그리고 그들의 언어를 번역해주는 작가 슈노 마사유키. 그 많은 참고 문헌이 납득이 가는 지점이다. 그가 화성인과 지구인 사이 그 어디쯤의 존재였든, 그저 유머 감각이 남다른 비범한 작가였든, 그가 우리에게 '화성 문학'을 즐길 기회를 선사한 것은 분명하다.

가위는 녹슬지 않았다. 자, 찔릴 것에 대비하시라.

2019년 여름

정경진

가위남

1판 1쇄 인쇄 2019년 7월 1일
1판 1쇄 발행 2019년 7월 9일

지은이 슈노 마사유키
옮긴이 정경진
펴낸이 최한중

디자인 황제펭귄
인쇄·제본 민언프린텍

펴낸곳 도서출판 스핑크스
주소 10378) 경기도 고양시 일산서구 대산로 183
전화 0505-350-6700 | **팩스** 0505-350-6789 | **이메일** sphinx@sphinxbook.co.kr
출판신고번호 제2017-000187호 | **신고일자** 2017년 10월 31일

ISBN 979-11-962517-7-2 03830

거울 속은 일요일 (근간) 슈노 마사유키 지음 | 박춘상 옮김

고둥처럼 생긴 독특한 범패장의 주인인 즈이몬 류시로는 '화요회'를 주최한다. 그날 밤 그곳에서 기묘한 살인사건이 벌어진다. 명탐정의 활약 덕분에 사건은 해결이 되었지만, 세월이 한참 지난 뒤에 현대의 명탐정인 이스루기 기사쿠에게 그 사건을 다시 조사해달라는 의뢰가 들어온다. 시간을 넘어 교차하는 수수께끼. **그야말로 완벽한 본격 미스터리.**

원년 봄의 제사 : 무녀주의 살인사건 루추차 지음 | 한수희 옮김

한 무제 천한 원년, 옛 초나라 땅 운몽택을 밟은 장안 호족의 딸 오릉규가 봄 제사를 앞둔 관씨 집안을 방문하자 의문의 연쇄 살인사건이 일어난다. 왜 하필 제사 즈음에 살인사건이 발생한 것인가? 4년 전 일어난 또 다른 관씨 일가 살인사건과는 어떤 관계가 있는가? **고대 중국을 배경으로 한 이색 본격 미스터리!**

그 가능성은 이미 떠올렸다 이노우에 마기 지음 | 이연승 옮김

신흥 종교 집단의 집단자살과 머리 없는 시신의 수수께끼! 이 세상에 '기적'이 존재함을 증명하려는 탐정과 탐정에 맞서는 반기적론자들과의 목숨을 건 한판 대결이 펼쳐진다. **각종 미스터리 랭킹을 석권한 화제의 일본 미스터리!**

성녀의 독배 : 그 가능성은 이미 떠올렸다
이노우에 마기 지음 | 이연승 옮김

'가즈미 님 성녀 전설'이 전해지는 어느 지역에서 결혼식 도중 발생한 독살사건. 그것은 같은 잔으로 술을 돌려 마신 여덟 명 중 세 명만이 살해된 불가사의한 사건이었다. '기적'을 증명하(려)는 탐정의 거침없는 전진. **'본격 미스터리 베스트10' 1위(2017)!**